I0582652

Der Mord
am
Fluss

WEITERE TITEL VON CLARE CHASE

IN DEUTSCHER SPRACHE

Die Tote vom Moor

Der Mord am Fluss

IN ENGLISCHER SPRACHE

EVE-MALLOW-REIHE

Mystery on Hidden Lane

Mystery at Apple Tree Cottage

Mystery at Seagrave Hall

Mystery at the Old Mill

Mystery at the Abbey Hotel

Mystery at the Church

Mystery at Magpie Lodge

Mystery at Lovelace Manor

Mystery at Southwood School

Mystery at Farfield Castle

TARA-THORPE-REIHE

Murder on the Marshes

Death on the River

Death Comes to Call

Murder in the Fens

CLARE CHASE

Der Mord am Fluss

Übersetzt von Sabine Schilasky

bookouture

Die Originalausgabe erschien 2018 unter dem Titel „Death on the River"
bei Storyfire Ltd. trading as Bookouture.

Deutsche Erstausgabe herausgegeben von Bookouture, 2023
1. Auflage Mai 2023

Ein Imprint von Storyfire Ltd.
Carmelite House
50 Victoria Embankment
London EC4Y 0DZ

deutschland.bookouture.com

Copyright der Originalausgabe © Clare Chase, 2018
Copyright der deutschsprachigen Ausgabe © Sabine Schilasky, 2023

Clare Chase hat ihr Recht geltend gemacht, als Autorin dieses Buches
genannt zu werden.

Alle Rechte vorbehalten. Diese Veröffentlichung darf ohne vorherige
schriftliche
Genehmigung der Herausgeber weder ganz noch auszugsweise in irgendeiner
Form oder mit irgendwelchen Mitteln (elektronisch, mechanisch, durch
Fotokopie oder Aufzeichnung oder auf andere Weise) reproduziert, in einem
Datenabrufsystem gespeichert oder weitergegeben werden.

ISBN: 978-1-83790-449-5
eBook ISBN: 978-1-83790-448-8

Dieses Buch ist ein belletristisches Werk. Namen, Charaktere, Unternehmen,
Organisationen, Orte und Ereignisse, die nicht eindeutig zum Gemeingut
gehören, sind entweder frei von der Autorin erfunden oder werden fiktiv
verwendet. Jede Ähnlichkeit mit tatsächlichen lebenden oder toten Personen
oder mit tatsächlichen Ereignissen oder Orten ist völlig zufällig.

Für Margaret, danke für alles; von der Liebe zum Klavier, die du den Kindern vermittelst, bis hin zum großzügigen Teilen deines großen Wissens über die Fens. Jedwede Fehler in diesem Buch sind allein meine.

PROLOG

Agneta Larsson beobachtete, wie ein Aal vom Arm des Toten glitt, als Polizeitaucher den Toten aus dem Wagen bargen, den er gefahren war. Der klassische Alfa Romeo war noch halb im Forty Foot Drain versunken, dessen dunkles Wasser das dort arbeitende Team umwirbelte. Agneta stand in ihrem weißen Overall oben auf dem Fahrdamm. Zunächst würde sie nur zuschauen und nach unten gehen, wenn die Leiche vollständig herausgezogen war, um sich einen ersten Eindruck zu verschaffen. Sie hatte indes nichts dagegen, bald wieder in der Leichenhalle des Addenbrooke's Hospital zu sein. Auch wenn sie dort Tote aufschnitt, war es weit weniger gruselig als hier in den Fens.

Der Forty Foot Drain selbst war verschrien; unzählige Autofahrer waren schon hier drinnen gelandet, weil sie von der Straße abgekommen waren, die oberhalb von ihm verlief. Besonders im Winter und bei Schlechtwetter war es ein gängiges Problem. Doch gestern war ein lauer Herbstabend gewesen. Die Unfallermittler würden Überstunden machen, um herauszufinden, was hier geschehen war. Natürlich könnte die Leiche eine Antwort liefern: Ein Herzinfarkt am Steuer oder zu viel Alkohol, was zu einem Fehler mit katastrophalen Folgen führte.

Larsson erschauderte in der Morgenluft und blickte zur Landschaft um sie herum. Nichts als schwarze Erde und endloser Himmel. Flaches Marschland, einsam und karg, so weit das Auge reichte. Heute war der Himmel fast indigoblau, und Regen fiel in dicken Tropfen. Nach zwei Wochen Indian Summer schlug das Wetter endlich um. Die Vögel waren stumm. Es war, als hätte alles auf Pause geschaltet und den Atem angehalten.

Und dann kam das erste Donnergrollen, das tief und wütend mehr androhte. Gleichzeitig konnte Agneta die Stimme von Detective Sergeant Patrick Wilkins hören, der flapsige Bemerkungen über die Szene vor ihm machte. Es war ein Schutzmechanismus, schon klar, dennoch gab es solche und solche Wege, mit dem Tod umzugehen. Und jetzt schienen er und Detective Constable Max Dimity zu streiten. Agneta blendete sie aus. Wilkins machte auch sie verlässlich streitlustig, aber dies war weder die Zeit noch der Ort.

Es dauerte nicht lange, bis sie einen genaueren Blick auf die Leiche werfen konnte. Sie stieg hinunter zum Wasser, wobei sie ihr Gewicht auf die Fußballen legte, um nicht auf dem nassen Gras auszurutschen.

Der Tote trug ein weißes Leinenhemd und eine gut geschnittene Hose. Seine durchtränkte Kleidung bedeutete, dass Agneta die Körperkonturen erkennen konnte, von der leichten Rundung um die Taille bis hin zum wenig definierten Brustkorb. Der Geruch von Seegras stieg von ihm auf.

Er hatte Blutergüsse am Kopf – wahrscheinlich war er auf dem Lenkrad aufgeschlagen. Doch seine Hand und der Arm rechts überraschten sie. Beide wiesen gleichfalls Hämatome auf, und die passten nicht dazu, was man erwarten würde, wenn jemand mit einem Auto ins Wasser stürzte.

Agneta dachte an die Straße oberhalb des Ufers. Dort

waren keine Schleuderspuren gewesen – kein Anzeichen, dass der Fahrer versucht hätte, sein Schicksal abzuwenden. Was nahelegte, dass er am Steuer das Bewusstsein verloren hatte – vielleicht eingenickt oder schlicht zu betrunken gewesen war, um normal zu reagieren.

Diese Hämatome jedoch sagten etwas anderes. Sie ließen auf ein wildes Herumfuchteln schließen. Mit der linken Hand konnte er kaum gegen viel gestoßen sein, mit rechts hingegen dürfte er das halboffene Seitenfenster und den Rahmen des Wagens getroffen haben.

Der Ertrunkene hatte um sich geschlagen, bevor er starb.

Sollte er an Anfällen gelitten haben, könnte es die Umstände erklären, aber warum wäre er dann gefahren? Ungezügelte Angst oben auf der Straße käme als Erklärung in Betracht – und die Tatsache, dass er nicht gebremst hatte. Aber was könnte solch eine Reaktion verursacht haben?

Agneta seufzte. Jedes Mutmaßen war sinnlos. Sie musste ihn aufschneiden und die physischen Beweise für sich sprechen lassen.

EINS

CAMBRIDGE, ENDE NOVEMBER

Etwas an dem Gesicht der Frau vor Taras Haustür ließ sie zögern, ehe sie öffnete. Türspione verzerrten das Bild immer, und in diesem Fall wurde der Effekt noch verstärkt. Die Frau war zu dicht an dem Spion, als glaubte sie, Tara irgendwie dort auf der anderen Seite sehen zu können. Tara wusste verdammt gut, dass sie es nicht konnte, trotzdem verkrampfte sich etwas in ihrem Bauch. Den Spion hatte sie vor vier Jahren einbauen lassen, bevor sie Cambridge verließ und die Ausbildung zur Polizistin begann, und nachdem sie Morddrohungen erhalten hatte. Ihr Cottage lag sehr abgeschieden, und ihre einzigen Nachbarn waren Schwäne, Enten und Kühe.

Die Frau draußen hatte eine wilde dunkle Mähne mit Strähnen in der Farbe von Gewitterwolken. Der böige Wind draußen im Stourbridge Common blies es ihr seitlich übers Gesicht. Ihre Augen waren von einem stechenden Grau. Wer sie auch sein mochte, sie schien sehr versessen darauf, ins Haus zu kommen. Wieder hämmerte sie an die Tür, als Tara bereits aufschloss und so weit öffnete, wie es die Kette zuließ.

Sofort streckte die Frau einen dünnen Arm durch den Spalt. Ihr Handgelenk war sehnig, und die Fingerknöchel an ihrer Hand waren ziemlich geschwollen. »Tara Thorpe?«, fragte sie. »Ich bin Dr. Monica Cairncross und möchte mit Ihnen über den Tod meines Bruders sprechen.«

Tara schüttelte die eiskalte Hand, ließ aber die Kette vor. »Ich bin gerade nicht im Dienst. Gehen Sie lieber zur Wache drüben in der Parkside. Dort kann man Ihnen helfen.« *Wie zur Hölle hat diese Frau mein Haus gefunden?* Doch die Antwort hierauf erriet Tara bereits, ehe sie den Gedanken zu Ende gedacht hatte. Ihre Rückkehr nach Cambridge als Detective Constable war überall in der Presse gewesen.

»Ich möchte mit Ihnen reden«, sagte die Frau, die in dem Sturm beinahe schreien musste. »Da war ein Artikel über Sie in *Not Now*. Den habe ich in der Lounge des Hotels gesehen, in dem ich wohne.«

Es war also, wie Tara gedacht hatte. Wieder einmal verfluchte sie Giles, den Herausgeber von *Not Now*. Seine Überschrift hatte gelautet »*Opfer geht zur Polizei, die sie gerettet hatte*«. Opfer. Er wusste, dass Tara dieses Etikett hasste. Andererseits konnte bei Giles und ihr ohnehin von Sympathie keine Rede sein. Bei dem Artikel war sogar ein Foto von ihrem Haus gewesen, was sie zum leichten Ziel für jeden Irren machte, dem danach war, sie aufzuspüren. Schwer zu finden war es ja nicht – ein einsames Cottage auf einem Stück Niemandsland inmitten des öffentlichen Parks.

»In dem Artikel stand, dass Sie früher als Journalistin für *Not Now* gearbeitet haben«, sagte Monica Cairncross, »und dass Sie zur Polizei gegangen sind, nachdem Sie beinahe umgebracht wurden.«

Daran musste man Tara nicht erinnern; sie kannte den Text beinahe auswendig. Er hatte angedeutet, dass sie sich durch ihre arrogante Haltung bei der Recherche zu einem Mordopfer, Samantha Seabrook, in Gefahr gebracht hatte. Jeder, der es las, würde glauben, dass ihre Überheblichkeit eine große Rettungsaktion der Polizei ausgelöst hätte. Und dann hatte man auch noch ihre Vergangenheit ausgebreitet, die sie lieber nicht vor allen offengelegt haben wollte – erst recht nicht vor neuen Kollegen, die ihre Geschichte bisher nicht kannten.

»Falls Sie glauben, dass ich Sie nach dem beurteile, was ich gelesen haben, liegen Sie richtig«, sagte Monica Cairncross und neigte sich dicht zur Tür, um Tara eindringlich anzusehen. »Deswegen habe ich Sie ja ausgesucht. Für mich war offensichtlich, dass Sie entschlossen waren, die Wahrheit herauszufinden, auch wenn es bedeutete, nicht über die offiziellen Kanäle zu gehen. Und unorthodoxe Methoden anzuwenden. Und trotzdem sind Sie jetzt selbst bei der Polizei. Deshalb habe ich gedacht, dass Sie meine Bedenken verstehen und die Sache von beiden Seiten betrachten würden. Sie sind keine Frau, die nach dem oberflächlichen Schein urteilt.«

»Bedenken?«

Die Frau nickte. »Mein Bruder, der Autor Ralph Cairncross, wurde im September ertrunken im Forty Foot Drain gefunden.« Sie sprach seinen Vornamen »Rafe« aus. »Sein Wagen war von der Straße abgekommen. Soweit irgendwer sagen kann, war er allein. Ich glaube nicht, dass es ein Unfall war.«

Für einen kurzen Moment war Tara von dem Namen abgelenkt. Sie kannte ihn – und hatte vom Tod des Mannes gehört –, ohne sich an die genauen Umstände zu erinnern. Doch gleich darauf war sie wieder in der Gegenwart. Eisige Winterluft wehte durch den Türspalt herein. Taras Haus war schlecht isoliert, wie ihr nun klar wurde, als sie erstmals den Winter hier verbrachte. Es würde Stunden brauchen, drinnen alles wieder warm zu bekommen.

»Am besten gehen Sie zu dem Ermittler, der den Fall Ihres Bruders bearbeitet hat.«

»An den Mann hatte ich mich direkt danach gewandt.« Sie schürzte die spröden Lippen. »Das war Detective Sergeant Wilkins. Er hat mich nicht ernst genommen. Ich hatte mich mit ihm getroffen, als ich zu Ralphs Beerdigung hergeflogen war. Danach musste ich praktisch sofort wieder zurück nach Neuseeland, um meinen Lehrauftrag dort zu beenden, aber ich habe mich seitdem bemüht, Fortschritte bei ihm zu machen. Da er schon wenig hilfsbereit war, als ich ihm auf der Polizeiwache gegenüberstand, können Sie sich gewiss vorstellen, dass es noch weniger brachte, aus der Ferne um eine Reaktion zu bitten.«

Patrick Wilkins. Taras neuer Vorgesetzter und ein herablassender Idiot. Tara hatte versucht, ihm eine Chance zu geben; es hatte nicht funktioniert.

»Dass Sie mich hinter DS Wilkins' Rücken kontaktieren, wird Ihnen vermutlich nichts bringen«, sagte Tara. Sie neigte sich jetzt ebenfalls vor, damit die Frau sie bei dem heulenden Wind hören konnte. Die ganze Sache wurde ein wenig lächerlich. »Das Beste wäre, wenn Sie sich jetzt noch mal persönlich an ihn wenden. Falls es nichts bringt, könnten Sie sich bei seinem Vorgesetzten beschweren, Detective Inspector Blake.«

Blake. Der Mann, der daran beteiligt gewesen war, ihr Leben zu retten. Und von dem sie einmal gedacht hatte, er würde sie um ein Date bitten ... der jetzt aber wieder bei seiner Frau und seiner kleinen Tochter lebte. Ihr neues Arbeitsumfeld versprach einiges an Komplikationen. Als sie weggezogen war, um ihre Ausbildung zu machen, hatte sie sich keine Sekunde lang vorgestellt, direkt unter ihm oder Wilkins arbeiten zu müssen. Doch persönliche Gründe hatten sie hierher zurückgeführt. Bea, die Cousine ihrer Mutter, bei der Tara faktisch großgeworden war, hatte kürzlich ihren Mann verloren und nun Schwierigkeiten, ihre Pension allein zu betreiben. Bea war für Tara da gewesen, als die sie brauchte. Nun war es an der Zeit, den Gefallen zu erwidern.

Monica Cairncross' Ton veränderte sich nicht. »Ich habe nicht vor, wieder mit DS Wilkins zu reden.«

Der Fairness halber musste Tara zugeben, dass es verständlich war.

Wieder sah die Frau Tara an, und ihr Blick hatte etwas von einem Reptil. »Ralphs ›Unfall‹ war nicht der erste. Bitte, darf ich reinkommen und mit Ihnen reden?«

DS Wilkins arbeitete mit voller Kraft auf eine Beförderung zum Detective Inspector hin. Sich wieder auf einen Fall zu stürzen, den er bereits geklärt glaubte, würde ungefähr so gut ankommen wie Foie Gras bei einem veganen Picknick. Was die Sache für Tara umso reizvoller machte, dennoch war sie sich nicht sicher, was Monica Cairncross betraf.

Die Frau schien ihre Skepsis zu bemerken. »Als ich mehr über Ihren Hintergrund gelesen habe, war klar, dass Sie schon als Teenager von der Polizei im Stich gelassen wurden«, sagte sie. »Sie hatten denen Beweise gebracht, als Sie gestalkt wurden, und die Polizei hat sie ignoriert. Sie haben denjenigen nie geschnappt, der Sie gepeinigt hat, und er könnte immer noch da draußen sein.« Für einen Moment blickte sie über die Schulter zum dunklen Park. Als sie den Kopf wieder Tara zuwandte, war ihr Gesicht nur Zentimeter entfernt. »Sie wissen aus eigener Erfahrung, wie viel der Polizei durch die Maschen fallen kann, weil Officers festgefahren sind oder es sich leicht machen.«

Tara rieb die Hände, weil ihre Finger allmählich taub wurden. »Na gut«, sagte sie, zog die Kette ab und ließ Dr. Cairncross so schnell wie möglich ins Haus, damit sie die bitterkalte Abendluft aussperren konnte.

Sie führte die Frau in die Küche. Zwar wollte sie den Besuch kurz halten, aber sie brauchte ein heißes Getränk, um sich aufzuwärmen. »Möchten Sie einen Kaffee oder eine heiße Schokolade?«

»Etwas Stärkeres, wenn Sie haben«, antwortete Dr. Cairncross und zog sich einen Stuhl am Tisch vor.

»Habe ich nicht«, log Tara. Schließlich gab es Grenzen. Sie mochte im öffentlichen Dienst sein, aber dies hier war keine Bar.

»Dann nichts, danke.«

Tara machte sich eine heiße Schokolade und setzte sich der Frau gegenüber hin. »Am besten erzählen Sie mir alles.« So wäre sie die Besucherin am schnellsten wieder los, auch wenn sie gestehen musste, dass Monica Cairncross durchaus etwas Interessantes hatte.

»In der Woche bevor er von der Straße abkam, an einem klaren, ruhigen Septemberabend«, sie stockte, weil sie anscheinend sicher sein wollte, dass Tara begriff, was sie meinte, »wurde er beinahe von einem Stromschlag getötet.«

Automatisch zog Tara einen Notizblock und einen Stift aus ihrer Jeanstasche. Sie hatte sich direkt nach dem Dienst umgezogen. Seit sie beim CID war, genoss sie es, sich stilvoller kleiden zu können, aber zu Hause gaben die Temperaturen in ihrem Cottage ihre Outfits vor. Und die verlangten nach einer Einheitsuniform aus Jeans mit einer Auswahl warmer Pullover. »Was war passiert?«

»Er hatte eine Lampe in seiner Garage eingeschaltet – eine alte, die aber recht regelmäßig benutzt wurde – und bekam einen mächtigen Schlag. Anscheinend so sehr, dass es ihn quer durch den Raum schleuderte. Ich glaubte, an der Lampe hatte sich jemand zu schaffen gemacht. Wie erklärt sich sonst, dass er vorher nie Ärger mit dem Licht dort gehabt hatte? Er erwähnte es in einer E-Mail, und ich sagte ihm, er solle vorsichtig sein. Er hat es abgetan, und am Ende der darauffolgenden Woche war er tot. Er war ein sicherer Autofahrer und kannte die Straße gut. Noch dazu sind einige der Fahrdämme draußen in den Fens viel schmaler als der am Forty Foot.«

»Wie kommen Sie darauf, dass ihm jemand etwas antun wollte?«

»Weil er für einigen Wirbel gesorgt hatte, Constable Thorpe. Er hat ein unkonventionelles Leben geführt, das ihn zu einem Angriffsziel machte. Doch obwohl er in der Öffentlichkeit stand, halte ich die Menschen in seinem unmittelbaren

Umfeld eher für verdächtig. Meine Schwägerin oder die gemeinsame Tochter.«

Die Familienfeiern dürften spaßig sein. »Haben Sie Beweise?«

»Ich habe meine Nichte sagen gehört, sie wünschte, er wäre tot.«

Das würde Tara keinen Beweis nennen. Sie hatte schon reichlich andere Kids gehört, die ihren Eltern Ähnliches entgegenbrüllten. Was nicht hieß, dass sie entsprechend nachhelfen würden. »Ich nehme an, Sie hatten den Lampenzwischenfall gegenüber DS Wilkins erwähnt?«

Sie nickte. »Selbstverständlich.«

»Und was hat er gesagt?«

»Er hat etwas von fehlerhafter Verkabelung gemurmelt und gesagt, es wäre nicht unüblich, dass ›Trauernde‹ nach Schuldigen suchen.« Sie verkniff den Mund. »Das war das erste Mal, dass ich einen Detective erlebt habe, der sich für qualifiziert hielt, Menschen zu analysieren. Was mich wenig beeindruckt hat. Und mir kam es vor, als würde sein Argument von der Verkabelung eher auf Annahmen denn Fakten beruhen. Er wollte jedenfalls nicht bestätigen, dass er es überprüft hatte.«

Was Tara sich lebhaft vorstellen konnte. Hatte er wahrscheinlich auch nicht. »Und hatten Sie jemals Patrick Wilkins' Vorgesetzten kontaktiert, DI Blake?«

Monica Cairncross schüttelte den Kopf. »Ich beschloss, dass ich als Nächstes lieber mit Ihnen rede. Ich werde in Cambridge bleiben, bis alles zu meiner Zufriedenheit geklärt ist.«

Auf diese Bevorzugung konnte Tara gut verzichten. Sie wollte einfach nur morgens losgehen, ihre Arbeit machen, und sich hinterher wieder in ihr Cottage zurückziehen. Und dass ihr alle anderen vom Hals blieben. Dennoch war es neu für sie, dass jemand lieber mit ihr reden wollte statt mit einem älteren – oder männlicheren – Kollegen.

Sie seufzte. »Wo wollte Ihr Bruder an dem Abend hin, als er starb?«

Die Frau nickte, als hätte Tara bereits nachgegeben und ihre Kooperation nie ernsthaft infrage gestanden. »Er war auf dem Heimweg von einem Treffen mit einer Gruppe junger Akademiker und Freidenker«, antwortete sie. »Sie waren alle Fans von ihm – seine Entourage, wenn man so will. Er nannte sie seine ›Akolythen‹, seine Jünger. Sie kamen in einem Haus draußen in den Fens zusammen, das Ralph gehörte. Dort war er schon am späten Nachmittag von seinem Zuhause in der Madingley Road aus hingefahren.« Eine teure, grüne Wohngegend nahe der Hauptstrecke nach Cambridge, in der lauter große Villen in einigem Abstand zur Straße standen. »Meine Schwägerin und meine Nichte hatte er zu Hause gelassen.«

Es wurde Zeit, die Frau in die Realität zurückzuholen. »Und wie könnte jemand Ihrer Meinung nach den Unfall herbeigeführt haben?«, fragte Tara.

»Vielleicht hatte derjenige etwas an dem Wagen manipuliert, genau wie schon an der Lampe.« Sie hob eine Hand. »Ich weiß, dass nach dem Unfall nach technischen Fehlern gesucht wurde, aber sie könnten etwas übersehen haben. Menschen machen Fehler. Und wenn nicht das, hat vielleicht jemand etwas auf die Straße gelegt oder gestellt, um Ralph abzulenken.«

Nur hätte diese unbekannte Person nicht darauf setzen können, dass Ralph als Erster auf diese »Ablenkung« traf – es sei denn, sie hatte alles äußerst präzise getimt. Und hinterher hätte sie es, was immer es war, wieder entfernen müssen. Was Mordmethoden anging, dürfte diese in puncto Verlässlichkeit bei zwei zu zehn rangieren, und das Risiko, entdeckt zu werden, sehr hoch sein.

Monica Cairncross ignorierte Taras Schweigen. »Oder jemand könnte ihn anrufen und absichtlich abgelenkt haben.«

»Das hätte man anhand seiner Mobilfunkdaten gesehen und es als mögliche Unfallursache angegeben. Selbst wenn es keine Absicht ist, gelten Anrufe grundsätzlich als mögliche Ursache von Konzentrationsverlust. Hatten Sie DS Wilkins gefragt, ob die Handydaten Ihres Bruders überprüft wurden?«

Es verging ein Moment, bevor Dr. Cairncross nickte. »Er sagte, da war nichts zu der Zeit, als er gefahren ist. Aber trotzdem ...«

Tara widerstrebte es, DS Wilkins auch nur vage zuzustimmen, doch es war möglich, dass er in diesem Fall recht hatte, was Monica Cairncross' Theorien anging.

»Ganz gleich was Sie jetzt denken, beweisen Sie mir, dass Sie besser sind als Ihre Kollegen, und sehen Sie sich mal die Akten an«, sagte die Frau. »Schauen Sie nach, ob Ihnen etwas komisch vorkommt. Das dauert nicht lange. Sie erreichen mich im University Arms Hotel, wenn Sie mir Ihre Schlussfolgerungen mitteilen wollen.«

Du hast gut reden. Tara stand auf. »Ich kann nichts versprechen«, sagte sie von oben herab zu ihrer Besucherin. »Aber sollte ich etwas hören, das mir das Gefühl gibt, es wäre mehr zu entdecken, lasse ich es Sie wissen.« Sie stockte. »Der Autounfall Ihres Bruders so kurz nach dem Vorfall mit der Lampe könnte purer Zufall sein. Das ist nicht so ungewöhnlich, wie man denkt.«

Monica Cairncross starrte sie wieder mit diesem kalten Blick an. »War es nicht.«

Die Frau saß immer noch und schaute zu ihr auf. Tara wollte schon sagen, dass sie jetzt gehen müsse, als sie doch aufstand.

Sie gingen in die quadratische Diele. Kurz bevor sie sich verabschiedete, fielen Dr. Cairncross die Visitenkarten von Tara auf dem Tisch auf.

»Ich nehme eine von denen mit, wenn ich darf.«

Das konnte Tara schlecht verhindern.

Jetzt war es draußen nicht mehr nur dunkel, sondern auch regnerisch. Jenseits der Wiese spendeten die Straßenlaternen am Uferweg des Flusses Cam ein fahles Licht, das der eisige Regen noch diffuser machte. Taras Außenbeleuchtung erhellte den winzigen Vorgarten, aber mehr auch nicht. Und zwischen dem und dem Uferpfad war die Wiese eine weite, finstere Fläche, gesprenkelt von den dunkleren Schatten der windgepeitschten kahlen Weiden und Platanen. Der schmale Sandweg, der Monica Cairncross zurück in die Zivilisation führen würde, war unbeleuchtet. Tara verließ sich auf das Licht an ihrem Fahrrad oder auf ihr Handy, um sich den Weg auszuleuchten.

»Eine außergewöhnliche Wohnlage«, sagte Dr. Cairncross, die halb aus der Tür trat und mit einem schwarzen Klappschirm hantierte, den sie aus ihrer Tasche gezogen hatte. Sie hielt kurz inne. »Dann warte ich auf Ihren Anruf.«

Tara sah ihr nur kurz nach, als sie sich auf den Weg machte, wobei sie mit dem Wind zu kämpfen hatte, der ihren Schirm umzuklappen drohte. Sie bezweifelte, dass sie viel zu erzählen hätte, was sie jedoch nicht über die Lippen brachte, als die Frau ging. Jetzt war es wahrlich Zeit für einen Wodka-Tonic, nicht für langatmige Versuche, Erwartungen zu dämpfen.

Sie schloss die Haustür, aber der Wind pfiff durch die Ritzen zwischen Rahmen und Tür und brachte die Abdeckung des Schlüssellochs zum Klappern.

Zehn Minuten später hatte sie ihren Drink intus und aß den Rest einer Tüte Pistazien, während sie eine Bolognese kochte. Sie fühlte sich beinahe menschlich. Es gab eine Menge Instandhaltungsarbeiten am Haus zu erledigen, doch die mussten warten. Seit hundertfünfzig Jahren stand dieses Haus, da würde es sicher noch einige Monate weiter klarkommen. Sobald sie es sich leisten könnte, hätten die Türen und Fenster oberste Priorität. Im Winter war diese Freiluftatmosphäre ein bisschen viel. Und dann vielleicht noch ein etwas Dämmung.

In einer Küchenecke lief dank der schlecht isolierten Außenmauern Kondenswasser an der Wand nach unten.

Tara stellte eine Rotweinflasche in heißes Wasser in der Küchenspüle, um sie aufzuwärmen; dann gab sie Tomatenmark in ihre Bolognese-Soße.

Sie wollte gerade die Pasta aufsetzen, als ihr Arbeitshandy klingelte. Die Nummer auf dem Display war ihr unbekannt, und für einen Augenblick überlegte sie, den Anruf auf die Mailbox laufen zu lassen. Aber die Pasta kochte ja noch nicht ...

Sie nahm das Gespräch an. »Tara Thorpe.«

»Hier ist Monica Cairncross.« Sie klang kurzatmig und sprach schnell. Der Kontrast zu ihrem kühlen, beharrlichen Tonfall vorhin bewirkte, dass Tara den Kochlöffel ablegte, mit dem sie die Sauce umrühren wollte.

»Was kann ich für Sie tun, Dr. Cairncross?«

»Ich komme gerade ins Hotel zurück«, sagte sie. »Ich wollte nicht anrufen, ehe ich drinnen war. Etwas ist passiert, das mein Gefühl bezüglich Ralphs Tod bestätigt.«

Tara wartete

»Jemand hat mich beobachtet.«

»Wann beobachtet?«

»Als ich Ihr Haus verlassen habe. Ich war schon halb wieder auf der Riverside, als ich einen Schatten in der Ferne sah, nahe der schmalen Brücke über den Fluss.«

Die Green Dragon Bridge. Tara gab einen Laut von sich, aber Dr. Cairncross sprach bereits weiter.

»In dem Moment, in dem ich mich in die Richtung drehte, ist die Gestalt verschwunden. Sie wollte eindeutig nicht erkannt werden. Ich bilde mir das nicht ein. Jemand weiß, was ich vorhabe – und will sichergehen, dass ich keine Fortschritte mache.«

Ob Monica Cairncross sich irrte oder nicht, Tara erkannte Furcht sofort. Und sie war ziemlich sicher, dass diese Frau nicht daran gewöhnt war, sie zu empfinden.

Nach dem Telefonat schaltete Tara das Licht in der Küche aus und ging zum Seitenfenster. Von dort blickte man zum Fluss. Sie zog den dünnen karierten Vorhang zur Seite, sodass sie die Brücke weiter vorn und nach rechts den Weg in Richtung Fen Ditton sehen konnte.

Unten vor der Brücke war alles in Schatten gehüllt, sah jedoch ruhig aus. Tara zog den Vorhang wieder zu, schaltete das Licht an und erschauderte, als sie die Pasta aufsetzte.

War wirklich jemand da draußen gewesen?

Beim Abendessen entschied sie, Monica Cairncross zu googeln. Und vielleicht auch eines der Bücher ihres Bruders runterzuladen. Sie musste mehr über die Menschen wissen, mit denen sie es zu tun hatte.

Mittwoch, 28. November

Heute habe ich Monica beobachtet. Natürlich weiß sie nichts. Ich bin mir nicht mal sicher, warum sie so überzeugt ist, dass etwas nicht stimmt. Tief verwurzelte Arroganz, schätze ich, was sie und ihren toten Bruder betrifft. Sie kann sich nicht vorstellen, dass er jemals etwas falsch machen könnte, also kann sein Tod auch kein Unfall gewesen sein. Oh, aber der war er, Monica – das war er. Dass ich ihn möglich gemacht habe, ändert daran nichts. Ich habe ihn bloß auf die Probe gestellt, um zu sehen, ob er bereit war, den Tod anzunehmen. Den Berichten über seine Verletzungen zufolge, kann ich wohl mit Gewissheit sagen, dass er es nicht war. Da war kein ruhiges Akzeptieren. Was so gut zu wissen ist. Die Rechtsmedizinerin sprach von wildem Fuchteln – was auf eine Art Anfall geschoben wurde. Sehr praktisch. Aber wenn Ralph so unbesiegbar war, wie er glaubte, hätte er leicht überleben können. Ich habe lediglich Schicksal gespielt.

Und was seine Unfehlbarkeit betrifft, gab es nie einen Mann, der mit mehr Fehlern behaftet war. Er war ein Triebtäter und ein Heuchler, für so viel Unglück verantwortlich und das Verbreiten von Schmutz, das gestoppt werden musste.

Was Monica betrifft, bringt sie mich zum Lachen. Echt. Sie sieht so furchteinflößend aus – schockierend hexengleich – und je schwülstiger und unvernünftiger sie sich aufführt, desto mehr spielt sie mir in die Hände. Sie soll doch klug sein, aber ihr emotionaler Quotient ist eindeutig im Keller. Jeden, der mit Ralph zu tun hatte, beschnüffelt sie, und anscheinend hat sie die Polizei gegen sich aufgebracht, was ideal ist. Jetzt sehe ich, dass sie sich darauf verlegt hat, eine Neue beim hiesigen CID zu belästigen – eine frühere Journalistin, meinen Recherchen zufolge. Sie ist doch allen Ernstes bei der Frau zu Hause aufgekreuzt! Ich kann mir nicht vorstellen, dass es gut ausgeht, sollte der Officer, der den Todesfall zuerst untersucht hat, davon Wind bekommen.

Und die Exjournalistin? Wird ihre Neugierde siegen? Ganz sicher. Allerdings brauchen sogar Journalisten Fakten, sofern sie nicht für ein Schmuddelblatt arbeiten. Ihr Ruf ist schon fragwürdig, was ihre Methoden angeht, aber nicht bezüglich der Qualität. Sie wird Fakten wollen.

Und das ist das Schöne, Tara Thorpe – die werden schwer zu finden sein. Hinweise, ja. Was die Polizei »Indizienbeweise« nennen würde, noch dazu sehr dünne. Denn ich bin dir viele Schritte voraus, Tara.

Solltest du mir allerdings zu nahekommen, weiß ich, was zu tun ist.

Ich kann nicht behaupten, dass ich mir Sorgen mache.

ZWEI

»Ob ich mich an sie erinnere?« DS Wilkins verdrehte die Augen. »Sie ist wohl schwer zu vergessen, und das war ja erst vor ein paar Monaten oder so. Die hat getobt. Ich fand sie komplett neben der Spur, was man ihr auch angesehen hat – allein dieses wilde Haar!«

Tara holte tief Luft. Glaubte ihr Chef allen Ernstes, man könnte anhand der mehr oder minder konventionellen Frisur sagen, ob jemand zurechnungsfähig war?

»Wenn sie dich auch belämmert hat, wirst du dir ja ein Bild gemacht haben.« Wilkins streckte sich auf seinem Stuhl aus. Wie häufig, nachdem er sein Jackett abgelegt hatte. Tara war sich sicher, dass er es absichtlich machte, um seine Muskeln zur Schau zu stellen, die er im Fitnesscenter trainierte. Kaufte er aus demselben Grund seine Hemden ein bisschen zu klein?

»Hat sie dich belämmert?«, fragte er. »Musst du dich deswegen jetzt mit ihr befassen?«

»Ich glaube, sie hat ihre Aufmerksamkeit auf mich verlegt, weil sie es bei dir schon versucht hatte.« Tara würde ihm nicht erzählen, dass sie Monica Cairncross außerhalb der Arbeit gesehen hatte. Und vor allem würde sie ihm nicht auf die Nase binden, dass sie bei ihr zu Hause gewesen war. »Mir ist klar, dass sie dich wahrscheinlich genervt hat, weil sie so penetrant war, und ich nehme an, da war nichts an Ralph Cairncross' Tod, das dir seltsam vorgekommen ist?«

Wilkins sah sie an. »Glaubst du, ich hätte nicht ermittelt, wäre es so gewesen?«

Das kam ganz darauf an, wie groß die Sache war, über die sie hier redeten. Tara war gewillt zu glauben, dass er ein mittelgroßes Detail überging, wenn ihm alle Wahrscheinlichkeiten sagten, dass es nicht relevant war. Er war kein Mann, der sein Urteilsvermögen infrage stellte. »Nein, natürlich nicht.« Sie sah ihm in die Augen, als sie ihn anlog. »Aber da sie wieder nachgefragt hat, habe ich versprochen nachzusehen. Und ich möchte ihr berichten können, dass ich es getan habe.«

»Und du denkst, dann gibt sie Ruhe? Na, viel Glück! Die Frau ist besessen.« Er schloss einen Moment die Augen. »Gott, ich hasse es, mich mit solchen Frauen abzuplagen.«

Tara biss die Zähne zusammen. Gern hätte sie DS Wilkins gesagt, dass Frauen alle Individuen waren, keine Gruppen von Stereotypen. Ihr war noch nie jemand wie Dr. Cairncross begegnet, aber ihr Chef hatte sie sofort in eine Schublade gesteckt. Und sie konnte sich vorstellen, in welche er die Schwester des Toten sortiert hatte. Wilkins hatte eine merkwürdige Art, mit Frauen umzugehen. Nahmen sie ihn in der Rolle des Lehrers, Beschützers und Beraters an, war er rundum glücklich. Wenn nicht – wagte man gar, Fragen zu stellen –, hatte man ein Problem. Und Tara hatte in ihrer ersten Woche viele Fragen gestellt. Sie hatte ihn nicht kritisiert, sondern bloß gefragt, warum er manche Dinge so handhabe, wie er es tat. Und anstatt es ihr zu erklären, damit sie es verstand, war er beleidigt gewesen. Nicht offen – das wäre ja gut gewesen. Tara war durchaus imstande, mit Konfrontationen umzugehen. Aber bei Wilkins sah man nur den Groll unter der Oberfläche brodeln.

Hin und wieder bemerkte sie, wie DI Blake sie beide nachdenklich beobachtete. Wahrscheinlich fragte er sich, wie lange es dauern würde, bis einer von ihnen in die Luft ging.

Als Journalistin musste Tara sich sehr gut unter Kontrolle haben – bereit sein, ihre Meinung zu ihrem Gegenüber zu verbergen, um das Maximum aus ihm herauszubekommen. Sie konnte noch der abstoßendsten Person das Gefühl vermitteln, auf ihrer Seite zu sein, wenn es ihren Zwecken diente. Doch bei Wilkins war es anders. Bei ihren Interviewpartnern musste sie die Fassade nur für ungefähr eine Stunde aufrechterhalten. Nach einer Woche mit dem DS jedoch wurde ihr klar, wie viel schwieriger es würde, ihre wahre Meinung von ihm nicht durchscheinen zu lassen.

»Aber damit du zufrieden bist«, fuhr Wilkins fort, »darfst du mir glauben, dass da nichts auf mehr als einen Unfall hindeutete.« Er drehte sich weg und begann, einige Papiere auf seinem Schreibtisch durchzugehen.

Offensichtlich hatte er nicht vor, ihr Einzelheiten zu verraten, trotzdem blieb Tara nahe seinem Platz stehen.

»Dr. Cairncross erwähnte einen Vorfall eine Woche vor seinem Tod, bei dem ihr Bruder beinahe ums Leben gekommen wäre, als er an einer Lampe in der Garage der Familie einen heftigen Stromschlag bekam.«

Wilkins seufzte genervt. »Ja, und allen Aussagen nach war die Lampe quasi eine Antiquität. Sie hatte Ralph Cairncross' Vater gehört und flog seit Jahren in der Garage herum. Seine Frau hatte schon vorgeschlagen, sie wegzuwerfen – weil sie sich Sorgen wegen des Kabels machte. Und sie hat uns erzählt, dass ihr Mann es nicht mochte, wenn die Leute überbesorgt waren. Ihm etwas Vernünftiges vorzuschlagen, ging ihren Worten nach immer damit aus, dass er sich weigerte. Nach dem Stromschlag hatte er allerdings nachgegeben, und als wir uns erkundigten, war die Lampe schon auf dem Sperrmüll. In Cambridge gibt es haufenweise Leute, die solche alten Erbstücke zu Hause haben.«

Was stimmte und ganz besonders für Leute mit großen Häusern und genug Platz zutraf, die einfach immer mehr anhäuften, ohne Sachen rauswerfen zu müssen. Da blieben Dinge über Generationen in der Familie.

Plötzlich stand DS Wilkins auf, sodass Tara gezwungen war, von seinem Schreibtisch zurückzutreten. Er lachte. »Man merkt immer wieder, dass du früher Journalistin warst. Du witterst eine Story, keinen Fall, der aufzuklären ist. Aber hier brauchen wir mehr als die Andeutung eines Skandals oder einer Intrige. Wir geben Steuergelder aus, vergiss das nicht, und von denen gibt es sowieso schon sehr wenig. Also wäre es nett, könntest du deinen tratschversessenen Verstand wieder auf das lenken, woran du eigentlich arbeiten solltest: den Hunter-Fall. Ich möchte, dass du seine Telefondaten mit denen der fünf Wegwerfhandys abgleichst, die Davies hatte. Finden wir irgendwelche Überschneidungen, könnten wir im Geschäft sein. Leg los. Der DI will, dass wir uns ganz darauf konzentrieren.«

Tara war erst seit vier Wochen hier, und sie hatte stets ihre volle Aufmerksamkeit auf den Job gerichtet, was Wilkins bewusst sein musste. Mit einiger Anstrengung widerstand sie dem Impuls, ihm das zu geben, was er wollte: Eine patzige Antwort, über die er sich später beschweren könnte.

Stattdessen setzte sie eine unschuldige Miene auf, gepaart mit einem ernsten Nicken, als sie zurück an ihren Schreibtisch ging. »Verstanden.« *Und du kannst mich, Wilkins. Du kannst mich mal.* Sie setzte sich auf ihren Stuhl und öffnete die Dateien auf ihrem Computer. Eine Sekunde lang stand Wilkins da und starrte sie an. Dann schien er es aufzugeben, herausfinden zu wollen, ob sie sarkastisch war. Er nahm wieder an seinem Schreibtisch Platz und schien Tara zu vergessen. *Herrliche Zeiten.*

Später, als Wilkins in der Mittagspause war, setzte Tara ihren Plan um und studierte die Akte zu Ralph Cairncross. Auch ihr stand eine Pause zu, und wenn ihr Vorgesetzter ihr nichts sagen wollte, würde sie ihre Neugier eben in ihrer Freizeit befriedigen. Und gleichzeitig ihr Versprechen gegenüber Monica Cairncross erfüllen. Die Frau wollte einen zweiten Blick auf die Beweise, keine Wiederholung dessen, was Wilkins von Anfang an gesagt hatte.

Tara las gerade eine Zeugenaussage, runzelte die Stirn und war ganz vertieft, als sie etwas – ein leises Geräusch? – aufblicken ließ. Sie drehte sich um und sah, dass Wilkins zurück war und auf ihren Monitor schaute. Er hatte das Kinn vorgeschoben, und seine Augen waren dunkel. Hätte sie ihn als Uniformierte in einem Pub getroffen, wäre er für sie derjenige gewesen, der am ehesten eine Prügelei anfing ...

»Ich habe Mittagspause«, sagte sie.

Zunächst sagte Wilkins nichts. Tara vermutete, dass er versuchte, die Fassung zu wahren. »Und dennoch arbeitest du. Sehr löblich. Aber wenn du schon keine Pause willst, schlage ich vor, dass du mit den Aufgaben weitermachst, für die du bezahlt wirst. Ansonsten hol dir ein Sandwich. Es zeugt von einem Mangel an Vertrauen und schlechtem Gespür für Prioritäten, und beides wünscht DCI Fleming sich nicht in ihrem Team. Denk dran, dass du neu hier bist.«

Und dann hockte er sich tatsächlich wieder an seinen Schreibtisch. Tara war sicher gewesen, dass er rausgehen wollte. Hatte er ernsthaft vor, dort zu sitzen und sie zu beobachten? Wie ein Kleinkind, das seine Spielsachen nicht aus den Augen lassen wollte? Noch nie war es ihr so schwergefallen, sich zu beherrschen. Schließlich stand sie auf und ging raus. Sie wollte nichts essen – dazu war sie zu wütend. Vor dem Gebäude bog sie nach links und wanderte blind die Parkside entlang, während sie wartete, dass die kalte Winterluft sie beruhigte. Schließlich nahm sie ihre Umgebung wieder wahr: die großen Stadthäuser rechts von ihr und den stockenden Verkehr links.

Verfluchter Wilkins. Sie konnte nicht glauben, dass er ihr gedroht hatte. *Denk dran, dass du neu hier bist.* Sie hatte allen Grund, sich bei DCI Fleming über *ihn* zu beschweren. Aber das war nicht ihr Stil. Nicht wie der ihres schleimigen Chefs ...

Von den Ralph-Cairncross-Akten hatte sie nicht viel gelesen, doch was sie gesehen hatte, machte sie fast so wütend wie Wilkins' Benehmen.

Abends rief sie von zu Hause die Schwester des Toten an.

»Sie hatten mir nicht erzählt, dass Ihr Bruder bei dem Unfall über der Promillegrenze war«, sagte sie ohne jede Einleitung. Der Mann hatte genug Alkohol intus gehabt, um die meisten Menschen komplett auszuknipsen, sofern man der Zeugenaussage glauben durfte, die Tara zur Hälfte gelesen hatte. »Ich nehme an, das haben Sie gewusst?«

Monica Cairncross klang kurzangebunden. »Natürlich wusste ich das. Was macht das für einen Unterschied?«

Tara wollte etwas erwidern, aber Dr. Cairncross fuhr ihr über den Mund.

»Ich kenne selbstverständlich das Gesetz, aber das ist doch nur eine Sicherheitsvorkehrung, nicht? Weil nicht jeder trinken und immer noch sicher fahren kann. Ralph konnte das. Er war ein exzellenter Fahrer, und er ist selten nüchtern gewesen, hatte aber nie zuvor einen Unfall gebaut.«

Die Frau war wirklich irre. Und ihr Bruder hatte eindeutig bis dahin Glück gehabt – so wie jeder, der ihm auf der Straße begegnet war. »Es wäre ohne Frage Grund genug für das, was passiert ist«, sagte Tara.

»Da ist immer noch die Sache mit der Lampe«, beharrte Dr. Cairncross.

»Der *antiken* Lampe, die von seinem Vater stammte.«

»Und von der Sadie, seine Frau, jetzt behauptet, sie hätte ihm schon Monate vorher gesagt, er solle sie wegwerfen. Und zweifellos hat sie dafür gesorgt, dass sie endlich verschwand. Es ist sehr praktisch, dass keiner mehr das Kabel überprüfen kann.«

»Dr. Cairncross, was würden Sie tun, wenn Sie einen Schlag von einem alten Elektroteil bekommen haben, das schon seit Jahrzehnten in der Familie ist? Hätten Sie nicht angenommen, dass es seine Zeit hinter sich hat, und es zum Sperrmüll gebracht, so wie Mrs Cairncross sagt?«

»Was ich machen würde, tut nichts zur Sache.«

»Ihr Verlust tut mir leid, aber ich glaube wirklich nicht, dass ich mehr für Sie tun kann.«

Monica seufzte. »Na gut, ich verstehe. Danke für Ihre Zeit. Und leben Sie wohl.«

Tara hatte nicht erwartet, dass sie so schnell aufgab. Und sie empfand eine seltsame Enttäuschung, als sie durch ihr Haus wanderte und die fadenscheinigen Vorhänge vor den Fenstern zuzog.

Später an dem Abend lag Tara in der Badewanne. Das Wasser war beinahe brühend heiß, dennoch war die Emaille der Wanne nach wie vor kalt an ihrem Rücken. Sie sank tiefer ins Wasser und wünschte, sie könnte ihre Knie und ihre Schultern gleichzeitig eintauchen. Von draußen hörte sie eine Eule schreien, und der Wind rüttelte wieder an den Fenstern. Tara dachte an die Gestalt, die Monica Cairncross an der Green Dragon Bridge gesehen zu haben glaubte. Doch in dem Park waren alle möglichen Leute unterwegs. Arbeiter auf dem Heimweg in die Dörfer nördlich von Oxford; Trinker auf dem Weg zum Green Dragon Pub; Drogendealer und Obdachlose auf der Suche nach einem geschützten Schlafplatz. Sie taten

Tara leid, wenn sie bei diesem Wetter da draußen waren. Im Moment war es trocken nach dem Regen gestern, aber die Temperaturen fielen, und die flache Landschaft bot keinen Schutz gegen den bitterkalten Wind.

Tara war schon in dem Park gestalkt worden und kannte diese Angst. Doch wahrscheinlich war die Gestalt, die Dr. Cairncross gesehen hatte, vollkommen harmlos. An so einem einsamen Ort war es leicht, eine Bedrohung zu wähnen, wo keine war.

Sie stieg aus der Wanne, trocknete sich in Rekordzeit ab und zog sich einen superdicken Flanellpyjama an, den sie zwei Tage nach ihrer Rückkehr ins Cottage gekauft hatte. Darüber noch zwei Pullover und Bettsocken.

Bettsocken. Wohl kaum der Gipfel des Glamours – aber sie erfüllten ihren Zweck. Flüchtig dachte sie an Blake. Er trug die besten Anzüge, die Tara je gesehen hatte, und sie standen ihm. Aus irgendeinem Grund machten sie seine ansonsten leicht zerzauste Erscheinung umso anziehender.

Dann schweiften ihre Gedanken zu ihrer Mutter Lydia ab, der Schauspielerin. Sie wettete, dass es in deren Herrenhaus draußen in den Fens jetzt wärmer war als in Taras Cottage, obwohl sich keiner aus der Familie gerade dort aufhielt. Lydia war zu Dreharbeiten in Madeira, während Taras Stiefvater ein Immobiliengeschäft in China abschloss und ihr Halbbruder Harry im Internat war. Tara hatte sich vorgestellt, dass sie in den Dreißigern komfortabel wohnen würde. Doch sie wollte es zu ihren Bedingungen schaffen, und das galt nach wie vor.

Sie holte sich zwei Wärmflaschen für ihr Bett und beschloss dann, ein letztes Mal auf ihrem Handy nach E-Mails zu schauen, bevor sie es sich mit ihrem Kindle gemütlich machte.

Sieh an. Eine Nachricht von Monica Cairncross, vor einer halben Stunde an Taras Arbeitsadresse geschickt. Hätte sie doch nur die Visitenkarten nicht auf dem Dielentisch herumliegen lassen ... Natürlich gab es immer die Option, die Nachricht ungelesen zu löschen. Im Betreff stand: *Ein letzter Gedanke.*

Ausgeprägte Neugier war eine glänzende Eigenschaft für eine Journalistin. Weniger wünschenswert war sie bei einer Polizistin, die ihren Schlaf brauchte. Doch Tara fügte sich dem Unvermeidlichen und öffnete die Mail.

Ich danke Ihnen, dass Sie sich die Angelegenheit als Polizistin angesehen haben, schicke Ihnen aber diese E-Mail, falls Sie in Ihrer Freizeit zum Tod meines Bruders nachforschen möchten, um Ihre journalistische Wissbegierde zu befriedigen.

Tara verdrehte die Augen. *Im Ernst?*

Die Frau hatte die Namen ihrer Schwägerin Sadie und ihrer Nichte Philippa aufgeführt, die beide an dem Abend zu Hause waren, als er starb. Nicht enthalten hingegen waren die Namen der Freunde, die er draußen in den Fens getroffen hatte, wie Tara bemerkte. Sie legte ihr Telefon hin, ohne zu antworten.

Zwar hatte sie sich Ralph Cairncross' letzten Roman auf den Kindle geladen, doch vorerst hatte sie genug von der Familie. Deshalb nahm sie sich den Thriller vor, den sie gerade las. Danach schaltete sie das Licht aus und vergrub alles außer ihrer Nase in der Bettdecke.

Schlaf wollte sich nicht so leicht einstellen. So wie der Wind gegen die Fenster drückte, fragte Tara sich, wie stark die Rahmen waren. Und Monica Cairncross' E-Mail ging ihr nicht aus dem Kopf. Verrückt. Da stand praktisch nichts drin. Warum sollte Tara dem überhaupt Platz in ihrem Verstand einräumen? Es wäre hilfreich gewesen, hätte sie sich die restlichen Fallnotizen ansehen können. Dass Wilkins sie daran hinderte, gab ihr das Gefühl, es nur halb erledigt zu haben.

Warum war Dr. Cairncross so besessen von der Frau und der Tochter ihres Bruders? Woher kam diese starke Abneigung?

Würde Tara glauben, dass an diesem Fall etwas nicht stimmte, sähe sie sich die Freunde von Ralph Cairncross, mit denen er in der Nacht seines Todes verabredet gewesen war, mindestens genauso gründlich an. Schließlich wussten sie eher, wann er wo war – und waren in der besseren Position, ihn auf der Heimfahrt abzufangen.

Sie dachte an die Zeugenaussage, die sie lesen wollte, als Wilkins sie unterbrochen hatte. Sie war von einem der »Akolythen«, wie Ralph Cairncross sie laut seiner Schwester genannt hatte, Lucas Everett. Es klang, als hätten sie an dem Abend eine recht ausgelassene Party draußen in den Fens gefeiert. Tara erinnerte sich, dass Lucas gesagt hatte, Ralph hätte gut gelaunt gewirkt und eventuell mehr als sonst getrunken, aber nicht so viel, dass Lucas sich Sorgen machte, weil er mit dem Wagen nach Hause fuhr. Tara vermutete, dass Lucas selbst zu viel gebechert hatte.

In seiner Aussage stand, dass einer aus der Gruppe – ein Stephen Ross, sofern Tara sich recht entsann – versucht hatte, Ralph Cairncross vom Fahren abzuhalten. Aber Lucas erzählte dem befragenden Polizisten, der Autor hätte es gehasst, wenn sich jemand um ihn sorgte. Folglich hatten Stephens Bedenken ihn nur in seinem Entschluss bestärkt. Lucas zufolge war niemand von ihnen auf den Gedanken gekommen, die Polizei anzurufen und zu warnen, dass er auf der Straße war. Es war schlicht ein zu normales Vorkommnis.

Tara erinnerte sich an Lucas' Daten. Sie hatten sich ihr eingeprägt, weil er Post-Doc an der Englisch-Fakultät der University of Cambridge war und sie sich gefragt hatte, ob er auch schreiben wollte, wie Ralph Cairncross. Eventuell hatte er ihn als Helden verehrt und sein Verhalten eher als exotisch betrachtet, nicht als gefährlich.

Das reicht. Wieder versuchte Tara abzuschalten, denn sie war müde genug um zu schlafen, aber zwanzig Minuten später war sie immer noch wach. Schließlich setzte sie sich auf, griff

nach ihrem Kindle und öffnete das letzte veröffentlichte Buch
von Ralph Cairncross, *Aus heiterem Himmel*. Sie wusste genügend über den Ruf des Schriftstellers, um zu vermuten, dass es
anstrengend würde. Doch tatsächlich ließ es sich anders an, als
erwartet. Die Eröffnungsszene war bildgewaltig. Ein Mann
schwamm in einer Lagune vor der Küste von Nordaustralien.
Tara konnte das Salzwasser riechen, ihren Körper hindurch-
gleiten fühlen, die Wärme spüren. Der Schwimmer wurde
sinnlich beschrieben: seine kräftigen Muskeln, die geschmei-
digen Bewegungen seiner Arme und Beine, das Gewicht seines
nassen dunklen Haars. Und dann erfolgte seine physische
Reaktion auf die Angst, als er eine Kreatur im Wasser sah: eine
schön gezeichnete Riffschlange, eine der giftigsten Arten welt-
weit. Der Aufbau machte das Ende der Szene umso schockie-
render. Der Schwimmer drehte sich im Wasser um, machte
kräftige Züge weg von dem Reptil; doch als er durch die Wellen
pflügte, wanderten seine Gedanken zu dem Leben, das er
gehabt hatte, und seiner schwindenden Jugend, und er hielt
inne. Er wandte sich zurück in Richtung der Schlange, tauchte
unter Wasser und blickte sich nach dem Feind um, vor dem er
eben noch geflohen war. Und dann sah er die Schlange. Und sie
sah ihn.

Sie schwammen aufeinander zu, bis der Schwimmer nahe
genug war, um die Schlange zu packen und an seinen Hals zu
halten, wo sie ihn biss. Danach legte er sich auf den Rücken.
Schaute zum blauen Himmel auf und wartete auf den Tod.

Es wirkte umso entsetzlicher, weil es so schön und lebendig
beschrieben war und die Entscheidung des Schwimmers so
unnatürlich. Tara fröstelte. Sie las noch weit genug ins nächste
Kapitel, um zu erkennen, dass es eine Art Flashback sein
musste, in dem die Lebensgeschichte des Schwimmers erzählt
wurde, bis er an jenem letzten Tag in die Lagune eintauchte.

Was für ein Mensch schrieb solch ein Buch?

Wieder dachte sie an Lucas Everett. Hatte er Ralph Cairncross' Arbeit studiert? Was hielt er davon? Über ihr Handy gebeugt und in dem kalten Zimmer fest in ihr Bettzeug gehüllt, googelte sie den Post-Doc-Forscher.

Und schnappte nach der eiskalten Luft, die ihr tief in die Lunge drang.

DREI

Patrick Wilkins hatte Blake auf seinem Weg in die Wache aufgelauert, bevor er auch nur eine Chance hatte, den Kaffeeautomaten zu plündern. Jetzt saß er in Detective Chief Inspector Flemings Büro und fühlte sich uneins mit der Welt im Allgemeinen und seinem DS im Besonderen.

Karen Fleming wirkte nicht minder unglücklich. Sie wollte einen reibungslosen Ablauf in ihrer Abteilung, und Patricks Beschwerden über seinen neuesten Detective Constable sorgten für unangenehmen Wirbel. Wäre er zuerst zu Blake gekommen, hätte der Patrick erklärt, dass Fleming wenig erfreut wäre.

»Wir sind hier nicht in der Grundschule.« Selbstverständlich richtete Fleming das an Blake. »Und nicht mal da laufen alle gleich zur Direktorin, wenn sich jemand in der Klasse danebenbenimmt.«

Blake könnte sich verteidigen, wenn er wollte; ihm war nicht einmal klar gewesen, dass es zwischen Patrick und Tara zu echtem Streit gekommen war – obwohl er es hätte ahnen können, denn er kannte die beiden. Doch obwohl es unfair war, ihm die Schuld zu geben, brachte er sich nicht über sich, es zu sagen. Damit würde er Flemings Kritik mehr Gewicht beimessen, als sie verdiente. Da sparte er sich lieber seine Energie und sah stattdessen Patrick an.

»Ich wollte das Problem mit jemandem besprechen, der weniger direkt involviert ist«, sagte sein DS, wobei er für einen Moment Blakes Blick einfing, bevor er zu Fleming schaute. Blake gefiel nicht, was er anzudeuten schien. Oder sein Ton.

»Nun«, sagte Fleming, »da wir hier alle versammelt sind, möchten Sie uns vielleicht erklären, was los ist.« Sie hatte sich einen Kaffee geholt und umfasste den Becher mit beiden Händen. Bei dem Duft wollte Blake heulen.

Patrick führte seine Beschwerde aus. Anscheinend war die Schwester eines Unfallopfers mit der grotesken Behauptung an Tara herangetreten, dass jemand nachgeholfen hätte. Blake erinnerte sich an den Fall – und dass er ihn Patrick zugeteilt hatte. Patrick erzählte, er hätte Tara gesagt, an den Behauptungen der Schwester wäre nichts dran, und hatte sie »ermuntert«, mit ihrer Arbeit weiterzumachen. Blake konnte sich vorstellen, wie toll das bei ihr angekommen war. Aber Tara hätte sich ihren Ärger nie und nimmer anmerken lassen; sie hätte beschlossen, Patricks Wünsche heimlich zu umgehen.

»Und du fandest es nicht angemessen, ihr mehr Hintergrundwissen zu liefern, nicht mal ein wenig?«, fragte Blake.

»Du weißt, wie sehr wir alle mit dem Hunter-Fall beschäftigt sein. Ich habe ihr gesagt, was sie wissen musste. Das hätte reichen müssen. Aber später, als sie dachte, dass ich in die Mittagspause gegangen bin, habe ich sie ertappt, wie sie sich trotzdem die Akten zu Ralph Cairncross' Unfall aufgerufen hatte.«

»Und hatte sie das in der Zeit gemacht, in der sie eigentlich das tun sollte, was Sie ihr gesagt hatten?«, fragte die DCI.

Blake bemerkte ein Zucken ihrer Augenlider. Nie ein gutes Zeichen.

Patrick runzelte die Stirn.

»Sie erwähnten, dass Sie auf dem Weg in die Mittagspause waren, als Sie unerwartet zurückgekommen sind und sie ertappten«, sagte Fleming. »Also hat sie da vielleicht auch Pause gemacht und entschieden, in der Zeit der Anfrage nachzugehen, die sie erhalten hatte. Hatte sie die Aufgabe, die Sie ihr zugeteilt hatten, innerhalb angemessener Zeit erledigt?«

Der DS klang beleidigt. »Es war annehmbar. Aber es ist der Mangel an Vertrauen, der mich stört. Sie hätte mir glauben müssen, dass an den Todesumständen von Cairncross nichts verdächtig war.«

Fleming stellte ihren Kaffee ab und straffte die Schultern. »Ich halte grundsätzlich nichts davon, Wissbegier zu unterdrücken. Und ich finde nicht, dass ihr Tun zwingend mangelndes Vertrauen impliziert.«

Blake stimmte ihr zu, auch wenn er sich ziemlich sicher war, dass Taras Vertrauen in Patrick Wilkins eher gering war. Sie konnte Idioten nicht ausstehen.

»Wenn sie es mit einer trauernden Angehörigen zu tun hatte, ist es nicht ungewöhnlich, dass sie sich selbst die Berichte ansehen wollte. Es wäre vernünftig, mit ihr über ihre Bedenken zu sprechen.«

»Trauernde Angehörige.« Patrick schüttelte den Kopf. »Die Frau ist eine Tyrannin.«

Nun war es an Fleming, die Stirn zu runzeln. »Kommen wir zurück zu Tara. Ich frage mich, ob Ihre Probleme über den Cairncross-Vorfall hinausgehen, Patrick. Falls ja, gehen wir sie am besten jetzt gleich offen an. Natürlich ist mir bewusst, dass Sie eine Menge über ihren Hintergrund wissen, dank des Seabrook-Mordfalls.«

Patrick schüttelte wieder den Kopf. »Tut mir leid, Ma'am, aber ich kann immer noch nicht glauben, dass wir eine Frau im Team haben, die einen Zivilisten angegriffen hat. Und eine Waffe bei sich trug, als sie von Samantha Seabrooks Mörder entführt wurde.«

»Patrick, Sie wissen, wie streng die Regeln sind, nach denen bewertet wird, ob sich jemand für den Polizeidienst eignet oder nicht. Auf höherer Ebene wurde ihre Vergangenheit durchaus berücksichtigt und entschieden, dass es sich um außergewöhnliche Umstände handelte. Und sie wurde nie wegen irgendetwas verurteilt. Darüber hinaus hat sie hervorragende Zeugnisse aus der Ausbildung, ohne den geringsten Hinweis auf disziplinarische Probleme. Ich möchte, dass wir ihre Fähigkeiten nutzen und ihr helfen, sich beruflich weiterzuentwickeln. Sollten Sie echten Grund zur Beschwerde haben, können Sie sich selbstverständlich jederzeit an DI Blake wenden, der sich dessen annimmt, *falls nötig*. Haben ich mich klar ausgedrückt?«

Patricks wütender Blick richtete sich sowohl auf ihn als auch auf die DCI, wie Blake feststellte. »Sonnenklar«, antwortete sein DS.

»Ma'am«, sagte Blake, als Fleming ihn anblickte.

»Und, Blake, vielleicht könnten Sie mal in Ruhe mit Tara sprechen? Dafür sorgen, dass sie transparent in dem ist, was sie tut. Je offener wir alle sind, desto geringer ist die Gefahr, dass es zu solchen zeitraubenden Missverständnissen kommt."

Er nickte. Immer noch wünschte er, er könnte den Abend aus seinem Gedächtnis löschen, als er am Ende des Seabrook-Falls mit Tara auf einen Drink im Champion of the Thames gewesen war. Es war seltsam. Nichts war passiert, dennoch war die Atmosphäre aufgeladen gewesen. Irgendwie hatte es die Tür zu etwas geöffnet, das nie sein könnte und trotzdem beiden durch den Kopf gegangen war. Er hatte es an dem ersten Tag in ihren Augen gesehen, als sie in sein Team kam, und er wusste, dass sie es auch in seinen erkannt hatte.

Fünf Minuten später war Blake mit einem Kaffee auf dem Weg in sein Büro, als er Tara und Patrick hörte. Ihre Stimmen waren nicht sehr laut, dennoch war deutlich, dass beide aufgebracht waren. Wahrscheinlich befolgte Patrick Flemings Rat und sprach mit Tara über ihre Bedenken im Cairncross-Fall. Allerdings nicht auf die taktvolle Art, die ihre Vorgesetzte im Sinn gehabt hatte. Einen Augenblick lang erwog Blake, sie die Sache allein austragen zu lassen; andererseits wäre es ein guter Moment, mal mit Tara zu reden, wie Fleming es empfohlen hatte. Er öffnete die Tür zu dem Gemeinschaftsbüro seines Teams.

»Auf ein Wort, bitte.« Jetzt, da er sein Koffein hatte, würde er dazu in der Lage sein.

Taras rotblondes Haar war hoch aufgesteckt. Ihr Stil hatte sich nicht sehr verändert, seit er ihr zum ersten Mal begegnet war. Heute trug sie einen klassischen Hosenanzug, den Blakes Designerschwester mögen würde: ein warmes Braun mit einem dezenten Muster, die Jacke in der Taille eingenommen und eine schmale Hose. Blake erheischte einen Blick in ihre grünen Augen, auch wenn sie nicht versuchte, ihn direkt anzusehen. Wilkins aber sehr wohl. Und sein Gesichtsausdruck sagte Blake, er solle sich ja auf seine Seite schlagen.

Tara brachte ihren Laptop mit und setzte sich vor seinen Schreibtisch.

»Setz dich bitte, Patrick«, musste Blake ihn auffordern. Er bemühte sich, nicht müde zu klingen. Sobald beide Platz genommen hatten, fragte er, worum es eben gegangen war. »Das Gespräch klang angespannt«, ergänzte er. »Hast du Tara nach dem Cairncross-Fall gefragt, Patrick?«

Taras Augen weiteten sich kaum merklich. Anscheinend hatte sie gewusst, dass Wilkins hinter ihrem Rücken über sie redete. Und der DS runzelte die Stirn wie ein Schuljunge, der bei einem Fehler erwischt wurde.

»Das nehme ich mal als Ja«, sagte Blake. Er sah Tara an. »Es könnte eine gute Idee sein, einen leitenden Officer einzuweihen, wenn du vorhast, nach mehr Informationen zu seinem Fall zu suchen«, sagte er. »Wenn alle klar sagen, was sie planen, bleibt kein Raum für Missverständnisse.« Und er würde Patrick sagen, dass er offener für Fragen sein musste. Und kein Arsch sein sollte. Aber nicht vor Tara. Und vielleicht nicht ganz mit diesen Worten.

»Verstanden«, sagte sie. »Ich hatte nur aus Interesse in meiner Pause nachgesehen, deshalb dachte ich nicht, dass es jemandem etwas ausmacht.« Dieses Lächeln. Sie behandelte ihn wie alle anderen, achtete auf ihr Mienenspiel. Bevor sie Kollegen wurden, war sie immer brutal ehrlich gewesen. Diese Veränderung gefiel Blake nicht.

»Und war es nützlich, mehr zu wissen?«

Sie zuckte mit den Schultern. »Ich bin nicht sehr weit gekommen, aber es gibt einige Informationen, die dafür sprechen, dass Ralph Cairncross' Tod ein Unfall war und kein Fremdverschulden vorliegt. Er hatte an dem Abend, an dem er starb, sehr viel getrunken. Das habe ich auch seiner Schwester mitgeteilt.«

Das also war eines der kleinen Details, die Patrick Wilkins ihr nicht verraten wollte.

»Nachdem ich aus den Berichten hier nicht viele Informationen bekommen konnte«, fuhr Tara mit einem sehr kurzen Seitenblick zu Patrick fort, »habe ich gestern Abend noch ein klein wenig im Internet recherchiert. Ich wollte mir sicher sein, dass mein Hintergrundwissen korrekt ist.«

Blake bezweifelte, dass die Beschreibung »ein klein wenig« stimmte. »Hast du deshalb jetzt den Laptop mitgebracht?«

Patrick Wilkins rückte auf seinem Stuhl nach vorn. »Was DC Thorpe gefunden hat, ändert nichts an den fundamentalen Fakten ...«

Blake fiel ihm ins Wort. »Schon gut, Patrick. Ich möchte gern, dass Tara meine Frage beantwortet.«

»Ja, deshalb habe ich ihn hier«, sagte sie, strich sich eine Haarsträhne hinters Ohr und klappte den Laptop auf. »Ich hatte jemanden aus der Gruppe recherchiert, mit der Ralph Cairncross sich an dem Abend getroffen hatte. Sie waren sein innerer Kreis, wenn man so will, seine ›Akolythen‹, wie er und seine Schwester sie nannten.«

Wilkins Züge spannten sich an.

»Und was hast du gefunden?«

Tara stellte ihren Laptop auf seinen Schreibtisch und drehte ihn zu Blake, sodass er den Zeitungsartikel sehen konnte. Wieder warf sie Patrick einen Seitenblick zu. »Dies sind Informationen über einen aus der Gruppe, Lucas Everett. Seine Zeugenaussage hatte ich gerade zu lesen angefangen, als DS Wilkins mich bat, nicht weiterzumachen.« Sie richtete ihre grünen Augen auf Blake. »Mir ist klar, dass es Zufall sein könnte, aber da Monica Cairncross auf mehr Informationen drängt, habe ich mich gefragt, ob man nicht ein wenig Zeit für Nachfragen erübrigen kann, um sicherzugehen, dass ihre Bedenken unbegründet sind.«

Es war die Schlagzeile, die Blake als Erstes ins Auge fiel: Über einen jungen Mann, der im Meer vor Suffolk ertrunken war. Er war zu weit hinausgeschwommen. Lucas Everett. Der Artikel war vom vierten Oktober – kurz nach Cairncross' Ertrinken, wenn Blake sich richtig erinnerte.

Blake runzelte die Stirn. »Könnte es Selbstmord sein, aus Trauer um den Tod seines Mentors?« Er wies auf den Computerbildschirm. »Vielleicht standen sich Everett und Cairncross besonders nahe.« Die ganze Story hatte er nicht gelesen.

Doch Tara verneinte. »Das glaube ich nicht. Ich habe einen neueren Artikel gefunden, in dem berichtet wird, was die Rechtsmedizinerin festgestellt hat. Sie gibt es als Unglücksfall aus, genau wie bei Ralph Cairncross. Viele Details nennen beide Artikel nicht, aber wenn ich nach Suffolk fahre, könnte ich vielleicht Näheres von Lucas Everetts Mutter erfahren.«

»Wir stecken *mitten* in dem Hunter-Fall.« Blake hörte Patrick seine Wut an. Er schätzte, dass eine Menge Emotionen im Spiel waren, weil Tara sich in einen Fall »einmischte«, den er bereits zu den Akten gelegt hatte. Für einen Moment schweiften Blakes Gedanken zu seiner früheren Mitarbeiterin DS Emma Marshall ab, die vor zwei Monaten zum DI befördert worden war und ihn allein mit Patrick zurückließ. In Zeiten wie diesen vermisste er ihren kühlen Kopf und ihren Humor mehr denn je. Ganz oben wurde noch überlegt, ob man sie ersetzen oder einen zusätzlichen DC einstellen sollte. *Noch mehr Unruhe ...*

Er seufzte. Gegenwärtig war es arbeitstechnisch nicht so eng. Er könnte jemand anderen für den Rest des Tages Taras Aufgaben übernehmen lassen und Wilkins die Manpower geben, die er brauchte, damit sie nach Suffolk fahren konnte. Aber war es gerechtfertigt? Das war die Frage. Zwei Männer ertranken in kurzem Abstand, die eng miteinander zu tun hatten, was für ihn jedoch nicht zwingend »Mord« schrie.

»Überlasst das mir«, sagte Blake und wartete, dass die beiden gingen. Es wurde Zeit, dass er sich die Fallnotizen anschaute. Dann würde er entscheiden.

Fünfzehn Minuten später blickte er blind auf seinen Bildschirm, nachdem er Agneta Larssons Bericht gelesen hatte. Tief in ihm regten sich erste Zweifel. Er rief Tara in sein Büro.

»Na schön«, sagte er. »Fahr rüber nach Suffolk, und berichte mir hinterher. Ich sorge dafür, dass Patrick die Unterstützung hat, die er braucht, solange du weg bist. Und es sind die Samthandschuhe gefragt. Wahrscheinlich ist da nichts dran, doch ich möchte lieber Gewissheit haben.«

VIER

Tara war froh, aus dem Büro zu kommen, auch wenn die Alternative eine Fahrt bei miesem Wetter über die A14 bedeutete, denn es hatte eben zu schneien begonnen. Wie Blake sagte, war wahrscheinlich nichts dran. Und sollte sie bis heute Abend nichts Konkretes entdeckt haben, durfte sie sich schon auf Wilkins' hämisches Grinsen freuen – wenn auch erst Montag, frühestens. Vorher kam das Wochenende, ehe sie ins Büro und zu mehr Papierkram im Hunter-Drogenfall zurückkehrte. Während sie sich auf die Fahrt vorbereitete, hatte sie gehört, wie Blake eine Vertretung für sie organisierte. Er hatte DC Max Dimity für die Laufarbeit eingeteilt, die sie sonst erledigt hätte.

Wilkins wäre nicht glücklich mit dieser Lösung. Er nannte Max Dimity hinter dessen Rücken »Max Dummity«. Niemals vor Blake, verstand sich – ganz so blöd war dann doch nicht. Tara war Max Dimity erstmals vor vier Jahren begegnet, als sie in die Samantha-Seabrook-Ermittlung verstrickt gewesen war. Was ihn betraf, fiel ihr häufig der Spruch von stillen Wassern ein, die tief sein konnten, und sie schätzte, es würde eine Weile dauern, bis sie ihn richtig kannte. Blake jedenfalls schien ihn zu schätzen.

Der Schnee fiel inzwischen dichter. Tara fragte sich, ob sie mehr Ausrüstung hätte mitbringen sollen: wärmere Kleidung, eine Flasche Wasser und Essen, falls sie stecken blieb. Wenigstens hatte sie ihren langen Mantel dabei: ein knielanges Teil, das gerade noch schick genug für die Arbeit war. Weiter vorn konnte sie eine Menge Bremslichter aufscheinen sehen, und von hinten näherten sich Sirenen. Einen Moment später fädelte sich ein Krankenwagen durch die Autoreihen.

Sie wollte zu einem Küstenort namens Kellness, in dem Lucas Everetts Mutter lebte. Anfang Oktober war Lucas bei ihr gewesen, denn er hatte sich einige Tage von dem Forschungsprojekt an der Englisch-Fakultät in Cambridge freigenommen. Und dann war er ertrunken. Wie war man zu dem Urteil gekommen, dass es sich um einen Unglücksfall handelte und nicht um einen Unfalltod? Sie mussten Grund zu der Annahme gehabt haben, dass es Lucas' bewusstes Handeln gewesen war, das zu seinem Tod geführt hatte.

Tara hatte vorher bei Lucas' Mutter angerufen, Jackie Everett. Sie sollte sie in ihrem Zuhause besuchen – in einer Stunde, wie Tara die Uhr am Armaturenbrett verriet. Dann sah sie wieder zu dem Schnee. Verflucht. Rief man jemanden aus heiterem Himmel an und bat um ein Gespräch über einen tragischen Tod in der Familie, war das Letzte, was man wollte, die Person warten zu lassen. Tara stellte keine Mutmaßungen an, was sie finden würde, doch zwei Tode in solch kurzer Abfolge machten sie nachdenklich. Und dann war da Monica Cairncross' Einstellung zu ihrer Schwägerin und Nichte sowie die Beziehung, die Ralph zu seiner Gruppe junger Freunde gehabt hatte. All das bescherte ihr ein komisches Gefühl.

Und schließlich die Tatsache, dass Blake beschlossen hatte, sie nach Suffolk zu schicken. Was hatte er in der Viertelstunde getan, nachdem er Wilkins und sie aus seinem Büro entlassen hatte? Wenn er die Akten gelesen hatte, die ihr verboten wurden, mussten sie seine Entscheidung beeinflusst haben.

War etwas an dem Fall seltsam? Etwas, das Wilkins hätte bewegen müssen, genauer hinzusehen?

Falls ja, würde es erklären, warum er vehement dagegen war, dass sie mehr herausfand. Und es bedeutete, dass sie es Monica Cairncross schuldig war, weiter zu ermitteln – selbst wenn Alkohol eine wesentliche Rolle beim Tod ihres Bruders gespielt hatte.

Das Heizgebläse des Wagens lief auf Hochtouren, trotzdem war Tara innerlich kalt.

Um drei Uhr fuhr Tara vor einem großen, wohlproportionierten viktorianischen Haus mit Rotklinkerfassade und Meerblick vor. Jessop House, das Heim von Lucas' Mutter. Die Frau hatte am Telefon erklärt, dass sein Vater vor fünf Jahren gestorben war und Lucas keine Geschwister hatte. Es hatte nur sie beide gegeben. Das Haus stand ganz am Rand von Kellness, gute hundert Meter von den nächsten Nachbarn entfernt. Einzig ein schmaler Pfad trennte es vom Kiesstrand. Einen Moment lang blieb Tara vor ihrem Wagen stehen und beobachtete die Wellen, lauschte ihrem Schlagen auf den Kies und dem Gurgeln, mit dem sich das Wasser wieder zurückzog. Möwen schrien wie verzweifelt, und der Wind trug den Salzwassergeruch herbei.

Es war schwer vorstellbar, dass jemand dort ins Meer hinausschwimmen wollte. Hier war man den Elementen viel zu sehr ausgesetzt. Der Wind peitschte Tara eisige Flocken ins Gesicht, ließ ihr die Nase und die Wangen gefrieren. Vergeblich versuchte sie, sich den Strand im Sommer auszumalen, voller Kinder mit Schwimmreifen und Strandlaken. Im Oktober, als Lucas ertrank, war es mild gewesen, die Nordsee aber trotzdem eiskalt.

Tara wandte sich zurück zum Haus. Vor der Einfahrt war ein Tor, weshalb sie an der Straße geparkt hatte, anstatt es zu öffnen, hindurchzufahren und wieder zu schließen. Sie ging durch die kleine Pforte und auf die rote Haustür zu. Die Fenster sahen dunkel aus, als wäre sämtliches Leben aus diesem Haus gewichen. Nach Taras Klopfen vergingen ein paar Minuten, bis sie drinnen Bewegung hörte. Dann endlich zeichnete sich ein Schatten durch das Glas in der Tür ab, der langsam näher kam. Die Frau, die öffnete, schätzte Tara um die sechzig. Sie hatte graues, kurzes Haar und trug einen Fischerpullover, eine dunkelblaue Hose und einen geknoteten Schal um den Hals.

Nachdem Tara sich vorgestellt und ihren Dienstausweis gezeigt hatte, trat sie zurück. In der Diele war es kalt und fast dunkel, aber weiter hinten im Haus brannte Licht.

»In der Küche ist es wärmer«, sagte Jackie Everett. »Im Winter wohne ich praktisch dort, weil da der Herd ist. Ihnen muss kalt sein nach der Fahrt. Kann ich Ihnen einen Tee anbieten?«

Tara nahm dankend an und folgte der Frau.

»Ich habe nicht damit gerechnet, noch mehr über Lucas' Tod zu hören«, sagte Mrs Everett. »Und Sie erwähnten, dass dieser Besuch mit Ralph Cairncross zu tun hat. Ich dachte, das sei alles längst abgeschlossen.« Sie beschäftigte sich mit einem altmodischen Kessel, der bereits auf einer der heißen Platten stand, doch Tara entging nicht, wie sich ihre Haltung veränderte, als sie Cairncross' Namen nannte, und ihre Stimme bekam eine angestrengte Note, als müsste sie ihre Gefühle im Zaum halten.

»Dachten wir auch«, sagte Tara. »Und es kann immer noch gut sein, dass es so ist. Aber es haben sich Fragen zu der Art seines Todes ergeben.« Sie war froh, dass die Frau weder Monica Cairncross' Vorwürfe noch Wilkins' Skepsis bezeugt hatte. »Bei einigen Nachforschungen haben wir die Presseberichte zum Tod Ihres Sohnes entdeckt. Soweit wir wissen, war niemandem offiziell bewusst, dass zwei Menschen, die so eng miteinander verbunden waren, so kurz hintereinander gestorben sind. Wir stellen lediglich einige Routineermittlungen an, um sicherzugehen, dass wir alles richtig untersucht haben.« Sie nahm den Tee entgegen, den Mrs Everett ihr reichte, und gab etwas Milch aus der Flasche hinein, die ihr die Frau auf dem Küchentresen hinschob. »Es tut mir leid. Das Letzte, was wir möchten, ist, Sie zu zwingen, mehr schmerzvolle Gespräche über Ihren Sohn zu führen. Ich sollte auch nicht allzu viel von Ihrer Zeit in Anspruch nehmen.«

Jackie Everett bedeutete Tara, sich an einen großen Holztisch zu setzen. »Ich rede gern über meinen Sohn, DC Thorpe, aber sein Verhältnis zu Ralph Cairncross weckt böse Erinnerungen. Und ich verstehe nicht, wie es irgendwelche Fragen zu der Art geben kann, wie er gestorben ist. Lucas hat mir erzählt, dass Ralph an dem Abend sehr viel getrunken hatte, bevor er seinen Wagen in den Fluss lenkte.«

Tara nahm auf dem Stuhl Platz, auf den Mrs Everett gezeigt hatte, und öffnete ihren Mantel. »Haben Sie Mr Cairncross nicht gemocht?«

Jackie Everett sank auf einen Stuhl neben dem Herd und ließ sich von dem Dampf aus ihrem Teebecher das Gesicht wärmen. »Lucas hatte sich verändert, als er sich mit ihm einließ. Früher war er recht oft nach Hause gekommen, und das wurde immer weniger. Es war an sich kein Problem. Immerhin war er siebenundzwanzig und hatte vielleicht schon zu viel Zeit zu Hause verbracht. Es war überfällig, dass er sein eigenes Leben führte – nur nicht mit jemandem wie Ralph Cairncross. Ich hatte mir für ihn gesunde Beziehungen zu Menschen in seinem Alter gewünscht.«

»Mein Eindruck war, dass andere Mitglieder von Mr Cairncross' innerem Zirkel auch ungefähr in Lucas' Alter waren«, sagte Tara und trank einen Schluck Tee. Sie erinnerte sich, dass Monica Cairncross sagte, sie wären jung gewesen. Als sie ihren Becher wieder auf den Tisch stellte, bemerkte sie, dass er nicht sauber war, und schloss für einen Moment die Augen, während sie hoffte, sie könnte die Lippenstiftspuren ungesehen machen, die nicht von ihr stammten.

»Oh ja!« Mrs Everetts Lachen klang nicht amüsiert. »Ralph Cairncross scharte offenbar gern junge Leute um sich. Aber die waren keine Freunde. Sie alle verband nur er. Der gemeinsame Nenner, wenn man so will. Und er bestimmte, wer kam und ging – wer zur Gang gehörte und wer nicht. Mich erinnerte er an einige Mädchen, die ich als Kind gekannt hatte.«

Tara wusste, was sie meinte. Die hatte es auf ihrer Schule auch gegeben. »Und Sie sagten, Ihr Sohn hätte sich verändert, als er in Ralph Cairncross' Gruppe kam?«, fragte sie. »Abgesehen davon, dass er Sie seltener besuchte?«

Jackie Everett nickte. »Er fing an, auf jeden herabzusehen, der nicht Ralph Cairncross' Weltsicht teilte.«

Tara sah sie fragend an.

»Dass Jugend alles ist. Dass wir hell strahlen müssen, dann den Tod begrüßen und ausbrennen.«

Unwillkürlich dachte Tara an Ralph Cairncross' letztes Buch: Den Schwimmer, der beschloss, dem Tod entgegenzutauchen und ihn zu akzeptieren. Sie musste ein Erschauern unterdrücken.

Mrs Everett blickte für einen Moment ins Leere. »Ich hatte mich gefragt, ob Ralph Cairncross sich an jenem Abend betrunken hat und achtlos gewesen ist, weil Altern wider seine ganze Lebensphilosophie war. Vielleicht gefiel ihm die Idee, so plötzlich zu gehen, wenn er sich womöglich auf dem Höhepunkt glaubte, und bevor er langsam verfiel.« Sie blickte in ihren Becher. »Er war übrigens siebenundfünfzig als er starb. Jünger als ich.«

Tara schätzte, dass andere sich dasselbe gefragt hatten, wenn das Cairncross' Credo gewesen war. Hätte er es getan? Seine Schwester glaubte es in jedenfalls nicht.

»Aber Lucas hat geglaubt, dass Ralph Cairncross' Ertrinken

ein klarer Unfall war«, ergänzte Jackie Everett. »Er hat gesagt, Ralph maß Alter – bei sich selbst zumindest – nach Verhalten und Einstellung, nicht tatsächlichen Jahren. Deshalb hatte er sich mit diesen jungen Leuten umgeben. Und wenn er sich wie ein dummer Teenager benahm, dann stand er zu seinen Prinzipien.« Plötzlich stiegen ihr Tränen in die Augen. »Dabei hatte er schon ein gutes Leben gehabt und war alt genug, seine eigenen Entscheidungen zu fällen. Wenn er so leben wollte, sich keine Gedanken über seine Zukunft machen, dann bitte. Aber er hatte kein Recht, Lucas mit seinen verqueren Ideen zu infizieren.« Sie sah Tara mit tränennassen Augen an. »Mein Sohn wäre niemals so wahnsinnig gewesen, spätabends weit rauszuschwimmen, bevor sie sich begegnet waren. Dessen bin ich mir sicher.«

Tara neigte sich zu der Frau. »Es tut mir so leid.« Sie verstummte kurz, um der Frau Zeit zu geben, sich zu fangen. »Haben Sie direkt nach Ralph Cairncross' Tod mit Lucas reden können? War er sehr erschüttert?«

»Fragen Sie sich, ob es ihn veranlasst haben könnte, weniger auf seine eigene Sicherheit zu achten, weil er trauerte?«

»Das kommt vor.«

Jackie Everett nickte. »Ich gebe zu, dass ich mir Sorgen gemacht habe, er könnte am Boden zerstört sein.« Sie wandte kurz den Blick ab. »Mein Sohn war schwul, müssen Sie wissen, und ich habe mich gefragt, ob Ralph Cairncross' Einfluss auf ihn groß genug war, dass Lucas sich verliebt hatte.« Sie sah Tara direkt an. »Aber, ja, ich hatte mit ihm geredet – am Tag nach dem Unfall, um genau zu sein – und wusste, dass ich mich geirrt hatte. Lucas war traurig, natürlich. Und auch geschockt. Aber nicht gebrochen. Nicht so, wie ich es war, als sein Vater starb. Und«, sie holte tief Luft, »er war wieder mehr derselbe, wie schon länger vorher nicht mehr.«

»Wie war er, als er das letzte Mal hergekommen ist?« Es

war nur ein paar Wochen nach dem Tod seines Mentors gewesen.

Und wieder kamen Mrs Everett die Tränen. »Er hat sich zusammengerissen. Der Schock war ein wenig verklungen, und er hat darüber geredet, wie sich der Rest von Ralph Cairncross' Zirkel vornahm, in seinem Andenken unbedingt weiterzumachen. Nach seinen Regeln zu leben. Ich hätte heulen können, als er das gesagt hat. Das waren grausame Regeln, schrecklich destruktiv. Und jetzt ist Lucas tot.«

»Verzeihen Sie«, sagte Tara, »der Coroner hat Tod durch Unglücksfall beschieden, aber da wurden keine Einzelheiten angegeben. Ich kann die Berichte dort beantragen, aber ich frage mich, ob Sie vielleicht bereit sind, mir die Umstände näher zu erläutern.«

Jackie Everetts Augen standen wieder voller Tränen. »Es ist spätabends raus zum Schwimmen«, sagte sie. »Ich hatte über Nacht meine Schwester in Ipswich besucht, deshalb hatte ich keine Ahnung, was er vorhatte. Nachbarn haben seine Kleidung früh am nächsten Morgen gefunden, als sie mit ihrem Hund dort unterwegs waren. Er hatte auch einen Abschiedsbrief hinterlassen. Darin stand: ›Ein Abenteuer im Andenken an Ralph. Und wenn ich sterbe, dann ist der Tod nicht das Ende‹« Ohne Vorwarnung nahm sie ihren Becher auf und schleuderte ihn auf den Fliesenboden. Der Rest ihres Kaffees spritzte an die weiße Wand neben dem Herd, und Porzellanscherben flogen in alle Richtungen. Sie ballte die Fäuste und presste sie auf ihre Augen. »Dummer, dummer Junge«, sagte sie. »Denn der Tod ist das Ende. Er ist das Ende für mich!«

Tara versuchte, Jackie Everett zu helfen, das zerbrochene Porzellan aufzukehren, bevor sie ging, aber die Frau machte ihr sehr deutlich klar, dass sie einfach in Ruhe gelassen werden wollte. Was Tara gut verstand. Was würde jetzt mit ihr passieren? Wie gut kannte sie die Nachbarn, die auf die Kleidung ihres Sohns gestoßen waren? Gab es jemanden hier, der für sie da war und ihr ab und zu Gesellschaft leistete?

Es hatte aufgehört zu schneien, doch die Matschhaufen lagen noch überall. Tara ging den Weg von der Haustür des Jessop House zurück und wieder durch die Pforte, wobei sie den Gürtel ihres Mantels fester zuzog. Der Himmel hing voller rosa-brauner Wolken. Wie lange noch, bis das Wetter wieder schlecht wurde?

In einem kleinen Supermarkt um die Ecke kaufte Tara ein Sandwich und eine Cola, bevor sie die Heimreise mit Zwischenstation beim Coroner-Büro antrat. Sie wollte sich lieber doppelt vergewissern, was die Details anging, denn Mrs Everett konnte sie ganz sicher nicht um mehr Informationen bitten.

Drei Stunden später wanderte Tara über Stourbridge Common zurück nach Hause, und der Schnee durchnässte ihre Stiefel. Es gab keine Zufahrt zu ihrem Haus, und sie hatte morgens das Fahrrad stehen gelassen.

Ihr schwirrte der Kopf von all den Informationen, die sie vom Coroner bekommen hatte. Die würden reichen, um Blake zu überzeugen, dass sie auch am Montag weiter in dem Fall nachforschte. Vor allem aber beunruhigte sie, was sie erfahren hatte. Sie war froh, dass sie das Wochenende hatte, um mehr über Ralph Cairncross und seine Familie herauszufinden. Es stand nur eine beklemmende Verabredung am Samstag an, mit Bea, und bei dem Gedanken verkrampfte sich Taras Bauch. Doch danach würde sie sich ganz dem Fall widmen.

Sie blickte nach vorn zu ihrem Cottage, das einsam in der Dunkelheit stand. Offensichtlich war sie die Erste, die diesen Weg seit dem Schneefall einschlug. Alles war sehr still und regungslos.

Ihre Gedanken wanderten zurück zu dem Sommer vor vier Jahren, als sie verfolgt wurde – und ein Mörder direkt vor ihrer Tür gewesen war. Man wusste nie wirklich, wie sicher man war.

Waren die Tode von Ralph Cairncross und Lucas Everett tatsächlich schlichte Unglücksfälle gewesen? Tara konnte ja noch nachvollziehen, dass Lucas in einer verzögerten Reaktion auf den Tod seines Freundes hin alle Vorsicht in den Wind geschlagen hatte, selbst wenn er nicht vorhatte, sein eigenes Leben zu beenden.

Instinktiv blickte sie sich zu der weißen Welt hinter ihr um. Der Himmel war größtenteils wolkenverhangen, aber durch einen Spalt schien Mondlicht, das den Schnee zum Glitzern brachte und den Park weniger finster als gewöhnlich wirken ließ. Tara konnte weiter als sonst sehen. Und sie wusste, dass es auch jeder könnte, der sie – womöglich gut versteckt – beobachtete. Doch so sehr sie ihre Augen auch anstrengte, konnte sie keinerlei Bewegung oder sonst irgendetwas Ungewöhnliches ausmachen. Außer vielleicht, dass es hier noch verlassener als üblich war.

Was angesichts der Temperaturen wenig wunder nahm.

Endlich erreichte sie, mit dem Hausschlüssel in der Hand, die niedrige Mauer, die ihren winzigen Vorgarten vom Park trennte. Sie öffnete die Pforte, um den kleinen gefliesten Weg zu ihrer Haustür zu gehen, und trat vor.

Binnen Sekunden verlor sie den Halt. Ihr rechter Fuß glitt unter ihr weg, und als sie mit dem linken nach vorn trat, um sich auszubalancieren, traf der ebenfalls auf die Schlittschuhbahn unter dem Schnee. Tara fiel mit Wucht hin und schlug mit dem Steißbein und dem linken Ellbogen auf. Ihr rechter Fuß knallte gegen die Stufe vor ihrer Tür. Die Tasche mit ihrem Laptop flog zur Seite, und ihre Handtasche, die offen war, landete kopfüber und ergoss die Hälfte ihres Inhalts in den Schnee.

Während Tara sich mühsam aufzurichten versuchte, blickte sie sich über die Schulter um – nicht nach Geistern im Dunkeln, sondern nach Menschen, die gesehen hatten, wie sie sich zur Idiotin gemacht hatte. Doch alles war still. Die verdammten Steine waren höllisch glitschig. Letztlich musste sie auf den Streifen Kies daneben rutschten, denn erst dort konnte sie wieder auf die Beine kommen und ihre verstreuten Sachen einsammeln.

Danach lehnte sie sich über die Steine, um ihre Haustür aufzuschließen, und trat diagonal ins Haus, sodass sie die verschneiten Steine mied.

Nach dem Sturz war ihr kalt und musste sie sich dringend umziehen. Sie ging direkt ins Bad, zog sich aus und nahm eine heiße Dusche; den Strahl richtete sie auf ihren Rücken, ihre Hüfte und den Ellbogen in der Hoffnung, den Schmerz zu lindern. Schon jetzt sah sie, dass die große rote Stelle, wo sie auf das Eis aufgeschlagen war, eine lila Färbung annahm.

Sobald sie sich abgetrocknet hatte, schlüpfte sie in eine Jeans und Schichten von Tops und Pullovern – dünn, dick, noch dicker – um sich warmzuhalten. Der am besten sitzenden Pulli war aus Kaschmir – natürlich ein Geschenk von ihrer Mutter, die fand, dass man eigentlich keine anderen Pullover tragen konnte. Und Tara musste zugeben, dass er am besten gegen die Kälte half.

Anschließend schaltete sie den Wasserkocher an, um sich eine heiße Schokolade zu machen und eine Wärmflasche zu füllen, die sie auf ihren Schoß legte. Das Ganze rundete sie mit einem Wodka, zwei Ibuprofen und dem weichsten Kissen ab, das sie besaß, um es auf ihren Stuhl am Küchentisch zu legen. Sie musste eine E-Mail an Blake schreiben. Er hatte ihr geschrieben, dass er ein vollständiges Update erwartete, und angedeutet, er wisse, dass sie ihm einige Details vorenthalten hätte. Aber immerhin hatte er sie nicht zusammengestaucht, weil sie sich inoffiziell mit Monica Cairncross getroffen hatte.

Als sie ihre Notizen tippte, huschten ihr Bilder vom Tag durch den Kopf. Sie erinnerte sich, wie sauer Wilkins ausgesehen hatte, als ihm klar wurde, dass Blake sie ernsthaft für etwas lobte, was ihr Vorgesetzter für ein fruchtloses Unterfangen hielt. Und an die Erleichterung, dem Büro zu entkommen und wegzufahren.

Dann hielt sie plötzlich inne und starrte blind vor sich hin, während sie noch weiter zurückdachte, zu dem Morgen, als sie das Haus verlassen hatte.

Gestern Abend hatte es geregnet, aber morgens war es aufgeklart. Ihr Weg vor dem Haus war trocken gewesen, als sie zur Arbeit ging. Und wie bereits im Wetterbericht angekündigt, war es kälter geworden. Als sie am frühen Nachmittag nach Suffolk aufbrach, hatte es zu schneien begonnen.

Seitdem waren die Temperaturen unter null. Es war ausgeschlossen, dass der Schnee zwischenzeitlich geschmolzen und dann wieder gefroren war. In Cambridge dürfte es Stellen geben, an denen er fest genug getreten war, dass er vereiste, aber nicht vor ihrer Haustür.

Also warum …

Eine Sekunde später war sie wieder draußen und hockte in ihrem Vorgarten. Sie wischte Schnee von den Steinen vor dem Haus, wobei die Kälte schmerzhaft in ihre Finger kroch.

Unter dem Schnee war glattes Eis. Eine dicke Schicht, wie man sie bekommt, wenn jemand achtlos einen Eimer Wasser über eine Windschutzscheibe kippte, um sie frei zu bekommen, und eine Eisbahn auf dem Gehweg daneben hinterließ, auf der irgendein armer Passant ausrutschte.

Nur dass dieses Eis noch dicker war. Und niemand verschüttete je versehentlich Wasser vor ihrer Haustür.

Das war mit Absicht geschehen. Es war die einzig mögliche Antwort. In der eisigen Luft stockte Taras Atem und beschleunigte ihren Herzschlag.

Nach der Morddrohung damals waren Kameras vor Taras

Haus angebracht worden. Sie waren Eigentum der Polizei gewesen – direkt mit der Wache verbunden – und längst wieder abgebaut. Nun wünschte Tara, sie könnte nachsehen, wer früher am Tag hier gewesen war – vor dem Schneefall. Sie holte ihr Handy hervor und fotografierte das Eis. Sollte derjenige, der hier gewesen war, noch weitere Spuren hinterlassen haben, würde sie die erst sehen, wenn der Schnee geschmolzen war.

Langsam stand sie wieder auf, wobei ihr Rücken schmerzte. Jetzt würde sie steif werden.

Ihr Unfall war Absicht, davon war sie überzeugt. Alles, was derjenige gebraucht hatte, waren ihre Adresse, die Wettervorhersage und ein paar Flaschen Wasser.

Warum hatte jemand das getan? Um sie zu verschrecken? Um ihr Angst zu machen? Oder vielleicht ihren Kollegen zu suggerieren, dass sie unter Verfolgungswahn litt, wenn sie entschied, es zu melden?

Der Beweis würde wegschmelzen, und Tara wollte wetten, dass Wilkins ihren »Unfall« als Unglück bezeichnen würde ...

FÜNF

Tara war vollkommen durchgefroren, nachdem sie die Lage vor ihrem Cottage untersucht hatte. Und sie vermutete, ihr Zittern war hauptsächlich darauf zurückzuführen. Größtenteils jedenfalls. Sie legte die Kette vor, streifte die verschneiten Stiefel ab und ging rasch durchs Haus, um alle Vorhänge zu schließen – was keine Priorität gehabt hatte, als sie nur eine heiße Dusche wollte. Immer noch schlotterte sie. Sie überprüfte den betagten Boiler, doch der feuerte; und die Heizung lief. Die Dämmung war einfach mies.

Entschlossen befüllte sie die Wärmflasche neu und erhitzte ihre heiße Schokolade in der Mikrowelle (nichts blieb hier länger als ein paar Minuten warm). Nachdem sie die eklige Haut entfernt hatte, die sich oben auf dem Kakao gebildet hatte, kehrte sie zu ihrer E-Mail an Blake zurück, wobei sie in Gedanken noch halb bei der Eisfläche draußen war.

Sie berichtete dem DI alles Wesentliche, was sie von Lucas Everetts Mum und dem Coroner-Büro nahe Kellness erfahren hatte, und tippte auf ›Senden‹.

Von dem Vorfall vor ihrer Tür hatte sie ihm noch nicht erzählt. Es kam ihr albern vor. Wer zur Hölle würde so etwas tun? Blake würde sie für paranoid halten, und das wäre nichts gegen das, was Wilkins sagen würde, sollte er es jemals herausfinden. Also verwarf sie die Idee, es zu erwähnen. Wahrscheinlich war es sowieso nicht wichtig.

Einen Moment lang war sie zu müde, um sich zu bewegen. Sie brauchte etwas zu essen, aber der vier Schritte entfernte Herd fühlte sich zu weit weg an. Abermals ertappte sie sich dabei, wie sie in die Luft starrte und an Blake dachte. Sie fragte sich, was er von den Informationen hielt, die sie heute bekommen hatte. Doch an einem Freitagabend würde er wohl kaum zu Hause sitzen und Arbeits-E-Mails studieren, die keine Dringlichkeit hatten. Er würde die Zeit seiner Familie widmen.

Hin und wieder schnappte sie bei der Arbeit Tratsch über seine Frau auf. Die Leute schwärmten oft, wie umwerfend Babette war und wie bezaubernd die Tochter Kitty. Anscheinend war Kitty sechs, also musste sie ein Krabbelkind gewesen sein, als Blake und seine Frau ihre Trennung auf Probe gehabt hatte. Jahre waren vergangen, und immer noch gab es Andeutungen, dass sie nicht glücklich waren. Tara hatte Wilkins fragen gehört, wie sich irgendwer beschweren könnte, der einen Fang wie Babette gemacht hatte. Und warum in aller Welt sie sich eine Vogelscheuche wie Blake ausgesucht hatte. Was wenig wunderte, denn Wilkins sah alle anderen Männer als Rivalen und verbrachte viel Zeit damit einzuschätzen, wie er sich im Vergleich mit ihnen schlug.

Einen flüchtigen Moment lang malte Tara sich aus, Blake hier bei sich zu haben. Das Bild tauchte ungewollt in ihrem Kopf auf: Wie sie Theorien zu Ralph Cairncross erörterten, eine Flasche Rotwein öffneten, zusammen kochten. Sie schob den Gedanken gleich wieder weit von sich. Tara war glücklich allein. Es war nur unerwartet nett gewesen, sich mit ihm auszutauschen, als sie in dieselbe Mordermittlung verwickelt gewesen waren.

Natürlich hatte sie seitdem oft über Polizeifälle geredet, nur nicht mit Blake. In Gedanken ging sie die Beziehungen durch, die sie in den letzten vier Jahren geknüpft hatte, während ihrer Zeit in Uniform und seit sie beim CID war. Es gab einige wenige Kollegen, die schwer zu ertragen waren – sexistisch, überempfindlich oder herablassend –, aber viele andere schätzte sie ehrlich. Sie war sogar so weit, dass sie sich abends mit ihnen im Pub traf, und bei einem Typen war es noch weiter gegangen. Für einen Moment verharrten ihre Gedanken bei Toby. Sie hatte ihn gemocht, aber etwas fehlte, und sie konnte nicht sagen, was.

Eigentlich war es pure Ironie. Es gab nur sehr wenige Menschen, bei denen Tara sie selbst sein konnte. Tatsächlich konnte sie die an den Fingern einer Hand abzählen. Buchstäblich an den Fingern; den Daumen brauchte sie nicht einmal. Da war Bea, die sich Taras angenommen hatte, als sie noch ein Kind war; Kemp, der Expolizist, der sie Selbstverteidigung lehrte, als sie im Teenageralter gestalkt wurde; Matt, ihr alter Kollege bei *Not Now* – und, tja, das war es eigentlich. Bei den meisten anderen Menschen spielte sie eine Rolle: um Informationen zu bekommen, ihr Gesicht zu wahren oder aus Stolz. Und die eine andere Person, von der sie sich vorstellen könnte, sie der sehr kurzen Liste hinzuzufügen, war Blake. Das war ihr erstaunlich schnell klargeworden. Sie hatten sich kurz gemailt, nachdem der Mörder von Samantha Seabrook verurteilt worden war, aber da Blake wieder mit seiner Frau zusammen war, wurden ihre Nachrichten ein bisschen gestelzt. Tara vermutete, dass er nicht über Privates reden wollte. Letztlich war der Kontakt eingeschlafen. Sie hatte das Gefühl, dass sie es war, die nicht mehr auf Blakes letzte Nachricht geantwortet hatte, aber vermutlich war er froh gewesen, dass der Austausch endete.

Jetzt wurde es wirklich Zeit zu kochen, trotzdem konnte sie sich nicht gleich dazu aufraffen. Zuerst ging sie in ihr dunkles Wohnzimmer, stellte sich ans Fenster und schob den Vorhang ganz wenig beiseite, sodass sie zum Park und in Richtung Fluss schauen konnte. Der Mond war hinter einer Wolke, dennoch schien die Landschaft zu schimmern. Es war, als würde Tara angeleuchtet, obwohl sie in einiger Entfernung zum Glas und seitlich stand. Sofort ließ sie den Vorhang wieder los. Falls jemand dort draußen war, wollte sie nicht gesehen werden. Doch der kurze Ausblick hatte wie ein perfektes, leeres Bühnenbild gewirkt. Wer immer Spiele mit ihr trieb, war längst nach Hause gegangen.

Sie kehrte in die Küche zurück, schenkte sich einen zweiten Wodka-Tonic ein und wärmte einen Rest Nudelsoße auf, während sie im Wasserkocher Wasser für die Spaghetti erhitzte. Dann kippte sie ihren Drink hinunter und wanderte wieder zurück zum Tisch.

Eine E-Mail von Kemp war eingegangen.

Wie ist das Leben in deinem alten Zuhause? Und was macht die Arbeit? Kommst du einigermaßen mit DS Wilkins klar? Der Typ klingt wie ein Depp.

Tara grinste. Sie hatte Kemp kennengelernt, als sie siebzehn war, doch von Anfang an hatte er sie wie eine Gleichgestellte behandelt – nie von oben herab, nie an ihren Worten zweifelnd. Über Jahre hatte sich ihre Beziehung entwickelt, und als Tara Mitte zwanzig war, war sie manchmal mehr als Freundschaft gewesen. Trotzdem erwartete er nie etwas von ihr, und ihr Verhältnis war so entspannt und ausgewogen wie eh und je. Was allerdings nicht bedeutete, dass er mit seinen Ansichten hinterm Berg hielt. Er hatte an die zwei Jahre gebraucht, um zu verkraften, dass sie eine Polizeiausbildung machte, doch inzwischen war er nur noch neugierig auf den Klatsch. Kemp hatte keine besonders gute Meinung von der Polizei. Seinerzeit hatte er den Dienst quittiert, weil es Beschwerden über seine Einstellung und sein professionelles Verhalten gab. Was die genauen Umstände betraf, blieb er ausweichend, und es interessierte Tara auch nicht weiter. Ihr war wichtig, dass er für sie da gewesen war, als ihr niemand sonst zuhören wollte. Er hatte sie in Tränen aufgelöst gesehen, als sie seine Wache betrat, die er gerade zum letzten Mal verlassen wollte. Er hatte sie an die Hand genommen und ihr beigebracht, sich zu verteidigen, einschließlich einiger übler Tricks, damit sie sich nicht mehr als Opfer fühlte.

Sie tippte eine Antwort.

Das Zuhause ist ein klein wenig wärmer als ein Iglu, aber ich arbeite dran. Wilkins macht all die Probleme, die ich schon kommen sah, doch auch daran arbeite ich.

Falls ihr DS glaubte, er könnte sie kleinkriegen, würde sie ihn mit Freuden enttäuschen. Zugegeben, als sie die Stellenausschreibung sah, war ihr nicht bewusst gewesen, wie schwierig es werden würde, unter ihm zu arbeiten. Flüchtig überlegte sie, ob sie sich auch beworben hätte, wäre ihr das klar gewesen. Andererseits hatte sie auf eine Chance gewartet, wieder nach Cambridge zu kommen, um nahe bei Bea zu sein. Seufzend ergänzte sie:

Wie ist das Leben bei der Security? In jüngster Zeit irgendwelche Schurken verprügelt? X

Sie tippte auf ›Senden‹.

Beim Essen ging sie alles durch, was sie den Tag über entdeckt hatte.

Der Besuch im Büro des Coroners hatte einige neue Informationen ergeben. Lucas Everett hatte an dem Abend vor seinem Tod viel getrunken, genau wie Ralph Cairncross. Es passte zu seinem riskanten Verhalten. Wäre er nüchtern auch nachts dort schwimmen gegangen? Tara konnte sich vorstellen, dass er seinen Plan immer besser fand, je mehr er trank. Trotzdem musste er ziemlich schnell einen klaren Kopf bekommen haben, als er in die Nordsee watete. Sogar an einem milden Herbstabend musste das Wasser eiskalt gewesen sein. Doch er war weiter reingegangen.

Laut dem Polizeibericht, der dem Coroner vorlag, hatte niemand Lucas zum Strand gehen gesehen, was nicht verwunderlich war. Seine Kleidung wurde weit außerhalb des Orts gefunden, wo seine Mutter wohnte. Tara schätzte, dass jener Küstenabschnitt spätabends verlässlich menschenleer war. Zuletzt wurde er um neun Uhr abends gesehen, in demselben Co-op, in dem Tara sich mittags ein Sandwich gekauft hatte. Lucas hatte eine Flasche Adnams East Coast Wodka gekauft. Die war – beinahe leer – zwischen seinen Sachen gefunden worden, und die einzigen klaren Fingerabdrücke darauf stammten von ihm und der Person, die ihn bedient hatte. Die Kassiererin sagte aus, er wäre munter gewesen. »Als hätte er einen guten Tag gehabt und freute sich auf den Rest seines Abends.« Anscheinend hatte er sogar mit den Mitarbeitern in dem Laden gescherzt. Da war ein Leuchten in seinen Augen gewesen. Ein Kollege der Kassiererin hatte sich gefragt, ob er schon ein paar Drinks intus hatte, aber er könnte auch einfach so gute Laune gehabt haben. Jedenfalls hatte er nicht nach Alkohol gerochen, und er hatte nichts von Plänen für den Abend gesagt.

Für Tara klang es, als wäre er aufgekratzt gewesen. Falls er da schon beschlossen hatte, dass er nachts schwimmen gehen würde, vermutete sie, dass er sich darauf freute und zuversichtlich gestimmt war.

Die Handschrift auf der Nachricht, die er am Strand gelassen hatte, war von seiner Mutter als seine identifiziert worden.

Tara war so vertieft, dass sie ihre Pasta vergaß. Sie nahm

eine Gabel und stellte fest, dass sie schon lauwarm war. Mal wieder ein Fall für die Mikrowelle ...

Während sie ihr Essen aufwärmte, kehrten ihre Gedanken zu dem letzten Punkt im Bericht des Coroners zurück. Er bezog sich auf das Papier, das Lucas Everett für seine Nachricht benutzt hatte.

Ein Abenteuer im Andenken an Ralph. Und wenn ich sterbe, wird der Tod nicht das Ende sein.

Es hieß, das Blatt wäre aus einem Block ausgerissen worden. An einem Rand hingen noch kleine Rest von Bindeleim.

Lucas hatte den Block selbst nicht bei sich gehabt, und niemand hatte ihn finden können. Was zu der Zeit nicht wichtig schien.

Trotzdem musste das Blatt irgendwo herausgerissen worden sein – ein Punkt, den sie auch in der E-Mail an Blake hervorgehoben hatte. Aber schon während sie es tippte, musste sie insgeheim zugeben, dass der Fall, den sie aufzubauen versuchte, im besten Fall wacklig war.

SECHS

Blake saß am Küchentisch in seinem Haus in Fen Ditton und genoss einen Moment Ruhe und Frieden. Er blickte durch die Terrassentür hinaus in den Garten. Die Äste der kahlen Bäume bogen sich unter dem Schnee. Die ebenfalls weißen Sträucher ragten gleich schimmernden Formen in einem Strahl Mondlicht, der zwischen den Wolken hindurchfiel, aus den Schatten auf. Er fragte sich, wie Tara in Suffolk vorangekommen war – und ob sie wieder sicher zu Hause war. Für die Nacht war Tauwetter mit mehr Regen angesagt, doch im Moment war es kein tolles Wetter zum Fahren.

Als er wieder zu seinem Laptop blickte, sah er, dass eine E-Mail von ihr eingegangen war; als hätte er sie heraufbeschworen, indem er sie in seine Gedanken ließ.

Er hatte die Nachricht gerade geöffnet, als ihn das Geräusch seiner Frau Babette an der Tür erschrak. Er hatte gedacht, sie wäre noch oben. Sie war eingenickt, als er Kitty eine Gutenachtgeschichte vorlas, und Blake hatte sie nicht gestört. Nun streckte sie ihre zierliche Statur ein wenig und gähnte. Ihre Bewegungen waren immer grazil und katzenähnlich.

»Tut mir leid«, sagte sie. »Ich hatte nicht gemerkt, wie müde ich war.« Sie kam an den Tisch, und Blake fühlte, wie sich seine Schultern anspannten. »Was ist das?« Sie stand hinter ihm und blickte zu seinem E-Mail-Postfach. »Arbeit?« Dann lachte sie. »Dumme Frage. Natürlich!«

Er nickte und widerstand dem Impuls, den Laptop zuzuklappen. Die E-Mail war selbstverständlich nicht privat, doch er wünschte, Babette würde nicht denken, sie dürfe seine Nachrichten über seine Schulter mitlesen. *Er* hatte sie noch nicht einmal überfliegen können. Eine Sekunde lang fragte er sich, was gewesen wäre, hätte er damals, als Kitty noch ein Krabbelkind war, dasselbe mit den E-Mails seiner Frau gemacht. Wäre ihm früher klar gewesen, dass sie vorhatte, ihn zu verlassen, anstatt dass es als eiskalter Schock kam, der ihm den Atem raubte?

Zum hundertsten Mal stellte er seine Entscheidung infrage, sie wieder in sein Leben zu lassen. Er hatte es getan, weil er es nicht ertrug, von Kitty getrennt zu sein; doch dann hatte er das Kind enttäuscht. Im ersten Jahr nach Babettes Rückkehr konnte er keine von ihnen wie vorher behandeln. Die brennende Wut auf seine Frau wurde wieder wach, und jede Interaktion mit Kitty fühlte sich gespielt an.

Am Ende hatte Babette ihn zur Rede gestellt. Die angespannte Atmosphäre schadete Kitty mehr als eine Trennung. Babette hatte ihm gesagt, er müsse seine Gefühle in den Griff bekommen, wenn er es ernsthaft versuchen wolle. Und sie hatte recht, was es jedoch nicht leichter machte. Er konnte ihr nicht ohne Weiteres vergeben, dass sie ihm Kitty für immer nehmen wollte. Ja, Babette hatte wiederholt erklärt, wie falsch es von ihr gewesen war. Und ihn monatelang angefleht, sie zurückzunehmen. Eine Zeit lang konnte Blake seine Wut auf den Mann richten, der sie überredet hatte, ihn zu verlassen.

Es war kompliziert, und er wusste, dass er sich anstrengen musste. Er drehte sich um, blickte zu Babette auf und ergriff ihre Hand. »Ja, es ist Arbeit. Heute hat sich etwas Unerwartetes ergeben.«

Babette sah ihm kurz in die Augen, bevor sie den Blick senkte. »Ich wollte vorschlagen, dass wir früh ins Bett gehen.«

Nachdem sie die Anfangszeit überwunden hatten, in der Blake kaum imstande gewesen war, seine Gefühle zu verbergen, hatten sie wieder begonnen, miteinander zu schlafen. Und jetzt fing Babette an, von einem Geschwisterkind für Kitty zu reden. Alles in Blake sträubte sich gegen diese Idee. Er war nicht einmal sicher, ob es richtig war, in dieser Ehe zu bleiben – und es konnte auf keinen Fall richtig sein, noch ein Kind zu bekommen.

Er wartete, bis sie ihn wieder ansah. »Ich muss hier leider noch eine Menge durchgehen.«

»Ach so, okay.« Sie hörte sich müde an. »Dann gehe ich vielleicht nach oben. Ich bin erledigt.«

Als sie den Raum verlassen hatte, rang Blake noch minutenlang mit seinen Schuldgefühlen, ehe er sich wieder auf die Arbeit konzentrieren konnte. Er hatte es nicht kompliziert gemacht; doch er war es, der es hinauszögerte.

Schließlich verdrängte er die Gedanken, bei denen sich sein Magen verkrampfte, und sah sich Taras E-Mail an. Er rutschte stirnrunzelnd auf seinem Stuhl hin und her. Was sie von ihrem Gespräch mit Jackie Everett berichtete, war beunruhigend. Ralph Cairncross' kleine Gang mutete wie eine Sekte an. Wie es schien, war Lucas Everett dem Mann so unkritisch gefolgt, sogar noch nach dessen Tod, dass er dabei sein eigenes Leben verloren hatte. Cairncross hatte fraglos eine Menge Macht besessen. Doch obwohl die Umstände Blake eine Gänsehaut verursachten, summierte sich nichts hiervon zu einem Verbrechen oder deutete auch nur an, dass es mehr zu entdecken gab.

Er fröstelte und zog die Vorhänge zu, um die dunkle Winterwelt draußen auszusperren, bevor er zu seinem Stuhl zurückkehrte. Unglücksfall. Zwei Männer, die unter tragischen

Umständen ertrunken waren, nur dass ihre Tode traurig vorhersehbar waren. Zu viel Alkohol, zu weit rausgeschwommen – zu viel Wagemut. Vielleicht waren sie aus unterschiedlichen Gründen zu wenig auf ihre Sicherheit bedacht gewesen: Cairncross aus dem Verlangen heraus, so zu leben wie als junger Mann, und Everett, weil er von seinem toten Mentor beeinflusst wurde.

Was hatte Tara sonst noch? Ein ausgerissenes Blatt aus einem Notizblock, der nicht gefunden wurde; eine ziemlich wilde Behauptung von einer Angehörigen, dass ein Verbrechen verübt wurde; und die Behauptung derselben Frau, sie würde verfolgt. Das war alles hauchdünn.

Bis auf ... bis auf das, was er in Agneta Larssons Obduktionsbericht gelesen hatte. Wahrscheinich war es nichts; der Coroner jedenfalls hatte entschieden, dass es am Ende nicht von Bedeutung war. Der Mann war so verdammt besoffen gewesen, als er ertrank – das musste der alles entscheidende Faktor gewesen sein. Blake beschloss, bald mal mit Agneta einen Kaffee zu trinken, um ihre Sicht der Dinge zu hören.

SIEBEN

Patrick Wilkins saß in seinem Rondo-Ledersessel mit einem Whisky auf dem Beistelltisch neben sich. Anstatt sich zu entspannen und zu trinken, starrte er stirnrunzelnd in die Ecke seines offenen Wohnbereichs. Als seine Freundin Shona hereinkam und etwas sagte, zuckte er zusammen.

»Was?«

»Ich habe gesagt, du bist ja meilenweit weg. Ich habe dir eben von der Story erzählt, an der ich arbeite. Soll ich noch mal von vorne anfangen?« Sie verdrehte die Augen, und er wünschte, sie würde es lassen. Shona arbeitete bei *Not Now*, derselben Zeitschrift, bei der Tara Thorpe angestellt gewesen war, als er ihr zum ersten Mal begegnete. Patrick und Shona hatten vor einem Jahr im Zusammenhang mit dem Fall eines vermissten Kindes zusammengefunden, auch wenn Patrick sie schon sehr viel länger im Auge gehabt hatte. Sie hielten ihre Beziehung geheim, denn es galt zu vermeiden, dass die gesamte Wache auf ihn losging, sowie etwas an die Presse durchsickerte. Und Shona ließ ihre Kollegen gern glauben, jeder kleine Informationsfetzen wäre ihrer harten Arbeit und Gründlichkeit zu verdanken – nicht der Quelle, mit der sie ins Bett ging.

Sie war eine glamouröse Frau, und sie lachten manchmal zusammen, doch ihr permanentes Bedürfnis, begeistert über ihren Job zu reden, war anstrengend. Im Moment genoss er das Leben auf der Wache nicht, und sie über ihre Karriere sprechen zu hören, war das Letzte, wonach ihm der Sinn stand. Er wollte einfach nur abschalten.

Was er natürlich nicht sagen konnte. »Ja, klar.« Er griff zu seinem Drink. »Sorry, fang noch mal an.«

Sie erzählte ihm von der Künstlerin, über die sie ein Feature machten und die mit ihrem angeheirateten Neffen zusammenlebte. *Not Now* mochte solche Stoffe.

Endlich war Shona fertig und hockte sich auf die Armlehne seines Sessels, sodass ihr enges Kleid hinaufrutschte. »Was hast du denn?«, fragte sie. »Du bist schon seit letzter Woche richtig mürrisch.«

Normalerweise redete er nicht über die Arbeit. Und wenn, dann drehte er alles so positiv hin, wie er irgend konnte. Schließlich hatte er seinen Stolz. Und außerdem konnte man bei Journalisten nie wissen. Sollte ihre Beziehung in die Brüche gehen, durfte sie nicht Schädliches haben, was sie in einer Story zitieren könnte. Aber Shona hatte mit Tara Thorpe zusammen-gearbeitet, und da war es verlockend, sich ihr anzuvertrauen. *Not Now* hatte etwas über ihre Einstellung bei der Cambridgeshire Constabulary gebracht. Dabei hatten sie all ihr Insiderwissen über sie genutzt und keinerlei Loyalität gezeigt. Patrick wusste, dass sie schon nicht sehr beliebt gewesen war, als sie noch in der Redaktion arbeitete.

»Es ist wegen meines neuen Detective Constable«, sagte er.

»Ah, ja, meine einstige Kollegin Tara. Sag nicht, dass sie dir jetzt schon Ärger macht.« Shona neigte den Kopf zur Seite und streichelte mit der rechten Hand Patricks Nacken. Sie hatte lange, elegante Finger.

»Ich habe das Gefühl, dass sie allen auf der Nase herum-tanzt. Und dabei ist sie erst seit wenigen Wochen bei uns.«

Shona seufzte. »Wundert mich ehrlich gesagt nicht. Als sie bei *Not Now* war, war es genau so.« Sie sah ihn an. »Du weißt Bescheid darüber, wie sie uns verlassen hat, oder?«

Patrick zuckte mit den Schultern. »Ich habe gehört, dass sie gekündigt hat.«

Shona lachte. »Klar, unmittelbar bevor sie rausgeworfen wurde. Giles«, er war Shonas Herausgeber und Chefredakteur bei der Zeitschrift, »hatte ihr ein Ultimatum gestellt. Er hatte herausbekommen, dass sie einen Haufen Informationen über Samantha Seabrooks Mordfall zurückgehalten hat, die uns einen massiven Anstieg an Leserzahlen beschert hätten. Sie hatte ihm nicht mal verraten, dass Samantha Seabrooks Mörder sie auch bedrohte. Als er das mitbekam, hat er ihr gesagt, sie müsste mal ein bisschen Loyalität beweisen und sich wie eine anständige Journalistin benehmen. Er wollte ihre ganze private Geschichte exklusiv, sonst könnte sie ihre Sachen packen. Statt ihm zu helfen, hat sie gekündigt.« Sie stand auf und holte ihr Weißweinglas, das sie auf dem Sideboard abgestellt hatte. »Sie hat überhaupt keinen Sinn für Loyalität, denkt immer nur an sich selbst.«

Mit ihrem Drink kehrte sie zurück und setzte sich wieder auf die Armlehne.

Patrick war diese Geschichte neu. Und sie war so typisch. »Ich würde gerne wissen, wie sie auf die Idee gekommen ist, sich danach bei der Polizei zu bewerben.«

Shona grinste. »Tja, ich denke, als Journalistin war sie endgültig gescheitert. Hast du gewusst, dass sie mal einen anderen Reporter zusammengeschlagen hat, weil der hinter derselben Story her gewesen ist wie sie?«

»Sie ist doch mal gestalkt worden, oder nicht? Und hatte sie nicht gedacht, der Typ wäre ihr Stalker?«

Shona riss die Augen weit auf. »Na ja, schon, aber ich denke, das sagt *sie*. Und das mit dem anderen Journalisten war Jahre nachdem ihr Stalker aufgehört hatte. Außerdem«, sie trank langsam einen Schluck Wein, »macht sie keine halben Sachen. Der Journalist, auf den sie losgegangen war, hatte hinterher ein blaues Auge und einen gebrochenen Finger.«

Patrick nickte. »Das habe ich gehört.«

»Sie hatte Glück, dass er die Anzeige zurückgezogen hatte. Mich erstaunt, dass die Polizei sie überhaupt genommen hat.«

»Hat mich auch gewundert. Außergewöhnlich Umstände anscheinend.«

»Und du denkst, das hat gereicht?«

Er sah Shona an. »Was meinst du?«

Shona sah ihn von der Seite an, und ihre eisblauen Augen wirkten noch eisiger. »Ich erinnere mich, dass ich Tara mal gesehen habe, wie sie mit deinem DI Blake in einem Pub war, noch während der Seabrook-Mordermittlung.« Sie stockte kurz. »Mein Kollege Gav war auch da, und wir beide fanden, dass die zwei ziemlich innig wirkten. Mich würde nicht überraschen, wenn er ein gutes Wort für sie eingelegt hat. Vielleicht hatte er ihr sogar vorgeschlagen, zur Polizei zu gehen.«

Patrick fühlte, wie sein Herz schneller schlug und sich sein Kiefer verkrampfte. Er erinnerte sich noch an Blakes entsetztes Gesicht, als er gerade rechtzeitig eintraf, um zu sehen, wie Taras scheinbar lebloser Körper draußen in den Fens unter Wasser war. Er war innerhalb von Sekunden im Wasser gewesen, obwohl schon ein anderer Officer dort war, um sie rauszuziehen. Und dann war er dageblieben, während sie wiederbelebt wurde. Er war vollkommen still und sehr blass gewesen, den Blick fest auf ihre Augen gerichtet, als er darauf wartete, dass Tara sie öffnete. Da hatte Patrick gewusst, dass Tara Thorpe seinem Chef etwas bedeutete. Nur hatte es zu dem Zeitpunkt keine Rolle gespielt. Und danach war sie vier Jahre lang fort gewesen. Sogar als sie zurückkam, hatte Patrick nicht damit gerechnet, dass sie ihm ein solcher Dorn im Auge wäre. Schließlich war Garstin Blake wieder mit seiner Frau zusammengekommen. Patrick hatte angenommen, dass Tara

Thorpe nichts weiter als eine Ablenkung gewesen war, solange sie auf Probe getrennt waren. Und dass es in der Ehe seines Chefs kriselte, hatte Patrick so oder so nur erfahren, weil er zufällig Klatsch mitgehört hatte.

»Was denkst du?«, fragte Shona.

»Dass du recht haben könntest und DI Blake ein gutes Wort für sie eingelegt hatte.« Falls das stimmte, wollte Patrick wetten, dass Tara Thorpe keine Ahnung hatte. Und sie würde es hassen, weil sie es für bevormundend hielte. »Und ich finde, er zieht sie immer noch vor. Ihre Anwesenheit trübt sein Urteilsvermögen und schadet meinem Stand auf der Wache.«

»Inwiefern?« Shona rückte näher zu ihm, sodass er ihre Körperwärme spürte.

»Tara hat angefangen, heimlich in einem alten Vorfall nachzuforschen, hinter meinem Rücken. Es ist nichts – weniger als nichts –, totale Zeitverschwendung. Aber sie hat Blake überredet, ihr mehr Stunden dafür zu erlauben.«

»Das hat sie über deinen Kopf hinweg getan?« Shona klang schockiert, und Patrick ging es ein bisschen besser.

Er nickte. »Und dann hat der DI sie ohne Rücksprache mit mir von dem Hunter-Fall abgezogen und mir Max *Dim*-ity als Ersatz für sie zugeteilt.« Er erwähnte nicht, dass Blake Tara nur den einen Tag genehmigt hatte, um sich die Cairncross-Sache anzusehen, und das Arrangement vorübergehend war. Zudem wäre er nicht erstaunt, wenn Tara Thorpe es schaffte, irgendwie eine Verlängerung rauszuholen.

Er sah zu Shona, die jetzt nachdenklich ins Leere blickte. Langsam wandte sie sich ihm wieder zu. »Na«, sagte sie, »das wäre ein ganz schöner Skandal, sollte es mit deinem DI und unserer Tara noch weitergehen. Wo er doch verheiratet ist und es vielleicht auch sein Urteilsvermögen bei der Arbeit trübt.«

»Ha, kann man wohl sagen!«

»Also«, sie trank ihren Wein aus, »wenn es auch nur den Hauch eines Beweises gibt, dass DI Blake und Tara Thorpe eine Affäre haben, darfst du mir die Information zukommen lassen. Anonym, versteht sich. Giles ist sehr, sehr nachtragend. Sollte es irgendwas geben, um Tara zu vernichten, wird er es mit Freuden öffentlich machen.«

Freitag, 30. November

Ich bin nicht dageblieben, um zu sehen, wie du nach Hause kommst, Tara. Warum sollte ich meine Zeit draußen in der Kälte vergeuden? Wie schon früher habe ich die Saat gesät und mich zurückgezogen, um den Dingen ihren Lauf zu lassen.

Bist du hingefallen? Und liegst du jetzt wach im Bett und grübelst? Suchst du nach einer anderen logischen Erklärung für die Eisschicht vor deiner Tür? Ein leckendes Rohr vielleicht? Alte Häuser wie deines haben oft fehlerhafte Wasser- und Stromleitungen. Ich wette, das werden deine Kollegen denken, wenn du es ihnen erzählst. Aber wirst du das überhaupt? Dann halten die Leute dich bloß für eine Närrin.

Machst du dir Sorgen, was als Nächstes passiert?

Tut mir leid – aber ich wollte mich an dir rächen –, wenn auch nur geringfügig. Mich macht wütend, dass die Polizei Zeit an solch wertlose Männer wie Ralph und Lucas vergeudet. Aber du bist vorerst sicher. Ich muss nicht wieder am Schicksalsrad drehen, es sei denn, du kommst der Wahrheit zu nahe.

Nein – du solltest dir wegen anderer Sorgen machen. Denn ich bin noch nicht fertig.

Wenn zwei Tote durch Unglücksfälle frustrierend sind, wie wird es dir dann erst gehen, wenn es drei werden?

ACHT

Tara fiel es an dem Freitagabend schwer, sich zu entspannen. Von dem Sturz hatte sie Schmerzen und konnte nicht umhin, auf Geräusche aus dem Park zu horchen. Die Eisfläche vor ihrer Tür wollte ihr nicht aus dem Kopf. Ihr fiel keine logische Erklärung für sie ein. Es war eine Frage der Physik. Natürlich könnte es jeder gewesen sein – sogar Wilkins, soweit sie wusste.

Irgendwann musste sie eingeschlafen sein, auch wenn sich die Nacht sehr kurz anfühlte und Tara unausgeschlafen war. Jetzt war es sechs Uhr am Samstagmorgen, und sie sorgte sich wegen ihrer Verabredung mit Bea später. Dabei war sie doch einzig aus dem Grund zurück nach Cambridge gekommen, um der Cousine ihrer Mutter in ihrer Trauer um ihren Mann beizustehen. Und der heutige Tag wäre Teil eben jenes Prozesses.

Sie lag zusammengerollt in dem kalten Bett und wusste, dass sie nicht wieder einschlafen würde, weigerte sich aber aufzugeben. Es wäre bloß noch kälter, wenn sie unter den Decken hervorkroch. Um zwanzig nach sechs stand sie doch auf, zog sich müde an und setzte sich mit Kaffee und Toast hin, ihren Laptop neben sich.

Nach der zweiten Toastscheibe schaltete sie ihren Computer ein und öffnete ihre E-Mail. Als Erstes las sie die Nachricht von Monica Cairncross noch einmal, schloss die Augen für einen Moment und verfluchte Wilkins. Hätte er ihre Versuche, den Cairncross-Fall bei der Arbeit nachzulesen, nicht torpediert, wäre Tara jetzt vielleicht beruhigt – und froh damit, die Sache zu den Akten zu legen. Jetzt hingegen war ihr Entschluss, alles nochmals zu überprüfen, was merkwürdig wirkte, vereitelt worden.

Wider besseres Wissen antwortete sie Dr. Cairncross, dass sie in ihrer Freizeit ein bisschen weiter nachforschen würde. Sie müsste inoffizielle Mittel nutzen, um mit dem weiterzukommen, was sie wusste. Als Erstes würde sie die Schwester des Toten nach mehr Einzelheiten zum Rest der Gruppe fragen, mit der er sich an dem Abend getroffen hatte, an dem er ertrunken war.

Es wäre eine Herausforderung, doch insgeheim genoss Tara es. Und es wäre gut, etwas Eigenes zu haben, dem sie nachging. Sie dachte an Kemp. Seine Intervention, als sie gestalkt wurde, hatte sie mehr oder minder vor dem Wahnsinn gerettet, und sie schätzte seine Meinung. Entsprechend sauer war sie gewesen, als er über ihre Entscheidung gelacht hatte, Polizistin zu werden. Er hatte ihr gesagt, sie wäre grottenschlecht in dem Job. Sie sei kein Teamplayer, hasse es, sich etwas befehlen zu lassen, und sei viel zu ungeduldig. Mit anderen Worten: Sie sei wie er. Er war jetzt ein einsamer Wolf, der Security-Jobs und Detektiv-arbeit übernahm. Seine Zweifel hatten bloß Taras Ehrgeiz geweckt, ihm das Gegenteil zu beweisen. Sie konnte sich zusammenreißen, wenn es sein musste, und vier Jahre in enger Zusammenarbeit mit Kollegen hatten sie beinahe teamfähig gemacht. Vor allem die ersten beiden Jahre in Uniform hatten sie eine Form von Kameradschaft erleben lassen, die sie noch nie zuvor erlebt hatte, geschweige denn jemals gedacht, sie könnte ein Teil davon sein. Dennoch fehlte ihr hin und wieder ihre Autonomie. Bevor Giles sie gezwungen hatte, bei *Not Now* zu kündigen, hatte er ihr zumindest reichlich Freiheit gelassen.

Vier Stunden später war Tara vor Beas Haus. Sie waren gerade fertig damit, hinter den zahlenden Gästen aufzuräumen und abzuwaschen. Die letzte Stunde hatte Tara mit den Händen in brühend heißem Seifenwasser verbracht. Deshalb war der Kontrast draußen erschlagend. Momentan war es trocken, weil der Regen frühmorgens aufgehört hatte. Doch die Temperaturen waren gruselig, und das Pflaster unter ihren Füßen noch teils glitschig, wo gestern Schnee gelegen hatte, der zu Eis zertreten wurde, das zu dick war, um schon getaut zu sein. Trotz der Witterung und ihrem Spaziergang, trug Tara weder Jeans noch mehrere Pullover. Es hatte sich irgendwie nicht richtig angefühlt. Deshalb hatte sie sich für ein knielanges Wollkleid und Stiefel unter ihrem Mantel entschieden.

Sie sah zu Bea – winzig, die Augen gerötet und die Wangen pink vor Kälte. Sie hielt die Porzellanurne mit der Asche ihres Mannes Greg in den Händen.

Die Cousine ihrer Mutter gab ein kleines Kichern von sich, das in der Mitte kippte, und schluckte herunter, was ein Schluchzen hätte werden können. »Ich hoffe bei Gott, dass ich ihn nicht hier fallenlasse. Ditton Meadows, hat er in seinem Testament geschrieben, am Fluss. Nicht direkt neben der Chesterton High Street.«

Tara beugte sich runter, legte einen Arm um Beas Schultern und drückte sie. Sie musste einen Moment warten, bevor sie sprach. Greg hatte es noch nicht gegeben, als Bea sich während Taras Kindheit um sie gekümmert hatte; sie hatte ihn erst später kennengelernt. Tara erinnerte sich an das Leuchten in Beas Augen, als sie von ihrem neuen »Bekannten« erzählte.

Als sie heirateten und die Pension kauften, fand Tara, sie hätte Bea nie glücklicher gesehen. Es war, als hätte sich für sie endlich alles gefügt. Und Tara war fast so wohl mit Greg wie mit der Cousine ihrer Mutter. Bea hatte Jahre damit verbracht, ständig jeden an erste Stelle zu setzen, und es war, als hätte sie am Ende ihr Glück gefunden. Doch es sollte nicht halten. Sie hatten sieben gemeinsame Jahre voller Lachen, dann kam sein Aneurysma. Alles war so schnell vorbei. Tara wünschte, sie wäre für Bea da gewesen, als es passierte.

»Wir passen unten an der Green Dragon Bridge lieber auf«, sagte Tara. »Die Stelle ist wirklich tückischer als alle anderen. Da hat es bisher noch nicht getaut. Ich bin auf dem Weg nach Hause fast auf dem Hintern gelandet.« Sie hatte nicht erwähnt, dass es das zweite Mal innerhalb von vierundzwanzig Stunden gewesen wäre. Ihre eigene Eisbahn war bisher auch nicht aufgetaut.

Auf dem Weg nach Ditton Meadows sprachen sie nicht viel. Als sie über den glitschigen Überweg nahe dem Fluss gingen, unter der Eisenbahnunterführung durch, schneite es etwas. *Schon wieder?* Sie hatte jetzt schon genug davon.

Sie spürte, wie sich Bea neben ihr verspannte. »Ich möchte die Asche direkt auf die nackte Erde streuen«, sagte sie plötzlich. »Damit ich sehe, wo er landet. Er soll nicht von schmelzendem Schnee weggespült werden.«

Eine Frau, die ihren Hund ausführte, kam ihnen entgegen, beäugte sie neugierig und wandte rasch den Blick wieder ab.

»Keine Sorge.« Wieder drückte Tara Bea. »Ich glaube nicht, dass der Schnee liegen bleibt.«

Sie gingen weiter flussaufwärts, dann über die Holzbrücke, die einen kleinen Seitenarm des Cam überspannte, und von dort am Reach entlang. Schließlich kamen sie durch das Tor zu der Wiese, die Fen Ditton am nächsten war. Weiter vorn konnte Tara den Dorfrand und die Kirche sehen.

»Ich habe gedacht, wir können ihn irgendwo hier ausstreuen«, sagte Bea, deren verhüllte Hände die Urne fest umklammerten. »Hier ist es friedlich, wenn ich herkommen und mich ihm nahe fühlen will, aber noch in Sichtweite vom Dorf, also nicht zu einsam. Und wenn die Bumps sind, bekommt er Besuch von den ganzen Zuschauern. Ich glaube, das würde ihm gefallen.«

Die Bumps. Die Ruderrennen, bei denen sich die Boote der Colleges und städtischen Klubs gegenseitig einzuholen versuchten. Schnelle, wilde Rennen, denen die Leute von den Wiesen aus zuschauten und Picknick machten, wenn das Wetter besser war. Tara nickte und sah im Geiste den lachenden Greg vor sich. Dabei wurde ihr die Kehle eng. »Ich denke, du hast recht. Und wenn du ihn besuchst und dir nach Gesellschaft ist, klopf einfach auf dem Weg bei mir zu Hause an.«

Bea nickte schluckend, zog ihren rechten Handschuh aus und steckte ihn in die Tasche. Und dann, ohne Tara anzusehen, nahm sie den Urnendeckel ab und eine Handvoll Asche heraus. Während sie weiterging, ließ sie die Asche durch ihre Finger rieseln. Einen Moment später hob sie noch eine Handvoll Asche heraus, danach eine weitere, wobei sie über den kalten, harten Boden wanderte. Hinterher drehte sie sich um. „Möchtest du auch eine Handvoll verstreuen? Greg hat dich so sehr gemocht.«

Tara trat vor, steckte eine Hand in die Urne und fühlte den Staub wie Sand zwischen ihren Fingern. Sie machte es Bea nach, während sie sich auf winzige Details konzentrierte: die Grashalme zu ihren Füßen, das Geräusch eines auf dem Fluss landenden Schwans. Würde sie sich erlauben, an den enormen Verlust zu denken, den Bea erlitten hatte, bräche sie in Tränen aus. Während sie beobachtete, wie die Asche auf den Boden fiel, stachen sie Schneeflocken in die Wangen. Doch das Gras unten war noch nackt.

In dem Moment blickte sie in Richtung Fen Ditton auf, und ihr stockte der Atem. Blake. Was zur Hölle machte er da? Sie konnte ihn über die Wiese sehen, vor einem Haus ganz am Rand, ähnlich ihrem eigenen, seitlich vom Park. Er hielt ein kleines Mädchen in den Armen, schwang es hoch in die Luft und wieder nach unten. Das Mädchen warf lachend den Kopf in den Nacken – mit einem Gesichtsausdruck purer Freude. In dieser Sekunde trat eine zierliche Frau aus der Haustür und knallte sie hinter sich zu. Tara beobachtete die Frau, Blake und das Kind für einen Moment. Die Frau war seltsam still. Dann bemerkte Blake sie anscheinend, ließ das Mädchen herunter, nahm seine Hand und ging mit ihm zu einem Wagen, wo die Frau zu ihnen stieß. Plötzlich drehte er sich in Richtung der Wiese, und Tara fürchtete, dass er sie sehen könnte.

Nicht dass es eine Rolle spielen würde. Sie spionierte ihm ja nicht hinterher. Vielmehr hatte sie keine Ahnung gehabt, dass er in Fen Ditton wohnte. Es war merkwürdig, dass sein Haus praktisch genauso lag wie ihres – außer dass Taras noch abgeschiedener war. Das musste eine Metapher für ihr Leben sein. Welche Ironie.

Aber sie wollte nicht gesehen werden. Das Bild seines Familienlebens schien ihr irgendwie zu intim. Sie bemühte sich, das Gewicht zu ignorieren, das sich plötzlich auf ihre Brust legte. Rasch klappte sie ihren Mantelkragen hoch, drehte sich zu Bea um und senkte den Kopf.

Ihre Verwandte wirkte so entspannt wie schon seit einer ganzen Weile nicht mehr. »Tut mir leid«, sagte sie.

»Was?«

»Dass ich dies hier aufgeschoben habe, bis du wieder da bist. Aber ich kann dir gar nicht sagen, wie sehr es hilft, es mit dir zusammen anzugehen.«

»Das freut mich. Und ich bin froh, hier zu sein.«

Sie nickte. »Wollen wir jetzt nach Hause gehen?«

»Ja. Ich kann dir bei mir eine heiße Schokolade machen, bevor du wieder in die Schlacht ziehst.«

Bea rieb sich die Hände und zog ihren rechten Handschuh wieder an. »Klingt nach einem Plan.«

Vor ihrem Cottage musste Tara wegen des Eises auf dem Weg warnen, erwähnte ihren Verdacht jedoch nicht, wie es dorthin gelangt war. Im Gegensatz zu Taras Kollegen würde Bea es ernst nehmen, und das Letzte, was sie brauchte, waren mehr Sorgen.

Stattdessen führte Tara sie nach drinnen, stellte den Wasserkocher an und ging einen Heizlüfter aus der Abseite unter der Treppe holen. »Setz dich«, sagte sie, »und ich richte das Ding auf deine Füße.«

Bea schnitt eine Grimasse. »Ich kann immer noch nicht glauben, dass du wieder hier eingezogen bist.«

Doch Tara vermutete, dass es nicht nur der mangelnde Komfort war, der Bea erstaunte. Viele Leute dachten, weil Tara als Teenager gestalkt und von einem Mörder ins Visier genommen wurde, würde sie abgelegene Orte meiden. Wer würde sie hören, wenn sie schrie? Hingegen sah Tara es genau anders herum. Hier draußen war es leichter, jemanden zu bemerken, der es auf sie abgesehen hatte. Mitten in der Stadt könnte der Fremde, der einem Böses wollte, die Person sein, die gerade die Wohnung ein Stockwerk tiefer gemietet hatte. Und es hatte noch andere Vorteile, weit weg vom Trubel zu sein. Als sie zur Polizeiausbildung nach Suffolk gezogen war, musste sie das Erdgeschoss einer Doppelhaushälfte in Ipswich mieten – was sie an Miete für ihr Cottage in Cambridge bekam, deckte knapp die Hypothekenraten, also gab es keine bessere Option. Und die Mieterin über ihr war Webdesignerin gewesen, die vorzugsweise nachts arbeitete. Die laute Musik! Sie hatte die Ruhe ihres Hauses im Park vermisst, und sie schätzte ihren eigenen Raum. Aber das konnte sie Bea nicht sagen. Nicht jetzt, da Bea gegen ihren Willen plötzlich in derselben Situation war: Ganz allein, abgesehen von ihren zahlenden Gästen.

»Ich mag es hier«, antwortete sie schlicht. »Es ist, als würde man auf dem Land wohnen, hier draußen am Fluss und bei den Wiesen. Und ich kann sehr laut Musik anstellen, wenn ich sauer bin. Damit tue ich allen potenziellen Nachbarn definitiv einen Gefallen.«

Sie schüttete Kakaopulver in ihre Becher, ignorierte die Packungsangabe von drei gehäuften Löffeln pro Tasse und gab das kochende Wasser hinzu.

»Ich freue mich wahrlich nicht auf Weihnachten«, sagte Bea auf einmal. Sie fixierte eine Astnarbe in der Tischplatte.

»Wundert mich nicht. Mum wird natürlich wollen, dass du zu ihnen kommst.« Sie sollte eine Woche vorher aus Madeira zurückkehren, und sowieso würde sie eine Hilfe für die Vorbereitungen anheuern. (»Fiona aus dem Dorf macht es sehr gern, und sie ist auch wirklich gut, solange ich ihr reichlich klare Anweisungen und etwas Anständiges zum Anziehen gebe, wenn sie kommt. Ich nenne es eine Uniform, um sie nicht zu kränken.«)

Bea nickte und hielt den Kopf weiterhin gesenkt. »Sie hat mich schon gefragt. Aber ich habe Gäste da, die schon gebucht haben. Und die will ich nicht verlieren. Ich mache ihnen ein Sektfrühstück und mittags ein Weihnachtsessen. Aber den Abend habe ich für mich.«

Tara hörte das Zittern in ihrer Stimme. »Dann komme ich dir helfen«, sagte sie. »Und hinterher können wir Filme gucken und uns einen Schwips antrinken.«

Sie stellte die Becher auf den Tisch und setzte sich Bea gegenüber hin, die endlich aufschaute. Ihre Augen waren gerötet und ihre Wangen fleckig, aber sie lächelte. »Danke, Schatz, doch deine Mutter wird dich sicher dort haben wollen.«

»Offiziell, ja, aber ganz ehrlich? Nein. Sie wird froh sein, wenn ich sage, dass ich nicht kommen kann.« Was ihre Mutter nie zugäbe, nicht einmal vor sich selbst. Dennoch wusste Tara, dass sich die Schultern ihrer Mutter ein klein wenig lockern würden, wenn ihr schwieriges älteres Kind nicht mit am Tisch saß und die falschen Sachen sagte. »Du bist meine ideale Ausrede, also lass mich bitte nicht hängen.«

Bea neigte den Kopf zur Seite.

»Gerade du weißt, dass ich es ernst meine«, sagte Tara. Und das tat sie. Die aufgesetzte Herzlichkeit ihre Stiefvaters Benedict und die zähen Unterhaltungen mit ihrem Halbbruder Harry – dem Wunschkind – waren nichts, mit dem sie sich über die Feiertage herumplagen wollte. Obendrein hatte ihre Mutter erzählt, dass Harry sich für einen Studienplatz in Cambridge im nächsten Jahr beworben hatte. Sollte er den bekommen, müsste sie ihn in der Nähe ertragen und ständig damit rechnen, ihm in der Stadt zu begegnen. Also wollte sie auf Abstand bleiben, solange sie noch konnte.

Es wurde Zeit, das Thema zu wechseln, bevor Bea mehr Argumente vorbrachte. Tara lenkte sie ab, indem sie von Monica Cairncross' Besuch erzählte und was sie seither herausgefunden hatte. Offiziell dürfte sie nicht über die Arbeit reden, aber dank Wilkins war einiges von dem, was sie entdeckt hatte, ihren privaten Bemühungen geschuldet. Und was den Rest betraf, nun ja, da vertraute sie Bea; sie gehörte zur Familie, und es war ausgeschlossen, dass sie irgendwelche Einzelheiten an andere weitergab.

»Dr. Cairncross ist sehr verbissen«, sagte Tara nach einer Zusammenfassung dessen, was die Frau gesagt hatte.

»Könnten Schuldgefühle sein.« Bea trank von ihrem Kakao. »Vielleicht fühlt sie sich in gewisser Weise für den Tod ihres Bruders verantwortlich. Menschen denken nicht immer rational, wenn sie jemanden verloren haben.«

»Stimmt.« Tara überlegte einen Moment. »Doch sie schien mir nicht von Trauer überwältigt. Etwas anderes treibt sie an. Es ist, als wäre sie auf einer Mission. Sie ist wütend und will Gerechtigkeit.« Sie verzog das Gesicht. »Sie hasst ihre Schwägerin und die Nichte, woraus sie keinen Hehl macht. Soweit es sie betrifft, sind die beiden die Hauptverdächtigen. Nur gibt es keine konkreten Beweise für ein Verbrechen. Aber – ich weiß nicht – es fühlt sich an, als ginge da etwas Komisches vor. Und was Ralph Cairncross angeht, frage ich mich, was für ein Mann er war.« Sie erzählte Bea von dem Anfang seines letzten Romans: Dem fitten Mann, der im warmen Meer auf eine Schlange zu schwimmt, die ihn töten wollte.

Bea schüttelte es. »Für mich klingt das ziemlich schräg. Ich erinnere mich natürlich, in der Zeitung von seinem Tod gelesen zu haben. Es war ja schwer zu übersehen, wo er so bekannt gewesen ist.«

»Hast du mal ein Buch von ihm gelesen?«

Bea sah sie an. »Offen gesagt, nein. Bei den Rezensionen dachte ich immer, dass ich mit seinen Büchern Mühe hätte, und was du eben erzählt hast, bestätigt es nur.«

Tara grinste. »Das verstehe ich.« Doch obwohl sie nicht erpicht war, mehr von Cairncross' Arbeiten kennenzulernen, ließ sie das, was sie gelesen hatte, nicht los. Warum hatte es solch einen starken Eindruck auf sie gemacht? Lag es an der Intensität der Sprache? An der Sinnlichkeit? Oder schlicht an ihrem Schock ob des Handelns jenes Mannes? Sie wünschte, sie bekäme das Bild aus dem Kopf. »Wir können mal online zu Ralph Cairncross und seiner Familie spionieren, falls du magst. Und ich recherchiere noch zum Rest der Gruppe, mit der er am Abend vor seinem Tod gefeiert hatte. Monica Cairncross nennt sie ›die Akolythen‹.«

»Komisch.« Bea blickte von ihrem Becher zu Tara auf. »Sind das nicht die, die in der Kirche helfen?«

Tara nickte. »Oder zumindest ist es eine der Bedeutungen. Ich musste es auch nachschlagen. Es bedeutet aber auch so viel wie Gefolgsmann, also jemand, der einer wichtigen Person hilft und deren Ideen unterstützt, oft ohne sie jemals zu kritisieren.«

»Das klingt nicht sehr gesund.«

»Nein, dasselbe dachte ich auch. Und bei der hohen Meinung, die Monica von ihrem Bruder hatte, nehme ich mal an, das hatte sie damit gemeint. Sie findet es jedenfalls nicht seltsam, dass er solche Gefolgsleute hatte.«

Ein kleines Lächeln umspielte Beas Lippen. »Jetzt hast du mich neugierig gemacht.«

Was sehr gut war. In einem Moment wie diesem war jede Ablenkung gut. Tara holte ihren Laptop aus dem Schrank und stellte ihn auf den Küchentisch.

Dann setzte sie sich neben Bea, sodass sie zusammen anschauen konnten, was für Informationen erschienen. Ralph Cairncross' Seite auf der Website seines Verlegers enthielt eine Kurzbiografie mit Fotos von ihm als jungem Mann und einem, das vor einem Jahr aufgenommen wurde. In den Zwanzigern war sein Gesicht auffallend schön gewesen, in den Fünfzigern sah es jedoch verlebt aus.

»Auf dem späteren Bild sieht er wie ein Trinker aus, oder?«, fragte Bea. »Trotzdem ist da noch etwas Faszinierenden.« Sie seufzte. »Es ist so eigenartig zu sehen, wie sehr sich jemand mit der Zeit verändert. All die Jugend und die Hoffnung – diese Frische, die jemand hat – und dann zu sehen, wie alles verfällt.« Sie blickte zu ihren Händen. »Ich frage mich, wie er ausgesehen hätte, wäre er neunzig geworden.«

»Seinem Lebensstil nach schätze ich, dazu wäre es so oder so nicht gekommen.«

»Nein.« Bea runzelte die Stirn und überflog den Text auf der Website. »Was wohl besser war, bedenkt man seine Einstellung zum Altern.«

Ralph Cairncross hatte Kontroversen geliebt, woraus sein Verlag sogar noch mehr machte als aus den Preisen, die er bekommen hatte. Ungefähr vor zehn Jahren hatte er erklärt, Menschen jenseits eines bestimmten Alters verlören ihren Nutzen und ihre geistige Beweglichkeit. Es hatte einen Mediensturm ausgelöst und nahm sich im Nachhinein ironisch aus, da er selbst fast in jenem Alter war, als er starb. Was hätte er an jenem Punkt getan? Bekanntgegeben, dass er seine Meinung geändert hätte? Oder sich aus dem öffentlichen Leben zurück-gezogen und die Berge von Geld genossen, die er als sagenum-wobene Gestalt angehäuft hatte?

»Nach dem hier halte ich nicht viel von ihm«, sagte Bea. »Da ich gerade jemanden verloren habe, der seine späten Jahre geschätzt hätte – und zu Recht von anderen geschätzt wurde, die sie erreicht hatten –, finde ich seine Ansichten abstoßend.«

»Dem stimme ich zu.«

Als Tara die anderen Suchergebnisse aufrief, konnte sie sehen, dass ihm seine berüchtigten Äußerungen eine Menge Aufmerksamkeit verschafft hatten. Die Presse war ihm gefolgt und die Kritiker hatten ihn bejubelt, trotz seiner abstoßenden Meinungen. Es schien, als hätte er einen Rock'n'Roll-Lebensstil gepflegt. Vielleicht erklärte das in gewisser Weise die Loyalität der jungen Akolythen, die sich gern in seiner Bugwelle treiben ließen. Wahrscheinlich fanden sie es klasse, ihre Fotos in den Zeitungen zu sehen und auf prächtigen Empfängen, zu denen ihr Mentor sie mitnahm, Champagner zu schlürfen. Hiernach waren sie sehr oft dabei gewesen.

Tara versuchte sich vorzustellen, sich bei jemandem wie Ralph Cairncross einzuschleimen, um etwas von seinem Glanz und dem Gratisalkohol abzubekommen, doch es gelang ihr nicht. Seine Gefolgsleute mussten leichtgläubig, seicht oder zynisch sein, schätzte sie. Oder vielleicht nur zu jung, um zu erkennen, was für ein Mann er war. Sie gab den Namen von seiner Frau in die Suchmaske ein. Monica Cairncross hatte gesagt, dass sie Sadie hieß. Stumm lasen Bea und sie die Suchergebnisse. Wie sich herausstellte, war auch Sadie im Internet recht präsent. Offenbar war sie in jüngeren Jahren eine professionelle Flötistin gewesen, deren Karriere anschei-nend abrupt endete, als sie fünfunddreißig wurde. Was war geschehen? Auf Amazon konnte man noch Aufnahmen von ihr kaufen, und es gab Fotos von ihr in der Albert Hall während der Proms.

Tara blickte zur Seite. Bea war genauso in den Text vertieft wie sie bis eben.

»Merkwürdig, oder?«, fragte Tara, als die Cousine ihrer Mutter aufsah. »Allem Anschein nach hatte sie eine Bilderbuchkarriere, und dann auf einmal ein Schnitt. Jetzt hat sie nicht mal mehr eine Facebook-Seite.«

»Was ist mit der Tochter?«

Die zwanzigjährige Philippa. Tara gab ihren Namen ein. Philippa hatte eine Facebook-Seite, allerdings alle möglichen Zugriffsbeschränkungen eingerichtet. So waren lediglich ihr Profil- und das Cover-Foto zu sehen, und selbst bei denen war sie vorsichtig gewesen. Auf Ersterem sah man ihr Gesicht von der Seite mit Sonnenbrille, auf Letzterem eine Fen-Landschaft. Doch als Tara genauer hinschaute, war sie beinahe sicher, dass es der Forty Foot Drain war. Das Foto war vor zwei Monaten aktualisiert worden. Wieder schaute sie zu Bea. »Da ist ihr Vater gestorben. Was für eine Tochter sucht sich das als Cover-Foto aus, bei den Assoziationen, die es weckt?«

»Ja, was für eine?« Bea runzelte die Stirn. Dann seufzte sie. »Das ist interessant. Lass mich wissen, was du herausfindest, ja? Aber jetzt gehe ich lieber. Ich will ein Boeuf Bourguignon auf Niedrigtemperatur für die hungrigen Horden heute Abend kochen.« Sie bemerkte Taras Blick. »Nein, ich weiß, was du sagen willst, aber ich brauche keine Hilfe. Du brauchst dein Wochenende, und ich, na ja, ich muss mich an den Zustand gewöhnen. Und sollte ich nicht zurande kommen, muss ich mir einen Plan überlegen.«

Bea erhob sich und holte ihren Mantel aus der Diele. Tara stand auf, um sie zum Abschied zu umarmen. Es begann wieder zu schneien, als ihre Tante das Haus verließ. Tara schaute der Person nach, die ihr in der Kindheit ein kleiner Kraftquell gewesen war, wie sie resolut in Richtung Green Dragon Bridge wanderte.

Als sie weg war, griff Tara sich ihren Kindle und öffnete

wieder Ralph Cairncross' Buch. Es war unheimlich, als würde allein durch den Anblick der Worte eine Verbindung zwischen ihr und dem Toten entstehen, bei der Tara unwohl war.

Sie schüttelte diese Reaktion ab. Schließlich wollte sie mehr über den Autor erfahren. Und was wäre dafür geeigneter als das letzte Buch zu lesen, das er geschrieben hatte? Sie scrollte zum Anfang der Datei, um die Widmung zu zeigen. Die könnte verraten, wer ihm zu der Zeit am nächsten gewesen war.

Aber die Wörter warfen nur mehr Fragen auf.

Für T, denn du konntest unbeschädigt entkommen. Du bist wahrhaft gesegnet.

Was zur Hölle hieß das?

NEUN

Am Montagmorgen war Tara früh aufgestanden und hatte sich als Erstes auf den Weg zum Addenbrooke's gemacht. Sie wollte nur noch ein klein wenig offiziell nachforschen, bevor Blake ihr sagte, dass sie aufhören musste – vielleicht ein bisschen verschlagen, aber das war es wert.

Nun saß sie in der Costa-Krankenhausfiliale Agneta Larsson gegenüber, der leitenden Rechtsmedizinerin, die Ralph Cairncross' Todesumstände untersucht hatte. Tara und sie hatten sich bisher noch nicht richtig kennengelernt, aber Tara hatte sie schon vor Gericht gesehen. Agneta war auch in Samantha Seabrooks Mordfall zuständig gewesen.

Um sie herum spielten sich die unterschiedlichsten kleinen Szenen ab: Eine Frau zog Säuglingskleidung aus einer Mothercare-Tüte, um sie ihrer Begleitung zu zeigen; ein alter Mann und eine Frau mittleren Alters hielten Taschentücher in den Händen und hatten gerötete Augen; ein Pfleger trank hastig seinen Kaffee, wobei er immer wieder zur Wanduhr schaute.

Agneta Larsson sah müde aus, doch ihre Augen hatten diesen leicht erschrockenen Ausdruck, der entstand, wenn man schon einiges an Koffein intus hatte. Beim Nicken fiel ihr das blonde Haar über ein Auge. »Ja, ich erinnere mich sogar noch sehr gut.« Sie seufzte. »Solch eine Vergeudung. So unnötig.« Sie trank von ihrem Kaffee. »Also, was kann ich Ihnen erzählen? Der Blutalkohol war sehr hoch. Wenn seine Schwester sagt, dass er regelmäßig gefeiert hat und danach noch gefahren ist, wundert mich ehrlich, dass er überhaupt so alt geworden ist.«

»Meinen Sie, sie könnte sich irren?«

Agneta zuckte mit den Schultern. »Andere haben auch ausgesagt, dass er ständig gefahren ist, nachdem er getrunken hatte.«

Was stimmte; der Teil der Aussage, den Tara gelesen hatte, bestätigte es. Die Akolythen waren so sehr daran gewöhnt, dass nur einer von ihnen versucht hatte, ihn vom Fahren abzuhalten.

»Aber«, sagte Agneta, »mich würde wundern, wenn er regelmäßig so viel getrunken und sich dann noch ans Steuer gesetzt hätte.«

»Verstehe.« Wenn er an dem Abend mehr als üblich getrunken hatte, stellte sich für Tara die Frage, warum.

»Es war auf jeden Fall genug, um seinen Unfall zu erklären und den Coroner auf Unglücksfall urteilen zu lassen. Aber ich glaube nicht, dass es der einzige Faktor war, wie ich auch in meinem Bericht geschrieben habe.«

In dem Bericht, den Wilkins sie nicht lesen lassen wollte. »Könnten Sie das erklären?«

Agneta nickte. »Ralph Cairncross war natürlich von Blutergüssen übersät. Manche passten zu dem Autounfall. Zum Beispiel glaube ich, dass er mit dem Kopf aufs Lenkrad geschlagen ist. Er könnte bewusstlos gewesen sein, als der Wagen unterging. Es war Sommer, und er hatte alle Seitenfenster geöffnet. Das Wasser muss sehr schnell eingedrungen sein.«

Flüchtig dachte Tara daran, wie sie zu ertrinken glaubte. Sie erinnerte sich an das Gefühl ungezügelter Panik, den Kampf und das Brennen in der Lunge, als ihr die Luft ausging.

Die Hand ihres Beinahe-Mörders an ihrem Knöchel, die sie weiter nach unten zog. Sie blickte auf und bemerkte, dass die Rechtsmedizinerin sie wissend anschaute.

»Tut mir leid«, sagte sie. »Flashback? Daran hätte ich denken müssen.« Selbstverständlich kannte sie die Geschichte. Tara wäre um ein Haar auf Agnetas Tisch gelandet.

Doch sie schüttelte den Kopf, denn sie musste mehr erfahren. »Sie sagten etwas von anderen Blutergüssen an Ralph Cairncross' Leiche?«

»Genau.« Die Rechtsmedizinerin trank noch einen Schluck Kaffee. »Wie gesagt, manche waren typisch für den Aufprall im Wasser. Aber viele andere nicht. Die seltsameren sahen für mich aus, als hätte er in dem Wagen unkontrolliert um sich geschlagen – ich würde schätzen, das war kurz bevor er von der Straße abkam.«

Wilkins hatte Tara also den Zugriff auf wichtige Informationen verwehrt. Was für ein Spiel trieb er? War das wirklich nur Revierverhalten? »Was könnte das bedeuten?«

Agneta seufzte. »Das ist das Problem. Die Rechtsmedizin kann nicht jedes Rätsel lösen. Die wahrscheinlichste Schlussfolgerung – in Ermangelung irgendwelcher Beweise – wäre die, dass er eine Art Anfall hatte. Leider gab es keine Zeugen, und natürlich«, sie lächelte verhalten, »ist seine Hirnaktivität zu dem Zeitpunkt nicht bekannt, also kann ich nicht sicher sein. Aber für mich war die naheliegendste Antwort immer noch mit Fragezeichen versehen.«

Tara merkte auf.

»Er hatte keine medizinische Vorgeschichte von Anfällen. Außerdem würde ich in dem Fall andere Hinweise erwarten – Verlust der Blasen- und Darmkontrolle beispielsweise. Das passiert manchmal sogar schon aus Furcht beim Unfall selbst. In diesem Fall war da nichts, was indes nicht beweist, dass es keinen Anfall gegeben hat. Und falls doch, würde es zu den fehlenden Bremsspuren auf der Straße passen. Er wäre nicht in der Lage gewesen zu bremsen. Da Alkoholvergiftung ebenfalls einen Anfall herbeiführen kann, führten die vorhandenen Beweise zu dem Schluss auf Unglücksfall. Sein eigenes Handeln war vermutlich ein entscheidender Faktor bei seinem Tod.«

Tara sah Agneta direkt an. »Aber Sie sind nicht ganz überzeugt?«

»Anfälle infolge von Alkoholvergiftung werden durch einen Abfall des Blutzuckers ausgelöst. Ralph Cairncross' war nicht so niedrig, wie ich erwarten würde. Aber wenn der Mann so viel getrunken hatte, sind solche Dinge eher nebensächlich. Der Coroner musste zwischen Unglücksfall und Unfalltod entscheiden, und im Ergebnis hat er Ersteres gewählt. Hätten die Beweise für ihn ausgereicht, dass der Anfall nichts mit Alkohol zu tun hatte, wäre sein Urteil vielleicht anders ausgefallen.«

Tara nickte. Es war interessant, wies jedoch nicht auf ein Verbrechen hin, wie Monica Cairncross annahm. Tara sollte die Rechtsmedizinerin weiterarbeiten lassen. „Bevor ich gehe, nur kurz: Gab es irgendwas an dem Fall, das Ihnen aufgefallen war? Sie waren am Unfallort, richtig?«

Agneta bejahte. »Es war ein schrecklicher Tag. Die Nacht zuvor war es ruhig und warm gewesen, aber als wir die Leiche bargen, schlug das Wetter plötzlich um. Donner, Blitz, das ganze Programm. Es hat die Arbeit nicht gerade leichter gemacht.«

Für einen Moment schloss Agneta die Augen. »Das Einzige, woran ich mich von dem Teil des Tages erinnere, ist, dass ich einen Aal im Wasser gesehen hatte, der von der Leiche glitt, als sie bewegt wurde.« Sie schüttelte sich. »Das und den Streit von Patrick Wilkins mit Max Dimity.«

Tara zog die Augenbrauen hoch. »Weswegen? Wissen Sie das?«

Sie schüttelte den Kopf. »DS Wilkins wollte zeigen, wie lässig er es nahm, den Tod aus nächster Nähe zu sehen. Es ist eine Form von Bewältigung, klar, aber wie er sich ausdrückte, das war unangemessen. Deshalb hatte ich mich auf meine eigenen Gedanken konzentriert.«

Was immer die bessere Option war, als Wilkins zu lauschen. Sie sah Agneta an, und offensichtlich verstanden sie einander.

Die Rechtsmedizinerin trank ihren Kaffee aus. »Ich hatte Ralph Cairncross hinterher nachgeschlagen. Zwar wusste ich, dass er ein berühmter Autor war, aber viel mehr auch nicht. Seine Bücher habe ich nie gelesen. Und auch wenn ich gesagt habe, es sei Verschwendung, dass er so früh gestorben ist, hat er wohl seinen Ansichten über das Alter entsprechend bekommen, was er wollte.« Sie verzog das Gesicht. »Was wenig tröstend für die Hinterbliebenen ist.«

»Waren Sie da, als seine Frau kam, um die Leiche zu identifizieren?«

Agneta nickte und senkte den Blick. »Sie war in einer furchtbaren Verfassung. Natürlich kann man es sich vorstellen, doch ihr Weinen klang so roh, so verlassen.« Sie schüttelte den Kopf wie eine Katze, die Wasser aus ihren Ohren schleudern wollte. »Ich höre das noch.»

»War jemand bei ihr?«

Agneta nickte wieder. »Ihre Tochter. Und sie sah wütend aus. Die Augen werde ich auch nie vergessen. Nicht, dass es mich überrascht hätte. Ralph Cairncross hat sich nicht um seine eigene Sicherheit geschert, und das wirkte sich auf sie und ihre Mutter aus.« Sie legte die Hände flach auf den Tisch, als machte sie sich zum Aufstehen bereit. Gewiss musste sie zurück an die Arbeit. »Wut ist keine unnatürliche Reaktion.«

Wieder dachte Tara an das Bild vom Forty Foot Drain, das Philippa Cairncross auf Facebook gepostet hatte.

Auf der Wache begrüßte Tara die Kollegen, die im Büro waren, und bekam ein Knurren von Wilkins zur Antwort. Er fragte sie nicht nach einem Update. Was sie nicht wunderte. Sie sollte wieder zum Hunter-Drogenfall recherchieren. Allmählich begann sie selbst zu denken, dass es ohnehin nichts mehr zu Ralph Cairncross' und Lucas Everetts Tod zu entdecken gäbe. Das einzig Seltsame war die Nachricht, die Lucas bei seiner Kleidung gelassen hatte, ausgerissen aus einem Block, der nie gefunden wurde. Vielleicht hatte Lucas ihn auf dem Weg zum Strand in einen Mülleimer geworfen. Ansonsten gab es nur Monicas Behauptungen, und die waren nicht stichhaltig. Einzig das Eis vor Taras Haustür weckte Zweifel in ihr … und das könnte nichts weiter als ein fieser Streich gewesen sein. Falls ja, fielen ihr gleich mehrere Menschen ein, die infrage kämen.

Sie blickte zu Wilkins. Er bemühe sich, sehr geschäftig auszusehen und runzelte die Stirn, um zu zeigen, wie konzentriert er war. Der Fairness halber musste Tara zugeben, dass der Hunter-Fall wichtig war; das ließ sich nicht abstreiten. Und sie würde nicht zulassen, dass sich ihr DS beschwerte, sie sei nicht geduldig genug, um ihre Routinearbeit abzuschließen.

Später am Vormittag ging Tara den Korridor hinunter zum Automaten, um sich einen Kaffee zu holen. Dort standen schon zwei Leute vor ihr an, und einer von ihnen war Max Dimity. Als er seinen Kaffee hatte, blieb er kurz neben ihr stehen.

»Tut mir leid, dass du am Freitag für mich einspringen musstest«, sagte Tara. »Wahrscheinlich war die Fahrt sowieso vergeblich.«

Max sah sie freundlich an. »Keine Sorge. Was wolltest du überhaupt drüben in Suffolk? Der DI sagte etwas über einen Todesfall, der im Zusammenhang mit Ralph Cairncross stand?«

Tara stellte ihren Becher unten in die Maschine. »Stimmt. Ich habe die Mutter des Mannes besucht, um einige Details zu überprüfen. Aber auch wenn die Todesfälle zusammenhängen könnten, sieht es nicht aus, als wäre da etwas Verdächtiges.«

Max nickte. »Verstehe. Trotzdem kann man es nie wissen, solange man es nicht überprüft.«

Eine weit bessere Einstellung als die von Wilkins. Tara lächelte. »Genau. Du warst auch am Unfallort von Ralph Cairncross, oder?«

Max bejahte stumm.

Tara nahm den vollen Becher aus der Maschine und hob ihn an ihre Lippen. Er war viel zu heiß, um mehr als nur daran zu nippen. »Ich habe mich nur gefragt, ob dir von dem Tag noch irgendetwas im Gedächtnis geblieben ist.«

Max sah sie staunend an. »Gibt es dir immer noch zu denken?«

Sie hielt den Becher vor ihre Brust und genoss es, wie die Wärme durch ihre wollenen Rollkragenpullover drang. »Nein, eigentlich nicht. Es ist bloß ein Zwang – alles wissen zu wollen, was es gibt.«

Max grinste. »Das Gefühl kenne ich.«

»Ich habe mit Agneta drüben im Addenbrooke's gesprochen. Wie sie erzählt, gab es an dem Tag ein Gewitter.«

Er blickte in die Ferne, und seine braunen Augen schienen eine Nuance dunkler. »Ja, richtig.«

»Und habt du und DS Wilkins viel über den Unfall geredet: Wie der Wagen wirkte, die Position der Leiche? So etwas?« Sie hoffte, dass Max den Streit erwähnte, den Agneta gehört hatte, denn sie konnte nicht umhin, sich zu fragen, worum es gegangen war.

»Wir haben über die Tatsache gesprochen, dass es keine Reifenspuren auf der Straße gab«, antwortete Max. »Und kein Anzeichen von Schlaglöchern oder so.« Er seufzte. »Um ehrlich zu sein, fand ich alles ganz schön heftig. Meine Frau«, Tara sah, wie sein Adamsapfel sich schnell bewegte, als er schluckte, »meine Frau ist vor viereinhalb Jahren bei einem Autounfall ums Leben gekommen. Der DS hat eine Menge Witze gerissen, wohl um dem, was wir da sahen, den Schrecken zu nehmen.

Jedenfalls hat er das später DCI Fleming erzählt – jemand hatte es ihr gegenüber angesprochen. Aber für mich war es zu nahe, um es zu verkraften.«

Tara hatte keine Ahnung von Max' Frau gehabt. Sie hatte angenommen, dass er schlicht jung, frei und Single war. Ihr stockte der Atem. »Das tut mir so leid. Da muss der Unfallort von Ralph Cairncross entsetzlich gewesen sein.« Und Wilkins' Benehmen würde den Streit erklären, den Agneta gehört hatte. »Hattest du zu dem Zeitpunkt DS Wilkins gesagt, wie es dir damit geht?« *Wie konnte der so gefühllos sein?*

Doch Max schüttelte den Kopf. »Hätte ich natürlich müssen. Stattdessen habe ich mich auf die Arbeit konzentriert – oder es zumindest versucht. Aber ich habe gereizt auf den DS reagiert, und er ist schon in guten Momenten nicht mein größter Fan.«

Tara fragte sich, ob Max von dem grausamen Spitznamen ihres Vorgesetzten für ihn wusste. »Habt ihr euch gestritten?«

Max nickte. »Wegen Nichtigkeiten, das ist ja das Blöde. Aber ich weiß einiges über die Gegend und dachte, das erwähne ich, selbst wenn es nicht wichtig ist.«

»Was war das?«

Ein trauriges Lächeln trat auf Max' Züge. »Der DS machte irgendeinen Witz über einen ›Aal‹, der von der Leiche geglitten ist, als sie bewegt wurde. Er ist ja aus London. Natürlich gibt es in den Fens auch Aale – daher hat der Ort Ely schließlich seinen Namen. Aber es gibt dort auch Ringelnattern, und die können schwimmen. Und das da an der Leiche war eindeutig eine.« Er sah Tara an. »Es macht keinen Unterschied, schon klar. Aber ich komme vom Lande und kenne diese Gegend. Das kann DS Wilkins mir nicht nehmen.«

Als sie wieder an ihrem Schreibtisch saß, dachte Tara über das nach, was Max Dimity gesagt hatte. Auch sie war von hier und verstand seinen Frust. Tara hatte einmal eine Ringelnatter gesehen, die im Wasser nahe dem Haus ihrer Mutter draußen in den Fens schwamm. Sie war länger gewesen als ein Aal – über einen Meter, schätzte Tara. Und Aale hatten eine schmale Flosse auf dem Rücken. Agneta war nicht vorzuwerfen, dass sie das Tier aus einigem Abstand falsch zugeordnet hatte. Auch nicht, wäre sie näher dran gewesen. Wenn es heftig regnete, der Himmel von Wolken verdunkelt war und das Wasser schlammig, konnte man die beiden Tiere durchaus verwechseln. Dennoch hätte Wilkins zuhören sollen, als Max es ihm erklärte. Wäre er ein anständiger Kerl, würde Tara seine mangelnde Aufmerksamkeit darauf schieben, dass er ganz auf das Opfer fixiert war, aber dem war nicht so. Es hörte sich eher so an, als hätte er sich die Zeit genommen, Max' Erklärung barsch abzutun, denn Agneta hatte sie streiten gehört.

Tara machte bis mittags mit der Arbeit zu Hunter weiter – Telefonnummern auf Anruflisten abgleichen. Ab und zu überkam sie eine neue Welle sinnloser Wut auf Wilkins' Verhalten Max gegenüber, doch die versuchte sie zu verdrängen. Sie erlaubte sich nicht, unkonzentriert zu sein.

Als sie aber um eins bei einem Sandwich saß, wanderten ihre Gedanken zurück zu Ralph Cairncross' Tod und der Szene, die sich an dem Morgen abgespielt hatte, als seine Leiche geborgen wurde. Ein kindischer Wunsch, sich selbst zu beweisen, wie ignorant Wilkins war, brachte sie dazu, Ringelnattern zu googeln.

Zwei Minuten später war sie ganz in den Artikel versunken, den sie gefunden hatte. Der Raum um sie herum verblasste, bis jemand sich an sie hätte anschleichen können, ohne dass sie es bemerkt hätte. Sie saß an ihrem Schreibtisch und bekam eine Gänsehaut. Gleichzeitig richteten sich die kleinen Härchen in ihrem Nacken auf.

Nein, das ist verrückt ...

Sie forschte nach mehr Informationen, scannte diverse

Websites und sah sich sogar mit Kopfhörern auf einen Youtube-Clip an. Als das Video begann, lehnte sie sich auf ihren Stuhl zurück. Noch wies sie die Theorie weit von sich, doch nach dem Kurzfilm war sie voller Zweifel.

Unentschlossen wartete sie einen Moment, ehe sie quer durch den Raum zu Max Dimitys Schreibtisch ging. Zum Glück telefonierte Wilkins gerade. »Max, weißt du noch, wer es war, der Ralph Cairncross' Leiche aus dem Wagen gezogen hatte?«

Er wirkte überrascht, nickte aber. „Ein junger Typ namens Tony Griggs. Du findest ihn im System.«

An ihrem Schreibtisch schlug sie Griggs' Nummer nach, speicherte sie auf ihrem Mobiltelefon und verließ das Büro. Sobald sie draußen vor dem Haupteingang war, rief sie Griggs an. Wilkins sollte nicht wissen, was sie tat, bis sie sich Klarheit verschafft hatte.

Zwei Minuten später hatte sie ihre Antwort. Doch es vergingen weitere zehn Minuten, bis sie sich auf den Weg zu Blakes Büro machte. Selbst sie fand, dass ihre Idee nach einem schlechten Traum klang. Dennoch konnte sie es nicht ignorieren, nicht einmal, wenn es hieß, dass sie sich lächerlich machte. Je mehr sie darüber nachdachte, desto überzeugter war sie, dass es ihre Pflicht war, etwas zu sagen. Ja, ihre Idee klang wahnsinnig, aber wahnsinnig genug, um sie aufzugeben? Um sie guten Gewissens zu ignorieren? Die Antwort darauf war Nein – zu Taras aufrichtigem Bedauern. Warum konnte der erste saftige Fall, mit dem sie in ihrem neuen Job zu tun bekam, verdammt noch mal nicht klar und simpel sein?

ZEHN

Blakes und Taras Blicke begegneten sich über seinen Schreibtisch hinweg. Zehn Minuten waren vergangen, seit sie in sein Büro gekommen war und angefangen hatte, ihre Theorie zu erklären. Oberflächlich betrachtet mutete sie lachhaft an, und doch ... könnte sie die seltsamen Verletzungen an Cairncross' rechtem Arm und der Hand erklären. Ebenso wie die fehlenden Bremsspuren, bevor der Wagen ins Wasser stürzte. Es würde auch zu den impliziten Vorbehalten passen, die ihm in Agnetas Bericht aufgefallen waren. Sie hatte die These von einem Anfall für unbefriedigend gehalten. Und trotzdem ...

»Ich weiß, dass es echt verrückt ist«, sagte Tara, die seinem Blick nicht auswich. »Aber ich musste dir das erzählen, sobald mir die Idee gekommen war. Und mir scheint es wichtig genug, dass ich riskiere, deswegen für plemplem gehalten zu werden.«

Schließlich nickte er. Es war nachvollziehbar, wie sie zu ihrer Theorie gelangt war. »Es wird dir nicht gefallen, aber ich möchte Patrick reinrufen, damit du es ihm auch erklären kannst.« Ihr war anzusehen, dass sie damit gerechnet hatte.

»Er wird es nicht ernst nehmen.«

Der Blick, den sie nun wechselten, sagte alles. Es stand zu

bezweifeln, dass sein DS irgendetwas ernst nähme, was Tara sagte, und das war ein Problem, um das Blake sich kümmern sollte. Diese Theorie jedoch würde besonders schwer zu vermitteln sein. »Ja, wird er nicht. Aber Ralph Cairncross war sein Fall, und wenn irgendetwas hierbei rauskommt, muss er die bisherigen Fakten kennen.« Und wenn Blake wieder wollte, dass Tara in der Sache nachforschte, war es besser, Patrick wüsste, warum, auch wenn er wünschte, er könnte seine Einschätzung mit etwas Soliderem begründen. Nach kurzem Zögern nickte Tara, und für einen Moment schwiegen sie beide. »Wir dürfen nicht Gefahr laufen, dass er – oder überhaupt jemand – denkt, manche Mitglieder des Teams würden ihr eigenes Ding machen.« Und Patrick war jemand, der sofort zu dem Schluss käme. Blake lehnte sich auf seinem Stuhl zurück. »Da hat Fleming recht. Geht das Getuschel erst los, ist es um die Glaubwürdigkeit geschehen.« Und er war nicht sicher, welche Form es annehmen könnte. Doch er hatte das Gefühl, dass es erheblich persönlicher wäre als der Tod von Ralph Cairncross.

Er griff nach seinem Telefon und bat Patrick herein. Der Mann ließ sich eine Minute Zeit, um an der Tür zu erscheinen, hatte den Weg von seinem Schreibtisch also extra in die Länge gezogen.

»Tara«, forderte Blake sie auf, als sich sein DI endlich gesetzt hatte.

»Ich habe Informationen und eine Theorie zu Ralph Cairncross' Tod, die ich nicht für mich behalten kann«, begann sie und sah Patrick an. »Es geht um die mögliche Verstrickung einer dritten Partei.«

Blake beobachtete, wie Wilkins' Gesichtsausdruck von Überraschung zu Verärgerung und schließlich blanker Ablehnung wechselte. Kaum hatte er die Einzelheiten gehört, begann er, Taras Theorie zu zerpflücken. Andererseits musste sie natürlich auf die Probe gestellt werden. Blake war bewusst, dass er enthusiastischer sein sollte. Und weniger genervt davon, wie Patrick eine unsichtbare Staubfluse von seiner Anzughose zupfte, während er wartete.

»Ich habe vorhin mit Tony Griggs gesprochen«, sagte Tara, wobei sie ihre Worte wieder an Patrick richtete. »Er war einer von denen, die Ralph Cairncross' Leiche aus dem Forty Foot Drain geborgen haben, aber natürlich haben du, Agneta Larsson und Max Dimity alles beobachtet, wie auch noch andere.« Patrick hatte aus dem Fenster gesehen, und Tara wartete, bis er wieder in den Raum schaute. »Sowohl du als auch Dr. Larsson haben ein Tier bemerkt, von dem ihr glaubtet, dass es ein Aal war, das an Ralph Cairncross' Leiche war, als sie herausgezogen wurde. Aber Max Dimity hat mir erzählt, dass es tatsächlich eine Ringelnatter war, und das hat mich stutzig gemacht. Beide gibt es in den Kanälen der Fens, aber wegen der unterschiedlichen Geschichte habe ich Tony Griggs um mehr Informationen gebeten. Er ist von hier, genau wie Max, und er hat das Tier aus der Nähe gesehen. Ihm zufolge war es definitiv eine Ringelnatter. Und sie war tot.«

»Das hört sich langsam an wie aus einem Sherlock-Holmes-Roman«, murmelte Wilkins. Taras Miene blieb neutral, was Blake unter den gegebenen Umständen beeindruckend fand. Und leider verstand ausnahmsweise auch er Wilkins' Skepsis ...

»Ich habe zu Ringelnattern recherchiert«, fuhr Tara fort, »und sie schwimmen an der Wasseroberfläche. Sie können bis zu einer Stunde unter Wasser bleiben, wenn etwas ihnen Angst macht, aber nicht länger. Also ist die Frage, ob diese Ringelnatter getaucht war, weil sie aufgeschreckt wurde, durch Ralph Cairncross' Autofenster in den Wagen geschwommen ist und nicht wieder hinausgefunden hat. Oder ob sie jemand in seinen Wagen gelegt hatte, als er vor dem Haus parkte, in dem er sich mit seinen Akolythen traf, und dann gewartet hat, dass Cairncross den Schock seines Lebens bekam, als er betrunken im Dunkeln nach Hause fuhr.«

Blake bemerkte das hämische Grinsen von Patrick. Inzwischen saß sein DS vorn auf der Stuhlkante, als könnte er es nicht abwarten, wieder zu gehen.

»Das ist eine spannende Theorie", sagte Patrick, »aber wir reden hier nur über eine Ringelnatter, Tara. Das sind nicht gerade die gefährlichsten Tiere der Welt.«

»Ich verstehe, was du meinst«, entgegnete sie. »Und wenn sie glauben, dass sie in Gefahr sind, stellen sie sich manchmal sogar tot. Aber die Weibchen werden gut über einen Meter lang, und wenn sie sich in die Enge getrieben fühlen ... Tja, ich zeige es dir.« Blake beobachtete, wie sie ihren Laptop aufklappte, den sie wieder mitgebracht hatte. Sie drehte ihn so, dass er und Patrick auf den Bildschirm sehen konnten. In ihrem Webbrowser war eine Youtube-Seite geöffnet, und sie klickte das Video dort an, sodass es den gesamten Monitor einnahm.

Der Film zeigte eine Ringelnatter, die in einer großen Plastikwanne gefangen war. Sie sah groß aus – auf jeden Fall so lang, wie Tara gesagt hatte, und ziemlich kräftig. Das Tier reckte den Kopf in der Wanne und zischte. Seine Körperbewegungen waren plötzlich, schnell und aggressiv. Jedes Mal, wenn sich die Schlange aufrichtete, bekam man einen Eindruck davon, wie groß sie war. Und sie vollführte wiederholte Schlagbewegungen. Die Leute, die das gefilmt hatten, hatten sie als Ringelnatter identifiziert. Sie wussten, dass sie nicht an sie herankam und nicht giftig war. Dennoch hörte Blake, wie ihre Stimmen mit jedem Mal, dass die Schlange sich emporreckte und nach vorn schnellte, höher wurden. Das war reiner Instinkt, und Blake konnte die Nervosität der Filmenden fühlen.

»Ich denke, wäre ich das«, sagte Tara und sah sie beide abwechselnd an, »und ich würde am Forty Foot entlangfahren, betrunken, im Dunkeln, und ein solch großes Tier würde zischend und schlagend unter meinem Sitz vorkommen, würde es reichen, um mich von der Straße abkommen zu lassen.« Ihr

Blick war ruhig, dabei musste sie erkennen, dass das Video gewirkt hatte. »Es würde zu den Blutergüssen passen die Agneta Larsson beschrieben hat. Ich nehme an, dass er in blanker Angst um sich geschlagen hat. Was meint *ihr*?«

Blake wusste, dass Tara klar war, wie außergewöhnlich ihre Theorie klang. Und er zog den Hut vor ihr. Ihre Darlegung war eine eindrucksvolle Vorstellung gewesen. Sie mochte gewillt sein, die Fehlbarkeit ihrer Gedanken vor ihm zuzugeben, aber so unvorsichtig war sie eindeutig nicht bei Wilkins.

Was Blake betraf, musste er einen Schritt zurückgehen. Es dauerte einen Moment, bevor er sagte: »Ich stimme zu. Nur können wir nicht mit Sicherheit wissen, dass die Schlange in dem Wagen war, als er ins Wasser stürzte.«

»Was der entscheidende Punkt ist«, sagte Patrick sehr gedehnt. Es sollte eine Regel geben, die Blakes Team untersagte, auf diese affektiert gedehnte Weise zu sprechen.

»Stimmt«, sagte Blake. »Und doch würde solch ein Szenario auch zu den fehlenden Reifenspuren auf der Straße passen. Er muss sich wild im Wagen bewegt haben, um dem Tier auszuweichen; Bremsen wäre kein Reflex gewesen.«

Wilkins zuckte mit den Schultern. »Eines ist jedenfalls sicher: Wenn man jemanden umbringen will, wäre das nicht die verlässlichste Art, es zu tun.«

»Ganz richtig«, pflichtete Tara ihm bei, und das in einem vollkommen beherrschten Tonfall. Fast amüsierte es Blake. Er hatte ihre Aufnahmen von Interviews gehört, als sie noch Journalistin war. Und es war nachgerade furchteinflößend, wie sie ihrem Gegenüber vorgaukeln konnte, sie fände sehr hilfreich, was die Person sagte. Jedenfalls machte Patricks Verdutztheit über ihre Freundlichkeit beinahe schon Spaß. »Aber was ist, wenn wir es mit jemandem zu tun haben, der Spielchen spielt?«, fuhr Tara fort. »Wenn es jemand ist, der, anstatt wild versessen darauf zu sein, dass Cairncross an einem bestimmten Datum stirbt, zu einer bestimmten Zeit, mit einem langfristigen

Ziel agiert? Vielleicht bekommt er seinen Kick auch allein davon, für ein bisschen Aufruhr zu sorgen, ohne zu wissen, ob es zu einem harmlosen Ausrutscher führt oder zu einer Katastrophe. Was ist, wenn dieselbe Person sich eine Woche vorher an Ralph Cairncross' Garagenlampe zu schaffen gemacht hatte, aber damit nicht ihr Ziel erreichte? Es wurde als unglücklicher Zufall abgetan. Altes Ding, nicht gut instandgehalten. Unser Täter ist ein Spieler. Seiner Ansicht nach hat er das erste Mal versagt, aber das ist unwichtig. Er kann es noch einmal versuchen, und er wählt eine andere Methode, die im schlimmsten Fall als gemeiner Streich durchgeht, falls Cairncross heil, aber gehörig erschrocken zu Hause ankommt. Doch im besten Fall – aus der Täterperspektive – versinkt Cairncross im Wasser mit weit geöffneten Seitenfenstern in dem schönen Spätsommer. Und wenn die Ringelnatter nahe an seiner Leiche gefunden wird, denkt sich keiner etwas dabei.«

Zunächst sagte niemand etwas.

»Vielleicht ist dem Täter auch die Symbolik wichtig – sofern wir glauben, dass es einen gibt«, fügte Tara hinzu.

»Symbolik?«, fragte Patrick und spie das Wort praktisch aus.

»In Ralph Cairncross' letztem Buch wählt sein Protagonist den Tod durch Schlangenbiss, als er schwimmt.« Noch einmal beschrieb sie die Passage, wie sie es bei Blake schon getan hatte, bevor Wilkins kam. »Was ist, wenn jemand beschlossen hat zu versuchen, die letzte Szene in Ralph Cairncross' Leben zu einer Spiegelung des Todes in seinem letzten Buch zu machen? Er beschreibt das Schicksal seines Helden als schön und gelassen. Vielleicht wollte der Täter ihm zeigen, wie Sterben wirklich ist.«

»Als Nächstes erzählst du mir noch, dass jemand auch Lucas Everetts Ertrinken gesteuert hat«, sagte Patrick.

Tara brauchte nur eine Sekunde. »Ausgeschlossen ist es nicht.«

Blakes DS schnaubte abfällig. »Das wäre ziemlich schwierig zu erklären. Ich habe deinen Bericht aus Kellness gelesen.« Diese plötzliche Demonstration von Eifer überraschte Blake nicht sehr. Patrick hatte natürlich so viele Informationen wie möglich gewollt, damit er bei seiner Theorie bleiben konnte, sollte der Fall geprüft werden. Nichts war Patrick wichtiger, als sein Gesicht zu wahren. »Eine dritte Partei hatte Everett überredet, zu weit raus zu schwimmen, nehme ich an? Er kann ja schlecht rausgeschwommen sein, um jemanden zu retten, der vorgab, in Schwierigkeiten zu stecken – nicht mit dieser albernen Nachricht, die er am Strand gelassen hatte. Also, sagen wir, es war jemand mit Everett dort, hat ihn angestachelt, Risiken einzugehen, hätte die Person dann nicht auch aus der Wodkaflasche getrunken, die am Strand gefunden wurde? Doch an der sind nur die Fingerabdrücke von Everett und der Kassiererin.«

»Eine weitere Person könnte ihr eigenes Getränk mitgebracht haben«, sagte Tara.

»Die Idee ist sogar noch weiter hergeholt als deine Theorie mit der Schlange.« Patrick sah jetzt richtig hämisch aus.

»Natürlich muss es nicht eine dritte Partei sein, falls es eine Verbindung zwischen beiden Todesfällen gibt, die geplant hatte, beide zu töten«, sagte Blake. »Was ist, wenn Lucas früher mal in den älteren Mann verliebt war? Vielleicht hatte Cairncross ihn abgewiesen, und Everett hatte die Schlange in seinem Wagen platziert, um sich zu rächen. Könnte sein, dass er sich der Konsequenzen nicht bewusst gewesen war. Und als Cairncross dann tot war, hatte Lucas Everett womöglich sein nächtliches Schwimmen geplant, weil er von Schuld zerfressen war.«

»Aber Mrs Everett hat abgestritten, dass ihr Sohn in Ralph verliebt war«, widersprach Tara. »Und sie sagte, dass er energiegeladen gewesen war, völlig enthusiastisch, sein Leben weiter nach Ralphs Idealen zu leben.«

»Ja, ich erinnere mich, dass du es erwähntest.« Blake dachte an die E-Mail, die sie ihm am Freitag geschickt hatte. »Nur sind Mütter nicht immer die Besten, wenn es darum geht, die Gefühle ihrer Kinder zu lesen«, er war es auf jeden Fall nicht, »und Menschen, die extremen Stress durchmachen, können Stimmungsschwankungen haben.«

»Stimmt ... aber da ist die Aussage der Frau, die Everett im Co-op bedient hatte. Sie meinte, dass Lucas sehr aufgedreht und munter war.«

»Was daran liegen könnte, dass er sich entschlossen hatte, etwas zu tun, um seine Schuldgefühle zu besiegen und Cairncross' Andenken zu ehren«, sagte Blake. Er verstand, was Tara meinte, konnte aber nicht umhin zu bemerken, dass ihr Wunsch, ihre Sicht zu verteidigen, bisweilen ihr Urteilsvermögen beeinflusste.

»Es gibt noch andere Vorfälle, die mich auf den Gedanken gebracht haben, dass es sich um einen größeren Plan handelt.« Tara blickte zögernd zu Wilkins. Dann sah sie wieder Blake an. »Wie du weißt, dachte Monica Cairncross, als sie bei mir war, sie würde verfolgt.«

Blake verstand, warum sie stockte, bevor sie mehr sagte. Patrick war exakt der Typ, der annehmen würde, dass Tara an jeder Ecke Stalker sah, weil sie als Teenager und erneut vor vier Jahren bedroht wurde. Er würde denken, dass sie wegen ihrer Vorgeschichte umso leichter eine seiner Meinung nach schwachsinnige Geschichte glauben würde. Aber Tara war nicht wirklichkeitsfremd.

»Und«, diesmal entstand eine längere Pause, »jemand hatte mir eine Falle gestellt, als ich Freitagabend nach Hause kam.«

Blake lehnte sich vor. »Was? Warum hast du das nicht gemeldet?«

Als Tara ihm die Einzelheiten nannte, wurde ihm klar, warum nicht. Oberflächlich hörte es sich wie ein Kinderstreich an, und er sah, dass Patrick die Augen gen Himmel richtete.

»Bist du sicher, dass du keine geplatzten Rohre hast?«,

fragte der DS mit einem kleinen Lachen. »Das passiert leicht mal im Winter, und wenn man keine Ahnung von solchen Sachen hat ...« Tara öffnete den Mund, doch Patrick redete weiter. »Und selbst wenn es absichtlich war, gibt es vermutlich eine Menge Menschen, die das gewesen sein könnten.« Sein Blick gefiel Blake überhaupt nicht. »Da ist dein alter Stalker aus deiner Teenager-Zeit, Tara. Oh, und dann dieser Journalist, den du vor einigen Jahren attackiert hattest. Oder vielleicht ein nachtragender Exkollege? Gibt es irgendeinen Grund, warum das mit Ralph Cairncross und Lucas Everett zu tun haben sollte?«

»Das reicht, Patrick«, sagte Blake streng. Der Mann vergriff sich im Ton. »Ich brauche Zeit, um das alles zu überdenken. Ihr beide könnt jetzt weitermachen.«

Nachdem sie aus dem Büro waren, lehnte Blake sich zurück. Könnte Tara recht haben? Hatten sie es mit einem Irren zu tun, der Gott spielte? Und was war mit dem Eis auf ihrem Weg? Man könnte es leicht als Scherz abschreiben oder mit einer harmlosen Erklärung abtun, die noch gefunden werden müsste. Aber was, wenn jemand wollte, dass Tara hinsah und paranoid wurde? Und was, wenn dieselbe Person schon für einen Tod verantwortlich war?

Er rief Agneta an und sprach eine Nachricht aufs Band, dass sie ihn bitte zurückrufen möge. Es dauerte nur zwanzig Minuten, dann rief sie an. Er erzählte ihr von Taras Theorie und wartete auf ihre Reaktion. Dann hörte er einen leisen Pfiff vom anderen Ende.

»Das ist die schrägste Idee, die ich je gehört habe, Blake, aber sie würde zu allen Befunden an der Leiche passen. Die These von dem Anfall infolge von Alkoholvergiftung hat mich schon immer gestört, woraus ich kein Geheimnis gemacht habe. Verflucht«, sie hielt kurz inne, »dieses Tier war groß, Blake! Wenn es tatsächlich mit Ralph Cairncross im Wagen war, will ich mir gar nicht ausmalen, welche Angst er bekommen haben musste, als er es gesehen hat. Und sollte Tara recht haben, dann müsste die Urteilswahl des Coroners nicht die zwischen Unfalltod und Unglücksfall sein, sondern zwischen Unglücksfall und Mord ...«

Das genügte. Er müsste mit Fleming besprechen, wie er Taras Zeit einteilte, und Fleming war keine Freundin von fantasievollen Ideen. Aber nachdem er mit Agneta gesprochen hatte, wusste er, dass es das Richtige war. Eine Minute später hatte er Tara und Patrick wieder in seinem Büro.

»Angesichts der jüngsten Entwicklungen möchte ich, dass Tara im begrenzten Rahmen weiter nachforscht.« Er sah Patricks grimmige Miene und fühlte sich besser. Was glaubte der Mann eigentlich, wer er war? Aber er würde bei anderer Gelegenheit mit ihm über sein Verhalten sprechen; seine Anspielung auf Taras Vergangenheit vorhin war völlig unprofessionell gewesen. »Ich möchte sicher sein. Wir haben die Mittel, und Max kann ein paar Tage weiter bei dem Hunter-Fall aushelfen.« Er wandte sich an Tara. »Ich möchte von deinen Plänen Kenntnis haben, bevor du sie ausführst, und ich erwarte regelmäßige Updates. Richte dein Hauptaugenmerk auf Cairncross' Tod. Danach sehe ich mir an, was wir als Nächstes tun. Es ist nur vernünftig, einen Detective Constable hierfür einzuteilen, und es gibt hinreichend Fragen, um die Arbeitszeit zu rechtfertigen.«

Patrick schüttelte den Kopf, als er Blakes Büro mit geballten Fäusten verließ.

Als er die Tür hinter sich geschlossen hatte, fragte Blake sich, ob Tara etwas zu dem Mann sagen würde, denn er sah ihr an, dass sie es gern würde.

Doch sie nickte ihm nur zu. »Also grabe ich weiter«, sagte sie. »Bis zur Deadline. Ein paar Tage, hast du gesagt?«

Blake wurde bewusst, dass er ihre Selbstbeherrschung nicht ganz so sehr schätzte, wenn sie sich auf ihn erstreckte. Doch er nickte. »Ja, zwei Tage, und heute ist der erste.« Es würde eng, aber er musste für Verhältnismäßigkeit sorgen. »Lass mich wissen, was du findest. Fang mit Cairncross' Frau an. Und schreib die Theorie nicht ab, dass Lucas Everett die Schlange im Wagen platziert hatte.«

»Sicher nicht.« Sie fing seinen Blick ein. »Und ich weiß. Samthandschuhe, offensichtlich. Ich werde vorsichtig sein.«

Sie war schon an seiner Bürotür, wollte sie öffnen, da knickte er ein. »Du hast das vorhin mit Patrick gut gemacht. Cool zu bleiben, meine ich. Das kann nicht leicht gewesen sein.«

Und auf einmal drehte sie sich zu ihm um, und ein Lächeln huschte über ihre Lippen. »Ich habe eine Geheimwaffe«, sagte sie, und da war dieser Ausdruck in ihren Augen, an den er sich erinnerte.

»Ach ja, welche?«

Sie neigte den Kopf zur Seite. »Eine Wilkins-Voodoo-Puppe zu Hause. Handgemacht, doch aus irgendeinem unerklärlichen Grund ist die noch nicht auf dem freien Markt erhältlich.«

Er musste lachen, ehe er sich bremsen konnte, und hoffte, dass es draußen niemand gehört hatte. So unprofessionell hatte er sich wahrscheinlich noch nie verhalten, seit er beim CID war. »Aber Scherz beiseite, Tara«, sagte er, »das muss funktionieren. Und solltest du etwas Konkretes finden, ermittelt Patrick mit dir.«

Tara sah ihn bedeutungsschwanger an. »Und wenn ich versage, wird er überzeugt sein, dass er recht hatte und ich an Märchen glaube. So viel zum Thema ›zweischneidiges Schwert‹.«

ELF

Ralph Cairncross' Frau Sadie hatte sich bereiterklärt, Tara am selben Nachmittag zu empfangen. Am Telefon hatte sie ein bisschen benommen geklungen, aber Taras Anruf kam ja auch sehr überraschend. Kein Wunder, dass die Frau nicht gleich begriff, was Tara sagte.

Nun stand Tara in der Madingley Road, in der Sadie Cairncross wohnte, und die kalte, neblige Luft verfing sich in ihrer Kehle. Sie schmeckte metallisch. Der Verkehr floss am frühen Nachmittag recht frei, und der Gehweg neben der breiten Straße war verlassen. Tara hatte in einer Seitenstraße geparkt, denn sie wollte zu Fuß auf das Haus zugehen, um ein Gefühl für die Umgebung der Cairncross' zu bekommen, ehe ihre Anwesenheit allzu augenfällig wurde.

Rechts von ihr führten lange Einfahrten von der Straße zu ausladenden Häusern auf großen Grundstücken. Es war kein Ort, an dem man regelmäßig auf seine Nachbarn traf. Und die hohe immergrüne Hecke an der Grenze des Cairncross-Grundstücks verstärkte den Eindruck von Isolation noch. Tara schlang ihren Mantel fester um sich und betrat die Kiesauffahrt. Je weiter sie auf das Grundstück ging, desto leiser wurde der Lärm der Autos und Park-and-Ride-Busse. In der Nähe sang ein Rotkehlchen, doch auch das verstummte bald wieder.

Vorn und zur Rechten war ein quadratisches Nebengebäude mit Rotklinkerfassade und dahinter das Haupthaus, eine beachtliche Villa aus den Zwanzigern des letzten Jahrhunderts mit Bleiglasfenster und dicht mit Efeu bewachsen.

Das Nebengebäude entpuppte sich als Garage und Schuppen für Werkzeug und Gartengerät, wie Tara durch eine der beiden Türen zur Auffahrt hin sehen konnte, die einen Spalt weit offen stand. Drinnen waren alle Gartensachen in einem abgetrennten Bereich untergebracht, der entfernt an eine Pferdebox erinnerte. Es war der normale Kram wie Gartenschläuche, Spaten, Trimmer, Schaufel und so weiter. Und es roch nach Öl und Erde. Dort war nichts, was einen Stromanschluss brauchte.

Durch ein Seitenfenster konnte Tara einen alten dunkelblauen Volvo sehen. Es war noch genug Platz für ein zweites Auto, und Tara vermutete, dass Ralph Cairncross' Alfa Romeo dort geparkt hatte, bevor er ihn im Forty Foot Drain versenkte. Danach dürfte der Wagen abgeschrieben worden sein.

Rechts von den Garagentüren war innen noch reichlich Arbeitsfläche. Einen Moment lang blickte Tara hinauf zum Haus. Alles sah ruhig aus, und sie war ein paar Minuten zu früh. Vorsichtig näherte sie sich einer Seitentür der Garage und drückte die Klinke herunter. Sie war nicht abgeschlossen. Allerdings sah drinnen auch nichts aus, als lohnte es sich zu stehlen, also sparte man sich wohl die Mühe. Was die Zahl derer, die sich an der Lampe zu schaffen gemacht hatten, von der Ralph den Schlag bekam, um nichts einengte. Falls es denn jemand getan hatte.

Tara kehrte auf die Einfahrt zurück und ging weiter zum Haus. Um sie herum lag alles im Nebel, doch die Villa war nun klar zu erkennen. Sie wirkte dunkel und wenig einladend.

Tara erreichte die lackierte Holztür mit dem Bleiglasfenster und betätigte den Jugendstilklopfer. Nach einem Moment veränderte sich das Licht drinnen, als jemand eine Zwischentür öffnete und es hinter der Haustür hell wurde. Ein Schatten näherte sich, und die Tür wurde langsam aufgezogen.

Tara fiel es leicht, Sadie Cairncross von alten Fotos im Internet wiederzuerkennen. Die frühere Flötistin musste um die Fünfzig sein, sah aber nicht danach aus. Ihr dichtes, kastanienbraunes Haar reichte über ihre Schultern, und sie hatte es vermieden, rundlich zu werden. Auch ihre Haut sah gut aus, und sie hatte nur wenige Falten. Ihre Statur konnte Tara nur als elegant beschreiben. Sadie trug einen hochgeschlossenen schwarzen Pullover, einen karierten Minirock und schwarze Stiefel.

Tara stellte sich vor und zeigte ihren Ausweis. Sie wusste, dass sie erwartet wurde, doch Mrs Cairncross riss die Augen trotzdem noch ein wenig weiter auf, als sie den Namen auf dem Ausweis las. Daran hatte Tara sich gewöhnt. Obwohl sie einen niedrigen Dienstgrad hatte, rechneten die Leute häufig mit jemand Älterem. Manche schienen sogar ein bisschen eingeschnappt, weil sie glaubten, mit einem Jungschnösel abgespeist zu werden. Flüchtig wünschte Tara, sie hätte einen Hosenanzug angezogen. Ihr brauner Rollkragenpullover und die Hose mit Fischgrätmuster waren förmlich genug, doch etwas Gesetzteres wäre gut gewesen.

»Kommen Sie rein«, sagte Sadie Cairncross. Sie klang eher müde und abgekämpft als neugierig. Ihr Blick verriet Tara, dass es ein schreckliches Jahr gewesen war. Wahrscheinlich wollte sie alles nur noch hinter sich bringen; was auch immer die Wahrheit über den Tod ihres Mannes war.

Und sie musste noch mit etwas anderem kämpfen, das Tara erst bemerkte, als sie sprach. Ihre untere Gesichtshälfte schien in der Beweglichkeit eingeschränkt. Sie rang sich ein höfliches Lächeln ab, und ihr Mund war schön, aber schief. Könnte sie in jungen Jahren einen Schlaganfall gehabt haben? Oder litt sie an der Bell-Lähmung? Eine Freundin von Taras Mutter hatte die gehabt; sie bekam Steroide verschrieben, und nach fünf Monaten war die Beweglichkeit wieder vollständig hergestellt.

»Danke«, antwortete Tara, als Sadie Cairncross zurücktrat und die Zwischentür zu einem geräumigen Wohnzimmer öffnete. Es war von einer Reihe Tischleuchten erhellt, aber der Raum war groß, und die Fenster waren klein. Folglich wirkte es wie ein dunkles Zimmer mit vereinzelten Lichtflecken. Draußen schien es bereits dämmrig zu werden; der bedeckte Tag ging in einen frühen Abend über.

»Mich verwirrt, dass Sie mich jetzt noch einmal sprechen müssen«, sagte Mrs Cairncross.

Tara nickte. »Das verstehe ich, und es tut mir leid, dass ich Sie behelligen muss. Wir stellen einige zusätzliche Nachforschungen an, weil etwas entdeckt wurde, das sich vermutlich als Zufall herausstellt.«

Mrs Cairncross zog eine wohlgeformte Augenbraue hoch.

»Ihre Schwägerin, Dr. Monica Cairncross, ist bei uns gewesen. Sie war außer Landes in Neuseeland, als Ihr Mann den Unfall hatte, konnte aber zur Beerdigung herkommen. Ihnen ist gewiss bekannt, dass sie jetzt wieder für längere Zeit in England ist. Anscheinend hat sie noch einige Fragen zu den Umständen von Mr Cairncross' Tod.«

Die Augen der Frau blitzten. »Sie glaubt, jemand hatte damit zu tun«, sagte sie. »Sie hatte mir zu der Zeit eine E-Mail geschickt, dass es ihrer Meinung nach nicht so simpel sei, wie es alle ›darstellen‹.«

»Ungefähr dasselbe hat sie uns erzählt.« Tara lächelte Sadie zu, um ihr zu bedeuten, dass sie auf ihrer Seite war. »Nur um Dr. Cairncross' Bedenken möglichst schnell auszuräumen, fällt Ihnen jemand ein, der Ihrem Mann Schaden zufügen wollte? Tut mir leid, dass ich das fragen muss.« Es schien besser, die Sache als reine Routine abzutun, die notiert, abgelegt und nicht wieder angesehen würde ... wahrscheinlich.

Sadie Cairncross' Blick war wie leer. »Seine Ansichten haben starke Reaktionen provoziert, Constable. Manche Leute hatten ihre Wut über seine Haltung sehr offen ausgedrückt. Kritiker und so.«

»Das muss hart gewesen sein.« Wenn auch absolut verdient, Taras Meinung nach.

Mrs Cairncross zuckte mit den Schultern. »Er war daran gewöhnt.«

»Was ist mit dem näheren Umfeld? Gab es Feinde in seinem engeren Zirkel?«

»Nein.« Doch das kam zu schnell, und plötzlich sah sie weg. Tara dachte unweigerlich daran, wie wütend Philippa Cairncross laut Agneta Larsson gewesen war, als sie dort waren, um die Leiche ihres Vaters zu identifizieren. Was, wenn diese Wut nicht der Art galt, wie Ralph ums Leben gekommen war, sondern etwas anderem? Wieder kam ihr das Bild von dem Unfallort ihres Vaters in den Sinn, das Philippa bei Facebook gepostet hatte.

»Und was ist mit seinem Verhältnis zu den Akolythen?«, fragte Tara, die sich erinnerte, dass Blake sie angewiesen hatte, Lucas Everett nicht als möglichen Täter auszuschließen. »Hat er jemals mit Ihnen über die gesprochen?«

Sadie sah müde aus. »Constable, er hat selten über irgendwas anderes geredet. Nicht dass wir am Ende noch furchtbar viel Zeit miteinander verbracht hätte.« Sie blickte zur Seite. »Aber er hat nie Probleme mit ihnen erwähnt. Er schien sie zu betrachten, wie ein Sammler seine Menagerie von exotischen und amüsanten Lieblingen.«

Tara fragte sich, ob es den Akolythen bewusst gewesen war. »Hat er je erwähnt, dass irgendwelche von ihnen ihn belästigten? Oder mehr von seiner Zeit beanspruchten, als er wollte? Ihn zu komischen Zeiten anriefen – solche Sachen?« Falls Lucas Everett besessen genug von Ralph gewesen war, um ihn zu töten, würde sie meinen, dass er sich irgendwie verraten hatte. Sie beobachtete, wie Sadie die Stirn runzelte.

»So etwas hat er nie angedeutet«, sagte sie schließlich. »Er hat aber den Künstler, Thom King, ein- oder zweimal als bedürftig bezeichnet.« Sie blickte zu Tara, als versuchte sie, deren Miene zu deuten und zu sehen, ob es von Bedeutung war.

Nur wusste Tara es nicht.

»Was genau hat Monica zu Ihnen gesagt?«, fragte Sadie Cairncross.

»Sie hat behauptet, dass ihr Bruder oft Alkohol getrunken hat, bevor er fuhr, und dass es seine Fahrsicherheit nicht beeinträchtigt hätte.« Tara achtete auf Sadie Cairncross' Augen. Anscheinend reichte es ihr mit der Einmischung ihrer Schwägerin. Das konnte Tara nutzen. Sie rückte auf ihrem Sessel nach vorn, um die Lücke zwischen ihnen zu verkleinern. »Die Fakten bestätigen nicht, was sie sagt, um ehrlich zu sein.« Und das stimmte. »Tut mir leid, denn sicher haben das schon andere Officers gesagt, und es ist die traurige Wahrheit. Menschen denken oft, dass sie nach einem Drink noch genauso gut fahren wie sonst – vor allem, wenn sie Alkohol gewohnt sind –, aber das ist ein Trugschluss. Dr. Cairncross denkt, ihr Bruder war ein guter Fahrer und wäre nicht von der Straße abgekommen, aber deshalb bin ich nicht hier.«

Sadie Cairncross nickte, und Tara bemerkte, dass sich ihre Züge ein klein wenig entspannten.

»Trotzdem würde ich gern danach fragen, damit ich alle Informationen habe, die ich brauche, wenn ich die einzelnen Punkte beantworte.« Sie verzog das Gesicht ein wenig, um Verlegenheit zu signalisieren. »Falls es Ihnen nichts ausmacht, mir zu helfen.«

Sadie Cairncross nickte. »Okay, ich verstehe. Und wenn Monica dann Ruhe gibt, ist uns allen geholfen.« Sie sah Tara an. »Hier war sie auch schon, seit sie zurück ist.«

Tara hielt ihren Blick. »Kann ich mir vorstellen. Gut, also, ich frage mich nur, ob das stimmt, was Monica sagt. War es üblich, dass Ihr Mann Auto gefahren ist, nachdem er getrunken hatte?«

Nun schaute Sadie nach unten zum Teppich und brauchte eine Weile, bevor sie antwortete: »Ich bezweifle, dass er zu irgendeiner Tageszeit vollständig nüchtern war. Entsprechend war er wahrscheinlich jedes Mal über der Promillegrenze, wenn er in den Wagen gestiegen ist. Und es stimmt, dass er an Alkohol gewöhnt war. Er hat mehr vertragen als die meisten anderen, ohne dass es eine offensichtliche Wirkung hatte. Er war ein großer Mann.« Sie ballte und lockerte die Fäuste auf ihrem Schoß.

Tara nickte. »Aha, also hatten Sie angenommen, dass er im September auch getrunken hatte, ehe er sich auf den Heimweg gemacht hat?«

»Darüber habe ich gar nicht nachgedacht, denn es war ja normal für ihn.«

»Können Sie mir sagen, ob Ihr Mann gewohnheitsmäßig sein Auto abgeschlossen hat, wenn er ausgestiegen ist?«, fragte Tara.

Sadie Cairncross runzelte die Stirn. Nun hielt sie die Hände still und sah zu Tara. Für einen Augenblick schien es, als wollte sie die Frage abwehren, doch dann seufzte sie und ließ die Schultern hängen. »Nein, hat er nicht.«

Es passte. Tara konnte sich nicht vorstellen, dass ein Mann, der so achtlos mit seiner eigenen Sicherheit war, über Autoalarmanlagen oder Zentralverriegelungen nachdachte. Wobei sein klassisches Automodell diese Dinge ohnedies nicht gehabt haben dürfte.

»Was war, als er nicht wie erwartet nach Hause gekommen ist?«, fragte Tara.

»Ich habe geschlafen«, antwortete Sadie. Da war eine Pause. »Ich nehme schon seit Jahren Schlaftabletten. Meine

Tochter Philippa war in der Nacht auch im Haus. Sie ist an der Uni, hier in Cambridge, wohnt aber nur während des Semesters im Studentenwohnheim.«

»War Ihre Tochter länger auf? Hat sie sich keine Sorgen gemacht?«

Die Frau schüttelte den Kopf. »Ein Mann, der so leben will wie mit zwanzig, sagt niemandem, wann er nach Hause kommt. Und er sorgt dafür, dass seine Freunde und seine Familie lernen, mit dem Unerwarteten zu rechnen. Und sowieso war Philippa an dem Abend aus. Sie war in die Stadt gefahren, um ihren Freund zu treffen.« Sie zuckte mit den Schultern. »Erst als wir uns beim Frühstück sahen, fing ich an, mir Sorgen zu machen. Und ehe wir dazu kamen, die Polizei zu rufen, war die schon hier.« Ihre Züge wurden verschlossen.

»Das tut mir leid«, sagte Tara.

Sadie Cairncross nickte. Nach einem Moment holte sie tief Luft. »Aber Sie haben gesagt, dass Sie wegen Monicas Bemerkungen hier sind, was die Fähigkeit meines Mannes betrifft, betrunken noch sicher zu fahren.«

»Das stimmt. Wir haben deswegen schon einige wenige Erkundigungen eingezogen und erfahren, dass einer der Freunde Ihres Mannes, die er an dem Abend getroffen hatte, inzwischen ebenfalls tot ist. Ertrunken, weil er zu weit raus in die Nordsee geschwommen ist.« Während sie es erklärte, konnte sie nicht die Spur von Schock bei der Frau feststellen. »Haben Sie das gewusst?«

Sadie Cairncross nickte und legte kurz eine Hand über ihre Augen. »Das Haus, in dem Ralph an dem Abend war, um seine Gruppe zu sehen – die Akolythen, wie er sie bekanntlich nannte – gehört ihnen jetzt. Es war schon lange im Familienbesitz, von Ralphs Großvater vererbt. Ralph hat es als eine Art Rückzugsort benutzt und sie eingeladen, es ebenfalls zu nutzen. Sie hatten alle Schlüssel und konnten kommen und gehen, wie sie wollten. Und als er gestorben ist, kam heraus, dass er es ihnen allen unter der Bedingung vermacht hat, dass sie weiter für seine Lebensphilosophie eintreten.«

Was für ein Geschenk! »Und welche Philosophie war das?«

Sadie Cairncross seufzte. »Wild zu leben und – falls es dazu kommt – jung zu sterben. Seine Ansicht bedeutete, dass er jeden verachtete, der sich mit dem Altern abfindet, sich ihm kampflos hingibt. Indem er zu viel trank und genau wie in den Zwanzigern lebte, hat er dem Alter eine lange Nase gemacht und es herausgefordert, ihn zu holen, wenn es kann.« Sie schloss kurz die Augen. »Aus seiner Warte hat sein Tod im Fluss dem Alter die Chance geraubt, ihn als Opfer zu fordern. Er hätte es so gesehen, dass er den Tod willkommen hieß, bevor sich sein Leben bergab bewegte. Ich denke, deshalb ist er in den Forty Foot Drain gefahren.«

»Sie glauben, dass es Absicht war?«

Sie nickte. »Monica will es nicht akzeptieren, weil Ralph sein Leben immer noch in vollen Zügen auskostete, aufrecht bis zum Tod. Sie denkt nicht, dass er bereit war zu gehen, und eine Menge Leute haben gesagt, seine Ideale wären nur Prahlerei gewesen. Aber sein Tod beweist, dass sie unrecht haben. Er hat immer nach den Prinzipien gelebt, die er vertreten hat.« Bei dem letzten Satz kippte ihre Stimme, und ihr Ton wurde leidenschaftlicher.

Glaubte sie es wirklich? Oder versuchte sie nur, etwas Positives an dem Ehemann zu finden, mit dem sie so lange verheiratet gewesen war? Ihr Argument – dass er trotz seiner abstoßenden Überzeugungen kein Heuchler gewesen sei – konnte man kaum als schallendes Lob bezeichnen. Dasselbe könnte man über viele Diktatoren sagen.

»Wie ich gelesen habe, hatte er Blutergüsse, die zu einer Art Anfall passen würden«, sagte Tara.

Jetzt wurde der Blick der Frau frostig. »Wegen einer Alkoholvergiftung? Das glaube ich nicht. Sicher ist jemand, der mit dem Wagen einen solch dramatischen Sturz hat, hinterher grün und blau. Ralph konnte einiges vertragen. Und er hatte noch nie zuvor so reagiert.«

Agneta musste es frustrieren, wenn Laien ihre Funde so abtaten. »Tut mir leid«, sagte sie, »wir sind vom Thema abgekommen. Sie wollten mir erzählen, woher Sie von Lucas Everetts Tod wissen.«

»Die gerichtliche Testamentseröffnung steht noch an«, antwortete Mrs Cairncross, »aber ich weiß natürlich, was in Ralphs Testament steht, und die Nachlassverwalter haben auch die Akolythen einzeln benachrichtigt. Wir alle wurden informiert, als Lucas starb und sich herausstellte, dass er seinen Teil des Erbes nicht mehr genießen könnte.«

»Was passiert mit seinem Anteil?«

»Er geht zu gleichen Teilen an die restlichen Mitglieder der Gruppe«, antwortete Sadie.

»Kennen Sie die Akolythen gut?«, fragte Tara.

»Ein bisschen.« Sie sah zu ihrem Schoß und zeichnete mit einem Finger eine Linie des Karomusters auf ihrem Rock nach.

»Es muss seltsam sein, ein Haus aus dem Familiensitz an Menschen gehen zu sehen, die nur Bekannte waren.«

»Für Ralph waren sie viel mehr als das.« Sie setzte sich aufrechter hin. »Und ich würde das Haus ganz sicher nicht haben wollen. Zu viele schlimme Assoziationen.«

Tara nickte. »Natürlich.« Sadie hatte nicht erwähnt, um wie viel Geld es ging. Und dem Haus nach zu urteilen, in dem sie gerade saßen, war es wahrscheinlich kein Problem. Immobilien wie diese in der Madingley Road waren ab zwei Millionen aufwärts wert.

»Dann suchen Sie nach einer möglichen Verbindung zwischen dem Tod meines Mannes und dem von Lucas Everett?«, fragte Sadie Cairncross.

Tara nickte. »Aber es ist vor allem eine doppelte Absicherung, um uns zu vergewissern, dass wir nichts übersehen haben.«

»Lucas Everetts Mutter denkt, seine Waghalsigkeit wäre Ralphs Doktrinen geschuldet gewesen. Sie hat mir geschrieben.«

Der Brief dürfte nicht leicht zu lesen gewesen sein. Gab Lucas' Mutter stellvertretend Sadie die Schuld?

Die Frau musste ihren Gesichtsausdruck richtig gedeutet haben. »Aber Lucas muss gewusst haben, dass Ralph niemals gewollt hätte, dass er solch ein Risiko einging. Er war noch jung. Was auch immer passiert sein mag, es kann Ralph nicht angelastet werden. Die Absichten meines Mannes waren rein.«

Rein was, war eine andere Frage. Doch jetzt brach Sadie in Tränen aus.

»Es muss Ihnen schrecklich fehlen.« Das sah Tara ihr an. Es war schwer, die Reaktion der Frau mitanzusehen, obwohl sich der Mann, um den sie trauerte, abstoßend anhörte. Unwillkürlich fragte Tara sich, wie die beiden sich kennengelernt hatten und warum Sadie ihn anscheinend bis zum bitteren Ende geliebt hat.

»Der Tag, an dem ich seine Leiche identifizieren ging, war wie ein endgültiges Loslassen, Constable Thorpe«, sagte sie. »Eine unüberwindbare Trennung.« Sie blickte auf. Ihre Hände hatte sie im Schoß fest gefaltet. »Ich glaube nicht an Gott oder eine Wiedervereinigung auf der anderen Seite. Der Tag, an dem er gefunden wurde, war das Ende eines langen Wegs.«

Tara sah sie fragend an.

»Als wir zusammenkamen, haben wir einen Pakt geschlossen. Wir beide waren ganz auf unsere Karrieren fixiert. Ich war Flötistin, also war es für mich meine Musik, und für ihn war es natürlich sein Schreiben. Wir haben unsere Kunst über alles andere im Leben gestellt. Aber wir wollten auch jeder ein Konstante – jemanden, der als Anker für uns fungiert und uns erdet. Tatsächlich haben wir es für nötig gehalten, damit wir unser Bestes geben können. Was wir hatten, war besonders. Ich war es, die er als Mutter seines Kindes auswählte, als er reifer wurde und etwas Neues und Frisches schaffen wollte. Aber wir waren uns immer einig, dass wir einander nicht anketten würden. Jeder von uns hat zu seiner eigenen Melodie getanzt.«

Sie sah Tara mit feucht glänzenden Augen an. »Ich habe wirklich geglaubt, dass ich mit dem Arrangement glücklich bin. Doch als Ralph die jungen Leute um sich sammelte, die er brauchte, um seine Kreativität zu nähren, war ich schwach. Ich habe der Eifersucht nachgegeben.« Sie ließ den Kopf hängen. »Ich stellte fest, dass meine Gedanken bei ihm waren, statt bei meiner Musik.« Sie hob kurz die Hand an ihrem Mund. »Wir hatten eine Krise – die ich herbeigeführt hatte –, und da sagte er mir, dass sich seine Gefühle für mich nicht verändert hatten. Seine Liebe zu mir war einzigartig und die einzige Bindung, die er eingegangen war und die überdauerte – so viele Jahre lang.«

Wie passte das abrupte Ende ihrer Karriere zu alle dem? Und wenn Ralph sie über Jahre so übel verletzt hatte, könnte sie die Auswirkungen dessen, wie sie behandelt wurde, verbergen? Dass sie ihn geliebt hatte, hieß nicht, dass sie nicht auch unglaublich wütend auf ihn war …

Als Tara die Einfahrt hinunter zurück zur Madingley Road ging, spielte sie im Kopf noch einmal Sadie Cairncross' Worte und ihre Reaktionen auf die Fragen durch. Es verstärkte nur den Eindruck, dass Cairncross' Wirkung auf seine Familie und seine Freunde gefährlich und seine Beziehungen ungesund gewesen waren. Tara konnte sich durchaus vorstellen, dass ihn jemand umbringen wollte, was jedoch noch lange nicht bewies, dass es auch geschehen war. Sie setzte ihren Ruf für etwas aufs Spiel, das vollkommener Blödsinn sein könnte.

Umso mehr hoffte sie, dass sie irgendeinen stichhaltigen Beweis fand.

Blake stand an seiner Bürotür, als Tara wieder auf die Wache kam. Sie hatte recht lange gebraucht, denn es setzte bereits der

Feierabendverkehr ein. Der DI zog die Augenbrauen hoch, und sie sah seinen fragenden Blick.

»Nichts Konkretes, aber es war interessant«, sagte sie. Bei dem enttäuschten Ausdruck in seinen Augen wurde ihr flau. Er hatte beschlossen, ihr den Rücken zu stärken, aber es war wohl doch ein bisschen zu weit hergeholt. Und deshalb erwartete er im Grunde keinen Erfolg von ihr. »Wäre ich noch Journalistin, könnte ich ein ganzes Buch schreiben.« Aber die war sie nicht mehr, und die Zeit war knapp.

Blake nickte, trat von seiner Tür zurück und bedeutete ihr hereinzukommen, anstatt zu ihrem Schreibtisch zu gehen. Tara fragte sich, was los war. Blake schloss die Tür hinter ihr.

»Patrick hatte Philippa Cairncross am Telefon.«

»Ralph Cairncross' Tochter?« Sie wusste, wer sie war, und verarbeitete diese Information lediglich.

»Ganz richtig«, antwortete Blake. »Ihre Mutter muss sie angerufen und ihr von deiner Befragung erzählt haben, sobald du weg warst. Und dann hat Philippa uns angerufen.«

»Schnelle Reaktion. Was wollte sie?«

»Eine sehr genaue Erklärung, warum wir ihre Familie wieder belästigen und Wunden aufreißen, die kaum zu heilen begonnen haben.«

»Ich hatte Mrs Cairncross den Grund erklärt, und für sie schien es in Ordnung zu sein.«

Blake nickte. »Ich habe den Eindruck, dass die Tochter ihre Mutter unbedingt schützen will. Und wie ich es verstanden habe, hat sie nicht behauptet, in deren Namen anzurufen. Anscheinend will sie mit dir reden.«

Sein Ton legte nahe, dass Tara äußerst diplomatisch vorgehen müsste, wenn sie irgendetwas Brauchbares von ihr erfahren wollte.

»Patrick will als Beobachter dabei sein. Da es ursprünglich sein Fall gewesen ist, habe ich ihm das Okay gegeben.« Blakes

Gesichtsausdruck war mitfühlend, auch wenn es seine Worte nicht waren. »Er lässt dich die Fragen stellen.«

Super. Auf einmal hatte Wilkins Zeit und war interessiert – jetzt, da die Chance bestand, dass er sah, wie Tara sich abmühte, und ihr Versagen hinterher überall herumposaunen konnte. Und ihr war vollkommen bewusst, dass ihre Theorie von der Ringelnatter falsch sein könnte. Sie passte zu mehreren Aspekten von Ralph Cairncross' Tod, aber das könnte Zufall sein. Doch Tara bereute nicht, sie erzählt zu haben – ganz gleich, was dabei herauskam. Sie hatte richtig gehandelt, so fremd das Wilkins auch sein mochte. Und ganz gleich was geschah, vor ihm würde sie keine Schwäche zeigen. Er hatte sie bisher ja noch nicht bei einer Befragung erlebt, und es wurde Zeit, dass sie ihm zeigte, was sie konnte. »Haben wir schon einen Termin?«

Blake nickte. »Morgen früh um zehn in Philippas College. Es ist St Audrey's. Das Gute daran ist, dass ich dir sowieso vorschlagen wollte, als Nächstes mit ihr zu reden.«

Als Tara zu ihrem Schreibtisch ging und ihre Notizen zu dem Gespräch mit Sadie Cairncross aufschreiben wollte, sah sie, wie ein Grinsen auf Wilkins' Gesicht erblühte.

ZWÖLF

Über Nacht war der Himmel aufgeklart, und es herrschte Frostwetter, als Tara sich am nächsten Tag auf den Weg zum St Audrey's machte. Der Rasen vor dem College war von Raureif überzogen, der im kühlen Morgenlicht glitzerte. Sie ging unter dem schmuckvollen Torbogen mit Wappen oben hindurch und fand Wilkins in der Pförtnerloge gleich vorn links. Er lachte mit dem Mann hinterm Tresen, doch beide verstummten schlagartig, als sie den Raum betrat. Sie fragte sich, was ihr Chef über ihren Termin gesagt haben mochte – und über sie.

»Dann bringe ich Sie mal zu Philippa Cairncross' Zimmer, da Sie jetzt beide hier sind«, sagte der Pförtner und kam hinter seinem Tresen vor. Er hatte die Ärmel seines Hemds unter der schwarzen Weste hochgekrempelt, zog sie jetzt aber hastig nach unten, als sie die warme Loge verließen. Er führte sie zu einem Weg, an den links ein quadratischer, grasbewachsener Innenhof grenzte, und zeigte zu einem Treppenhauseingang gegenüber. »Gleich da durch und in den dritten Stock.«

Als sie sich bedankten, nickte er ihnen zu.

»Etwas an deinem Benehmen gegenüber Sadie Cairncross

scheint Philippa wütend gemacht zu haben«, sagte Wilkins. »Ich dachte, diesmal habe ich lieber mal ein Auge drauf.«

Tara merkte, wie sich ihr Kiefer verkrampfte, und holte tief Luft, während sie den Blick nach vorn richtete. »Das überrascht mich. Meine Unterhaltung mit Mrs Cairncross war vollkommen freundlich.« Und sie fragte sich, was der wahre Grund sein mochte, warum Philippa nicht wollte, dass sie mit ihrer Mutter sprach. Aber vielleicht griff sie auch nach Strohhalmen ...

»Denk bitte dran, dass es keinerlei Beweis für irgendwelche Unstimmigkeiten bei Ralph Cairncross' Tod gibt«, sagte Wilkins schroff. »Eher im Gegenteil. Es war das typische Ergebnis von Fahren unter Alkoholeinfluss. Und wenn Philippa das Gefühl hat, wir hätten ihre Mutter unnötig aufgeregt, bin ich geneigt, ihr zuzustimmen.«

»Wie du meinst«, antwortete Tara unbekümmert. Sie hatte erkannt, dass es für Wilkins das Schlimmste war, wenn sie cool blieb. Es nahm ihm den Vorwand, sie zu attackieren, und er wusste trotzdem noch, was sie dachte.

Sie stiegen die Wendeltreppe hinauf zu dem richtigen Stockwerk. Philippa Cairncross hatte ihren Namen auf einer Karte eingetragen und sie in den kleinen Messingrahmen auf ihrer Zimmertür geschoben. Wilkins klopfte.

Tara hielt den Atem an, als die schwere Tür langsam geöffnet wurde. Sie hatte zwar Philippas Profilfoto auf Facebook gesehen, aber das hatte nicht viel hergegeben. Dort war nur ein Teil ihres Gesichts zu sehen gewesen, und sie hatte eine Sonnenbrille getragen. Jetzt war es ein Schock, einer weiblichen Ausgabe ihres Vaters gegenüberzustehen. Ihre Züge ähnelten denen des jungen Ralph Cairncross so sehr, dass es war, als sähe Tara einen Geist vor sich. Philippa wirkte androgyn, von schlanker Statur mit riesigen Augen, klarer Haut und sehr kurzem Haar.

»Miss Cairncross?«, fragte Wilkins.

»Ms«, korrigierte sie streng.

Tara genoss Wilkins' Gesichtsausdruck, als er seinen Ausweis zückte. Sie zeigte ihren ebenfalls und stellte sich vor.

Philippa hatte noch nicht einmal die Tür hinter ihnen geschlossen, bevor sie auf Tara losging. »Ich bin froh, dass Sie gekommen sind, denn ich will eine Erklärung, warum Sie bei meiner Mutter waren. Und die sollte lieber verflucht gut sein. Ich konnte es gar nicht glauben, als sie mir erzählt hat, dass Sie sie immer noch belästigen, nach acht Wochen! Es ist ein entsetzliches Jahr für sie gewesen, und ich hasse es, dass Sie es noch verlängern.«

Tara sah, dass Wilkins wieder munterer geworden war. Für sie war diese Attacke eine Chance, sich direkt dem zu stellen, was kam, und die Situation zu kontrollieren.

Philippa bedeutete ihnen, in einer Art Vorzimmer Platz zu nehmen. Es gab drei Sessel, einen Couchtisch und einen Schreibtisch. Durch eine offene Tür sah Tara ein Bett. Eine weitere Tür war geschlossen. Vermutlich das Bad, dachte Tara.

»Die Räume werden nach den Prüfungsergebnissen des Vorjahres verteilt«, sagte Philippa. Sie musste Taras Blick gefolgt sein. »Wenn Sie damit fertig sind, meine Unterkunft zu begutachten und entsprechend meinen Intellekt einzuschätzen, hätte ich gern eine Erklärung.«

Tara begann zu erzählen, dass Monica Cairncross bei ihr gewesen war.

Bei dem Namen ihrer Tante verzerrten sich Philippas Züge für einen Moment, und sie unterbrach Tara. »Monica hat meine Mutter schon immer gehasst«, sagte sie. »Anscheinend war sie entsetzt, als Ralph ›sich ankettete‹, wie sie es nannte. Nicht, dass er das hätte. Er fühlte sich von meiner Mutter kein bisschen eingeschränkt. Vielmehr hat er sie benutzt, um mich zu bekommen, und sich dann distanziert.« Tara fiel auf, dass sie auf die Titel »Dad« und »Tante« verzichtete, was Bände sprach. »Soweit es sie betraf, war eine Familie wie ein Mühlstein an seinem Hals. Und meine Mum war ihr nie besonders genug.«

Das überraschte Tara. »Ich habe gelesen, dass Ihre Mutter professionelle Flötistin war – und eine sehr anerkannte. Das scheint mir ziemlich besonders.«

Wilkins runzelte die Stirn, und Tara vermutete, dass er es nicht gewusst hatte.

Philippas Züge wurde ein kleines bisschen weicher. Sie nickte. »Dem stimme ich zu.«

Tara dachte an die Anzeichen von Lähmung um Sadie Cairncross' Mund. Hatte ihre Karriere deswegen geendet? »Es muss schrecklich gewesen sein, als sie es aufgeben musste«, sagte sie.

»Sie haben sie doch nicht danach gefragt, oder?« Philippas Augen blitzten wieder.

»Nein, natürlich nicht.«

»Es war entsetzlich damals. Ich war erst fünf, aber ich erinnere mich immer noch daran.«

»Was war passiert?«

Wilkins unterbrach. »Das ist ja nun ...«

Doch Philippa antwortete schnell über ihn hinweg. »Ein Autounfall, bei dem ihr Mund verletzt wurde.«

»Oh, das tut mir sehr leid.« Noch ein lebensveränderndes Ereignis infolge eines Unfalls.

»Aber kommen wir zurück zu Monica. Ich begreife nicht, wie irgendwas, das sie gesagt hat, zu mehr Fragen führen sollte.« Philippa beobachtete Tara aufmerksam.

»Das verstehe ich – und für gewöhnlich wäre es auch zutreffend. Aber einige sehr oberflächlich Erkundigungen haben uns auf einen zweiten Todesfall im engsten Kreis Ihres Vaters aufmerksam gemacht, kurz nach seinem Tod. Ein Mann namens Lucas Everett.«

Philippa nickte. »Davon habe ich gehört.«

»Es war eine Verbindung, die vorher nicht hergestellt

wurde, nicht offiziell«, fuhr Tara fort, »und zusammen mit den zusätzlichen Fragen, die Ihre Tante stellte, wollten wir sicherge-hen, dass wir auch wirklich alles abgedeckt hatten.«

Wilkins lehnte sich auf seinem Sessel nach vorn. »Es ist wirklich nichts, worum Sie oder Ihre Mutter sich Sorgen machen müssen. Ich glaube, wir müssen Sie nicht weiter beläs-tigen.« Sein Tonfall war bewusst beruhigend und völlig falsch für eine Frau wie die, mit der sie es zu tun hatten.

Außerdem hatte er gesagt, er würde beobachten, nicht über-nehmen. Tara sah Philippa an. »Tatsächlich ergaben sich für mich ein paar Fragen, als ich die Berichte vom September durchgegangen bin. Ich möchte wirklich nicht Ihre Zeit vergeu-den, aber da wir nun schon mal hier sind, könnten wir die durchgehen, falls Sie nichts dagegen haben. Es würde das Risiko verringern, dass wir Sie noch einmal stören müssen.«

»Wenn das so ist, um Gottes willen, ja«, sagte Philippa und überkreuzte die schlanken Beine in ihrer engen Jeans. »Das Semester ist gerade vorbei, und ich rede lieber hier mit Ihnen, als dass Sie bei mir zu Hause aufkreuzen und für meine Mutter alles wieder aufwühlen.«

»Sehr verständlich.« Tara sah nicht zu Wilkins. Sie hatte Blakes Erlaubnis, einige Erkundigungen einzuziehen, und wenn ihr Vorgesetzter ihr die Flügel stutzen wollte, durfte er das mit seinem DI austragen.

»Könnten Sie mir als Erstes bitte noch einmal den Abend schildern, als Ihr Vater gestorben ist?« Tara nahm ihren Notiz-block hervor. »Wenn ich es richtig verstanden habe, waren Sie mit Ihrer Mutter in Ihrem Elternhaus in der Madingley Road, als er sich auf den Weg in die Fens machte.«

»Korrekt.« Philippas ausdrucksstarke Augen signalisierten Ungeduld.

»Und wie ging der Abend danach weiter?«

Die junge Frau neigte den Kopf zur Seite und seufzte über-trieben. »Mal überlegen. Wir haben zusammen zu Abend gegessen, Hähnchen, wenn ich mich recht entsinne, und danach ist meine Mutter früh ins Bett gegangen. Das macht sie sowieso oft, und an dem Abend hatte sie Kopfschmerzen. Gegen acht bin ich ausgegangen.« Sie sah Taras Blick und erkannte eindeutig, dass mehr nötig war. »Zu meinem Freund. Er ist PhD-Student, also war er den Großteil des Sommers in Cambridge. Ich bin zu seinem Wohnheimzimmer. Wir hatten Sex. Herrje, was wollen Sie denn noch?«

»Also waren Sie eher spät wieder zu Hause?«

Sie nickte und fixierte Tara. »Gegen eins, schätze ich.«

»Und Sie waren zu Fuß in die Stadt und zurück gegangen?«

Philippa schüttelte den Kopf. »Nein, mit dem Rad. Ich habe gemerkt, dass Ralph noch nicht zurück war, als ich wiedergekommen bin, aber das war nicht außergewöhnlich. Ich habe nicht mal darüber nachgedacht, als ich ins Bett gegangen bin. Erst als er morgens immer noch nicht da war, haben wir versucht, seine Gruppe von Akolythen in dem Haus am Forty Foot Bank anzurufen. Da ging Stephen ran. Er hatte schon eine Weile gebraucht, und ich schätze, die anderen schliefen noch ihren Rausch aus. Er hat bestätigt, dass Ralph in den frühen Morgenstunden weggefahren war. Wir wollten dann die Polizei anrufen, aber Ihre Leute sind uns zuvorgekommen.«

»Danke, dass Sie alles bestätigt haben.« Tara machte eine kleine Pause. »Und wie gut kennen Sie die Akolythen? Kommen Sie auch mit ihnen zusammen?«

Philippa warf lachend den Kopf in den Nacken. »Nicht, wenn ich es vermeiden kann. Ralph hielt sie für die Crème de la crème der nächsten Generation, und sie haben das alle allzu bereitwillig geglaubt. Ich war davon weniger überzeugt.« Sie begann, sie an ihren Fingern abzuzählen. »Lucas Everett, der völlig sinnlos zu einem obskuren Autor forschte, von dem ich nie gehört hatte, und in einigen Topzeitschriften veröffentlichte, ausgewählt von Redakteuren, die genauso verblendet waren wie er.«

Sie hatte offenbar keinerlei Hemmungen, schlecht über Tote zu sprechen.

Die Frau kam zu ihrem Zeigefinger. »Verity Hipkiss – eine über Gebühr gehypte Romanautorin, soweit ich höre, die für ihren PhD forscht; Christian Beatty, ein Model, um Himmels willen – klug ist er ganz sicher nicht. Eigentlich passt er auch nicht in das Schema, aber mein Vater mochte physische Vorzüge. Dann ist da Thom King, der sich für einen Künstler hält, und noch Stephen Ross – ein kaum bekannter Dichter und gegenwärtig Teilzeit-Hauslehrer für irgendein reiches Kind. Er ist der Kümmerling im Rudel, denke ich. Mich hat nicht gewundert, dass er es war, der an dem Tag nach Ralphs Tod wach war und ans Telefon gehen konnte. Mein Eindruck war, dass Ralph ihn nur in der Gruppe behalten hatte, weil er es genossen hat, jemanden kleinzumachen.«

Tara erinnerte sich, dass Stephen auch derjenige gewesen war, der Ralph Cairncross vom Fahren abhalten wollte, weil er zu betrunken war.

»Es gab noch ein anderes Mädchen, das auch zu der lustigen Truppe gehört hatte«, sagte Philippa, »ein Wunderkind, das zwei Jahre früher als gewöhnlich nach Cambridge gekommen ist oder so. Aber sie ist Ende Juli gestorben.«

Wilkins blickte auf.

Und Philippa verzog das Gesicht. »Kriegen Sie sich ein. Da bestand keine Frage, dass jemand nachgeholfen hatte. Es war Krebs.«

Die Gefühlskälte in ihrem Ton erschütterte Tara, was sie sich nicht anmerken ließ. »Ich nehme an, die Gruppe hat eine Menge Zeit Ihres Dads blockiert«, sagte sie.

Philippa verschränkte die Arme vor der Brust. »Falls Sie denken, ich war eifersüchtig, vergessen Sie es. Dass sie Ralph beschäftigt gehalten haben, war das einzig Gute an ihnen.«

Tara neigte sich vor. »Haben Sie jemals mitbekommen, dass einer von ihnen ihn mehr einforderte als die anderen? Ständig in Kontakt sein wollte, ihn zu seltsamen Zeiten zu Hause angerufen hat – solche Sachen?«

Philippa verengte die Augen, und Tara konnte nicht erkennen, was sie dachte. »Ich kann Ihnen erzählen, dass, sollte einer von denen mit ihm sexuell involviert gewesen sein, es aus Eigeninteresse gewesen wäre und sie jederzeit aus der Beziehung rauskonnten – nicht, weil da irgendeine tolle Leidenschaft im Spiel war. Ich hatte nie den Eindruck, dass einer von denen sich um ihn große Gedanken gemacht hat.« Sie blickte auffällig auf ihre Uhr. »Ist sonst noch was?«

Wilkins wollte bereits verneinen, doch wenn schon, denn schon. »Mich hat Ihr Cover-Foto auf Facebook erstaunt«, sagte Tara. »Mir ist aufgefallen, dass Sie es unlängst durch eines vom Forty Foot Drain ersetzt haben.«

Durch die Stabkreuzfenster fiel ein Strahl Sonnenlicht herein. Die junge Frau lächelte und schloss die Augen halb. »Ich würde meinen, dass der Grund auf der Hand liegt. Es ist ein Tribut an meinen lieben Vater.«

Sie stand auf, und Tara tat es ihr gleich. Sie konnte nicht umhin festzustellen, dass Philippa für jemanden, der behauptete, sehr wenig Kontakt zu den Akolythen gehabt zu haben, sehr viel über sie wusste. Und sie wandte eindeutig emotionale Energie auf, sie zu verachten.

Als Tara ihrem Vorgesetzten hinaus zur Treppe folgte, fragte sie sich, was er aus dem Gespräch machen würde. Es stand fest, dass sie Philippa nicht dazu gebracht hatte, sie zu lieben, doch ihr Gefühl sagte ihr, dass die Frau sie mehr respektierte als Wilkins. Und das wusste er auch. Es würde ihre Arbeitsbeziehung keinen Deut verbessern.

DREIZEHN

Tara lief die Zeit davon. Zwei Tage, hatte Blake gesagt, und heute war der zweite. Wilkins würde ihr mit Freuden unter die Nase reiben, dass sie gescheitert war. Sie hatte es geschafft, alle Gedanken an ihn zu verdrängen, solange sie mit Philippa Cairncross sprach, doch jetzt drohte es ihr wieder, geschlagen zu werden.

Zwischen den Befragungen und Besprechungen des gestrigen Tages hatte sie überlegt, wie sie ihre Zeit maximierte und auf wen sie sich als Nächstes konzentrieren sollte. Sie war überaus neugierig auf die Akolythen, aber gestern Nachmittag um fünf hatte sie einen Kontakt gefunden, der ihr in kurzer Zeit eine Menge erzählen könnte. Sie hatte Blake gefragt, bevor sie ihn traf, und er hatte zugestimmt.

Nun fuhr sie direkt vom St Audrey's nach Newnham, um Dr. Adam Richardson zu treffen, einen Fachmann für Ralph Cairncross' Werk. Es bedeutete, dass sie Wilkins allein auf die Wache zurückkehren ließ. Und er würde es genießen, sie vor Blake oder Fleming in Stücke zu reißen, solange sie nicht dort war. Als sie Philippa Cairncross' College verließen, hatte er vor sich hingelächelt, wahrscheinlich aus Vorfreude. Es sei denn, er plante etwas anderes …

Tara parkte ihren Wagen in einer breiten Seitenstraße, in der eine Mischung aus blitzblanken Luxusautos und einigen ehrwürdigen Klassikern stand. Letztere mussten schon zu ihrer Zeit von solch hervorragender Qualität gewesen sein, dass sie bis heute durchhielten. Bei dem Haus aus den Sechzigern, zu dem sie wollte, stand eine knorrige kahle Weide im Vorgarten. Das Wasser im Vogelbad war gefroren, und der Weg glitzerte vor Eis. Tara klopfte an die Tür – in schickem Rot lackiert – und wartete nicht mal eine Minute, bis geöffnet wurde. Dr. Richardson hatte lockiges graues Haar und lebhafte braune Augen.

Er streckte eine Hand aus und drückte ihre fest. »Freut mich sehr«, sagte er und trat zurück. »Kommen Sie rein.«

Es war eine erfrischende Abwechslung nach Philippas Empfang, der alles andere als herzlich gewesen war.

»Danke, dass Sie mich zu Hause besuchen«, fuhr er fort, als er sie durch eine Diele führte, die nach Wachspolitur und Trockenblumen roch. »Ich arbeite hier viel besser, wenn ich keine Vorlesungen halte. Weniger Ablenkung.« Er sah Tara an. »Sie meine ich natürlich nicht. Sie sind auch eine Ablenkung, aber eine lohnende. Doch Wissenschaftler, die in ihren Fakultätsbüros sitzen, sind allzu leichte Ziele für jeden, der sie fragen will, wer der nächste Fachbereichsleiter sein sollte oder welche Kollegen gerade nicht richtig mitziehen.« Er schüttelte abrupt den Kopf. »Ich kann Politik nicht leiden. Aber genug davon. Kaffee?«

Er ging durch in eine Einbauküche, wo er schon welchen fertig hatte.

»Sehr gern, danke.«

Er schenkte ihr einen Becher ein. »Nehmen Sie sich, was Sie noch möchten.« Im Angebot waren Milch, brauner Zucker und winzige, mit Puderzucker bestäubte Mince Pies, die Tara an den Frost draußen erinnerten. Im Haus war es wunderbar warm.

Dr. Richardson nahm den Teller mit den Keksen auf, und nachdem sie beide ihre Becher hatten, ging er Tara voraus in ein Arbeitszimmer, das voller Bücherregale war, dazu sein Schreibtisch und Stuhl sowie noch ein zweiter Stuhl für Besucher. Tara stellte ihren Becher auf einen Beistelltisch.

»Also, wie kann ich Ihnen helfen?«, fragte er, als er sich an seinen Schreibtisch setzte und sich in seinem braun gepolsterten Sessel zu ihr drehte.

»Ralph Cairncross' Schwester Monica hatte sich an mich gewandt, als sie von ihrem Arbeitsaufenthalt in Neuseeland zurückgekommen ist. Es kommt häufiger vor, dass sich Angehörige, die nicht vor Ort waren, wenn ein naher Mensch gestorben ist, an uns wenden und Fragen stellen.«

Dr. Richardson nickte. »Ja, ich denke, das würde ich wohl auch.«

»Zunächst einmal würde mich interessieren, ob es unter den Wissenschaftlern, die sich mit seiner Arbeit befasst haben, Mutmaßungen zu Ralph Cairncross' Tod gab.«

Er lächelte, und seine Augen blitzten. »Ihnen wird bekannt sein, welche Einstellung Ralph zum Altern hatte und wie er Menschen glorifizierte, die jung gestorben sind.«

»Ja.«

»Vor diesem Hintergrund haben sich viele von uns kurz gefragt, ob er vorhatte, in jener Nacht nicht nach Hause zurückzukehren. Könnte er einfach in voller Geschwindigkeit von dem Damm gefahren sein, in dem Wissen, dass er es nicht überleben würde?«

»Aber das glauben Sie nicht?«

Er schüttelte den Kopf. »Sie haben recht. Ich habe Ralph bei mehreren Gelegenheiten getroffen, und seinen berüchtigten Einstellungen zum Trotz, war er ihnen auf persönlicher Ebene keineswegs verhaftet. Ich würde sagen, dass er das Leben geliebt hat. Und auch wenn er entschlossen schien, seine Zeit abzukürzen, wäre das nicht der verlässlichste Weg gewesen, es zu tun.«

Was stimmte.

»Und dann haben natürlich noch die Mediziner auf eine Art Anfall am Steuer entschieden, sodass alle Spekulationen über seinen möglichen Suizid aufhörten.«

Tara bejahte stumm und trank einen Schluck von ihrem Kaffee. »Als ich mir alles für Dr. Cairncross angesehen habe, sah ich, dass ein Mann, den Ralph an jenem Abend getroffen hatte, inzwischen auch gestorben ist. Er ist ebenfalls ertrunken.«

»Lucas Everett«, sagte Dr. Richardson zu ihrer Überraschung. »Oh ja, ich weiß davon.«

Doch dann erinnerte Tara sich wieder. »Natürlich – Lucas war Wissenschaftler. In Ihrem Fachbereich?«

Richardson nickte. »Richtig.«

»Ich habe gehört, dass sich mehrere Bücher von Ralph Cairncross mit Leben und Tod beschäftigten. Ich nehme an, dass es in keinem um einen jungen Mann geht, der aufs Meer hinausschwimmt und es nicht wieder zurückschafft?« Sie hoffte, er würde nicht wissen wollen, warum sie fragte. Ungern würde sie erwähnen, wie sehr Ralphs eigener Tod mit dem in seinem letzten Buch übereinstimmte; damit verriete sie zu viel.

Dr. Richardson riss die Augen weiter auf, und es entstand eine winzige Pause, bevor er antwortete: »Wie kommen Sie denn auf diese Frage? Tatsächlich wird in *Der erste und der letzte Tag* ein Ertrinken unter genau diesen Umständen beschrieben. Ein junger Mann geht ins Meer und schwimmt weiter und weiter hinaus, wohlwissend und akzeptierend, dass er seine gesamte Kraft für die Strecke weg von der Küste aufbraucht.« Er blickte Tara direkt an. »Ich schätze, Sie denken dasselbe wie ich seinerzeit, als ich von Lucas' Tod erfuhr. Zufall?«

Tara lief ein kalter Schauer über den Rücken. Dr. Richardson nahm einen der winzigen Mince Pies von dem weißen Porzellanteller und steckte ihn ganz in den Mund. »Falls Lucas Everett etwas Waghalsiges und Dummes zu Ehren von Ralphs Andenken tun wollte, könnte ihn jenes Buch beeinflusst haben. Ich nehme jedoch an, dass sein Abenteuer nicht so enden sollte. Bevor er nach Hause nach Suffolk gefahren ist, hatte ich ihn in der Fakultät gesehen, und da schien er nicht deprimiert.«

War es tatsächlich Lucas' Tribut an Ralph gewesen? Oder hätte er spontan etwas derart Riskantes getan?

»Zitieren Sie mich bitte nicht«, sagte Dr. Richardson, »aber ich kann nicht behaupten, dass ich traurig bin, weil Ralph tot ist. Er hat sein Leben voll ausgekostet, aber mir scheint, dass er die Menschen beschädigt hat, die ihm nahe waren.«

Tara war überrascht. »Verzeihung.« Sie zögerte kurz. »Irgendwie hatte ich angenommen, Sie seien ein Bewunderer.«

»Weil ich so viel Zeit damit verbringe, zu ihm zu forschen und über ihn zu schreiben?« Richardson schüttelte den Kopf. »Ich versuche nur zu verstehen, wie zum Teufel der Mann getickt hat.«

»Haben Sie es jemals herausgefunden?«

Er rieb sich das Kinn mit der rechten Hand. »Da bin ich mir nicht sicher. Natürlich gibt es Ideen. Sadie, Ralphs Frau, vermutete, sein Jugendwahn könnte mit seinen Großeltern mütterlicherseits zusammenhängen. Sie waren beide im Alter schwerkrank. Und als dann Ralphs Mutter jung starb, sagten andere anscheinend immer wieder, ›wenigstens musste sie nie so leiden wie ihre Eltern‹.«

»Aber das glauben Sie nicht?«

Dr. Richardson sah ihr wieder in die Augen. »Ich denke, Sadie hat tief im Innern gewusst, wie ungesund seine Einstellung war, und wollte sein Verhalten rechtfertigen. Ob sie es tat, weil sie – so unwahrscheinlich es anmuten mag – sehr verliebt in ihn war, oder sich selbst einreden wollte, dass es richtig war, ihn so lange zu unterstützen, kann ich nicht sagen.« Er trank einen Schluck Kaffee. »Seine Ansichten waren mir ein Rätsel. Wenn man seine jugendlichen Gefährten liebt, sollte man doch wollen, dass sie wachsen. Die Schönheit der Jugend liegt doch teils in dem Versprechen dessen, was sie später ergeben wird. Und diese Schönheit vergeht nicht mit dem Alter, sondern ändert ihre Farbe und Tiefe. Menschen, die lange gelebt haben, haben die Welt in ihren Augen und Gewissheit in ihrem Auftreten. Es gibt nichts Faszinierenderes. Ein junger Mensch ist wie das erste Kapitel einer Geschichte – frisch und aufregend –, doch erst mit dem Alter bekommt man das ganze Buch.« Er lächelte. »Ich habe nicht aufgegeben, Ralphs Psyche enträtseln zu wollen. Ich will mehr zu seinen Eltern forschen. Und er hat noch eine Fülle von anderem Material, das ich auch gern studieren würde.«

»Ach ja?«

Richardson nickte. »Ein ganzes Archiv voller Papiere: Arbeiten und Andenken von anderen Autoren und Künstlern, die ähnliche Ansichten wie er vertraten. Ich habe vor, Sadie wegen der Sammlung zu kontaktieren, die er zusammengestellt hat, und zu fragen, ob ich sie mir ansehen darf.«

Tara war überaus neugierig, welche Theorien er daraufhin entwickelte. Sie aß auch einen von den kleinen Mince Pies. Sie waren noch ein wenig warm und schmeckten nach Brandy und Zitronenschale. »Was bedeutet die Widmung in Ralph Cairncross' letztem Buch?«, fragte sie. »Wissen Sie, an wen die Botschaft gerichtet war?«

Wieder blitzten Richardsons Augen. »Ah, noch ein heißes Thema. ›Für T, denn du konntest unbeschädigt entkommen. Du bist wahrhaft gesegnet‹.« Er neigte sich vor und stützte die Ellbogen auf den Schreibtisch. »Eine beliebte Theorie ist, dass T für Tess Curtis steht, die an die zwanzig Jahre lang Ralphs PA war.« Er sah Tara bedeutungsschwanger an. »Beachtliches

Durchhaltevermögen, könnte man sagen. Es heißt, dass sie zu Anfang ihrer Arbeitsbeziehung eine längere Affäre mit ihm hatte. Die war allerdings schon seit Jahren vorbei, sofern die Gerüchte stimmen, und dennoch blieb sie unverheiratet. Und dann – ungefähr zu der Zeit, als Ralph seinen letzten Roman beim Verlag abgeliefert haben muss – hat sie sich ziemlich öffentlich mit einem anderen bekannten Autor eingelassen, den sie durch Ralph kennengelernt hatte.«

»Wenn das stimmt – dass die Widmung Tess Curtis gilt –, impliziert es, dass Ralph eine Menge Affären hatte und ihm bewusst war, dass seine Partnerinnen gewöhnlich nicht unversehrt aus ihnen hervorgingen?«

Richardson nickte. »So würde ich es lesen. Und es passt. Er gab sich gern das Image des Schurken und Herzensbrechers.«

Falls dem so war, wollte Tara kaum glauben, dass Cairncross auch noch öffentlich mit seiner Grausamkeit und Arroganz geprahlt hatte. Sie fühlte, wie ihr Puls beschleunigte, als ihr all das einfiel, was sie dem Mann gern gesagt hätte.

»Leider hat Tess Curtis' Affäre mit dem anderen nicht gehalten«, fuhr Dr. Richardson fort. »Ihre Trennung wurde in den Medien genauso flächendeckend abgehandelt wie der Beginn ihrer Romanze.«

»Hat Tess noch für Ralph Cairncross gearbeitet, als er starb?«

Richardson bejahte. »Sie war bis zum Schluss bei ihm. Ich könnte mir denken, dass sie sich vollkommen verloren fühlte, als er ertrank, obwohl ihr ein Wissenschaftler aus meiner Fakultät schon zwei Wochen danach einen Job angeboten hat.« Er seufzte. »Ich hoffe, dass sich Professor Trent-Purvis als besserer Boss denn Ralph erweist, aber seine vorherige PA hielt sich nur sechs Monate …«

Arme Tess Curtis. »Sie erwähnten, dass die Widmung in Mr Cairncross' letztem Buch ein heißes Thema war. Gab es demnach noch andere Theorien außer der, dass Tess gemeint war?«

»Ja.« Jetzt lächelte er wieder. »Noch eine zweite, weniger wahrscheinliche.«

»Und die wäre?«

»Einer von Ralphs Akolythen – Sie wissen, dass er sie so nannte? –, Thom, behauptet, dass er beinahe überfahren wurde, und seine Theorie ist, die Widmung würde sich deshalb auf ihn beziehen. Sein Beinaheunfall war erst im letzten August, doch auch wenn das Buch da schon weitestgehend durchs Lektorat gewesen sein dürfte, *könnte* Ralph noch verlangt haben, dass die Widmung eingefügt oder geändert würde. Thom hat mir erzählt, dass Ralph ihm und den anderen Akolythen Leseexemplare gegeben hätte. Da war ihm die Widmung aufgefallen, und er war nicht sicher, ob er gemeint war. Angeblich hatte er Ralph gefragt – einen Scherz gemacht, um ihm die Information zu entlocken –, aber der wollte nichts sagen. Was typisch war. Er liebte es, sich mit einer mysteriösen Aura zu umgeben.«

»Was war das für ein Beinaheunfall?«

Richardson sah sie an. »Er *meinte*, er wäre fast von einem zu schnellen Wagen überfahren worden. Er konnte rechtzeitig aus dem Weg springen, sonst hätte es ihn erwischt. Der Fahrer hatte nicht angehalten.«

»Glauben Sie, er hat es erfunden?«

Richardson lachte. »Na, so weit würde ich nicht gehen. Aber ich halte es durchaus für möglich, dass er den Vorfall übertrieben hat, um Aufmerksamkeit auf sich zu lenken. Zufällig hatte ich es gegenüber jemand anderem aus der Gruppe erwähnt, und da gab es einiges Augenverdrehen. Noch dazu hatte er gesagt, er hätte es nicht der Polizei gemeldet.«

Dennoch war es interessant.

»Ich nehme an, das Objekt von Ralphs Widmung zu sein, selbst wenn sie beleidigend oder ironisch ist, war ziemlich begehrt. Und nun, da er tot ist, kann jeder behaupten, er wäre gemeint gewesen, und keiner das Gegenteil beweisen.«

Tara zögerte einen Moment. »Kommt in Ralph Cairncross' Romanen jemand bei einem Unfall mit Fahrerflucht um?«, fragte sie schließlich.

Richardson runzelte die Stirn. Gewiss wunderte ihn ihr Gedankengang, aber dagegen konnte sie nichts tun. Sie brauchte sein Input – und sie hatte ganz sicher keine Zeit, selbst sämtliche Bücher von Cairncross zu lesen.

»Nicht direkt Unfall mit Fahrerflucht«, antwortete er nachdenklich. »Aber in einem Roman, *Interludium*, findet der Protagonist den Tod, indem er auf der Route 66 in aller Ruhe vor einem SUV auf die Fahrbahn tritt.« Jetzt nahm Tara ein leichtes Misstrauen in seinen Augen wahr. »Das Auto verschwindet anschließend in der Ferne.« Richardson verstummte, und Tara vermutete, dass er wartete, ob sie erklärte, worauf sie hinauswollte. Als sie schwieg, seufzte er. »Um Ihnen etwas mehr Hintergrund zu geben: Alle Bücher von Ralph folgten demselben Muster. Sie alle handeln von einem Helden, der ein außergewöhnliches Leben führt – Risiken eingeht, Wellen schlägt. Und sie alle beginnen mit dem Ende der Geschichte. Der Protagonist findet seinen eigenen ›Ausgang‹ aus dieser Welt und nimmt ihn an, anstatt ein Leben bis in ein hohes Alter zu wählen. Für den Rest wird dann in Flashbacks von den vielen Abenteuern erzählt, in denen jeder Held dem Tod trotzt, bevor er beschließt, sich in der Blüte seines Lebens zu verabschieden.«

Bei dem Gedanken wurde Tara schlecht. Sie konnte noch den Mince Pie schmecken. »Ich habe in sein letztes Buch hineingelesen«, sagte sie. »Und ich fand erschreckend, wie der Tod in der Lagune beschrieben wurde; diese Kombination von Schönheit und Ruhe mit solch einer unerwarteten Entscheidung, alles grundlos hinter sich zu lassen. Mir will die nicht aus dem Kopf.«

Richardson nickte. »Das ist eine gängige Reaktion. So strittig Ralphs Ansichten auch gewesen sein mochten, seine Fähigkeit, ein prägendes Bild zu erschaffen, war ohnegleichen.«

»Welche anderen Todesarten haben seine Helden gewählt? Oder Heldinnen?«

»In Ralphs Romanen gibt es nur Helden.« Dr. Richardson runzelte die Stirn. »Mal überlegen.« Er drehte sich mit seinem Stuhl zu den Regalen hinter sich und zog einen kleinen Papierstapel aus einer Archivbox. »In seiner Bibliografie gibt es reichlich von ihnen, und alle unter anderen Umständen.« Er überflog eine Seite. »In *So gut wie vorbei* spielen die letzten Momente des Helden auf einer Insel. Er findet einen alten Unterstand oben auf einem sturmumtosten Hügel. Die Hütte ist winzig, und die Tür hat keine Klinke von innen. Er bemerkt, dass sie fehlt, nickt und geht hinein, wo er sich in dem Wissen zum Lesen setzt, dass der Wind jederzeit die Tür zuschlagen könnte und er drinnen gefangen ist. Als es passiert, lächelt er nur und liest weiter.«

»Er verhungert?«, fragte Tara. Das war gruselig.

Doch Dr. Richardson verneinte. »Ihm geht die Luft aus. Ich schätze, Ralph fand es ästhetisch passender.«

Klar.

»Dann«, er wanderte die Bücherliste mit dem Finger ab, »in *Auf der Höhe* geht der Protagonist geradeaus vom Dach eines Wolkenkratzers und stürzt in den Tod. Es spielt bei Nacht in New York, und der Tod hier haut den Leser umso mehr um, als die Lichter Manhattans wunderbar beschrieben sind. Während es in *Die feine Linie* einen Tod durch Stromschlag gibt.«

Ralphs »fehlerhafte« Lampe ... Tara hielt den Atem an. Konnte das Zufall sein? Das unbehagliche Gefühl in ihrem Bauch wurde stärker. »Wie bekommt der Held in dem Buch den tödlichen Stromschlag?«

»Die Szene am Anfang ist ländlich. Der Held liegt auf einer Wiese und liest, während ihm die Sonne auf den Rücken scheint und Schmetterlinge die Wildblumen umtanzen. Es ist eine idyllische Szene. In einem Moment jugendlichen Übermuts klettert er auf einen Baum, dabei rutscht er ein wenig und bemerkt, dass er nicht mehr so behände ist, wie er mal war. Oben dann blickt er durch die Äste – die dicht belaubt sind – und stellt fest, dass er sehr nahe an einer Überlandleitung ist. Er greift hin, und die Szene endet, als er das Kabel berührt.«

Praktischerweise hatte er den Horror ausgespart, der dann folgte. Seine Arbeit war eine einzige große Lüge …

»Dann wäre da noch *Lebensblut*, in dem der Protagonist einen Hund aus einem brennenden Haus rettet, bevor er entscheidet, zurück nach drinnen zu gehen, obwohl das Gebäude leer ist. Es wird beschrieben, wie der Mann immer weiter ins Innere geht und durch die Flammen kaum noch zu sehen ist.«

Tara schloss für einen Moment die Augen.

»Und natürlich noch der Tod in Ralphs letztem Buch, *Aus heiterem Himmel*, der durch den Biss einer Seeschlange herbeigeführt wird.«

Nach ihrem Gespräch mit Dr. Richardson saß Tara in ihrem Wagen und zog Bilanz aus dem, was sie den Tag über erfahren hatte. Seit sie in dem Haus in Newnham war, hatte sich vieles verändert. Die Möglichkeit, ihre Schlangentheorie könnte falsch sein, hatte wie ein Gewicht auf ihren Schultern gelegen, damit war es jetzt jedoch vorbei. Nun sagte ihre Journalistenantenne ihr, dass sie definitiv auf einer Spur war. Und prompt überkam sie neue Angst – dass nicht genug Zeit blieb, um die Sache abzuschließen.

Nur noch ein paar Stunden, dann dürfte sie nicht mehr offiziell ermitteln …

Was hatte sie? Vier Tode – oder Beinahetode –, von denen jeder eine Parallele in Ralph Cairncross' Büchern hatte. Das war zu viel Zufall. Was, wenn der Autor einen Todfeind hatte, der etwas in Gang setzte, das eben erst anfing? Aber Tara hatte keine Ahnung, wie solch eine Person Lucas Everett dazu überreden konnte, was er getan hatte.

Zusätzlich zu den Übereinstimmungen zwischen den Todesfällen und den Büchern waren da noch Agnetas Zweifel an der These von dem Anfall als Ursache, warum Ralph Cairncross von der Straße abgekommen war. In seiner medizinischen Vorgeschichte hatte es keine Anfälle gegeben, und laut Agneta war eine Alkoholvergiftung bei seinen Blutwerten unwahrscheinlich.

Nicht zu vergessen die tote Schlange, die bei Ralphs Leiche gefunden wurde.

Schließlich gab es noch seine dysfunktionale Familie und die möglicherweise ungesunde Dynamik zwischen Cairncross und seinen Akolythen – von der langmütigen PA, die Dr. Richardson erwähnte, ganz zu schweigen.

Es gab reichlich Verdächtige ... und, natürlich, immer noch keinerlei konkrete Beweise.

Was sollte sie tun? Inzwischen verwarf sie Blakes Idee, dass Lucas Everett die Schlange in Ralphs Wagen gelegt haben konnte und von Schuldgefühlen zerfressen zu weit ins Meer geschwommen sein. Die hatte sie von Anfang an nicht geglaubt, trotzdem war sie ihr nachgegangen. Keiner, mit dem sie gesprochen hatte, bestätigte irgendwelche Anzeichen, dass Lucas auf den Autor fixiert gewesen war. Und die Menschen, mit denen er am Abend vor seinem Tod gesprochen hatte, sagten alle, er wäre guter Dinge gewesen.

Womit zwei Optionen blieben: Entweder wähnte sie einen Komplott, wo keiner war – *glaube ich nicht* – oder jemand hatte bereits zwei Tode herbeigeführt und wahrscheinlich einen dritten verursachen wollen – Thom Kings Beinaheunfall. Interessant war, dass der Versuch, sofern es denn einer war, noch vor Ralph Cairncross' Tod stattgefunden hatte.

Verdammt. Sie hockte hier und theoretisierte, obwohl sie jede Minute nutzen musste, die ihr blieb. Tara atmete tief durch. Sie musste klar denken.

Falls eine dritte Partei in den Tod von Lucas Everett verwickelt *war*, musste sie irgendwann gesehen worden sein, selbst wenn die örtliche Polizei seinerzeit nichts gefunden hatte. Die Fahrt zurück zur Küste dauerte anderthalb Stunden, aber ein weiterer Besuch in Kellness barg die kleine Hoffnung, irgendeinen Beweis zu entdecken. Ohne den war Tara eindeutig geliefert.

Also traf sie eine Entscheidung. Sie war bereits auf der A14 in Richtung Suffolk unterwegs, als sie Blake anrief, um ihn auf den neuesten Stand zu bringen und sich seine Zustimmung zu der Fahrt zu holen. Umso besser, dass er zufällig mit ihrer Vorgehensweise einverstanden war.

Doch um zehn Uhr abends trat sie ihre Heimfahrt mit der Gewissheit an, dass ihr Glück aufgebraucht war. Sie hatte keine nützlichen Informationen bekommen; nur eine lange Fahrt zu einem über den Winter verrammelten Küstenstädtchen, in dem die meisten Einwohner im Bett gewesen waren, als Lucas Everett zum letzten Mal schwimmen gegangen war, draußen an dem Strand nahe seinem Elternhaus.

Tara parkte ihren Wagen an der Riverside und sah nach ihren E-Mails, während sie über die Wiese wanderte, wofür sie kurz einen Handschuh auszog. Sie sah, dass Wilkins einen Feedback-Termin für sich und Blake mit ihr gebucht hatte, um ihre »Performanz« bei der Befragung von Philippa Cairncross zu besprechen. Sie konnte es kaum erwarten. Und er hatte ihr auch schon ihre Aufgabe für den kommenden Tag geschickt, da sie nun wieder an dem Hunter-Fall war. Sie würde mit Max Dimity in einer Straße von Tür zu Tür gehen, um Zeugen für einen Kampf zu finden, der dort den Tag zuvor stattgefunden hatte. Max würde sie »auf den gegenwärtigen Stand« bringen.

Laut ihrem Boss könnte sie von ihm einige dringend notwendige »Orientierungshilfe« bekommen.

Sie vermutete, dass das sitzen sollte. Wilkins war offensichtlich nicht bewusst, wie froh sie war, dass sie den morgigen Tag nicht mit ihm verbringen musste. Tara gefiel, was sie bisher von Max gesehen hatte. Und sowieso teilten sie eine gesunde Skepsis, was Wilkins betraf.

Es änderte indes nichts an ihrem Frust wegen der fruchtlosen Nachforschungen zu Ralph Cairncross und Lucas Everett. Sie fühlte sich extrem ohnmächtig. Sie hatte auch eine E-Mail von Monica Cairncross bekommen, die fragte, wie sie vorankam. Tara hatte ihr nichts von der offiziellen Ermittlung erzählt, die sie im Fall ihres Bruders anstellen durfte. Erst wollte sie sehen, was sich ergab. Nun war sie froh, dass sie es verschwiegen hatte. Sie war wie berauscht von dem gewesen, war ihr journalistischer Instinkt ihr sagte, aber der Trip war vorbei. Offiziell. Dennoch hatte sie das heutige Gespräch mit Dr. Richardson bestärkt.

Sie konzentrierte sich auf den unbekannten Feind, von dem sie nun mehr sicher war, dass sie es mit ihm zu tun hatte. Er war clever. Tara fröstelte. Tatsache war, dass Menschen manchmal mit Mord durchkamen – buchstäblich. Nicht alle Mörder wurden gefasst. Sie blickte von ihrem Handy auf zu ihrem Haus, das dunkel und verlassen inmitten des schattigen Parks stand. Sie war hundemüde, wollte sich aber noch ihre Antwort an Ralph Cairncross' Schwester überlegen, bevor sie für heute Schluss machte.

Ihr gingen unterschiedliche Formulierungen durch den Kopf, und sie entwarf Sätze, die sie gleich wieder strich.

Deshalb war sie vollkommen unvorbereitet, als eine Hand ihre Schulter packte ...

VIERZEHN

Sofort übernahm ihr Training. Sie musste die Gedanken nicht verarbeiten, die zu ihrer Reaktion führten. Daumen innen an ihrem rechten Schulterblatt, kräftige Finger an ihrem Schlüsselbein. Er war direkt hinter ihr, nicht seitlich. Die Information stellte sich prompt ein, zusammen mit der richtigen Reaktion. Tara rammte den rechten Unterarm nach hinten, dorthin, wo der Schritt des Angreifers sein musste.

»Oh, verflucht!«, hörte sie nach einem tiefen Ächzen und fühlte, wie sich der Griff lockerte. »Ich habe dich zu gut trainiert, so viel steht fest.«

Sie drehte sich nicht um, denn sie wusste, wer es war.

Anstatt Kemp einen zweiten Hieb da zu verpassen, wie es ihm am meisten wehtat – was sehr verlockend war –, beließ sie es bei einem Schwall von Flüchen und Beschimpfungen. Nach rund einer Minute war sie fertig und musste Luft holen.

»Ich kapier nicht, warum du so sauer bist«, sagte Kemp. Er sah verletzt aus, sowohl physisch als auch emotional. »Du hast das doch prima gemacht. Und wie soll ich mich vergewissern, dass du noch in Form bist, wenn du weißt, was kommt?« Er schaffte es, sich aufzurichten, und lachte.

Tara biss die Zähne zusammen. »Nicht witzig, du Arsch«, fauchte sie. »Ich weiß, dass ich in Form bin. Das musst du mir nicht beweisen.« Gerade er sollte wissen, mit welchen Ängsten sie als Teenager fertig werden musste. Aber eine Nummer wie diese war ganz typisch. Er hatte sie schon ständig in Habachtstellung gehalten, als sie ihn im zarten Alter von siebzehn Jahren kennenlernte und er sie Selbstverteidigung lehrte.

Wieder lachte Kemp. »Ja, stimmt. Jeder zweifelt an sich. Ich kann bestätigen, dass du immer noch eine Gefahr für alle um dich herum bist. Also wenn es das nächste Mal bei einem Fall heikel für dich wird, hast du zumindest dieses bisschen zusätzliche Sicherheit.«

Sie neigte den Kopf zur Seite und bedachte ihn mit einem vernichtenden Blick.

»Du darfst mir später danken«, sagte er und hob einen Koffer an. Den musste er fallen gelassen haben, bevor er sie packte.

»Und du denkst, ich drücke meine Dankbarkeit aus, indem ich dir ein Bett für die Nacht anbiete?«

»Ich habe schon länger nicht mehr *deins* geteilt«, antwortete er feixend.

»Und das kannst du jetzt auch nicht.« Es kam prompt heraus – ein Reflex. Aber sie war müde.

»Manchmal kannst du solch eine Spaßbremse sein.« Doch immer noch lächelte er. »Wie dem auch sei, ich könnte morden für ein Bier, und ich dachte schon, du kommst nie nach Hause.«

»Du hast nicht hier draußen gewartet, oder? Warum hast du mich denn nicht angerufen?«

»Das überlegte ich gerade.« Er nickte nach hinten zur Riverside. »Ich bin erst vor einer halben Stunde hergekommen, um ehrlich zu sein, trotzdem fühlt es sich ewig an. Ich habe in dem Pick-up gewartet. Mir war danach, dich zu überraschen.« Er lachte. »Ich wusste, dass es mehr Spaß machen würde. Also, warum kommst du so spät? Ein neuer Liebhaber oder die Arbeit?«

Tara seufzte. Sie war so verdammt müde. Inzwischen war es weit nach elf, und sie war seit fünf Uhr morgens auf. »Ein Fall – noch dazu ein schräger. Na, komm. Ich erzähle es dir drinnen.«

Eine halbe Stunde später hatte sie ihn Verschwiegenheit schwören lassen und ihm erzählt, was los war, einschließlich Wilkins' Skepsis und genereller Widerwärtigkeit.

Kemp lehnte sich in seinem Sessel zurück, den Rest seines Biers neben sich auf einem Beistelltisch. »Interessant«, sagte er gedehnt.

Hatte Tara es bisher nicht erwarten können, endlich ins Bett zu gehen, setzte sie sich nun aufrecht hin. »Kemp, auch wenn du zurzeit nichts auf dem Zettel hast, darfst du nicht in diesem Fall herumschnüffeln. Ich hätte dir nicht mal so viel erzählen dürfen.« Sie sah betont zu seinem Koffer. »*Hast* du gerade keinen Auftrag? Ich dachte, du bist an dem Job in Glasgow.« Seine letzten Neuigkeiten waren, dass er an einer Schutzgelderpressung dran war.

Er blickte genervt drein. »Mir war langweilig. Da dachte ich, ich fahre mal her und sehe nach, wie es dir geht.«

»Es ist in die Hose gegangen, meinst du? Und du musstest schnell von dort verschwinden?«

Er grinste. »Du kennst mich zu gut. Ich muss nach Weihnachten in London sein, aber da ich schon mal hier vorbeikomme ...«

»Kemp«, fasste sie so streng wie möglich zusammen, »misch dich da nicht ein. Die ganze Beweislage ist so oder so höllisch dünn, und ich will den Fall wirklich knacken. Offiziell ist meine Zeit abgelaufen, doch ich muss es noch einmal versuchen.

Wilkins wird alles tun, um mich blöd aussehen zu lassen, da musst du ihm wahrlich nicht noch helfen.«

»Dein Misstrauen kränkt mich.« Er trank sein Bier aus. Immer noch grinste er, während sie ihn weiter mahnend ansah. Schließlich gab er seufzend nach. »Na gut, alles klar.«

»Falls du einen Platz zum Wohnen brauchst, warum probierst du es nicht bei Bea? Ich glaube, sie hat noch was frei. Und du hast schon bei ihr gewohnt, als ich weg war, oder nicht? Sie macht dir einen Freundschaftspreis.«

Kemp nickte. »Ja, hat sie letztes Mal auch.« Er sah Tara an. »Sie ist ein Schatz. Und ich habe sie nicht gesehen, seit ihr Mann gestorben ist.« Er ging sich wie selbstverständlich noch ein Bier aus dem Kühlschrank holen und öffnete es, ehe Tara etwas sagen konnte. »Geht es ihr einigermaßen?«

»Sie ist tapfer.« Wenn Kemp sich bei ihr einmietete, hätte Tara einen Spion vor Ort, der ihr verraten konnte, wie Bea wirklich zurechtkam. Er konnte anstrengend sein, aber Bea hatte ihn gemocht, als er das letzte Mal bei ihr wohnte. Und für sie war er nach wie vor ein Held, weil er Tara das Licht am Ende des Tunnels gezeigt hatte, als sie damals gestalkt wurde.

»Es wäre schön, sie wiederzusehen«, sagte Kemp. Tara wusste, dass er zu abgebrüht war, um sich von Beas Trauer verunsichern zu lassen. Sein Naturell ließ hin und wieder mit Anlauf ins Fettnäpfchen treten, aber gleichzeitig konnte man bei ihm auch einfach lockerlassen, weil er kein bisschen empfindlich war.

»Trotzdem glaube ich nicht, dass ich um diese Zeit bei ihr anklopfen kann«, sagte er.

Tara blickte auf ihre Uhr. Mitternacht. Verflucht. »Da kannst du recht haben. Und ich habe noch kein Gästebett.« Kemp zog eine Augenbraue hoch. »Also ist es das Sofa für dich, mein Lieber. Sorry, aber ich bin seit zwanzig Stunden oder so auf, und morgen wird wieder ein heftiger Tag. Wilkins wird dafür sorgen wollen, als Teil seiner Rache.« Sie wusste, dass

Kemp ihre Abfuhr nicht krummnehmen würde. Und tatsächlich grinste er noch.

»Schon verstanden.« Er stemmte sich aus seinem Sessel hoch. »Verrate mir nur, wo ich eine Bettdecke oder so finde.«

»In dem Wäscheschrank oben an der Treppe.«

»Danke.«

Plötzlich erwiderte sie sein Grinsen. Dank ihrer Müdigkeit und dem Überraschungsmoment, das er genutzt hatte, kam es mit einiger Verzögerung. »Kein Problem. Es ist schön, dich zu sehen.«

Sein Grinsen wurde breiter. »Geht mir genauso.«

Aller Erschöpfung zum Trotz brauchte Tara eine Weile, bis sie einschlafen konnte. Unten hörte sie Kemp auf dem Sofa schnarchen. Sie stellte sich seinen behaarten Körper ausgestreckt auf dem schlechten Ersatzbett vor. Die alte Anziehung, die er auf sie ausgeübt hatte, war noch da, und eine Sekunde lang überkam sie Traurigkeit, als sie sich erinnerte, wie es sich anfühlte, in seinen Armen zu sein und sein raues Lachen an ihrem Körper vibrieren zu spüren. Ihre Freundschaft war besonders, aber sie wären nie Ein und Alles füreinander. Etwas fehlte. Dennoch war er hier, in ihrem Haus, wunderbare Gesellschaft und jemand, mit dem sie richtig Spaß haben konnte. Es würde so viel Sinn ergeben, wäre sie in ihn und er in sie verliebt. Ein Jammer, dass das Leben nicht so war. Wenig später hörte sie, wie das Schnarchen verstummte und kurz darauf der Wasserhahn in der Küche aufgedreht wurde. *Hättest nicht so viel Bier trinken sollen, Kemp ...* Aber wahrscheinlich war es auf dem Sofa auch ziemlich unbequem, denn er war ein sehr großer Mann und das Möbel kurz. Flüchtig bekam sie Gewissensbisse. Andererseits hätte er sie ja vorwarnen können.

Was auch geschah, sie wollte niemandem einen falschen Eindruck von ihrer gegenwärtigen Beziehung vermitteln.

Immerhin war Kemps Verhältnis zur Polizei alles andere als gut, auch wenn er den Dienst auf eigenen Wunsch quittiert hatte. So wie sie, als sie sich von *Not Now* verabschiedete. Fakt blieb, dass ihre Beziehung zu Kemp eine Komplikation war, die Tara momentan nicht brauchte. Sie ging davon aus, dass Karen Fleming immer noch einzuschätzen versuchte, ob sie eine Bereicherung oder eine Belastung für das Team war.

Und Tara wollte auch nicht, dass Blake es herausfand – was lächerlich war. Es fühlte sich an, als wollte sie es geheim halten, weil es falsch interpretiert werden könnte. Da sie jetzt wusste, dass er gleich ein Stück flussaufwärts wohnte, sorgte sie sich, dass er sehen könnte, wer bei ihr kam und ging. Kemp hatte hier in Cambridge bei der Polizei gearbeitet, also könnte Blake ihn sogar vom Sehen kennen, auch wenn Kemp schon lange nicht mehr dabei war.

Sie seufzte. Vielleicht würde sie Blake die Situation erklären, sobald sich die Gelegenheit dazu ergab. In Anbetracht ihrer Rolle im Team und Kemps angeschlagenem Ruf stellte sie lieber sicher, dass er verstand, was los war – und was nicht. Natürlich ging ihn alles andere nichts an.

Samstag, 15. Dezember

Zweieinhalb Wochen sind vergangen, seit Monica die Exjournalistin besucht hat, und ich halte es für fair zu sagen, dass ich gewonnen habe. Tara Thorpe schien von Anfang an die Einzige zu sein, die genauer hingesehen hat.

Und jetzt hat sogar sie andere Sachen aufgebrummt bekommen, soweit ich es erkenne. Arme Tara. Da war nie etwas, an das du richtig anknüpfen konntest, oder? Wie frustig für dich! Ich hege den Verdacht, dass du zumindest geglaubt hast, es wäre ein anständiger Verstand hinter den beiden ach-so-tragischen Todes-fällen am Werk.

Aber da du Ralph und Lucas den Rücken gekehrt hast, könntest selbst du unter Zweifeln leiden. Schließlich hast du nichts Konkretes, das deine Zuversicht bestärkt.

Aber das war natürlich der Punkt. Von mir bekommst du nichts Konkretes. Nicht, bevor ich nicht entscheide, es dir zu geben.

Ich freue mich schon darauf, dich wieder in den eisigen Griff des Verdachts zu versetzen; vielleicht sogar in den der Furcht.

Ich glaube, heute Nacht gebe ich dir neues Futter zum Nachdenken.

Wart's ab.

FÜNFZEHN

Er fühlte sich unglaublich gut. Die Nacht war eisig und das Gehen vertrackt, aber die meisten Dächer waren frei. Der zu Eis gefrorene Regen, der die Straßen und Gehwege so gefährlich machte, musste hier oben abgeflossen sein. Plötzlich hatte er keinerlei Zweifel mehr, dass er dies hier schaffte. Er richtete sich zur vollen Größe auf, straffte die Schultern und lachte. Ihm war nicht kalt. Eher fühlte er sich innerlich wie angezündet.

Vage erinnerte er sich an die Worte und die Warnungen. *Bist du dir sicher? Ist das klug?* Und er konnte auch die Ehrfurcht hören, die Angst, vermischt mit Bewunderung.

Es war der Sprung, von dem alle redeten. Viele wollten ihn versuchen – sprachen davon, es zu tun –, hatten aber nicht die Eier. Und natürlich schafften es einige auch. Menschen wie er: die Mutigen, die Gewinner auf dieser Welt.

Er *konnte* das verdammt noch mal. Er wusste, dass er es konnte, und jeder Zweifel, der ihn vielleicht geplagt haben könnte, war fort.

Jetzt blickte er nach vorn, die Augen nicht auf den Spalt zwischen ihm und dem nächsten Dachabschnitt gerichtet, den er erreichen wollte, sondern auf sein Ziel. Er sprang.

SECHZEHN

Es war Sonntagabend, als Blakes alte Freundin Agneta Larsson ihn anrief. Sie wollte wissen, ob er und Babette Zeit und Lust hätten am Montagabend zu ihr und ihrem Mann Frans zum Essen zu kommen. Babette lag in der Badewanne, und Kitty war schon im Bett, also war niemand da, um den Anruf mitzuhören. Montag war theoretisch ideal, denn Kitty hatte da schon eine Spielverabredung. Sie müssten nur fragen, ob die sich in eine Übernachtung verlängern ließ. Sie bräuchten nicht einmal einen Babysitter. Doch auf einmal sehnte er sich nach der Chance auf ein entspanntes Gespräch mit Agneta, ohne den Druck, wenn Babette dabei war. Und es würde auch ein Pulverfass vermeiden. Agneta und Frans hatten ein neun Monate altes Baby. In dem Haus zu sein, mit alldem, was ein solch kleines Kind mit sich brachte, würde Babette nur noch mehr in dem Wunsch bestärken, wieder schwanger zu werden. Und das war wahrlich nicht nötig. Es war für sie jetzt schon das vorherrschende Thema und folglich auch für ihn.

»Blake? Du bist sehr still«, sagte Agneta. »Du bist uns schon leid, oder? Und jetzt brauchst du Zeit, um dir eine höfliche Ausrede auszudenken.«

Er lachte. Agneta nannte ihn immer Blake – was der Tatsache geschuldet war, dass sie sich über die Arbeit kannten –, aber sie waren früher mal zusammen gewesen. Es hatte ausnahmsweise auf eine Weise geendet, die keine komischen Gefühle hinterließ. Er schätzte ihre entspannte Freundschaft. Und er mochte Frans, der einen gewinnenden Sinn für Ironie besaß. Außerdem würde er sich mit seinen einen Meter neunundneunzig und dem gemeißelten Kinn niemals von einer unbelehrbaren Vogelscheuche wie Blake bedroht fühlen, selbst wenn er ein Ex war. »Nein.« Er ging zu der Hausseite, die am weitesten vom Bad entfernt war. »Es ist nur … ach, ich weiß nicht, wie ich das sagen soll, ohne schräg oder wie ein Arsch zu klingen.«

Sie lachte. »Das ist ja mal eine Einleitung! Jetzt musst du es so oder so sagen. Ich bin sehr neugierig.«

»Ich habe mich gefragt, ob es dir etwas ausmacht, wenn ich allein komme.«

Es verging nur ein winziger Moment, bevor sie antwortete, und ihr Ton veränderte sich. »Nein, natürlich wenn dir das lieber ist. Geht es dir gut?« Doch ehe er antworten konnte, ergänzte sie: »Der falsche Moment, das zu fragen, verstehe. Aber erzähl es mir am Montag, wenn du reden willst.«

»Danke.« Er wollte kein Drama aus der Sache machen. Jetzt würde sie etwas Erschütterndes erwarten, und er konnte sich nicht vorstellen, ihr alles über sich und Babette zu erzählen. Bisher hatte er es für sich behalten. Keiner, der die ganze Geschichte kannte, würde verstehen, warum er sich wieder hierauf eingelassen hatte. Sogar er selbst musste sich an den Grund erinnern, weshalb er es getan hatte – derzeit fast täglich.

SIEBZEHN

Shona lag in Patricks Bett, die Augen halb geschlossen und die Finger auf seiner Brust gespreizt. Das weiße Laken war bis zu ihrer Taille hochgezogen, aber darüber war sie unbedeckt und nackt. Die grob gewebte saubere Baumwolle brachte ihre Bräune schön zur Geltung. Patrick blickte hinunter zu ihren dunkelrot lackierten, langen Fingernägeln und fragte sich, wie sie mit denen den Artikel tippen konnte, den sie für *Not Now* geschrieben hatte.

»Und, was ist in deiner Welt so los?«, fragte sie schläfrig. Es war das erste Mal, seit sie heute Abend gekommen war, dass sie über etwas anderes als Sex sprachen. »Das mit Hunter hast du gut gemacht. Muss ein tolles Gefühl sein.«

»Warten wir ab, wie es vor Gericht läuft. Ich freue mich lieber nicht zu früh.«

»Es scheint doch sicher zu sein. Und das meiste davon ist deine Arbeit. Du hast das genial gemacht.«

Er lächelte. Fleming hatte beinahe das Gleiche zu ihm gesagt. Es tat gut, ausnahmsweise mal ein bisschen gelobt zu werden.

»Und wie läuft es mit unserer Tara?« Sie blickte vielsagend

zu ihm auf. »Ich bin ehrlich froh, dass sie nicht mehr unsere ist. Hat sie irgendwelche Verdächtigen verprügelt? Oder eine Affäre mit deinem DI angefangen?«

Wilkins wollte Tara zu gern reinreiten, denn sie verdiente die Stelle nicht, die sie sich unter den Nagel gerissen hatte. Doch ihr Name genügte immer noch, um die Stimmung zu versauen, was ihn betraf. »Wenn sie irgendwas Berichtenswertes macht, erfährst du es als Erste.«

»Super. Ich habe Giles versprochen, dass ich dich daran erinnere.«

Gott, wenn ihr Chefredakteur Shona drängte, Informationen zu bekommen, musste er Tara Thorpe wirklich hassen. Vielleicht sollte er Shona mal bitten, ein Treffen für ihn mit Giles auf einen Drink zu organisieren. Wilkins würde interessieren, ob der Zeitungsmann mehr über seinen neuen DC wusste als er.

»Es war so nett von dir, mir die kleinen zusätzlichen Einzelheiten zu Hunter zu geben«, sagte Shona und berührte seine Wange.

»Erzähl nur keinem, dass die von mir gekommen sind. Sie schaden dem Fall nicht, aber Fleming wäre trotzdem nicht begeistert.«

Lachend stützte Shona einen Ellbogen auf und schwang sich über Patrick, sodass sie rittlings auf ihm hockte und ihr langes Haar seine Brust streifte. Sie sah ihn an. »Und was ist es dir wert?«

Auch Patrick lachte, packte sie und warf sie auf den Rücken. »Das zeige ich dir!«

Patrick erschrak, als sein Telefon in den frühen Morgenstunden klingelte, und fluchte. Es dauerte einige Sekunden – einschließlich eines Moments, um sich von der schlafenden Shona zu befreien, deren Arm auf seiner Brust lag –, bis er das Telefon gefunden hatte. Er hackte zweimal auf den Knopf, um das Gespräch anzunehmen.

»Wilkins.«

»Dimity, Sir. Mich hat eine Uniformierte angerufen, Sue. Sie ist mit Barry in der Amforth Street.«

»Und?«

»Jemand ist von einem der Gebäude gesprungen, wie es aussieht. Der Tote ist ein junger Mann – ungefähr Mitte zwanzig. Ich bin auf dem Weg dorthin.«

»Gut.« Patrick setzte sich hin, und Shona regte sich. Sie rieb sich die Augen. »Ich bin gleich da.«

Shona richtete sich zum Sitzen auf, als er schon seine Boxershorts und die Hose anzog.

»Eine Leiche«, sagte er. »Vielleicht Selbstmord. Von einem Haus in der Stadt gesprungen. Du kannst gerne bleiben. Mach dir Frühstück.«

Sie schüttelte den Kopf. »Machst du Witze? Ich komme auch mit.« Sie lachte. »Keine Bange, ich fahre in einigem Abstand hinter dir her. Keiner erfährt, dass ich bei dir war, als der Anruf gekommen ist.«

Der Bereich um die Leiche herum war bereits abgesperrt, als Patrick eintraf, und die Spurensicherung war vor Ort. Patrick zog sich den weißen Overall an, den man ihm reichte, und sah Dim Dimity. Er mochte einen Mundschutz tragen, aber diesen kritischen Blick würde Patrick überall wiedererkennen.

»Was haben wir?«, fragte er, als er auf ihn zuging. Er blickte zu der Leiche. Der Mann war groß und schlank gewesen. Durch den Aufprall war sein Kopf in einem seltsamen Winkel verdreht, und die Gliedmaßen waren unnatürlich gespreizt. Bis auf das Blut, das aus seiner Nase und den Augen rann, wirkte er seltsam unversehrt.

»Soweit wir wissen, hat ihn niemand springen gesehen«,

sagte Dimity. »Ein Paar hat ihn gefunden, das auf dem Heimweg von einem Klub in der Innenstadt war.« Er wies nach hinten zu einem Paar außerhalb der Absperrung. Die zwei standen schlotternd eng beieinander und sprachen mit einem Uniformierten. Das Zittern war vermutlich dem Schock geschuldet, und die eisige Nacht linderte es um nichts. Wilkins stampfte mit den Füßen, um sich warm zu halten, und wurde wütend auf den Kerl, der gesprungen war.

»Okay«, sagte er zu Dimity. »Ich rede gleich mit dem Paar. Wissen wir, wer der Springer war?«

Dimity nickte. »Die Spurensicherung hat seine Papiere in einer Brieftasche gefunden, die er in der Tasche hatte. Er ist ...«

»Was zur Hölle macht sie hier?« Patrick hatte noch jemanden an der Absperrung entdeckt, und die Person zog sich ebenfalls einen weißen Overall an. Tara Thorpe wurde hier nicht gebraucht. Woher wusste sie überhaupt, was passiert war?

»Ich habe sie angerufen, Sir«, antwortete Dimity ungerührt. »Gleich nachdem ich Sie angerufen hatte, haben die Spurensicherer den Ausweis des Mannes gefunden. Es ist Christian Beatty.«

Bei dem Namen klingelte es. Patrick fühlte, wie sein Herzschlag schneller wurde, als er die Verbindung herstellte.

»Er war einer der ›Akolythen‹, mit denen Ralph Cairncross sich umgeben hatte, Sir«, erklärte Dimity. Bildete Patrick es sich ein, oder war da ein triumphierendes Blitzen in den Augen des Detective Constable? »Wenn ich es aus DC Thorpes Notizen richtig erinnere, hat er als Model gearbeitet. Und weil sie zu einer möglichen Verbindung der zwei vorherigen Tode ermittelt hat, dachte ich, dass ich sie auch anrufen sollte.«

Und das konnte Patrick ihm schlecht vorwerfen, ohne komplett unprofessionell zu wirken. Ihm schwirrte der Kopf.

Auf den ersten Blick war hier noch ein Todesfall, in den niemand außer dem Opfer verwickelt war. Vielleicht Suizid, vielleicht Unglücksfall. Aber zusammen mit den anderen

Fällen würde er zweifellos das Interesse an dem ganzen Cairn-cross-Unsinn wiederaufleben lassen. Und die Theorien seiner neuen DC sähen glaubwürdiger aus. Was bedeutete, dass er weniger bestimmen dürfte, was sie tat. Und wieder einmal stünde sie im Mittelpunkt.

Er beobachtete, wie Tara sich die Kapuze des Overalls über das Haar zog. Doch als sie sich eben unter dem Absperrband hindurch ducken wollte, erschien eine weitere Gestalt hinter ihr.

Shona.

Tara musste sie kommen gehört haben. Sie hielt inne, eine Hand an dem Polizeiband, und blickte sich um. Es entstand eine sehr lange Pause.

»Shona«, hörte Patrick Tara sagen. »Na, du bist ja schnell hier.«

Shonas Lächeln hatte etwas von einer Katze. »Du kennst uns doch, Tara, Schätzchen. Immer die Ohren aufgesperrt und an *Not Now* denken. So eine Story kann ich mir nicht entgehen lassen. Es ist meine Pflicht, *allem* nachzugehen, was Nachrichten sein könnten.«

Patrick erinnerte sich, dass Shona gesagt hatte, Tara hätte Giles Informationen vorenthalten, ehe sie die Zeitschrift verließ. Seine Freundin würde sie das offenbar nicht vergessen lassen. Er lächelte kurz, auch wenn ihm gleichzeitig unwohl wurde. Hier verwoben sich zwei Bereiche seines Lebens auf möglicherweise unberechenbare Art.

Er beschloss, um so gründlicher nach Informationen zu suchen, die Tara schadeten und die er an *Not Now* durchsickern lassen könnte – ohne erwischt zu werden.

ACHTZEHN

Widersprüchliche Gefühle tobten in Tara, als sie sich später am Vormittag aufmachte, um zu Christian Beattys zu ermitteln. Nach ihren vorherigen offiziellen Ermittlungen war sie überzeugt, dass jemand mit den tödlichen Unfällen von Cairncross und Everett zu tun hatte, nur gab es nichts Konkretes, wo sie ansetzen konnte. Was hatte sie übersehen? Hätte sie Christian Beattys Leben retten können? Das Bild von seinem unnatürlich verdrehten Körper auf dem Gehweg kam ihr immer wieder ungewollt in den Sinn. Doch in die nagende Schuld mischte sich Adrenalin und ein mächtiges Gefühl von Dringlichkeit. Die Tode *mussten* zusammenhängen. Genau wie bei den anderen, gab es auch hier eine auffällige Ähnlichkeit mit einem der Cairncross-Bücher, die Dr. Richardson erwähnt hatte – *Auf der Höhe*. Es war ein zu klares Muster. Tara musste den Beweis finden, dass ihre Theorie stimmte, bevor noch jemand starb. Ihr Magen grummelte vor Nervosität. Was war, wenn niemand etwas gesehen hatte? Was war, wenn sie wieder einmal sicher war, dass es sich um ein Verbrechen handelte, es aber nicht belegen konnte? Und warum sollte es diesmal anders sein?

Wie viel Zeit blieb ihr, ehe noch jemand aus Cairncross'

Umfeld umkam? Und wie würde der- oder diejenige zu Tode kommen?

Durch Feuer? Ersticken?

Tara musste nachdenken, und das schnell.

Wilkins war mit Blake weggefahren, um sich Beattys Wohnung anzusehen und seine Eltern zu befragen. Später würden sie auch mit seinem Agenten bei der Modelagentur sprechen, falls sie ihn an einem Sonntag erreichten. Wenigstens würden sie anständige Ergebnisse bekommen, da Blake jetzt mit Hunter durch war und Zeit hatte, um sich darum zu kümmern. Doch da bislang keiner von Mord sprach, wäre es bloß der vorübergehende Stand der Dinge. Wahrscheinlich würde Blake jeden Moment zu etwas Dringenderem abgerufen, und dann hätte Wilkins erneut freie Hand.

Max und sie gingen von Tür zu Tür. Die Amforth Street – in der Beatty gesprungen war – entpuppte sich als Reinfall. Hier waren lauter kleine Läden und Pubs, die allesamt geschlossen waren, als Beatty vom Dach flog. Es gab ein paar Wohnungen in dem Gebäude gegenüber, doch bei denen gingen die Badezimmerfenster zu dieser Seite hinaus, und die waren aus Milchglas. Angesichts des Wetters wunderte wenig, dass die Anwohner, mit denen sie gesprochen hatten, ihre Fenster und Vorhänge geschlossen hatten. Niemand von ihnen hatte etwas gesehen. Zum Glück war Wochenende, denn sonst hätten Max und sie sicher niemanden angetroffen, mit dem sie reden konnten.

Sie fuhren zu Christian Beattys schickem Apartmenthaus, das ein Fitnesscenter, eine Dachterrasse und einen Garten im Innenhof bot. Auch dort war die Spurensicherung, genau wie am Fundort der Leiche. Als sie sich Beattys Wohnung näherten, horchte Tara nach Wilkins nervig gedehntem Tonfall und Blakes tiefem Murmeln, konnte jedoch nichts hören. Vielleicht waren sie schon weitergezogen. Tara wünschte, sie könnte sich mal drinnen umsehen und auch die Gespräche hören. Doch die

Befragungen von Tür zu Tür hatten durchaus ihre Vorzüge. Die Familie und die Arbeitskontakte mochten eine Menge wissen, allerdings waren Unbeteiligte, die einen groben Einblick in die alltäglichen Gewohnheiten eines Opfers hatten, ebenfalls wertvoll. Sie sahen Dinge manchmal klarer als enge Kontakte mit vorgefassten Meinungen.

Max und sie redeten als Erstes mit Christian Beattys direkten Nachbarn. Sie waren bereits auf verstörende Nachrichten gefasst, weil die Spurensicherung im Haus war. Die Frau in der Wohnung links war keine Hilfe. Sie hatte den Abend zuvor eine Dinnerparty gegeben und gestand, dass ihre Gäste ziemlich laut gewesen waren. Und da reichlich Prosecco geflossen war (was die überquellende Altglaskiste in der Küche bestätigte), war sie gegen Mitternacht ins Bett gegangen und hatte wie ein Stein geschlafen. Sie erzählte, dass sie hin und wieder mit Christian geplaudert hätte, ihn jedoch nicht gut genug kannte, um zu beurteilen, ob er deprimiert gewesen war oder ihn etwas belastete. (»Verdammt gut aussehender Typ. Ich fasse nicht, dass er tot ist, einfach so. Wie seltsam.«)

Der Mann auf der anderen Seite arbeitete meist lange für eine große Steuerberaterfirma in London und war Christian nur selten begegnet. Und er sagte, dass die moderne Lärmdämmung der Wohnungen bedeutete, dass er nicht einmal wisse, was für Musik der Tote gemocht hatte.

Auf dem Rest der Etage war es dasselbe. Wie konnte man so nahe beieinander wohnen und nicht mehr von den anderen wissen? Andererseits hatte Tara auch mehr Grund als die meisten anderen, die Menschen um sich herum im Blick zu behalten; schon zu ihrer Sicherheit.

»Gehen wir zu der Wohnung direkt unter Christian Beattys«, sagte sie. »Man kann nie wissen.«

Max nickte. »Gute Idee.«

Sie schritten über dicken Teppichboden vorbei an Spiegeln mit Goldrahmen. Am Ende des Korridors war ein Bogenfenster mit Blick auf Coe Fen, wo das Weideland von immergrünen Bäumen gesprenkelt und von Wegen durchkreuzt war. Von hier war es nur ein kleines Stück zum Fluss wie auch zum Sheep's Green – auf dem im Frühling Lämmer grasten – und dem Paradise Nature Reserve. Im Sommer musste es idyllisch sein.

»Ich scheine den falschen Job zu haben«, sagte Max.

Tara lächelte. »Wir beide. Ich möchte mir gar nicht ausmalen, was die hier denken würden, sähen sie *mein* Haus. Wahrscheinlich würden ihnen vor Schock die Haare ausfallen.«

Sie klopfte an die Tür der Wohnung unter Christian Beattys. Die Frau, die ihnen öffnete, war im Morgenmantel. Ihr blondes Haar war zerzaust, und ihre Augen wirkten überrascht und verschlafen.

Tara fühlte mit ihr. Würde man sie unerwartet an einem Wochenende morgens besuchen, sähe sie ganz ähnlich aus – nur dass sie natürlich mehr Schichten trüge. Max und sie zeigten ihre Dienstausweise. »Wir sprechen mit einigen Hausbewohnern über Christian Beatty, dessen Apartment gleich über Ihnen ist. Wäre es möglich, dass wir reinkommen, Ms ...? Verzeihung, ich weiß Ihren Namen nicht.«

»Cammie Clifford«, sagte die Frau und zog sich in die Diele zurück, damit sie eintreten konnten. Dann schloss sie die Tür hinter ihnen. »Worum geht es?«

Tara trat vor. »Kennen Sie ihn?«

Auf das Nicken der Frau hin erklärte Tara, was geschehen war, und wartete, dass sie die Nachricht verarbeitete. »Es tut mir sehr leid«, sagte sie schließlich. »Das muss ein furchtbarer Schock sein.«

Cammie Clifford nickte wieder, diesmal in Zeitlupe.

»Kann ich Ihnen etwas zu trinken machen – einen Kaffee oder so?«, fragte Max leise.

»Es gibt schon welchen«, antwortete sie. »Ich wollte mir gerade die erste Tasse einschenken, als Sie gekommen sind.«

»Ich hole sie.« Max wandte sich ab.

Cammie sackte auf ein gelbes Ledersofa, während Dimity zum offenen Küchenbereich ging. Auf der Arbeitsfläche stand eine blitzende, hypermoderne Kaffeemaschine mit einer randvollen Espressotasse unter der Tülle.

Er brachte sie zum Couchtisch.

»Also haben Sie Christian gekannt?«, fragte Tara, als die Frau ihren ersten Schluck getrunken hatte.

»Nicht richtig, aber wir sind uns einige Male im Fitnessraum begegnet. Wir haben uns unterhalten und stellten fest, dass ich genau unter ihm wohne. Und einmal, als ich zu einem Meeting die Bahn nach King's Cross genommen habe, saß ich ihm zufällig gegenüber.« Ihre Augen waren immer noch groß vor Schock, und sie blickte in die Luft anstatt zu Tara.

»Verstehe.«

Tara hatte sich in einen Sessel gegenüber von Cammie Clifford gesetzt, und Max kam zu ihr und hockte sich kurz auf die Lehne.

»Haben Sie in letzter Zeit mit ihm gesprochen?«, fragte er.

Die Frau runzelte die Stirn. »Ja, ich habe ihn im Fitnessraum gesehen, vor einer Woche oder so. Und die Bahnfahrt, die ich erwähnte, war im November.«

»Wie wirkte er auf Sie?«, fragte Tara.

»So wie immer«, antwortete Cammie. »In dem Zug war er unterwegs zu irgendeinem Modeljob. Dafür sollte er einige Tage in Paris sein, und er schien ziemlich froh darüber. In London ist er dann zum Eurostar.«

Es klang glamourös, auch wenn Tara sich nicht vorstellen konnte, dass man die Arbeit genoss. Vermutlich stand man stundenlang herum, während einem andere Leute sagten, was man machen sollte. Und man musste auf sein Gewicht achten und viel Sport treiben. Tara hielt sich zwar auch fit, aber sie aß und trank, was sie wollte. Selbst wenn sie das nötige Aussehen hätte, gab es einige Opfer, die sie nicht zu bringen bereit wäre.

»Und zuletzt im Fitnessraum?«, fragte Max.

Cammie Clifford verzog unglücklich das Gesicht. »Da war er noch aufgedrehter. Er hatte gehört, dass er einen neuen Vertrag bekommen sollte. Mit Armani. Es war noch nicht bestätigt, aber er war ziemlich optimistisch und hat es schon ganz aufgeregt erzählt.«

Tara konnte den Gedanken nicht abschütteln, dass dieser Tod Teil einer größeren Verschwörung war, der sie auf der Spur war. Doch sie bemühte sich, einen Gang zurückzuschalten. Wilkins war der mit den Scheuklappen, nicht sie. Hatte Christian Beatty mehr über den Vertrag gehört, und, falls ja, was war dabei herausgekommen? Denkbar wäre, dass er sich große Hoffnungen gemacht hatte, sich vor seinen Freunden aufgeplustert und dann einen Rückschlag erlitten. Es wäre beschämend gewesen, aber gewiss nicht genug, damit er alles aufgab. Es sei denn, es kamen noch andere Faktoren ins Spiel. Sie notierte es sich. Wenn Blake und Wilkins mit seinem Agenten sprachen, kannten sie die Antwort wahrscheinlich schon.

»Und nach dem letzten Mal im Fitnessraum hatten Sie keinen Kontakt mehr zu ihm?«, fragte Tara.

Endlich sah Cammie Clifford sie an. »Nein, aber ich habe ihn gehört.« Sie lachte verbittert. »Diese Wohnungen kosten ein Vermögen, aber sie haben ihre Nachteile. Die Dämmung zu den Nachbarn ist super, aber nicht die von einer Etage zur anderen. Deshalb habe ich manchmal gehört, wie er Musik anhatte oder sich durch die Wohnung bewegte.« Sie wurde rot. »Und hin und wieder habe ich mitbekommen, dass eine Frau bei ihm war.«

„Und gestern Abend? Haben Sie da etwas gehört?«, fragte Max sanft, und Tara hielt die Luft an.

»Ja, nicht spät«, sagte Cammie. »Vielleicht so gegen acht, kurz nach meinen Abendessen. Er hat mit jemandem geredet.«

»Am Telefon?«

Doch Cammie schüttelte den Kopf. »Nein, da waren zwei Stimmen.« Plötzlich sah sie die beiden intensiver an, als läse sie

ihre Gedanken. »Aber später war alles ruhig. Und ich könnte
nicht einmal sagen, ob ein Mann oder eine Frau bei ihm war.
Hier unten hört man nur so ein Hintergrundgemurmel. Und
ich blende es meistens sofort aus; es ist eine praktische Taktik,
wenn man vermeiden will, sauer zu werden.«

»Sie haben nicht zufällig mitbekommen, ab wann es still
war?«, fragte Tara.

Die Frau überlegte. »Ich bin mir nicht ganz sicher, aber
gegen zehn bin ich ins Bad gegangen, und da war es auf jeden
Fall ruhig. Ich erinnere mich noch, dass ich in meinem
Schaumbad lag und sehr froh darüber war.«

Sie beendeten das Gespräch, und Cammie Clifford begleitete sie zur Tür, als sie innehielt. »Sind Sie schon im Erdgeschoss gewesen?«

Tara verneinte stumm.

»Versuchen Sie es bei Apartment vier«, sagte die Frau.
»Dort wohnt Ellie Wagner. Früher habe ich sie hin und wieder
mit Christian gesehen. Ich glaube, die könnten mal was miteinander gehabt haben.«

Als die Tür geschlossen wurde, sagte Tara: »Wilkins sollte
sich über all diese zusätzlichen Informationen zu seinem Cairncross-Fall freuen.«

Max lächelte zynisch. »Sollte er, ja. Und ich wette, er
glaubt immer noch nicht, dass es ein Fall ist.«

»Da dürftest du recht haben.« Sie fragte sich, was Blake
mittlerweile dachte. »Gehen wir als Nächstes zur Security und
bitten sie, die Aufnahmen der Sicherheitskameras von letzter
Nacht an die Wache zu schicken.«

Während Tara mit dem Sicherheitsmann sprach, rief Max
im Büro an und erklärte ihnen, was geschickt würde und zu
welcher Zeit ungefähr Cammie Clifford die Stimmen gehört
hatte. Dann gingen sie ins Erdgeschoss, wie die Frau vorgeschlagen hatte. Bei Nummer vier öffnete niemand, aber die
Person nebenan erschien, als sie es ein zweites Mal versuchten.

Der Mann hatte nasses Haar, als hätte er sich eben erst nach dem Duschen angezogen.

Sie zeigten ihre Dienstausweise und fragten, ob der Mann die Telefonnummer von Ellie Wagner hatte.

Er schüttelte den Kopf. »Leider nicht, aber sonntags geht sie normalerweise zum Frühstück bei Aromi in der Bene't Street. Da waren wir mal mit einer ganzen Gruppe.«

Sie dankten ihm und wandten sich zum Ausgang.

»Klingt wie die beste Ausrede des Morgens, einen Kaffee zu trinken«, sagte Tara und hielt Max die Haustür auf. Bei ihr machte sich der sehr frühe Start in den Tag bemerkbar.

Max hatte Ellie Wagner auf der Fahrt zum Café gegoogelt. Sie war recht leicht zu finden. Wie sich herausstellte, war sie Mitglied im Eigentümerbeirat von Christian Beattys Apartmenthaus und in einem Artikel über Straßenlärm zitiert worden. Eine auffallende Frau mit goldblondem Haar, kantigen Zügen und einem breiten Mund, von dem Tara vermutete, dass Wilkins ihn »sinnlich« nennen würde. Sie und Beatty mussten ein eindrucksvolles Paar abgegeben haben, sofern Cammie Clifford recht hatte, was ihre Beziehung betraf.

Im Aromi war es voll. Ein wohliges Summen von den vielen leisen Stimmen erfüllte den Raum, und die Fenster waren von innen beschlagen. Bei dem Duft nach frischem Gebäck und Kaffee knurrte Taras Magen, den wenig interessierte, warum sie hier waren.

Beinahe gleich nach dem Eintreten tippte Max sie an. »Ganz da drüben an der Seite?«

Tara nickte. »Ich glaube, du hast recht.« Ellie Wagner war allein, las Zeitung und hatte einen Kaffee und ein Croissant vor sich auf dem Tisch. Sie wirkte wie jemand, der noch einige Zeit bei seinem Frühstück sitzen würde.

Tara und Max wechselten einen Blick, bevor sie auf den Tisch zugingen. »Verzeihung«, sagte Tara. »Ellie Wagner?«

Fünf Minuten später hatten auch Tara und Max Kaffees: sie einen Americano, er einen Mokka. Tara saß Ms Wagner an dem Zweiertisch gegenüber, und Max konnte sich einen Platz am Nachbartisch sichern, nachdem das Paar dort gegangen war. Es war ein gemütliches Café und der Abstand zwischen den Tischen groß genug, dass man sich in Ruhe unterhalten konnte. Sie hatten Ellie Wagner die Nachricht so behutsam wie möglich mitgeteilt. Die Frau sah immer noch geschockt aus und hatte leicht feuchte Augen.

»Wie wir gehört haben, waren Sie befreundet – zumindest eine Zeit lang«, sagte Max.

Er hatte eine beruhigende Stimme, dachte Tara. Natürlich wusste er allzu gut, was es hieß, die schlimmstmögliche Nachricht zu hören. Es musste grauenhaft sein, jedes Mal, wenn er jemanden über einen Todesfall informieren musste, den Tag neu zu durchleben, an dem er vom Tod seiner Frau erfuhr.

Ellie Wagner schluckte und nickte. »Wir haben uns bei einer Hausparty auf der Dachterrasse kennengelernt, ungefähr vor anderthalb Jahren.« Sie schüttelte den Kopf. »Die letzten Monate habe ich ihn kaum gesehen. Die Zeit vergeht so schnell. Im letzten halben Jahr habe ich ihn vielleicht ein paarmal getroffen. Aber da war es nur noch ein Nicken und ein Lächeln.« Sie seufzte. »Er wollte zu dem Weihnachtsumtrunk kommen. Den machen wir immer im Atrium unten.«

»Konnten Sie einschätzen, wie es ihm in den letzten Monaten ging?«, fragte Tara.

»Nein, nicht richtig. Ab und zu habe ich sein Foto in einer Zeitschrift gesehen, also habe ich gewusst, dass es beruflich sehr gut für ihn lief.« Sie biss sich auf die Unterlippe. »Es hat mich jedes Mal erschreckt, ohne Vorwarnung auf sein Gesicht zu stoßen. Ich schätze, ich bin über meine Gefühle für ihn nie wirklich hinweggekommen.« Sie sah Tara an. »Wir hatten zusammen geschlafen – nur wenige Monate lang –, aber es hat mir eine Menge bedeutet.«

Tara wartete kurz. »Darf ich fragen, warum Sie sich getrennt hatten?« Es war komisch, Polizistin zu sein. Selbst wenn die Frage Ellie Wagner etwas ausmachte, würde sie wohl antworten. Und dabei hatte es wahrscheinlich nichts mit Christian Beattys Tod zu tun. Der Spielraum, den Tara jetzt hatte, war ein völlig anderer als der einer Journalistin.

Die Züge der Frau spannten sich an. »Er hatte einen neuen Freundeskreis gefunden, das muss etwa ein Jahr her sein.«

»Die Gruppe, mit der Ralph Cairncross sich umgeben hatte?«

Sie nickte. »Genau. Er hatte Ralph bei einer Promiparty in London kennengelernt, die eine der Zeitschriften gab, für die er gemodelt hat. Ralph hat ihn sozusagen eingefangen und in seinen Orbit gezogen.« Sie blickte von Tara zu Max. »So war das. Als könnte man sich nicht mehr entziehen, wenn man ihm einmal zu nahe kam.« Sie trank von ihrem Kaffee, der inzwischen kalt sein musste, lehnte sich auf ihrem Stuhl zurück und schloss für einen Moment die Augen. »Ich erinnere mich noch, wie er mir von ihrem ersten Treffen erzählte. Christian hatte nichts von Ralph gelesen, sich aber gleich eines seiner Bücher bei Waterstone gekauft, nachdem sie einander vorgestellt worden waren. Er versank richtig darin.« Sie schüttelte den Kopf. »Ich habe auch mal reingeblättert, aber ich hasste es – irgendwie langweilig und unangenehm zugleich. Das habe ich Christian natürlich nicht gesagt, denn ich wusste, dass er meine Meinung nur für lächerlich hielt. Er war ja schon bekehrt.«

»Sind Sie Ralph und der Gruppe jemals begegnet, als Sie noch eine Beziehung mit Christian hatten?«, fragte Max.

Sie nickte bedächtig. »Ja, einmal. Ralph Cairncross sagte dauernd, ›alle Freunde von Christian sind meine Freunde‹, doch wie er es den anderen Gästen gegenüber wiederholte, war offensichtlich, was er meinte. Es war nicht, als würde er jemand einbeziehen wollen. Es machte vielmehr deutlich, dass er mich bloß duldete, weil ich Christians Freundin war. Als dürfte ja keiner denken, ich wäre von ihm eingeladen worden. Und plötzlich bemerkte ich – oder dachte jedenfalls –, dass jede neue Person, zu der er es sagte, genauso über mich lachte wie er. Ich sah zu Christian, weil ich mir wünschte, er würde mir beistehen, aber ihm war eindeutig unwohl. Ich war ihm peinlich.« Sie hielt ihre Kaffeetasse so fest in der rechten Hand, dass die Fingerknöchel weiß wurden. »Da wusste ich es, und er konnte sehen, dass es mir klar war.«

Wieder seufzte sie. Und jetzt glänzten ihre Augen sehr feucht. »Das war es mit Christian und mir. Bis Weihnachten letztes Jahr hatte ich ihn an die verloren.«

NEUNZEHN

Blake saß in einem kühlen Konferenzraum mit Wilkins, DC Megan Maloney und einem Becher Kaffee, als Tara und Max hereingeeilt kamen und am Tisch Platz nahmen.

Blake hatte sie alle zu einem Briefing zu Christian Beattys Tod zusammengerufen. In einer perfekten Welt wäre er gern sehr viel direkter in diese Ermittlung eingebunden, aber Fleming hatte klargemacht, dass er sich zurückhalten musste. Es war Patrick gewesen, der Ralph Cairncross' Unfall zuerst bearbeitet hatte, und da Beattys Tod wie ein Unglücksfall aussah – mal wieder –, rechtfertigte es keine unmittelbare Beteiligung eines DI. Hingegen war es, laut Fleming, ideal, damit Patrick mehr Erfahrungen sammelte. »Er lernt nichts, wenn Sie ihm nie die Leitung überlassen«, hatte sie es ausgedrückt. Und natürlich galt auch hier, wo gehobelt wurde, fielen Späne. *Lassen Sie ihm genug Freiraum, und er könnte sogar ...* Diesen Gedanken verdrängte Blake sofort wieder. Es mochte alles gut und schön sein, dennoch sagte ihm sein Gefühl, dass hier eine Menge auf dem Spiel stand. Drei Tote. Und, wie Tara gesagt hatte, zwei Beinahe-Todesfälle. Gab es wirklich eine harmlose Erklärung? Wobei harmlos nicht das korrekte Wort war. Nichts, was mit Ralph Cairncross zusammenhing, konnte so beschrieben werden. Und Blake ahnte, dass Christian Beattys Tod nicht der letzte wäre. Deshalb – und weil in dem Hunter-Fall nur noch Papierkram anstand – hatte er sich die Zeit genommen, sich die Wohnung des Toten anzusehen und mit seinen engsten Kontakten zu sprechen. Er fand, dass er bemerkenswert beherrscht gewesen war, als er seinen DS die Befragungen leiten ließ.

»Patrick«, sagte er mit Blick zu dem Mann, den er für vollkommen ungeeignet für eine Beförderung hielt, »möchtest du anfangen?«

Sein DS nickte. Er hatte wieder mal diesen Blick, der besagte, dass er komplett von sich überzeugt war. Obwohl sie sehr frühmorgens angefangen hatten, musste er es zwischendurch geschafft haben, sich frisch zu machen. Sein Haar schimmerte im Schein der Neonröhren. Für Blake bedeutete es, dass der Mann die falschen Prioritäten setzte. »Der Tote ist Christian Fairbrother Beatty, wohnhaft Gifford House – ein Apartment-Block nahe Fen Grove. Ich habe arrangiert, dass ich morgen früh bei der Autopsie dabei bin, also könnten wir dann mehr erfahren. Vor Ort fiel Agneta Larsson auf, dass der Tote nach Alkohol gerochen hat; wir gehen davon aus, dass er ziemlich betrunken war, als er gesprungen ist. Wir wissen noch nicht, ob er absichtlich in den Tod gesprungen ist oder geklettert und von einem Dach in der Amforth Street zum anderen gesprungen ist, als eine Art Mutprobe oder Herausforderung. Jedenfalls war da eine Lücke, die er vielleicht überspringen wollte, geht man von der Stelle aus, an der er gestürzt ist.«

Megan Maloney hob eine Hand, und Wilkins nickte ihr zu. »Ich habe mal online nachgesehen. Einige, die der nächtlichen Klettergemeinschaft hier in Cambridge zugerechnet werden, haben die Lücke erwähnt, von der du sprichst. Sie gilt als

Herausforderung. Alle paar Jahre versuchen es Leute erfolgreich, aber einmal ist ein Typ dabei abgestürzt und gestorben.
Das war 2012. In diesem Fall scheint es, als wäre er unerfahren
gewesen und hätte es niemals probieren dürfen. Anscheinend
war dieser Sprung heikel.«

»Danke, Megan.« Wilkins nickte. »Es ist gut, mehr Hintergrundwissen zu haben.« Er blickte in die Runde. »Die Nachtkletterer sind euch natürlich alle ein Begriff? Normalerweise
sind es wahnsinnige Studenten, die sich und andere in Gefahr
bringen, indem sie in der Stadt auf den Dächern und so herum-
klettern.«

Blake entging nicht, dass Max Dimity ein klein wenig die
Augen verdrehte und Tara etwas zuflüsterte. Ihnen allen waren
die Nachtkletterer bekannt.

Wilkins musste es auch mitbekommen haben. »Hast du
eine Frage?« Er fixierte Max.

»Wir haben mit einer Nachbarin von Christian Beatty
gesprochen, die gegen acht an dem Abend bis circa zehn
Stimmen in seiner Wohnung gehört hatte. Ich erinnere mich
nur gerade, dass DC Maloney sich die Aufzeichnungen der
Sicherheitskameras während des Zeitraums angesehen hat,
nachdem ich mit ihr telefoniert hatte. Und ich frage mich, was
sie gesehen hat.«

Wilkins schaute ihn streng an. »Dazu wollte ich jetzt
kommen. Megan?«

Der weibliche DC mit dem dunklen Lockenkopf wandte
den Blick in die Runde. »Ich habe mir die Aufnahmen ab sechs
Uhr abends angesehen. Zu der Zeit herrschte ein ziemlich reges
Kommen und Gehen. Zwischen zwanzig vor sieben und zehn
vor acht war es ruhiger, und dann«, sie sah Max und Tara an,
»kurz darauf, was zu der Information der DCs Thorpe und
Dimity passt, die ich per Telefon bekommen hatte, betrat eine
Gestalt in einem Mantel mit Kapuze das Gebäude. Wer das
auch war, hatte sich dick gegen die Kälte gewappnet. Die

Kapuze hat eine Pelzkante, und die Person hält den Kopf gesenkt, aber dennoch.« Sie drehte sich zu dem Tisch neben ihr und schickte mittels Maus- und Tastaturbefehlen ein Video auf den Bildschirm vorn im Raum.

Blake beobachtete, wie sich eine Person – eine Frau? – über den Gehweg dem Apartmentblock näherte und einen Knopf auf der Gegensprechanlage drückte. Die Kamera befand sich vorn an dem Haus, sodass sie die Gestalt von oben aufnahm, doch wie Megan sagte, gab das Bild nicht viel her.

»Hat sonst noch jemand um die Zeit herum das Haus betreten?«, fragte Wilkins.

Megan schüttelte den Lockenkopf. »Keiner, der die Gegensprechanlage benutzen musste, anstatt selbst aufzuschließen. Trotzdem habe ich die Aufnahme eines Mannes überprüft, der ein paar Minuten später kam und die Tür selbst geöffnet hat, für alle Fälle. Die Sicherheitsleute haben ihn als einen der Bewohner wiedererkannt. Es scheint also, als wäre die Kapuzengestalt die gewesen, die Christian Beatty besucht hat – ausgenommen natürlich, es handelte sich um jemanden, der bereits im Haus war.«

Wilkins nickte. »Und was ist später an dem Abend?«

Megan klickte das Video wieder an und ließ es vorlaufen. »Anscheinend verlässt dieselbe Person das Gebäude um zwanzig nach neun«, antwortete sie. Obwohl die Aufnahmen diesmal sogar noch weniger klar waren, da die Kamera die Person nur von hinten erfasste, sahen der Mantel und der Gang gleich aus.

»Eine Frau«, sagte Wilkins. »Oder ein Mann in einem Damenmantel?«

Megan bejahte stumm. »Dann verlassen bis zehn Uhr, als es der Zeugin von Max und Tara nach in Beattys Wohnung still geworden war, noch ein paar andere das Haus.« Sie zeigte ihnen die Aufzeichnungen. »Selbstverständlich ist es nicht beweiskräftig. Er könnte mit einem anderen Bewohner geredet haben, und dann würde das Kommen und Gehen überhaupt nichts bedeuten. Der Eigentümerbeirat hat die E-Mail-Adressen von allen Bewohnern. Wir kontaktieren sie, schicken ihnen die Aufnahmen und die Zeiten, ob jemand bestätigen kann, wer die Personen sind, die aufgezeichnet wurden, und was sie dort gemacht haben. Und wir fragen auch jeden von ihnen, ob sie Beatty besucht hatten.«

»Gute Arbeit, Megan«, sagte Blake, ehe er sich bremsen konnte. »Und was ist mit Beattys eigenen Bewegungen?«

Sie nickte. »Er hat das Gebäude allein um zwanzig nach eins nachts verlassen.« Sie rief die Aufnahmen auf. Beatty war schwungvollen Schrittes gegangen, die Hände in den Taschen. Er trug eine Jacke und einen Schal, aber keine Mütze, und er war nicht sichtbar betrunken. Er bewegte er sich fest und zielsicher.

»Vergessen wir nicht«, sagte Wilkins, »dass dies höchstwahrscheinlich ein tragischer Unfall ist. Ein junger Mann, der einige Drinks hatte und beschloss, ein bisschen waghalsig zu sein. Beatty hatte hier in Cambridge studiert. Vielleicht hatte ihn etwas, was er gestern Abend gesehen oder über das er gesprochen hatte, an diesen besonderen Sprung erinnert. Kann sein, dass er das immer schon mal selbst probieren wollte.«

»Obwohl seine Eltern sagen, sie hätten nichts von einem Interesse am Nachtklettern gewusst oder dass er es jemals versucht hätte«, ergänzte Blake.

Wilkins sah ihn spöttisch an. »Nein, aber welcher Student mit gesunder Selbstachtung würde seinen Eltern so etwas erzählen?«

»Ist ein Argument.« Dennoch gab es mehr zu tun, ob es seinem DS gefiel oder nicht. »Wie dem auch sei, es wäre lohnend, an seinem alten College zu fragen, ob er jemals beim Klettern erwischt wurde. Und seinen Namen mit denen in den Nachrichten und Blogs abzugleichen, anstatt Mutmaßungen anzustellen.«

Er hatte versucht, taktvoll zu sein – nun ja, ein bisschen jedenfalls. Es dauerte einen Moment, bis sein DS zu Megan sah und eine Augenbraue hochzog, als wollte er sagen, »Das übernimmst du, oder?« Ein »Bitte« ersparte er sich.

»Mach ich«, antwortete sie.

»Haben wir schon etwas von Beattys Mobiltelefon, Megan?«, fragte Blake.

Sie schüttelte den Kopf. »Nichts Auffälliges in den letzten Tagen, soweit ich es sehen konnte. Er hatte seine Mum angerufen und vor dem Wochenende Kontakt zu seiner Agentur gehabt. Wer auch immer ihn gestern Abend besucht hat, muss unerwartet gekommen sein oder die Verabredung auf anderem Weg oder vor längerer Zeit vereinbart haben. Aber ich gehe sicherheitshalber noch weiter zurück in der Zeit.«

»Danke.«

»War Beattys Eltern oder seinem Agenten aufgefallen, dass er in letzter Zeit deprimiert oder besorgt wirkte? Oder anders als sonst?«, fragte Tara. Der Blick ihrer grünen Augen war intensiv.

Wilkins verneinte. »Beruflich lief es gut für ihn – er hatte gerade einen neuen Vertrag mit Armani abgeschlossen – und er schien sein Leben zu genießen. Das deutet eher auf einen Unglücksfall als einen Suizid hin.«

Blake schaute zu Tara und Max. »Gibt es etwas Brauchbares von den Bewohnern – abgesehen davon, was ihr Megan von dem Besucher erzählt habt?«

»Nichts, das auf eine Depression hinweist«, antwortete Tara. »Aber wir haben mit einer Exfreundin von ihm gesprochen, die im Erdgeschoss wohnt. Ihr ist vor einer ganzen Weile eine Veränderung an ihm aufgefallen, als er anfing, sich mit Ralph Cairncross und dessen Leuten zu treffen.«

Blake sah, dass Wilkins die Augen gen Himmel verdrehte.

»Sie sagt, dass er sie an dem Punkt geradezu verleugnet hat.« Taras Stimme klang fest und klar in dem stillen Raum. »Es

hat sich angehört, als hätte sich sein soziales Umfeld verklei-
nert. Aber die Leute, mit denen wir geredet haben, fanden
auch, dass er glücklich damit schien, wie sich sein Leben
entwickelte.«

»Danke.«

»In Beattys Wohnung war nichts Auffälliges«, sagte
Wilkins. »Da standen allerdings zwei Kaffeebecher, was passen
würde, wenn die Zeugin unter ihm sagt, sie hätte Stimmen
gehört.« Er klang, als gäbe er es ungern zu. »Und keine Anzeichen, dass er in der Wohnung irgendetwas Stärkeres getrunken
hat. Nur ein paar leere Bierdosen im Recycling und ein Glas
mit Bierspuren in der Spülmaschine. Natürlich wird alles
analysiert.«

Tara hob eine Hand.

»Ja?«, fragte Wilkins ein wenig verzögert.

»Ich frage mich nur, ob es überhaupt Ähnlichkeiten gibt zu
den Todesumständen von Christian Beatty und denen von
Lucas Everett oder Ralph Cairncross?«

Wilkins verkniff den Mund. »Nein.«

Stille trat ein. Aber das Thema musste aufgebracht werden.
Megan Maloney wusste nichts von Taras Nachforschungen zu
den beiden vorherigen Todesfällen, und allem Anschein nach
hatte Wilkins auch nicht vorgehabt, sie anzusprechen. »Tatsache ist, dass sie beide mit Ralph Cairncross befreundet und
bei dem Treffen an dem Abend vor seinem Tod gewesen
waren«, antwortete Blake.

»Aber diesmal gab es keinen Abschiedsbrief«, konterte
Wilkins.

Blake war mit seiner Geduld am Ende. Er holte tief Luft.
»Stimmt, aber was ist mit der Flasche, die du mir gegenüber
erwähnt hast, Patrick?«

Wilkins seufzte genervt. »Die Spurensicherung hat eine
leere Wodkaflasche unten an dem Gebäude gefunden, an dem
Christian Beatty hinaufgeklettert war. Darauf sind keine

klaren Abdrücke, nur verschmierte. Die könnte von jedem sein.«

»Und doch wurde auch eine Wodkaflasche bei Lucas Everetts Kleidung gefunden. Und das Fehlen von identifizierbaren Abdrücken könnte bedeuten, dass die Flasche abgewischt wurde.

»Mr Beatty hatte Handschuhe getragen, als er sprang, oder nicht?«, fragte Tara. »Dann würden die fehlenden Fingerabdrücke einleuchten. Welche Wodkamarke war es?«

»Eine ungewöhnliche.« Wilkins blickte in seine Notizen. »Die Sorte, die er wahrscheinlich getrunken hat, um sich allen anderen überlegen zu fühlen.«

Man setzte den Mann ein winziges bisschen unter Druck, und schon zeigte er sein wahres Gesicht. Seine Vorurteile gegen den Toten waren bereits offensichtlich.

»Adnams East Coast«, sagte Wilkins und blickte wieder auf. »Eine Firma aus Suffolk. Wenigstens hat er die hiesige Wirtschaft unterstützt.«

»Dieselbe Marke«, konstatierte Tara.

Eine Sekunde lang begegnete ihr Blick Blakes.

»Lucas Everett hatte den selbst gekauft, nicht wahr?«, fragte Blake. »Bei dem Co-op in Kellness?«

Tara bejahte stumm.

Und Tote erzählten keine Märchen. Also falls es mehr als ein Zufall war, dann musste derjenige, der anwesend war, als Everett starb, beschlossen haben, bei dieser Gelegenheit dasselbe Getränk zu kaufen. Verhöhnte sie jemand? Gab ihnen klitzekleine Beweisfitzel, wohlwissend, dass sie nicht reichten? Blake spürte, wie sich Wut in ihm regte und heiß durch seine Adern pumpte. Er war sich immer sicherer, dass sie es mit jemandem auf einer Mission zu tun hatten, der sich an seiner eigenen Klugheit ergötzte. Jemand, der unbedingt prahlen musste. Aber das könnte sein Untergang sein ...

Blake sah Tara an, wobei er den Gesichtsausdruck seines

DS ignorierte. »Ich denke, du erzählst uns lieber noch mal alles, was du über Cairncross und Everett hast, bevor wir weitermachen. Mein Gefühl sagt mir, dass wir es mit einer koordinierten Reihe von gut getarnten Angriffen zu tun haben. Wir können es nicht beweisen, aber es ist definitiv Zeit, Megan auf den aktuellen Stand zu bringen.«

ZWANZIG

Tara ging alles durch, was sie über die Todesfälle von Ralph Cairncross und Lucas Everett wussten – und erläuterte auch ihre Theorien. Wie schon zuvor, war Wilkins schnell dabei, alles infrage zu stellen, aber das verkraftete sie. Sie erwartete nicht, dass irgendwer ihr blind glaubte.

Als sie fertig war, stand Blake auf. Er war in einem Anzug, der ihn unglaublich aussehen ließ, und das trotz des ausgeprägten Bartschattens und der dunklen Augenringe. Als sie eine Woche zuvor gegenüber Max eine Bemerkung zu seiner Garderobe fallen ließ, hatte er ihr erzählt, dass Blakes Schwester Modedesignerin sei, womit sich dieses Rätsel aufgeklärt hatte. Denn Blake wirkte nicht wie jemand, der viel auf materiellen Besitz gab. Und dass er in seinen edlen Anzügen immer noch eher zerzaust daherkam, sorgte bei DCI Fleming für hochgezogene Augenbrauen. Dass Blake indes derselbe war wie vor vier Jahren, als Tara ihn kennenlernte, sprach dafür, dass er nicht vorhatte, irgendetwas zu ändern. Und das machte sie froh.

»Wir brauchen mehr Zeit, um das alles zu durchdenken,

aber nicht auf leeren Magen.« Blake schaute von Tara zu Max und Wilkins. »Wann sind Sie aufgestanden?«

»Gegen vier«, antwortete Max. »Aber ich mag es, sehr früh aufzustehen.«

Blake grinste. »Wie praktisch. Dennoch sollte hier keiner auf einem leeren Tank laufen. Treffen wir uns im Tram Depot wieder. Ich spendiere Pizzas.«

Zehn Minuten später saßen sie um zwei zusammengeschobene Tische in dem Pub. Das weiche Licht und die roten Wände neben ihnen machten es gemütlich. Unter anderen Umständen hätte Tara sich womöglich fast entspannt, aber heute nicht. Sie hatte eine Cola vor sich stehen und saß zwischen Blake und Max, Wilkins ihr direkt gegenüber. Zu nahe. Jedes Mal, wenn sie aufschaute, war sein Blick auf sie gerichtet. Sie versuchte, stattdessen Megan neben ihm anzusehen, was weit weniger enervierend war. Sie konnte sehen, dass Wilkins nur auf seine Chance gewartet hatte, ihre Theorien in Fetzen zu reißen. In dem Pub war es voll, also konnten sie frei reden, ohne dass jemand ihrem Gespräch folgen könnte.

Blake trank einen Schluck von seinem Kaffee und schaute auf. »Ich glaube nicht, dass diese Tode Zufälle sind. Dennoch müssen sie nicht zwingend herbeigeführt worden sein – auch wenn mir diese Möglichkeit zunehmend Sorge bereitet. Wie Tara erklärt hat, geht ihre Theorie von einem Täter aus, der spielt. Er könnte sich an Ralph Cairncross' Lampe in der Woche vor seinem Tod zu schaffen gemacht haben, aber dafür haben wir keinen Beweis. Falls ja, hätte er Zugang zur Garage der Familie gebraucht, nur grenzt das die Zahl der Verdächtigen nicht ein.«

Er blickte kurz seitlich zu Tara, und sie versuchte, nicht falsch auf diese dunklen Augen zu reagieren. Oh Mann! Er bat um Informationen zu einem möglichen Mordfall; sie sollte imstande sein, die wärmende Wirkung seines Blicks auf sie auszublenden. Es war ja nicht so, als hätte sie einiges an Wodka getrunken.

»Das stimmt.« Sie stellte sich das Cairncross-Grundstück vor. »Die Garage ist Teil eines großen Nebengebäudes, abgetrennt vom Haus und recht nahe an der Straße. Der Garten ist ziemlich zugewachsen, und als ich dort gewesen bin, war die Garage nicht abgeschlossen.«

Wilkins stellte seine Limonade ab und verzog das Gesicht. »Die haben dich hoffentlich nicht gesehen, wie du die Garage unerlaubt betreten hast.«

Tara lächelte. »Habe ich nicht. Ich habe nur die Klinke überprüft. Aber der Punkt ist, dass jeder vom Haus oder der Einfahrt aus leicht ungesehen hineingekommen sein könnte.«

»Also gut«, sagte Blake, als Tara sah, dass Wilkins bereits den Mund öffnete. »Dann – und ich wiederhole, dass wir nur Annahmen und Indizienbeweise habe – könnte jemand eine Woche später eine Ringelnatter in Ralph Cairncross' Wagen platziert haben. Was auch für einen Opportunisten spricht. Jemanden, der seinen Kick bekommt, indem er etwas in Bewegung setzt und sich dann zurückzieht und abwartet, was passiert. Falls die Schlange in dem Wagen platziert *wurde*, dann während Cairncross bei dem Treffen in dem Haus am Forty Foot Bank war. Wäre sie früher platziert worden – bei ihm zu Hause in der Madingley Road –, hätte er sie wahrscheinlich gesehen, bevor er die Stadt verließ, und entweder dort einen Unfall gebaut oder angehalten und den Wagen verlassen.«

Zwei Bedienungen erschienen, die jede zwei Pizzen brachten. Tara roch Chorizo und merkte, wie ihr Magen trotz allem knurrte.

»Danke.« Blake stockte, als sie die zwei Teller absetzten und zurückgingen, um einen fünften zu holen. Sobald alle bedient waren, zupfte er ein Stück von der Pizza, die er sich bestellt hatte. »Wir wissen von Sadie Cairncross, dass ihr Mann sein Auto gewohnheitsmäßig nie abgeschlossen hat, genauso wenig wie er den Sicherheitsgurt anlegte oder nüchtern blieb, wenn er noch fahren wollte.«

Tara hatte eben ein Stück von ihrer Chorizo-Pizza praktisch in eins verschlungen und musste mit etwas Cola nachspülen. »Ich denke, wir müssen als Nächstes mit den anderen reden, die an dem Abend bei der Party waren«, sagte sie.

»Aber wir ...«, hob Wilkins an.

»Ja«, sagte Blake zu Tara und wandte sich zu seinem DS. »Wir müssen mit ihnen reden, Patrick. Ich weiß, was du sagen willst, und ich stimme zu, dass nichts hiervon hieb- und stichfest ist. Aber wenn wir sie fragen, wann sie zuletzt Christian Beatty gesehen haben – was dem üblichen Vorgehen entspricht –, möchte ich sie vor der Möglichkeit warnen, dass jemand umgeht, der sie absichtlich in Gefahr bringt. Oder sie ermuntert, es selbst zu tun. Ich könnte nicht damit leben, wenn ich nichts unternehme und noch einer von ihnen stirbt.«

Wilkins umpfte einige recht genervte Seufzer heraus. Gewiss würde er gleich sehr energisch den Kopf schütteln. Er hatte noch nicht mal angefangen zu essen, was untypisch war.

»Nehmen wir kurz mal an, diese Schlange wurde in den Fens in Cairncross' Auto gelegt«, sagte Blake. »Wie könnte das gemacht worden sein?«

Max neigte sich vor und legte das mit Cajun-Hähnchen beladene Pizzastück ab, das er gerade essen wollte. »Der Täter müsste die Schlange gefangen und irgendwo gehalten haben, es sei denn, es war sehr spontan. Und wenn er sie hier in Cambridge gehalten hat, müsste er sie irgendwann in einem Fahrzeug in die Fens gebracht haben. Das könnte an dem fraglichen Abend oder irgendwann früher gewesen sein.«

Wilkins stand das ironische »verleiht dem Mann einen Orden« ins Gesicht geschrieben. Doch er versuchte nicht einmal zu unterbrechen, denn jetzt hatte er auch den Mund voll.

Blake nickte. »Stimmt. Und wenn die Schlange schon vorher hingeschafft wurde, muss es einen Ort geben, an dem sie gehalten wurde – möglichst nahe beim Haus, würde ich sagen –, aber von niemandem sonst bemerkt. Oder, wenn der Täter sie am Abend der Party mitgebracht hat, dann hätte er es so anstellen müssen, dass es keine Aufmerksamkeit erregte. Was möglich wäre, wenn er einen berechtigten Grund hatte, so oder so dort zu sein.«

»Wir müssten wissen, wie es bei dem Haus aussieht«, sagte Tara, »auch draußen, wo die Wagen geparkt hatten.« Sie trank noch einen Schluck von ihrer Cola, bevor sie nach dem nächsten Stück Pizza griff und es hochzog, bis der Mozzarella riss.

»Vom Haus sieht man zum Eingangsbereich und der Auffahrt«, sagte Wilkins. »Ich bin da gewesen und hatte die Partygäste befragt, wisst ihr noch? An dem Tag, als Cairncross aus dem Entwässerungsgraben gefischt wurde.«

»Dann wäre jemand, der die Schlange an dem Abend per Auto oder Motorrad brachte, vermutlich gesehen oder gehört worden«, folgerte Megan. »Obwohl es im Dunkeln vielleicht machbar gewesen wäre, aber immer noch ein Risiko. Alternativ könnte derjenige sie vorher hingebracht und in einem Behälter in der Nähe verwahrt haben oder ...«

»Oder sich über die Schultern drapiert und so die Einfahrt hinaufgegangen sein, in der Hoffnung, dass sie für ein außergewöhnliches Mode-Accessoire gehalten wird.« Wilkins tupfte sich den Mundwinkel mit einer Papierserviette.

»Spotte du nur«, entgegnete Blake, »aber du müsstest mal einige der Designs sehen, die meiner Schwester einfallen. Ringelnattermode könnte das nächste große Ding sein.« Megan und Max grinsten. Wilkins nicht.

»Kommen wir zu den nächsten beiden Todesfällen«, sagte

Blake und lehnte sich auf der Holzbank zurück. »Ein junger, körperlich fitter Mann trinkt zu viel, hinterlässt eine Nachricht, die anscheinend ausdrückt, dass er wohl nicht zurückkommt, und schwimmt dann so weit aufs Meer raus, dass er es nicht wieder an Land schaffen kann. Und ein ebenfalls gesunder junger Mann macht bei eisigem Wetter einen gefährlichen Sprung auf einem hohen Gebäude – wieder scheint Alkohol im Spiel zu sein. Beide zeigen dem Anschein nach die Art Wagemut, die Ralph Cairncross nach dem, was ich über ihn gelesen habe, gutgeheißen hätte.«

Tara nickte. »Ich glaube, du hast recht. In den letzten anderthalb Wochen habe ich seine Romane gelesen. Er glaubte, man sollte im Leben aufregende Erfahrungen machen, auch wenn sie gefährlich sind – weil ein ruhiges Leben nicht erstrebenswert ist. Und wenn Menschen einen gewissen Punkt erreichen, sollten sie aktiv den Tod suchen, statt vor ihm wegzulaufen.« Tara sah den Schmerz in Max' Augen, als sie sprach, und wünschte, er müsste sich keine Ansichten anhören, die ihn zutiefst trafen. Da er seine Frau sehr jung verloren hatte, nahm er Cairncross' Doktrinen zwangsläufig persönlich, genau wie Bea, als sie neben Tara saß und über den Mann las.

»Verraten uns die Bücher sonst noch etwas?«, fragte Blake.

»Die bisherigen Todesfälle entsprechen den Arten, wie Cairncross' fiktive Figuren sterben.« Auf seinen fragenden Blick hin ergänzte sie: »In seinen Romanen schwimmt ein Mann zu weit raus aufs Meer, einer springt von einem Wolkenkratzer, und ein Mann stirbt an einem Schlangenbiss im Wasser.« Und sie erzählte ihm, welche Todesursachen ihrem Täter noch zur Verfügung standen: Feuer, Ersticken und Stromschlag.

Als sie fertig war, verstummte die Gruppe, und Tara wurde sich des Lärms um sie herum bewusst: Lachen, jemand kommentierte eine Textnachricht, die er eben geöffnet hatte, Hintergrundmusik.

»Und wie bringt jemand einen Mann dazu, eine Nachricht über eine waghalsige Tat zu schreiben, die er plant, und dann so weit raus zu schwimmen, dass er es nicht zurückschafft?«, fragte Wilkins. »Mir ist, als hätte ich das schon einmal gefragt und keine vernünftige Antwort bekommen.«

Ja, Tara erinnerte sich. Lucas Everett konnte nicht rausgeschwommen sein, um jemandem zu helfen, der vorgab, in Schwierigkeiten zu stecken. Es würde nicht zu der Nachricht passen, die er hinterlassen hatte. *Ein Abenteuer im Andenken an Ralph. Und wenn ich sterbe, wird der Tod nicht das Ende sein.* Wohl kaum die Nachricht eines Mannes, der jemandem zu Hilfe eilte. Womit nur blieb, dass ihn jemand irgendwie zu der Tat überredet hatte. »Jemand, den er bewundert oder dem er sich verpflichtet fühlte, könnte ihm die Idee eingeredet haben«, sagte Tara. Sie hörte selbst, wie schwach es klang. »Wenn dieser ›jemand‹ tatsächlich bei ihm war, entweder zugesehen oder ihn sogar begleitet hat, könnte es so gewesen sein.« Niemand wirkte überzeugt. Sie riss noch ein Stück von ihrer Pizza ab und hoffte, die köstliche Würze würde sie mit neuen Ideen versorgen. Allerdings befürchtete sie, dass Chorizo nicht als »Hirnnahrung« diente, egal wie gut sie schmeckte.

Wilkins schüttelte langsam den Kopf. »Meine Antwort darauf kennst du schon. Wenn jemand bei ihm war, würde man erwarten, dass die Person auch von dem Wodka getrunken hat, aber dafür gibt es keine forensischen Beweise. Und keiner von den Leuten, die befragt wurden, hatte ihn mit jemandem gesehen.«

Tara bekam Kopfschmerzen. »Der Täter könnte sein eigenes Lieblingsgetränk bei sich gehabt und wieder mitgenommen haben. Wenn er in böser Absicht gehandelt hat, wollte er uns gewiss keine Spuren hinterlassen. Und die Stelle, an der Lucas Everett rausgeschwommen war, ist sehr abgelegen. Mich hat nicht gewundert, dass es keine Zeugen gab. Hinzukommt der fehlende Notizblock – Lucas Everett hat seine Nachricht auf einem Blatt geschrieben, das aus einem Block ausgerissen wurde, aber keinem, der in seinem Besitz war.« So viel zum Greifen nach Strohhalmen ...

Wilkins lächelte. »Ah, na, dann ist es ja bewiesen! Aber nehmen wir mal einen Moment lang an, dass du recht hast und diese geisterhafte Person existiert. Was dann? Dieselbe Person wurde auch von Christian Beatty bewundert und konnte ihn bewegen, mitten in der Nacht auf einem hohen Gebäude herumzuspringen?«

Max und Megan sahen erst recht skeptisch aus, was Tara ihnen nicht verübeln konnte.

Aber Blake verzog keine Miene. »Ich verstehe, was du sagst, Patrick. Und dennoch haben wir drei Menschen, die einander gekannt haben und kurz hintereinander unter seltsamen Umständen gestorben sind. Ihre Tode scheinen mit denen in Cairncross' Büchern übereinzustimmen, und dieselbe ungewöhnliche Wodkamarke wurde bei zweien der Leichen gefunden.« Er zog eine Augenbraue hoch. »Es ist möglich, dass Everett und Beatty diese Marke am liebsten mochten und es reiner Zufall ist. Aber es ist auch denkbar, dass jemand in der Nacht dort war, als Lucas Everett starb, und beschloss, Beatty gestern exakt dieselbe Marke zu kaufen. Und falls ja, dann sollte es eine Botschaft an uns sein. Wir werden ausgelacht. Der Täter weiß, dass wir nichts haben, will aber, dass wir uns Fragen stellen. Uns wundern und uns bewusst sind, dass etwas knapp außerhalb unserer Reichweite vor sich geht.« Er warf Tara einen Seitenblick zu. »Und wenn er es war, der deinen Weg vereist hat, könnte er dich – oder sogar alle von uns – im Visier haben. Es könnte eskalieren. Und mir ist klar, dass ich nichts Neues erzähle.«

Alle anderen nickten. Blake hatte recht, auch wenn Tara versuchte, sich nicht auf die Gefahr zu konzentrieren, in der sie schweben könnte. Diese Falle hätte ihr jeder stellen können ...

Tara sah Megan und Max an, dass sie erneut unsicher

wurden. Und sie fragte sich, was Fleming zu all dem sagen würde – sofern Blake vorhatte, seiner Chefin zu erzählen, was er dachte.

»Was ist mit dem Motiv?«, fragte Blake und griff nach seinem letzten Stück Pizza.

Tara neigte sich vor. »Christian Beattys Ex hat gesagt, dass er sie geschnitten hat, als er sich mit Cairncross einließ. Und Sadie Cairncross schien das Gefühl zu haben, ihr Mann hätte sie verlassen. Sie hat ihn eindeutig noch geliebt, doch ihre Gefühle kamen mir ein bisschen obsessiv und unausgewogen vor. Sie könnte wütend auf ihn und auf die Akolythen gewesen sein, die Ralph anscheinend so fasziniert hatten. Vielleicht hat sie etwas, das er oder die getan hatten, endgültig zur Verzweiflung getrieben. Wir haben nur ihr Wort, dass sie an dem Abend, als er starb, Schlaftabletten genommen hatte und zu Bett gegangen war.«

»Ein bisschen überzogen, findest du nicht?«, fragte ihr DS, lehnte sich zurück und betrachtete sie kühl.

Tara zuckte mit den Schultern. »Kann sein.« *Du kriegst mich nicht, Wilkins. Schau her, wie cool ich bleibe, während du dich richtig hochschaukelst ...*

»Wenn irgendwas davon stimmt – was ich ernsthaft bezweifle –, würde ich auf die Tochter tippen«, ergänzte Wilkins. »Sie ist ein Hitzkopf.«

Tara erinnerte sich, dass Philippa Cairncross ihn korrigiert hatte, als er sie mit »Miss« statt »Ms« ansprach. Das dürfte ihm genügt haben, um zu diesem Schluss zu gelangen. *Schwachkopf.*

»Und auch wenn ich keine Sekunde lang glaube, dass jemand die Tode von Everett und Beatty inszeniert hat«, fuhr Wilkins fort, »könnten die beiden sie bewundert haben. Sie hat etwas an sich.« Er klang beinahe neidisch. »Und sie ist ihrem Vater wie aus dem Gesicht geschnitten. Sogar Everett, der schwul war, könnte von ihrer Ähnlichkeit mit ihrem Sekten-führer hingerissen gewesen sein.«

Und es schien wirklich wie eine Sekte. »Na ja, sie ist auf jeden Fall noch wütend auf ihren Dad und will ihre Mutter beschützen«, sagte Tara. »Aber sie war laut den Akten in der Nacht, in der ihr Vater starb, bei ihrem Freund. Also kann sie nicht draußen in den Fens gewesen sein und die Schlange ins Auto gepackt haben.« Sie wollte wetten, dass Wilkins sie verfluchte, weil sie so gut aufpasste. »Es ist weit hergeholt, aber wie ich es verstehe, hat Cairncross das Haus am Forty Foot Bank den Akolythen vermacht. Jedes Mal, wenn einer von ihnen stirbt, erhöht sich der Anteil der anderen. Und jeder von ihnen hätte leicht bei der Party nach draußen gehen und die Schlange in den Wagen legen können.« Allerdings bezweifelte Tara, dass das Haus viel wert war, und die Akolythen schienen alle aus wohlhabenden Familien zu kommen, also litten sie wahrscheinlich keine Not. Sie schüttelte den Kopf. »Ich stimme dem zu, was ihr sicher alle denkt: Es wäre eine irre Art, Geld machen zu wollen. Aber Cairncross' PA könnte auch jemand sein, den wir im Kopf behalten müssen.«

»Wer ist sie?«, fragte Blake.

Tara brauchte ihre Notizen nicht, um ihrem Gedächtnis auf die Sprünge zu helfen. »Eine Tess Curtis. Der Cairncross-Fachmann, mit dem ich gesprochen habe, sagt, es ging das Gerücht, dass sie eine längere Affäre mit ihrem Chef hatte, die aber schon einige Zeit vorbei war, als er starb. Trotzdem könnte sie noch einen Groll gegen ihn gehegt haben, falls er sie schlecht behandelt hatte. Und auch gegen die Akolythen, sollte ihnen seine Zuneigung sicherer gewesen sein als ihr.«

Es war dünn, das wusste sie.

Plötzlich fiel Tara etwas ein, das Jackie Everett gesagt hatte, Lucas' Mutter. »Eine letzte Idee noch. Mrs Everett sagte, dass Lucas vor seinem Tod gestärkt wirkte. Er hatte davon geredet, dass die Akolythen zusammenhalten wollten, um Cairncross'

Ideale zu bewahren. Was ist, wenn einer von ihnen so besessen von Ralphs Philosophie war, dass er die ganze Gruppe auslöschen wollte, einen nach dem anderen, bevor ihre Jugend vorbei war?« Inzwischen hielten die anderen *sie* gewiss für irre und nicht den unbekannten Anstifter.

Doch Blake zögerte nur einen Moment, ehe er zu Wilkins sah und sagte: »Ich möchte, dass die restlichen Mitglieder von Cairncross' Gruppe befragt und gewarnt werden, wie ich gesagt habe. Und dasselbe gilt auch für Cairncross' Familie. Wir haben keine Ahnung, womit wir es zu tun haben, und das gefällt mir nicht.«

Wilkins sah Tara an. »Ich übernehme Thom King. Du kannst Stephen Ross besuchen. Ich weiß ja, wie sehr du diesen ›Fall‹ liebst, und ich würde gern vor Mitternacht ins Bett kommen.«

Bevor er fortfahren konnte, sagte Blake: »Ja, das ist sinnvoll, und es spart Zeit. Max und Megan, ihr solltet nach Hause gehen und genießen, was von eurem Sonntag übrig ist. Es reicht, wenn ihr morgen Christian Beattys altes College besucht und nachfragt, ob er als Nachtkletterer bekannt war. Dann könnt ihr auch versuchen, zusätzliche Informationen von seinen Nachbarn zu bekommen. Ich möchte, dass ihr eure Zeit aufteilt zwischen dem und dem übrigen Papierkram zu Hunter.«

Dann sah er von Tara zu Wilkins. »Für euch beide hat vorerst dieser Fall Priorität. Nach Thom King und Stephen Ross möchte ich, dass ihr gemeinsam Verity Hipkiss besucht. Sie ist die Letzte in der Gruppe, die noch bleibt. Und so gegensätzlich eure Ansichten auch sein mögen, müsst ihr als Team arbeiten. Ich will alles hören, was passiert.«

EINUNDZWANZIG

Tara kehrte an ihren Schreibtisch zurück, um Stephen Ross anzurufen – bei ihrem ersten Gespräch mit ihm wollte sie Ruhe haben. Schon weil sie nicht wusste, ob sie diejenige war, die ihn über den Tod seines Freundes informierte. Wenn er den Tag über weggewesen war, hatte er es vielleicht noch nicht gehört. Und sie wollte sich darauf konzentrieren, wie er klang, wenn er nicht vorgewarnt war. Was sie bisher von ihm gehört hatte, reizte sie. Stephen schien der Vernünftige in der Gruppe zu sein. Er hatte versucht, Ralph Cairncross von der Heimfahrt abzuhalten, als er betrunken war, und er war am Morgen nach der Party ans Telefon gegangen, als Philippa bei dem Haus anrief, um nach ihrem Vater zu fragen. Philippa hatte angedeutet, dass Stephen wegen seiner konventionelleren Lebenseinstellung vom Rest der Gruppe für minderwertig gehalten wurde. War es ihm bewusst gewesen, und hatte er es gehasst?

Sie holte tief Luft, sammelte ihre Gedanken und wählte.

Als sie ihren Namen genannt und erklärt hatte, wer sie war, wurde seine Stimme fester.

»Rufen Sie wegen Christian an?«, fragte er. »Ich weiß schon Bescheid. Es kam gleich heute frühmorgens in den Nachrichten. Und es ist auch ein Grund, warum ich hier rausgefahren bin.«

»Wo raus?«

»Ich bin in dem Haus am Forty Foot Bank. Ralph Cairncross – der Schriftsteller – hat es mir und den anderen Akolythen hinterlassen, damit wir es nach seinem Tod nutzen können. Ich bin Dichter, und es ist der ideale Ort, um Ruhe und Frieden zu finden.« Er stockte kurz. »Verity Hipkiss, eine aus unserer Gruppe, hat gewollt, dass wir uns alle in der Stadt treffen um ›über unsere Gefühle zu reden‹. Da stehe ich nicht so drauf. Ich wollte arbeiten, also bin ich lieber her. Was Christian passiert ist, ist schockierend, aber auch wenn wir uns alle gegenseitig bewundern und respektieren, stehen wir uns nicht nahe. Ralph war das Bindeglied zwischen uns.«

Tara wünschte, sie könnte Stephen sehen, während er sprach, doch selbst ohne ihr Hintergrundwissen klang er für sie nicht ernst, als er über ihre gegenseitige Bewunderung redete. Die Worte wirkten eher formelhaft, leicht dahingesagt. Ein Dichter und ein Model. Es könnte gut sein, dass die beiden nichts gemeinsam gehabt hatten. Und es hörte sich an, als hätten sie an entgegengesetzten Enden des Spektrums gestanden, was die Einstellung zu Abenteuer und Risiko betraf. Was auch immer gestern Abend mit Christian geschehen war, er musste aus freien Stücken auf das Gebäude gestiegen sein, von dem er gestürzt war.

»Verstehe«, sagte Tara. »Aber ich rufe nicht nur an, um Ihnen persönlich die Nachricht mitzuteilen – ich würde auch gern zu Ihnen kommen und mit Ihnen reden.«

»Über das, was Christian passiert ist?« Er seufzte, was eher verärgert als traurig klang. Tara schätzte, dass er weiterarbeiten wollte und sie ihn störte, wenn sie hinkam.

»Ja.« Die vollständige Erklärung verriet sie ihm lieber, wenn sie am selben Ort waren, denn sie wollte seine physische Reaktion sehen.

»Na gut«, sagte Stephen Ross schließlich. »Ich habe sowieso noch nicht richtig ins Schreiben gefunden.«

Hätte er abgelehnt, wäre er im Schreibfluss? Sympathischer Sinn für Prioritäten ...

»Danke.« Sie ließ ihre Stimme kakaowarm klingen, weil sie wollte, dass er ein schlechtes Gewissen bekam. »Wie wäre es, wenn ich jetzt gleich komme? Dann haben Sie es schnell hinter sich und können weitermachen.«

Als sie auflegte, bemerkte sie, dass Blake direkt hinter ihr stand. »Stephen Ross?«, fragte er.

Sie nickte.

»Ist er zu Hause?«

»Nein, draußen bei dem Haus, das sie gemeinsam geerbt haben, am Forty Foot Bank.« Sie sah Blake an. »Er ist hingefahren, um Gedichte zu schreiben und die anderen Akolythen zu meiden. Anscheinend weiß er schon seit heute Morgen von Christian Beattys Tod. Wahrscheinlich hat er es auf der verdammten Website von *Not Now* gelesen, so schnell wie meine einstige Kollegin Shona vor Ort war.«

Blake wirkte nachdenklich, als er sie ansah. »Ja, ich habe schon gehört, dass sie wie von Zauberhand aufgetaucht war.«

»Ich stelle sie mir als Vampirin vor, die ganze Nacht auf, Blut riechend und sich direkt auf die Beute stürzend.«

Blake grinste halb. »Bei mir schrillen immer sämtliche Alarmglocken, wenn sich unsere Wege kreuzen.«

»Eine gesunde Reaktion, würde ich sagen.«

Er nickte. Wie immer hatte er einen Kaffee in der Hand, den er nun leerte. »Also fährst du in die Fens?«

»Ja.« Sie wollte sowohl Stephen Ross als auch den Unterschlupf der Akolythen sehen. Und vor allem war sie froh, ohne Wilkins zu fahren. Vermutlich konnte sie weit mehr herausbekommen, wenn er nicht dazwischenfunkte. Doch es wäre dunkel, bevor sie wieder nach Hause fuhr, was weniger ihrer Vorstellung von Spaß entsprach – auch wenn sie es niemals zugeben würde. Ihre Mutter lebte dort draußen, und Tara versuchte, die Gegend im Winter zu meiden, wenn die Straßen vereist waren. Sie wusste, wie tückisch sie sein konnten. Und Ralph Cairncross bestätigte es. Trotzdem würde sie die Befragung deswegen nicht aufgeben.

Blake stellte seinen leeren Becher auf einen der Schreibtische. »Warte kurz«, sagte er und drehte sich zu dem Korridor um, der zu seinem Büro führte. »Ich komme mit dir.«

Unwillkürlich schaute Tara sich im Raum um, doch hier war niemand, der ihn hörte. Erst recht nicht Wilkins, der schon los war, um die Befragung von Thom King zu vermasseln. Umso besser. Tara konnte sich denken, was er gesagt hätte.

Sie folgte Blake hinaus in den Korridor. »Was soll das heißen, du kommst mit? Ich kann das auch allein.« An seiner Bürotür blieb sie stehen. »Ich weiß, dass ich Verstärkung brauchte, als dieser Mörder mich in den Fens umbringen wollte, doch ich habe nicht vor, das zur Gewohnheit zu machen.« Sie hatte sich damals für gewieft gehalten, als sie sich ihren Lebensunterhalt als Journalistin verdiente – aber inzwischen war sie dank ihrer neuen Ausbildung um einiges klüger.

Blake zog sich einen schwarzen Wollmantel über. Obwohl er nach unten schaute, konnte sie das Blitzen in seinen Augen sehen. »Weiß ich.« Nachdem er den Mantel zugeknöpft hatte, blickte er zu ihr auf. »Würdest du in eine Pattsituation mit unserem mysteriösen Verschwörer geraten, wäre er es, um den ich mir Sorgen machte.«

»Dann ist ja gut. Also, was ist los?«

»Ich möchte das Haus sehen. Vergiss nicht, dass ich im Sommer nicht dort gewesen bin, als Ralph in den Graben gestürzt war. Ich will die Szenerie besser kennen und wie es abgelaufen sein könnte, falls jemand geplant hatte, die Schlange in seinem Wagen zu deponieren.«

»Wilkins wird entzückt sein.« *Verdammt.* Das hätte sie nicht sagen dürfen.

Blake ging voraus zum Parkplatz. »Zum Glück entscheidet er das nicht. Außerdem lasse ich ihn ja weiter die Ermittlung leiten. Ich will nur ein paar mehr Hintergrunddetails. Wollen wir meinen Wagen nehmen?«

Sie fragte sich, ob er daran dachte, wie sie mit vorgehaltenem Messer gezwungen wurde, durch die Fens zu fahren. Ihr Angreifer hatte die Waffe benutzt, die sie bei sich gehabt hatte. Alles in allem war es keine schöne Erinnerung. Aber auch keine, die sie beherrschen durfte. »Nein, ich fahre.«

»In Ordnung.«

Super, jetzt bekam sie es mit Eisglätte, tückischen Fahrdämmen, tiefen Gräben und unmittelbarer Nähe zu Blake zu tun.

Die ersten fünf Meilen waren komisch. Zumindest in Taras Kopf. Blake schien total entspannt. Zum Glück herrschte wenig Verkehr, sodass sie zügig vorankamen. Und natürlich hatten sie reichlich zu besprechen. Tara erzählte von Stephens angeblichem Stand in der Gruppe und was sie alles über ihn wusste. Doch während sie redete, spürte sie noch die Vergangenheit zwischen ihnen. Vor vier Jahren im Pub hatte sie sich zu Blake hingezogen gefühlt. Zu der Zeit war sie ziemlich sicher gewesen, dass es auf Gegenseitigkeit beruhte, doch jetzt war sie davon nicht mehr so überzeugt. Die Idee, Blake zu küssen, war wie ein Magnet gewesen; vielleicht hatte sie sich den Rest einfach eingebildet.

Als sie an einer Kreuzung wartete, sah sie verstohlen zu ihm. Es war unpraktisch, dass sie noch genauso empfand. Und trotz ihrer schauspielerischen Fähigkeiten war es nicht leicht zu verbergen. Derweil vermutete sie, dass für ihn nur Kameradschaft zwischen ihnen war. Blake war seit vier Jahren wieder mit seiner Frau zusammen, und sowieso hatten sie eine Tochter.

Taras Eltern hatten sich kaum um sie geschert, als sie klein war, und sie wollte nicht erleben, wie noch ein Kind so behandelt wurde – geschweige denn dafür verantwortlich sein.

Sie konzentrierte sich auf die Straße vor ihnen. »Weiß Karen Fleming, was wir alle tun?«, fragte sie.

»In groben Zügen.«

Tara konnte das Schmunzeln in seiner Stimme hören, starrte aber weiter auf ein Paar Rücklichter vorn.

»Ich musste mir ihr Okay für die Überstunden holen, für zusätzliche Leute, die von Tür zu Tür gehen und auch für dich und Patrick. Wenn sie morgen wieder im Büro ist, werde ich ihr eine überzeugende Erklärung liefern müssen.« Er klang nicht besorgt.

»Bist du dir sicher, dass etwas faul ist?«

»Ja. Monica Cairncross' Verdacht, dass sie verfolgt wird … tja, mag sein. Das Eis vor deiner Haustür, die übereinstimmenden Wodkaflaschen und der fehlende Notizblock … vielleicht. Aber all das zusammen mit der Übereinstimmung zwischen den Büchern und der Art, wie jeder von ihnen gestorben ist … das ist zu viel. Ich muss mir allerdings noch überlegen, wie ich es angehe, wenn ich Fleming auf den aktuellen Stand bringe.«

»Du hörst dich allmählich wie ein Journalist an.«

»Deine Interviews beim Samantha-Seabrook-Fall zu hören, hat mir eine Menge Tipps gegeben, wie man die richtige Botschaft rüberbringt.«

Den Rest der Fahrt besprachen sie den Fall. Als Tara den Forty Foot Bank entlangfuhr, achtete sie auf die Straße vor sich und schaute immer wieder zu den Feldern rechts, denn irgendwo dort musste das Haus sein, das sie suchten. Links von ihnen verlief der schnurgerade Kanal mit dem kalten, dunklen Wasser ein ganzes Stück unterhalb des Fahrbahndamms.

Schließlich sah Tara die Abbiegung. Das Hinweisschild schwang im Wind. Als sie einbog, erblickte sie das Haus weiter vorn – ein großer roter Backsteinbau, der georgianisch sein könnte; er lag ein gutes Stück abseits der Straße. Dahinter war der Himmel unruhig und verdunkelte sich bereits zu einem schweren Grau, das Schnee versprach.

Die Zufahrt war ein Sandweg, und Tara sorgte sich angesichts der vielen Schlaglöcher um den Unterboden ihres Wagens. Einen Moment später parkte sie an der Seite. Nachdem Blake auch ausgestiegen war, verriegelte sie den Wagen. Sie ging kein Risiko ein.

Aus der Nähe war zu erkennen, dass das Haus in keinem guten Zustand war. Stellenweise blätterte die Farbe ab oder war fleckig. Wahrscheinlich musste wegen der exponierten Lage hier draußen regelmäßig alles neu gestrichen werden, aber Tara wettete, dass Cairncross nicht der Typ Mann gewesen war, der Zeit mit Handwerkern und dem Einholen von Kostenvoranschlägen verbrachte. Was die Akolythen anging ... Sie dachte an Stephen Ross' Stimme – seine Gereiztheit ob ihrer Störung. Würde er von seinen Gedichten aufschauen, um sich dieses Baus anzunehmen? Würde es einer der anderen? Oder würde die Cairncross-Familie das Elternhaus verfallen lassen, da es ihnen nun aus den Händen genommen war?

Blake war bereits an der Tür und sah Tara fragend an. »Bereit?«

Sie nickte, und er klopfte an.

ZWEIUNDZWANZIG

Blake hörte, dass Taras Telefon den Eingang einer Textnachricht meldete, als sie warteten, dass Stephen Ross ihnen öffnete.

»Etwas Interessantes?«

Sie nickte, den Blick auf ihr Display gerichtet. »Wie es aussieht, arbeitet Max noch weiter, obwohl du ihm geraten hast, nach Hause zu gehen.«

Es überraschte Blake nicht. Der DC war von je her sehr engagiert, und er vermutete, die langen Schichten, die er seit dem Tod seiner Frau einlegte, bewahrten ihn davor, in ein leeres Haus zurückzukehren, in dem die Erinnerungen an sie noch nachhallten. Blake wollte sich nicht einmal vorstellen, wie es sein musste.

»Er sagt, die beiden, die Christian Beattys Haus ungefähr um dieselbe Zeit verlassen hatten wie die Gestalt im Kapuzenmantel, sind jetzt identifiziert«, sagte Tara, der ein paar rotgoldene Strähnen ins Gesicht fielen. »Die eine Person war ein Bewohner, der sich von sich aus gemeldet hat, die andere ein Besucher, der bestätigt wurde. Aber keiner hat den Gast mit der Kapuze erkannt.«

Blake wollte schon antworten, da wurde die Haustür geöffnet, und er wandte sich Stephen Ross zu. Der Mann war circa einen Meter fünfundsiebzig groß, schmächtig und elegant in einem cremefarbenen Kaschmir-Rollkragenpullover und Jeans. Blake schätzte ihn auf Mitte zwanzig. Er hatte sehr helles Haar und markante Züge.

Als Ross' Blick auf Tara fiel, leuchteten seine Augen kurz auf – er erkannte sie. Dann sah er Blake an.

»Sie brauchen sich nicht auszuweisen. Ich kenne DC Thorpes Gesicht.« Er reichte Blake die Hand. »Es gab kürzlich einen Artikel über sie, glaube ich. In der Zeitschrift *Not Now*.«

Blake bemerkte, dass sich Taras Augen verdunkelten. Giles, ihr ehemaliger Chefredakteur, hatte sich nach Kräften bemüht, sie in seiner Darstellung ihrer Arbeit an dem Mordfall Samantha Seabrook unprofessionell erscheinen zu lassen. Und Blake sah ihr an, wie sehr es ihr zusetzte, ganz gleich wie gut sie darin war, ihre Gefühle zu verbergen.

»Falls Sie das gelesen haben, seien Sie versichert, dass es in dem Artikel von Übertreibungen wimmelt«, sagte sie.

Stephen Ross zuckte mit den Schultern. »Etwas anderes erwarte ich von solch einem Blatt auch nicht.« Inzwischen waren sie in der Diele, und Ross schloss die Tür hinter ihnen.

»Ein sehr abgelegenes Haus«, konstatierte Blake.

»Einer der Gründe, weshalb Ralph wollte, dass wir es bekommen«, antwortete Ross. »Es soll ein Rückzugsort sein, an dem wir der Welt entkommen und kreativ sein können. Zumindest war das der Plan.«

Der Blick, mit dem er sie beide bedachte, verriet Blake, dass er wenig angetan von ihrem Eindringen an dem Ort anging, der seine Zuflucht sein sollte.

»Was ist mit Christian Beatty?«, fragte Tara. »Seine Arbeit unterschied sich von der vom Rest der Gruppe.«

»Das stimmt«, sagte Stephen. »Er war nicht kreativ. Aber er hat das Haus genutzt, um seinen Akku aufzuladen, nachdem er vor den Kameras herumgescheucht wurde.« Er schaffte es, einen fast neutralen Ton zu wahren, doch seine Worte legten nahe, dass er nicht viel vom Modeln als Beruf hielt. Es passte zu Blakes Meinung, obgleich seine Schwester ihm immer wieder erklärte, was für ein harter Job es war. Sie lobte die Menschen, die für sie arbeiteten, über den grünen Klee.

»Es ist irgendwie interessant, dass er zur Gruppe gehörte«, sagte Tara.

Blake nahm an, dass sie Ross' Vorurteil auch bemerkt hatte, und es nutzte, um den Mann zugänglicher zu machen. Das war ganz ihr Stil.

»Ja, und oft war er das fünfte Rad am Wagen.« Er betonte das Wort »er«, wie Blake auffiel. Es erinnerte ihn an das, was Tara auf der Fahrt gesagt hatte. Philippa Cairncross hatte impliziert, dass Stephen Ross derjenige war, der eher nicht recht in die Gruppe passte. Es hatte beinahe geklungen, als hätte man ihn nur in der Gang behalten, damit sich der Rest lauter und ungeheuerlicher vorkam.

Ross führte sie durch einen langen Flur, von dem mehrere Türen abgingen. »Aber Ralph hat seine Erscheinung inspiriert. Er hatte eine Schwäche für körperliche Schönheit. Christians Reiz war rein oberflächlich. Und das meine ich nicht abfällig.«

Blake war schleierhaft, wie er es denn dann meinte …

»Christian hat auch für Thom gesessen – Thom King, der Künstler und noch ein Mitglied der Gang.« Blake hörte die Anführungszeichen bei dem letzten Wort. Ross schüttelte den Kopf. »Thom hat immer gesagt, er müsste Christian so viel wie möglich malen, solange er noch in seiner Blüte stand. Die Bilder werden jetzt Teil einer kleinen, aber wertvollen Sammlung.«

Blake wechselte einen Blick mit Tara. Der Mann klang so kalt und zynisch. Aber es war wohl zu erwarten, dass jemand, der sich im engsten Kreis von Ralph Cairncross bewegt hatte, einen abstoßenden Charakter besaß. Und Ross wurde diesen Erwartungen gerecht.

»Drink?«, fragte Ross.

Blake sah zu der Auswahl auf einem nahen Beistelltisch. Dort stand so ziemlich jedes hochprozentige Getränk, das man sich vorstellen konnte; nur kein Adnams-Wodka. Und ein Glas war bereits im Einsatz, mit einer dunklen Flüssigkeit – Whisky oder Brandy? Auf dem Tisch daneben stand eine Einkaufstüte von Sainsbury's.

Stephen Ross folgte seinem Blick. »Oh, keine Sorge«, sagte er. »Wir haben Kaffee in der Küche, falls Sie den möchten.«

»Für mich nichts, danke«, antwortete Blake. Und Tara schüttelte den Kopf.

Ross setzte sich und lehnte sich auf dem großen, durchgesessenen Ledersofa zurück. »Sie Polizisten! Ich erkenne doch, wie Sie mich ansehen. Ich habe nicht vor, zu trinken und danach Auto zu fahren, falls Sie das glauben. Ich bleibe heute Nacht hier.«

»Freut mich zu hören«, sagte Blake. Der Mann machte ihn wütend. Er setzte sich auf einen Stuhl Ross gegenüber, und Tara wählte ein zweites, kleines Sofa im rechten Winkel zu ihnen beiden.

Blake sah sie an. Er erinnerte sich an Flemings Warnung, kein Kontrollfreak zu sein, und dies war Taras Party.

»Ist es richtig, dass Sie in der Grange Road wohnen?«, eröffnete sie und wandte sich ihrem Gastgeber zu.

Stephen Ross schien überrascht vom Klang ihrer Stimme. Eine Sekunde lang sah er weiter Blake an, als wartete er, dass er einschritt. Plötzlich hatte Blake Gewissensbisse, weil er überhaupt hier war. Hätte er Tara allein herkommen lassen, würde Ross gar nicht erst erwarten, dass er übernahm. Tara als junge Polizistin musste dauernd mit Vorurteilen konfrontiert sein – die oft vollkommen unbewusst wirkten. Doch bei allem, was er vorhin gesagt hatte, hätte er nicht gewollt, dass Tara diese Fahrt allein machte. Selbst bei Wilkins wäre er dagegen gewesen. Das Haus lag so weit ab. Es war etwas anderes, wenn man jemanden in der Stadt befragte. Und Blakes Gefühl sagte ihm, dass einer von Ralph Cairncross' Freunden oder seinen Angehörigen ein Mörder war.

Schließlich drehte Stephen Ross sich zu Tara und nickte.

»Waren Sie letzte Nacht in der Stadt?«

»Ja, war ich. Ich bin mit einem Bekannten zum Dinner im Eagle gewesen, von ungefähr sieben bis zehn Uhr abends.« Er verschränkte die Arme vor dem Oberkörper. »Nicht mal in der Nähe von der Stelle, an der Christian gefunden wurde. Und ich habe ihn nicht gesehen, als ich unterwegs war.« Er klang kurz angebunden.

Im Gegensatz zu Blake, schaffte Tara es immer, ihre Gefühle gut zu verbergen. »Keine Sorge«, sagte sie höflich, ja, respektvoll. Ross würde es zweifellos zu schätzen wissen. »Eine reine Routinefrage. Und nach dem Essen sind Sie nach Hause gegangen?«

»Korrekt.« Blake beobachtete, wie der Mann Tara unfreundlich über den Rand seines Glases hinweg ansah. »Ich habe gerade eine produktive Phase, kreativ, meine ich. Deshalb wollte ich zurück, meine Ideen zu Papier bringen. Und hatte den Abend so kurz wie möglich gehalten.«

»Wir möchten lediglich sicherstellen, dass wir wissen, wo alle waren, für den Bericht, und fragen nach Alibis. Es ist das übliche Vorgehen, da drei eng miteinander verbundene Menschen unter ungewöhnlichen Umständen gestorben sind, und das binnen weniger Monate.«

»Ach, tatsächlich?«, fragte Ross. »Nun, ich kann Ihnen die Telefonnummer meiner Dinnerverabredung geben. Ansonsten kann ich Ihnen nicht helfen. Ich lebe allein, also kann später keiner für mich bürgen.« Er runzelte die Stirn. »Was ist eigentlich los? Denkt die Polizei, dass jemand anders mit alle dem zu tun hat?«

Er zog einen silbernen Kuli und einen Notizblock aus seiner Tasche und begann, die Daten, die sie brauchte, in einer engen, beinahe unleserlichen Schrift aufzuschreiben.

»Es ist eine Möglichkeit«, antwortete Tara ruhig. »Aber es gibt einige Ähnlichkeiten bei den Umständen, wie Christian Beatty und Lucas Everett gestorben sind.«

Blake hielt den Atem an und sagte sich gleichzeitig, er sollte nicht albern sein. Sie würde nicht verraten, welche das waren. Tara wusste, wie wichtig es war, Details zurückzuhalten. Es bestand immer die Chance, dass einer ihrer Befragten sie von sich aus erwähnen und sich damit verraten würde.

»Es gibt sogar einige Überschneidungen mit Ralph Cairn- cross' Tod«, fügte Tara hinzu.

Blake beobachtete die Augen des Mannes. Außer der Polizei wusste niemand von der Ringelnatter – und natürlich der Mörder.

Ross legte für eine Weile grübelnd die Stirn in Falten. »Ach ja?« Er gab sich lässig. »Und welche? Mir ist bloß aufgefallen, dass die Art, wie Lucas und Christian gestorben sind, schon in Ralphs Büchern vorkommt, natürlich. Aber Ralphs Tod passt nicht zu dem Muster.«

»Ich nehme an, Sie haben alle seine Romane gelesen?«, fragte Tara.

Der Mann nickte, dass ihm der hellblonde Pony über die Augen fiel. Für einen Moment legte er eine Hand auf seinen Mund und rieb sich das Kinn. »Ich habe mich gefragt, ob es eine Verbindung zwischen *Der erste und der letzte Tag* und Lucas' Tod gab, sobald ich hörte, was passiert war. Da war diese Nachricht, die er am Strand hinterlassen hatte ... Ich dachte, er könnte zu einem wagemutigen Akt inspiriert worden sein, der einer Stelle aus Ralphs Arbeiten entspricht. Auf jeden Fall war es interessant, dass er eine der Todesszenen kopiert hat. Die Charaktere in den Büchern machen nämlich viele Abenteuer durch, in denen sie dem Tod trotzen, *bevor* sie sterben, verstehen Sie? Und erst wenn sie ihre Blüte hinter sich haben, entscheiden sie sich, auf den Tod zuzugehen und ihn anzunehmen. Lucas hätte nicht geglaubt, dass er seine Blüte hinter sich hatte, dessen bin ich mir sicher. Aber er könnte als eine Art Test hinaus ins Meer geschwommen sein. Und jetzt Christians Sprung. Ich habe mich kurz gefragt, ob eine Untergruppe innerhalb unserer Gruppe eine Art Pakt geschlossen hat – dass jeder ein tödliches Risiko eingeht, basierend auf Ralphs Büchern und zu seinen Ehren.«

Blake behielt Ross' Gesicht im Blick, als er anscheinend die Idee in seinem Kopf prüfte.

»Aber Ihnen gegenüber hat niemand solch einen Pakt erwähnt?«, fragte Tara.

Ross verneinte stumm. »Es würde mich trotzdem nicht wundern, wenn sie irgendwas ohne mein Wissen vereinbart hatten. Christian und Lucas neigten viel häufiger dazu als ich, sich betrunken auf irgendwelche Eskapaden einzulassen.«

Es passte zu dem, was sie über Stephen Ross wussten. Und seinem Tonfall nach klang es nicht, als schäme er sich, weil er im Leben auf Sicherheit setzte. Auch wenn Ralph Cairncross ihn laut seiner Tochter, wie Tara erzählte, von oben herab und wie den Kümmerling der Gruppe behandelte, hatte Blake den Eindruck, dass sich der Dichter um nichts unterlegen fühlte.

»Hat es Ihre Beziehung zu der Gruppe beeinflusst?«, fragte Blake. »Dass Sie nicht dieselben wilden Aktivitäten mochten, meine ich.«

»Überhaupt nicht.« Ross verdrehte die Augen. »Mir ist bewusst, dass manche von den anderen glaubten, ich hätte einen schlechteren Stand bei Ralph als sie, doch ich war es, zu dem er als Erstes kam, wenn es um Intellektuelles ging.«

»Zum Beispiel?«

»Ich habe das Manuskript seines letzten Buchs als Erster gelesen. Hinterher hat er Kopien an die anderen verteilt, aber zuerst wollte er meine Meinung hören. Das war kurz vor seinem Tod; das Buch war beinahe fertig, und wir haben uns privat über den Inhalt unterhalten. Er wollte wissen, ob ich einige seiner Anspielungen verstanden hätte. Und das hatte ich.«

Blake war nicht sicher, ob Ross sich nur verteidigte. Er hörte sich an, als würde er sich an den Moment erinnern, aber da war noch etwas anderes in seinen Augen, das Blake verriet, dass Ross' Gefühle für Cairncross komplizierter gewesen waren, als er zugab. War da ein Hauch von Wut hinter der kühlen Fassade?

Was seine Theorie von dem Pakt der anderen Gruppenmitglieder betraf, wäre die gut, gäbe es die Schlange in Ralph Cairncross' Wagen nicht. Offenbar kam Ross nicht auf die Idee, dass eine dritte Partei involviert sein könnte, es sei denn, er bluffte. Und dennoch kamen alle erdenklichen Konstellationen in Betracht. Was war, wenn Christian Beatty zugegen gewesen war, als Lucas Everett hinaus aufs Meer schwamm, und verantwortlich war oder sich fühlte? Er könnte denselben Wodka gewählt haben, den Everett zuvor an dem Abend gekauft hatte, ehe er in den Tod sprang.

Die Aufzeichnungen der Sicherheitskamera vor Beattys Wohnung zeigten jedoch einen nüchternen Mann mit beschwingtem Gang, der das Haus verließ. Er hatte nicht wie jemand gewirkt, der von Schuld zerfressen und bereit war, seinem Schöpfer zu gegenüberzutreten.

»Es ist hilfreich, Ihre Gedanken zu erfahren, Mr Ross«, sagte Tara.

»Ach, sparen Sie sich die falsche Förmlichkeit.« Der junge Mann lehnte sich wieder auf dem Sofa zurück. »Stephen genügt.«

Tara nickte. Sie konnte immer noch lächeln. *Wie macht sie das?*

»Wie ich schon erwähnte, ist dies hier eine reine Vorsichtsmaßnahme. Wir werden den anderen Akolythen und Ralph

Cairncross' Familie genau dieselben Fragen stellen, nur fürs Protokoll. Das andere Datum, für das wir uns interessieren, ist Samstag, der sechste Oktober, als Lucas starb.«

»Das war ich zum Camping im Peak District, um das milde Wetter auszunutzen. Ich entsinne mich, auf meinem Handy von seinem Tod gelesen zu haben, als ich vor meinem Zelt im Gras lag. Der Campingplatz heißt Sanderson Farm, falls Sie es überprüfen wollen. Das ist in Wolderam.« Er sah Tara an. »Es wird Ihnen aber keine große Hilfe sein. Sicher erinnern die sich da an mich, aber ich war allein dort. Ich wollte an einen einsamen Ort, um zu schreiben.«

»Verständlich.« Wieder lächelte Tara und lehnte sich auf dem kleinen Sofa zurück.

Wie Blake wusste, schätzte auch sie Einsamkeit, doch ihr empathischer Ton war vermutlich aufgesetzt. Er selbst hingegen hatte sein Zuhause als zu leer und hallend empfunden, nachdem Babette ihn verlassen und Kitty mitgenommen hatte.

»Ich sorge dafür, dass alles getippt wird«, versicherte Tara. »Dann können Sie sich die Aussage durchlesen und unterschreiben. Es ist immer gut, den Papierkram aus dem Weg zu haben. Doch ich würde gern Ihre Gedanken zum Rest der Gruppe hören – es könnte uns helfen zu verstehen, was mit Ihren Freunden geschehen ist. War es Ralph, der Sie Akolythen getauft hatte?«

Stephen Ross wirkte resigniert, weil ihm noch mehr Minuten weg von seiner Dichtung zugemutet wurden. Er nahm sein Glas auf, trank einen Schluck und schüttelte den Kopf. »Nein, das war Tess Curtis, Ralphs PA. Sie meinte es sarkastisch – wollte uns wegen unserer Loyalität verspotten –, aber Ralph gefiel es. Er hatte es weiter benutzt, jedes Mal mit einem Lachen, und es blieb hängen.«

»Waren Sie sozusagen ein Gründungsmitglied?«

»Ja«, antwortete Stephen. »Zusammen mit Letty, die

Anfang des Jahres an Krebs gestorben ist. Sie war die Jüngste in der Gruppe – ich glaube, sie war Ralph als Erste aufgefallen. Sie war sehr klug und auch schön, wie ein präraffaelitisches Gemälde.« Sein Blick ging ins Nichts, als würde er ihr Bild im Geiste heraufbeschwören. »Dann waren da noch Lucas, Verity Hipkiss und Thom King. Christian kam ein wenig später hinzu.« Wieder schüttelte er den Kopf. »Es ist komisch, dass nur noch drei von uns übrig sind.«

»Und er hatte Sie alle einzeln entdeckt? Aber kurz hintereinander?«

Blake stellte sich vor, wie Cairncross sein Netz nach den klügsten und schönsten jungen Menschen auswarf, die er finden konnte, ähnlich einer Elster, die lauter Funkelndes hortete.

»Das stimmt. Na ja, beinahe. Letty und ich waren letztes Jahr auf einem Sommerfest der Englisch-Fakultät an der Uni. Sie war früh nach Cambridge gekommen und zu der Zeit noch im Grundstudium – achtzehn Jahre alt und kurz vorm zweiten Studienjahr. Wir kannten uns von zu Hause, und dann landeten wir zufällig beim selben Tutor. Bis dahin hatte ich natürlich längst Examen gemacht. Lucas war wissenschaftlicher Mitarbeiter im selben Fachbereich und auch auf der Party. Verity Hipkiss kam kurz danach zu den Akolythen – Ralph hatte sie bei einer Preisverleihung kennengelernt – und danach Thom. Er hat zu der Zeit an einem Auftrag für Veritys Eltern gearbeitet. Und Christian war der Letzte. Ich glaube, Ralph hatte ihn vor ungefähr einem Jahr bei irgendeiner Promiveranstaltung gefunden.«

Tara nickte. »Haben Sie sich seit Ralph Cairncross' Tod häufig getroffen?«

»Zwangsläufig immer mal wieder, weil wir dieses Haus geerbt haben, abgesehen von allem anderen.«

Wieder nickte sie.

Blake beobachtete, wie Ross sein Glas leerte und sich nach-
schenkte.

»Fällt Ihnen jemand ein, der genug Einfluss auf Lucas und
Christian hätte, um sie zu überreden, die Risiken einzugehen,
die zu ihrem Tod geführt haben?«, fragte Tara. »Abgesehen von
Ralph bevor er starb?«

Stephan Ross stellte die Flasche hin, aus der er sich einge-
schenkt hatte. »Halten Sie das für möglich? Die Idee kommt
mir so absurd vor.«

»Trotzdem dürfen wir es nicht ausschließen. Und wir
möchten, dass Sie alle vorsichtig sind, sollte Ihnen jemand
einen ähnlich gefährlichen Vorschlag machen. Auch wenn ich
annehme, dass es sich von selbst versteht.«

Er zuckte mit den Schultern. »Da wäre ich auch ohne Ihre
Warnung misstrauisch. Aber wie könnte eine Person Ihrer
Meinung nach solch einen Einfluss ausüben?«

Blake sah Tara zögern. »Jemand, den Lucas und Christian
bewundert haben, könnte sie ermuntert haben, ein bisschen
anzugeben. Oder sie motiviert, in Ralphs Andenken etwas
Extremes zu tun.«

Ross zuckte mit den Schultern. »Ich würde sagen, die
haben beide sehr gerne geprahlt. Doch was jemanden angeht,
den sie bewundert haben, ist Verity Hipkiss die offensichtliche
Antwort. Sie ist atemberaubend, und ohne jede böse Absicht
mag sie es, wenn Leute nach ihrer Pfeife tanzen. Sie genießt es,
der einzig verbliebene weibliche Akolyth zu sein.« Blake beobachtete, wie Ross vollkommen ruhig Tara ansah. »Was man ihr
wohl nicht verdenken kann. Sie hat ihre Macht über das andere
Geschlecht erkannt und nutzt sie gern.«

»Hätte Lucas sie auf die gleiche Art beeindrucken wollen
wie Christian es vielleicht getan hat?«, warf Blake ein. Er fragte
sich, ob Ross wusste, dass Everett homosexuell gewesen war.

»Er hat Frauen genauso gemocht wie Männer«, antwortete
Stephen. »Also in dem Sinne, ja. Aber ich denke, ich gehe zu

weit. Verity würde nicht wollen, dass sie sterben, obwohl einigen Leuten hin und wieder schon danach gewesen sein könnte, sie umzubringen.«

»Was genau meinen Sie?«, fragte Tara.

Aber Ross winkte ab. »Das nehmen Sie doch nicht ernst, oder? Sie liebt es, Bewunderer um sich zu scharen; und Christians Komplimente gingen ihr runter wie warme Butter. Auch die von Lucas. Und wenn andere eifersüchtig werden, scheint sie es amüsant zu finden.«

»Hatte sie jemals eine Beziehung mit einem von Ihnen?«, fragte Tara halb schmunzelnd.

Ross zog eine Augenbraue hoch. »Wundern täte es mich nicht, aber ich weiß es nicht.«

Blake nahm an, dass Ross selbst nicht von Verity Hipkiss bezaubert war, da er zum Haus in den Fens gefahren war, um ihr aus dem Weg zu gehen. Natürlich gab es auch keinen Grund zu vermuten, dass er Frauen mochte, keine Männer.

»Was ist mit jemandem aus Ralphs Familie?« Tara lächelte. »Könnte jemand von ihnen Lucas oder Christian hinreichend gekannt haben, um sie zu beeinflussen?«

Ross trank noch einen großen Schluck von seinem Drink. »Glaube ich nicht. Allerdings könnten Ralphs Frau und Tochter uns gegenüber ein wenig feindselig eingestellt gewesen sein. Das hätte sie eventuell motiviert, Schwierigkeiten zu machen.«

»Wie kommen Sie darauf?«, fragte Blake. »Sind Sie ihnen häufiger begegnet?«

»Nein, eher selten. Gelegentlich bei offiziellen Partys, von Ralphs Verlag oder so. Doch bei solchen Anlässen hat allein der Gesichtsausdruck von Ralphs Tochter Bände gesprochen. Und sie hat auch die eine oder andere Bemerkung laut geflüstert.« Blake sah, wie Ross sein Glas fester umklammerte. Der Mann schaffte es, unbekümmert zu klingen, doch Philippas Spitzen mussten ihm zugesetzt haben. Das war interessant. »Ralph nannte seine Tochter ›den Drachen‹«, ergänzte er. »Er sagte, sie käme nach seiner Schwester, und es enttäuschte ihn. Als er beschloss, sich fortzupflanzen, hatte er auf eine Kopie seiner selbst gehofft.«

Blake erinnerte sich an Taras Beschreibung von Philippa. Sie mochte sich nicht mit ihrem Vater verstanden haben, aber sie sah anscheinend genau wie er aus.

»Können wir noch einmal zu der Nacht zurückkehren, in der Ralph mit seinem Wagen von der Straße abgekommen ist?«, fragte Tara. »Wer war als Erster auf der Party?«

Ross runzelte die Stirn. »Ich glaube, das muss Verity gewesen sein. Ich entsinne mich, dass sie schon herumwirbelte, als ich hergekommen bin. Sie hatte eine Menge Getränke und Snacks gekauft. Danach kam Christian, dann Lucas und dann Ralph. Thom war der Letzte, wenn ich es richtig erinnere.«

»Und Sie alle waren mit dem Auto, schätze ich, da es so abgelegen ist?«

Er nickte. »Es ist ja reichlich Platz zum Parken, wie Sie gesehen haben. Vor dem Haus und auch an der Seite. Wir anderen haben immer hier übernachtet, wenn es eine Party gab, aber Ralph nie.«

»Und hier gibt es genügend bequeme Schlafplätze?«, fragte Blake.

Ross grinste. »Ein paar Zweibettzimmer. Gewöhnlich gab es ein bisschen Streit, wer welches Bett bekommt. Wäre Ralph geblieben, hätte er automatisch ein Zimmer für sich bekommen – es war ja sein Haus.«

»Aber er wollte nach Hause?«

»Ich denke, er blieb gerne ein bisschen unnahbar. Es war ja keine Bruderschaft, nicht wahr? Wir waren die Akolythen.«

Es leuchtete ein. Nach allem, was Blake bisher über Cairncross wusste, war passend, dass er einen gewissen Abstand wahren wollte – umgeben von den jungen Leuten, aber keiner von ihnen. Und je mehr Blake erfuhr, desto unsympathischer wurde ihm der Tote.

»Ich glaube, Sie waren es, der versuchte hatte, Ralph in jener Nacht vom Fahren abzuhalten, stimmt's?«, fragte Tara.

Ross nickte und wurde sehr ernst. »Er konnte einiges vertragen, aber an dem Abend hatte er mehr als sonst getrunken. Oder er wirkte jedenfalls betrunkener. Ich habe versucht, ihn zur Einsicht zu bringen, aber es half nichts. Er wollte unbedingt weg. Am Ende war er sauer auf mich, also war unser letzter Austausch von Streit geprägt.« Ross sah verärgert aus, nicht traurig. Und plötzlich merkte er auf. »Jetzt fällt es mir wieder ein«, sagte er. »Die letzte Person, die an dem Abend im Haus auftauchte, war tatsächlich Tess Curtis.«

»Tess? Ralphs PA, meinen Sie?« Tara rutschte auf dem Sofa nach vorn.

»Ja, das hatte ich total vergessen. Natürlich war sie nicht wegen der Party hier. Sie ist nur vorbeigekommen, hat einige Papiere abgegeben oder so, und ist wieder weg. Ich weiß noch, dass Ralph das Gesicht verzog und wir alle scherzten, wie aufopferungsvoll sie sei. Es war eigentlich blanke Ironie, dass sie sich über unsere Loyalität lustig machte.«

»Sie müssen sie ziemlich regelmäßig gesehen habe, vermute ich?«, sagte Tara.

»Ja, sicher«, antwortete Ross. »Ralph war längst mehr oder minder abhängig von ihr. Sie regelte seine Termine, verhandelte mit seinem Agenten und passte auf, dass er keine Verabredungen oder Deadlines verschlief. Es ging auch das Gerücht, dass ihre Beziehung früher mal persönlicher war. Ich hatte den Eindruck, dass Ralph es immer noch genoss, sie dauernd hinter sich herlaufen zu lassen. Warum auch nicht?«

»Es ist erstaunlich, dass bisher noch niemand erwähnt hat, dass sie in der Nacht des Unfalls hier gewesen ist«, sagte Blake.

Ross zuckte mit den Schultern. »Sie war ja auch höchstens fünf Minuten hier. Und bei dem Schock hat wohl keiner mehr daran gedacht, weil sie dauernd mal aufkreuzte und wieder verschwand. Außerdem hatte es natürlich nichts mit dem zu tun, was später passiert ist.«

Vermutlich. Draußen wurde es dunkel, und durchs Wohnzimmerfenster konnte Blake sehen, dass es schneite.

Stephen Ross sah auf seine Uhr und danach sie beide an. Er stand auf und schloss die Vorhänge.

Nachdem der Akolyth sie zur Tür begleitet hatte, wandte Blake sich mit einem fragenden Blick zu Tara. »Tess Curtis ist soeben ein bisschen spannender geworden.«

Sie nickte. »Ja, eindeutig.«

»Wollen wir uns mal kurz hier draußen umschauen?«, fragte Blake leise. »Ich möchte nachsehen, ob es hier eine Stelle gibt, an der jemand diese Schlange versteckt haben könnte.«

Tara schaute sich über die Schulter um. Die Wohnzimmervorhänge waren geschlossen, und der Rest des Hauses war dunkel. »Gute Idee.«

Hinter dem Haus entdeckten sie ein großes Nebengebäude. Blake sah, dass die Türen einen Spalt weit offen standen. Er ging hin und warf mit Hilfe der Taschenlampe seines Handys einen Blick nach drinnen.

Tara war dicht hinter ihm. »Scheint ein passender Ort«, sagte sie. »Ein wenig riskant, falls jemand entscheidet, sich hier mal umzusehen, aber es scheint nicht regelmäßig genutzt zu werden. Ich schätze, der Sperrmüll steht schon länger hier.«

Blake bejahte stumm. Tara war so nahe bei ihm, dass er ihre Körperwärme spüren konnte. Flüchtig kehrten seine Gedanken zu dem Abend vor vier Jahren zurück – als er sie um ein Date bitten wollte, jedoch entschied, stattdessen seiner Ehe noch eine Chance zu geben.

»Stimmt«, sagte er und zwang sich, an den Job zu denken. »Alles hier drinnen sieht wie aufgegeben aus.« Er ging auf einen Stapel leerer großer Holzstiegen zu. Sie könnten ehedem benutzt worden sein, um größere Mengen Gemüseernte zu transportieren. »Stellt man einen Behälter hinter diese Kisten, ist er von der Tür aus nicht zu sehen.«

Neben den Stiegen war noch eine Menge sonstiger Sperrmüll hier. Da war ein langes Metallding, bei dem es sich um ein Teil von einem Landwirtschaftsgerät handeln könnte – vielleicht für ein großes Sprühgerät – und andere rostige Kleinteile, die Blake nicht zuordnen konnte. Außerdem standen noch einige Möbel herum – unter anderem ein großes Sofa mit eingerissenem Lederpolster – und mehrere alte Traktorreifen. Hier war nichts, was den Akolythen oder Ralph in die Scheune locken könnte.

Als sie wieder draußen waren, schauten sie über die flache Landschaft. Es schneite inzwischen stärker, und weiße, mondbeschienene Flocken fielen auf gefrorene schwarze Erde.

»Und natürlich könnte jemand auch einen Behälter draußen hinter dieser Scheune abgestellt haben«, sagte Tara.

Sie gingen um das Nebengebäude herum und entdeckten dort eine weitere Kiste. Sie war wie die drinnen, nur in einem besseren Zustand und hatte einen Deckel. Zwar war sie wie die anderen aus einzelnen Brettern, doch die Spalten zwischen ihnen waren schmal – gerade breit genug, dass Blake einen Finger hineinstecken konnte. Mit seinen Handschuhen hob er den Deckel an.

Innen war die Kiste weitestgehend leer, doch im Licht seiner Taschenlampe sah Blake vertrocknetes Gras unten. Es erinnerte ihn vage an einen ausgestreuten Kleintierkäfig. Doch der Farbe des Grases nach konnte es unmöglich schon die ganze Zeit hier sein, oder? Seit September, als Ralph Cairncross starb?

»Okay«, sagte er. »Ich möchte, dass die im Labor untersucht wird. Falls wir einen Hauch Ringelnatter-DNA oder welche von etwas, das die fressen, finden, haben wir wenigstens einen Beweis, der unsere Theorie stützt.«

Tara war still, doch als er sich umdrehte, nickte sie schließlich und schluckte. Sie hatte diesen Fall, der mit wenig mehr als einem Gefühl begann, schon recht weit gebracht, und Blake stärkte ihr den Rücken, weil er ihr vertraute und selbst skeptisch war. Ein konkreter Beweis würde ihn genauso freuen wie sie, denn die Vorstellung, nicht als Idioten abgestempelt zu werden, hatte ihren Reiz ...

»Gut«, sagte er. »Gehen wir lieber wieder rein und lassen den charmanten Stephen Ross wissen, was wir vorhaben ...«

DREIUNDZWANZIG

Tara versuchte noch, ihr Grinsen abzustellen, als sie zu der Bar in der Quayside kam, wo Wilkins und sie Verity Hipkiss treffen sollten. Die Frau hatte eingewilligt, zwanzig Minuten früher zu ihrer Verabredung mit einer Freundin dort zu kommen und mit ihnen zu reden.

Sie hatten die Kiste von dem Haus an der Forty Foot Bank mitgenommen, dann die Informationen getippt, die Stephen Ross ihnen gegeben hatte, damit sie ausgedruckt und von ihm unterzeichnet werden konnten, und nun war es sieben Uhr abends. Taras Grinsen war Wilkins' Reaktion auf die Nachricht von der Kiste geschuldet.

Okay, noch war nichts in trockenen Tüchern. Und ob in jener Kiste eine Schlange aufbewahrt worden war, stand bisher nicht fest, doch diese Entwicklung war erheblich vielversprechender als alles andere, was sie bisher gefunden hatten. Tara steckte eine Hand in die Manteltasche und kreuzte hoffnungsvoll die Finger, als Wilkins die Schwingtüren der Bar öffnete. *Bitte lasst da einen Beweis sein, der mich nicht für bescheuert erklärt, wie es mein DS sich wünscht!*

Drinnen empfing Tara ein wohltuender Wärmeschwall aus

einem Heizstrahler an der Decke. Draußen war es eisig, und Taras Finger und Zehen hatten schon zu schmerzen begonnen. Auf der Fußmatte stampfte sie sich den Schnee von den Stiefeln.

Wilkins verheimlichte nicht, wie sehr er es hasste, seinen Sonntag damit zu verbringen, einen Haufen hyperselbstbewusster, arroganter Nobodys (seine Worte) vor einer Gefahr zu warnen, die Tara sich lediglich einbildete. Umso interessanter war, wie sehr sich sein Ton und seine Körpersprache veränderten, sobald er Verity Hipkiss sah. Lag es womöglich an dem figurbetonten schwarzen Trägerkleid und den schwindelerregend hohen Absätzen? Oder vielleicht an den hohen Wangenknochen und dem langen blonden Haar? Aber *natürlich* war Tara bloß zynisch. Der Mann hatte sich gewiss auf seine Pflicht als Police Officer besonnen und entschieden, seine Arbeit sehr ernst zu nehmen.

Tara beobachtete, wie er zwischen sie und die Frau trat, die sie beide von ihren Publicity-Fotos wiedererkannten. Ihr Romandebüt hatte ihr eine Menge Aufmerksamkeit beschert. Und ihr Lächeln spiegelte Wilkins': strahlend, mit blitzend weißen Zähnen. Tara war klar, warum Stephen Ross sie als jemanden beschrieben hatte, der Macht über die anderen Akolythen hatte – und überhaupt über jeden in ihrer Nähe. Sie war wirklich atemberaubend. Und nachdem sie Wilkins begrüßt hatte, blickte sie sofort über seine Schulter und bezog Tara in die Unterhaltung mit ein. Es mochte simple »Sozialkompetenz« sein, weniger echter Warmherzigkeit, aber es verfehlte die Wirkung nicht.

»Ich habe vorhin Stephen angerufen«, sagte sie, die großen grauen Augen weit aufgerissen. »Er hat mir erzählt, dass Sie eine Kiste mitgenommen haben, die hinter dem Nebengebäude an der Forty Foot Bank stand.« Jetzt wirkte sie besorgt. »Was ist los?«

Tara fand es interessant, dass sie den Dichter abermals

angerufen hatte. Wollte sie sich immer noch mit ihm treffen und über seine Gefühle sprechen? Oder war sie verärgert, weil er nicht kam, als sie rief?

»Stephen und ich sind beide überrascht«, fuhr Verity fort. »Ich habe selbstverständlich gewusst, dass da draußen ein Haufen Sperrmüll war. Um den werden wir uns kümmern müssen, jetzt da Ralph tot ist.« Sie sprach seinen Namen wie ein Seufzen aus. »Aber keiner von uns wollte das bisher in Angriff nehmen. Und noch ist der Nachlass nicht gerichtlich bestätigt, das Haus gehört also nicht offiziell uns. Ich war sogar sehr verwundert, als wir den Brief von Ralphs Anwälten bekamen, dass wir das Haus vor der formellen Übergabe gern weiter nutzen dürfen.« Für einen Moment senkte sie den Blick. »Aber ich denke nicht, dass die Familie es wiedersehen will, nach dem, was passiert ist.«

»Waren sie seit Ralphs Unfall gar nicht mehr dort?«, fragte Tara.

Verity verneinte stumm.

Und nun sprang Wilkins ein, um die Frau zu warnen, dass jemand ihr und ihrer Gruppe schaden wollen könnte. Tara hörte ihm zu, wie er viel lachte und Verity beruhigte. (»Es ist wirklich so unwahrscheinlich, dass jemand es gezielt auf Ralph, Lucas und Christian abgesehen hatte, dass ich mir beinahe albern vorkomme, es Ihnen gegenüber zu erwähnen«, hier kam ein langer Seitenblick zu Tara, »aber Vorsicht ist ja immer besser als Nachsicht, nicht wahr?«) Verity nickte mehrfach und blickte ernst drein. Sie hatte auch nichts dagegen, Wilkins zu erzählen, wo sie gewesen war, als Lucas und Christian starben. Doch ihre Antworten waren wenig hilfreich. Im Oktober, als Lucas ertrunken war, hatte sie an den Fahnen für ihr zweites Buch gearbeitet. Und sie sah in ihrem Kalender nach und konnte keinen Eintrag finden, dass sie an dem Abend jemanden getroffen hatte, der bestätigen könnte, sie gesehen zu haben. Und letzte Nacht, als Christian von dem Gebäude gesprungen war, hatte sie abends mit Freunden gegessen, jedoch nur bis gegen elf. Danach war sie nach Hause zu ihrer Wohnung gegangen, in der sie allein lebte. Stephen Ross und sie waren beide jung, besaßen aber bereits eigene Wohnungen. Tara vermutete, dass sie über Familienvermögen verfügten. Und obendrein hatte sich Veritys erstes Buch gut verkauft.

»Haben Sie damit das, was Sie brauchen?«, fragte sie mit einem zögerlichen Lächeln.

Es war genau die Sorte Lächeln, die Wilkins mochte. Hastig bejahte er. Mehr Einzelheiten seien wirklich nicht nötig, bedachte man, dass sie eigentlich keinen Grund hätten, überhaupt zu fragen. Doch die Botschaft, die Tara mit nach Hause nahm, war »kein Alibi«. Auch wenn sie sich nicht vorstellen konnte, warum Verity ihre Mit-Akolythen in den Tod schicken sollte – oder Ralph. Sie wirkte wehmütig, wenn sie seinen Namen erwähnte.

»Es wäre gut, mehr über die Gruppe zu erfahren, die Ralph initiiert hatte«, sagte Tara. »Stehen Sie alle sich nahe?«

Verity zuckte elegant mit einer Schulter. Sie bewegte sich so geschmeidig wie eine Tänzerin. »Obwohl wir eigentlich eher zufällig zusammengekommen sind – von Ralph zusammengeführt, nicht aus eigener Initiative –, würde ich sagen, dass es ein recht starkes Band gibt.«

Für sie mochte es sich durchaus so anfühlen, wenn die meisten ihr zu Füßen lagen, wie Stephen Ross angedeutet hatte. Tara nickte. »Haben Sie sich vor Ralphs Tod oft gesehen, außerhalb der von ihm einberufenen Treffen?«

Verity bejahte. »Ziemlich oft. Thom hat mich hin und wieder auf einen Kaffee eingeladen. Und Christian und ich sind zusammen etwas trinken gegangen.« Sie sah Tara direkt an. »Oh, aber nicht so. Als Freunde. Natürlich sah Christian sehr gut aus; das gehörte ja zu seinem Job.« Sie wurde ein bisschen rot, wie Tara bemerkte und sich unweigerlich fragte, wie ehrlich Verity war. »Und Thom ... ach, na ja, Thom ist ein

Süßer. Stephen habe ich im Grunde nie allein getroffen, aber Lucas und ich haben ein paarmal etwas zusammen unternommen.« Sie seufzte. »Allerdings eher sporadisch. Sie alle haben ja so viel gearbeitet. Letty war bezaubernd.« Ihre Worte waren ein Kompliment, nur erreichte ihr Lächeln dabei nicht ihre Augen. »Sie war natürlich viel jünger als ich, und wir hatten nicht viel gemeinsam. Dann ist sie krank geworden, das arme Ding. Sie und Stephen kannten sich am längsten. Die beiden und Lucas sind nach derselben Party zu den Akolythen gekommen. Doch nach Ralphs Tod hat sich selbstverständlich alles verändert. Wir haben ein Treffen draußen in dem Haus vereinbart, um zu reden und mit dem fertig zu werden, was passiert ist.«

»Was ist mit Ralphs Familie?«, fragte Tara, wobei sie Wilkins' verärgerten Blick ignorierte. »Haben Sie die jemals gesehen?«

»Nicht so oft.« Verity strich sich ihr silbrig-goldenes Haar hinter die Ohren und sah Tara nicht an.

»Stephen sagte, dass er sie nur bei offiziellen Anlässen gesehen hat.«

Sie nickte. »Ja, ich auch.«

»Und wie haben Sie die Familie da erlebt?«

Endlich blickte Verity wieder zu ihr, und jetzt war es misstrauisch. »Warum fragen Sie?«

Ihr Ton war seltsam. »Ich hatte nur den Eindruck, dass es da gewisse Spannungen gegeben haben könnte.«

Verity straffte die Schultern und lächelte ein wenig angestrengt. »Keine, die mir aufgefallen wären«, sagte sie.

»Das ist beruhigend«, antwortete Wilkins, die Gutmütigkeit in Person.

»Ah.« Veritys Miene erhellte sich. »Da ist Magda. Tut mir leid, aber beenden wir dieses Gespräch lieber. Ich weiß Ihre Sorge zu schätzen, und ich werde vorsichtig sein. Es war solch ein furchtbarer Schock, heute Morgen von Christian zu hören.

Ich wollte das Treffen heute Abend schon absagen, aber Magda denkt, dass es mir guttun wird zu reden.«

Tara hatte das Gefühl, sie glaubte, sich rechtfertigen zu müssen.

»Ihre Freundin hat sicher recht.« Wilkins glitt von dem Barhocker, auf dem er posiert hatte.

Um fair zu sein, glaubte Tara es auch. »Nur eines noch«, sagte sie. »Stephen erwähnte, dass Tess Curtis, Ralphs PA, an dem Abend vor seinem Tod kurz auf der Party gewesen war.«

Tara war überzeugt, dass sie sich Veritys veränderte Gesichtsfarbe nicht einbildete. Interessant, denn es geschah mit einer winzigen Verzögerung, dass sie sehr blass wurde. »Stimmt«, antwortete sie langsam. »Das war sie.« Und nun bekamen ihre Wangen wieder Farbe. »Sie wollte immer bei allem dabei sein. Deshalb gehörte sie fast schon zu Gang, aber eben nicht ganz. Und sie litt ernsthaft unter FOMO.«

»FOMO?«, wiederholte Wilkins.

Und da war Veritys charmantes Lächeln wieder, als sie Taras Boss anstrahlte. »Fear of Missing Out, Sergeant.«

VIERUNDZWANZIG

Kemp saß in Beas Küche unten in ihrer Pension, den Stuhl dicht an den geschrubbten Eichentisch gezogen. Bea war ihm gegenüber, und beide machten sich über die beste Würstchenpfanne her, die er je gekostet hatte. Sie war mit reichlich Salbei, Bordeaux und Pilzketchup gewürzt; was Kemp wusste, weil er unter Beas wachsamem und fachmännischem Auge bei der Zubereitung assistiert hatte.

»So schmeckt es nie, wenn ich die Pfanne mache«, sagte er, nahm sein Glas auf und trank einen Schluck von dem Weinrest, der nicht zum Kochen verwendet wurde.

»Ich verstehe nicht, warum«, sagte Bea. »Du machst dich doch recht gut beim Kochen, soweit ich sehen konnte.«

»Nach zwei Wochen Training.« Er grinste. »Brauchst du noch Hilfe beim Servieren der Nachspeise für die Gäste?«

Bea hatte die Schokoladenmousse schon vorbereitet, die sie servieren wollte – die kleinen Förmchen standen alle im Kühlschrank.

Sie schüttelte den Kopf und strich sich eine Strähne ihres mittelbraunen Haars hinters Ohr. »Nein, du hast heute schon mehr als genug getan.«

Kemp hatte bis nach Weihnachten keine neuen Aufträge, deshalb machte er sich hier nützlich. Er hatte Bea überreden können, mit anpacken zu dürfen im Austausch gegen den Freundschaftspreis, den sie ihm für die Unterkunft gewährte – und der praktisch nichts war. Sie hatten den Tag über eines der Gästezimmer renoviert. Kemp hasste es, Möbel zusammenzubauen – das war zu fummelig und nervte – weshalb er die Wände gestrichen hatte, während Bea im angrenzenden Bad eine Kommode zusammenschraubte, die sie später in das Zimmer bringen würden, wenn die Farbe getrocknet war.

Nun betrachtete Bea ihn über den Tisch hinweg, während sie von ihrem Wein trank. Sie hatte einen klugen Ausdruck in den Augen, der Kemp sehr an Tara erinnerte. »Also geht es heute Abend wieder weiter, ja?«, fragte sie. Ein kleines Lächeln umspielte ihre Lippen.

»Ganz richtig.« Er grinste, führte es aber nicht näher aus. Stattdessen aß er den letzten Happen seiner Würstchenpfanne und ging seinen Teller abwaschen. Bea besaß keinen Geschirrspüler. Sie meinte, er würde die Gläser ruinieren – und außerdem würde er ihr Platz rauben, den sie für ihre Unmengen Geschirr brauchte. Seltsamerweise wusch Kemp tatsächlich gerne ab. Es war eine stupide Arbeit, die ihm half, in Ruhe nachzudenken.

Als er eben aus der Küche gehen und seine Jacke holen wollte, fragte Bea: »Siehst du zufällig Tara heute Abend noch?«

Ihm war klar, dass sie auf Informationen aus war. »Nein, bedaure.«

Sie schüttelte den Kopf. »Macht nichts. Ich habe nur eine Nachricht für sie, sonst nichts. Aber die eilt nicht.«

Kemp grinste vor sich hin, als er zur Diele ging.

Anderthalb Stunden später saß er vor einem Pub namens Dog and Gun. Er lag ein gutes Stück außerhalb von Cambridge und war ein idealer Treffpunkt, wollte man nicht gesehen werden. Er selbst war bloß hier, um zu beobachten, zu warten und dann seinem Zielobjekt zu folgen.

Seine Kamera war bereit, und er knipste eine Reihe von Bildern, als der Mann, dem er gefolgt war, aus seinem Wagen stieg und das Gebäude betrat. Kemp verließ sein Auto und schlenderte zum vorderen Teil des Parkplatzes, wo er sich eine Zigarette anzündete, die vor allem als Vorwand diente, draußen zu bleiben. Natürlich schmeckte sie ihm auch. Er wollte das Rauchen eigentlich aufgeben ... ungefähr seit fünfundzwanzig Jahren.

Draußen fand er eine Stelle, an der er im Schatten einer schneebedeckten Zeder stand und durch das Pubfenster zur Bar sehen konnte. Bald hatte er den Typen wiedergefunden, dem er gefolgt war – und er war nicht mehr allein. Eine Frau hatte sich zu ihm gesellt, und die beiden wirkten verdammt vertraut.

Bis Kemp beschloss, in den Pub zu gehen, nachdem er heimlich nur mehr Fotos gemacht hatte, war das drinnen eine Dreiergruppe geworden: der Mann, die Frau und ein zweiter Kerl, der zu ihnen gestoßen war ... *Was war das denn?* Sie waren dicht beieinander und ganz in ihr Gespräch vertieft. *Drei Verschwörer?*

Kemp ging auf die Eingangstür zu und fragte sich, was er entdecken würde, wenn er hineinging. Im Idealfall würde er es Tara erzählen wollen, doch die hatte ihm gesagt, er solle sich ja nicht einmischen.

Also musste er vorsichtig sein – und sich vollkommen sicher, ehe er den nächsten Schritt unternahm.

FÜNFUNDZWANZIG

Tara machte sich am Cam entlang auf den Heimweg. Zum Stadtrand hin wurde der Uferweg heikel. Der Schnee war plattgetreten und mittlerweile vereist, und der Fluss lag dunkel und still neben ihr. Sie hielt sich am Geländer fest, als sie weiter glitschte, und leider reichten ihre Handschuhe nicht, um die enorme Kälte abzuwehren.

Verity Hipkiss' Worte gingen ihr durch den Kopf. Und sie hatten ihr Interesse an Tess Curtis geweckt: Eine Frau, die einst Ralph Cairncross' Geliebte gewesen war und sich eventuell ausgeschlossen fühlte, als er seine jungen Gefolgsleute um sich scharte. Und die auch in der Nacht vor Ort gewesen war, in der Ralph starb. Es wäre interessant zu erfahren, wo sie war, als Christian in den Tod stürzte. Und als Lucas ertrank. Doch obwohl Tara nachvollziehen konnte, dass sie die Gelegenheit und möglicherweise ein Motiv gehabt hatte, Ralph Cairncross die Schlange ins Auto zu legen, sah sie nicht, wie Tess die anderen Tode hätte inszenieren sollen.

Und was bedeutete dieser Blick von Verity, als Tara sie nach ihrem Verhältnis zu Ralphs Familie fragte?

Sie musste mehr herausfinden, aber wo? Sadie oder Philippa würden ihr kaum ehrliche Antworten auf ihre Fragen geben. Tara blieb stehen und blickte über den Fluss zu den schneebedeckten Schornsteinen des Magdalene College.

Sie wünschte wirklich, sie wäre bei Wilkins' Gespräch mit Thom King dabei gewesen. Etwas sagte ihr, dass er mehr über Verity Hipkiss wissen könnte. Sie dachte daran, wie Verity ihn beschrieben hatte. »Ach, na ja, Thom ist ein Süßer.« Also war er für sie klar in der Freundezone verortet. »Thom hat mich hin und wieder auf einen Kaffee eingeladen«, hatte sie gesagt. Tara vermutete, er hätte die Beziehung vertiefen wollen, aber seine Bemühungen waren vergebens gewesen. Wie es klang, war er eher ein Ausreißer, scharf auf sie, aber sie nicht auf ihn. Hingegen hatte Tara den Eindruck, dass Veritys Verhältnis mit Christian und Lucas mehr als platonisch gewesen sein könnte. Und sie schien sich auch bemüht zu haben, mehr von Stephen Ross zu sehen, aus welchen Gründen auch immer. Vielleicht nur, weil er nicht interessiert war und es sie ärgerte. Derweil wurde der Künstler Thom King im Regen stehen gelassen ... Stephen Ross hatte gesagt, er könnte sich vorstellen, dass manche Verity umbringen wollten. Hatte er dabei an Thom King gedacht? Nein, jetzt ging Taras Fantasie mit ihr durch. Ohne ihn zu sprechen, konnte sie es unmöglich einschätzen.

Und da war noch der Beinaheunfall, den Thom schon gehabt hatte. Sie würde Wilkins fragen, ob er ihn darauf angesprochen hatte ... garantiert nicht. Er war ja immer noch fest überzeugt, dass Tara besessen war von einer Reihe purer Zufälle, die nichts bedeuteten.

Sie hatte sich die Kontaktdaten zu allen Akolythen notiert, als sie das erste Mal in die Fallakten zu Ralph sehen durfte. Jetzt öffnete sie ihre Tasche und starrte die Mobilnummer von Thom King an. Er wäre wenig beglückt, zweimal an einem Tag von der Polizei belästigt zu werden ... Tara stockte einen Moment und suchte im Internet nach Informationen, mit denen sie ihn friedfertiger stimmen könnte. Dann machte sie sich auf Feindseligkeit gefasst und wählte.

Tara entschuldigte sich überschwänglichst, als Thom King ans Telefon kam. Sie wisse, dass es ein schrecklicher Tag für ihn gewesen sein musste, sagte sie, da doch sein Freund gestorben war. (Obwohl er nicht allzu gebrochen klang.) Dann erklärte sie, dass sich noch ein paar Fragen ergeben hätten. Und wegen der sensiblen Natur des Gesprächs, das sie mit ihm führen müsse, wolle sie fragen, ob sie ihn eventuell treffen könne. Nach kurzem Zögern erwähnte sie seine Bilder und wie faszinierend es wäre, ihn kennenzulernen. (Sie war froh, dass sie die gegoogelt hatte, sodass sie überzeugend klang. Ihre alte Journalistentaktik kam hier ins Spiel. Kurz fühlte sie sich mies, denn Blake würde ihre nicht ganz so aufrichtige Herangehensweise nicht gutheißen. Trotzdem gefiel es ihr, wenn sie wirkte, und Thoms Tonfall wurde merklich wärmer.)

Eine halbe Stunde später saß sie ihm im Castle gegenüber.

»Danke, dass Sie sich mit mir treffen.« Sie hatte ihm ein Pint spendiert, und sie saßen an einem der Fenster unten. Draußen auf der Straße waren die Häuser hell erleuchtet und die Dächer dick schneebedeckt. Ein Weihnachtsbaum in einem der Fenster gab dem Anblick eine hübsche Note. Tara lächelte ihrem Gegenüber wieder zu. »Es tut mir so leid, falls ich Sie schon wieder vor die Tür gezwungen habe.«

Er lehnte sich vor und erwiderte ihr Lächeln. »Es ist gut, abgelenkt zu werden, um ehrlich zu sein – auch wenn es bedeutet, über das zu reden, was mir schon den ganzen Tag durch den Kopf geht. Es ist immer noch besser, als zu Hause zu sitzen und sich Christians zerschmetterten Körper vorzustellen.« Plötzlich blickte er nach unten zu seinem Glas. »Ich habe ihn oft gemalt; er hatte einen perfekten Körperbau.«

Zum zigsten Mal sah Tara die Szenerie vor sich, zu der sie

am frühen Morgen gerufen wurde. Sie versuchte, das Bild zu verdrängen und sich auf den Mann vor ihr zu konzentrieren. Es war interessant, dass Thom King auf Beatty als Modell für ihn fokussierte, nicht auf ihn als Mensch.

»Das ist sicher schwierig für Sie. Und das am Ende von einem schlimmen halben Jahr, in dem auch Ralph Cairncross und Lucas Everett gestorben sind.«

»Oh ja, absolut. Es ist entsetzlich. Was für ein Schock.«

Er war allzu eilig dabei zu bestätigen, was sie sagte, aber sie glaubte auch nicht, dass er mehr sagen würde, sollte sie nachhaken. Also musste sie es allgemeiner angehen, wollte sie herausfinden, wie sie sich wirklich verstanden hatten.

»Wie ich gehört habe, kamen Sie als Vierter zur Gruppe von Ralphs Akolythen, kurz nach Verity Hipkiss.« Sie beobachtete seine Augen, als sie den Namen der Frau nannte. »Stephen Ross erwähnte, dass Sie einen Auftrag von ihren Eltern hatten.«

„Ja, stimmt. Verity und ich hatten uns auf einen Drink verabredet, und sie brachte Ralph mit.« Er hatte offensichtlich gedacht, sie wären unter sich. Und der Schmerz in seinen Augen war immer noch da, obwohl es Monate her sein musste.

»Sie hatten nicht erwartet, ihn an jenem Abend zu treffen?« Es war die taktvollste Art, es zu formulieren.

»Nein.« Thom King lächelte wenig glaubhaft. »Natürlich war es eine wunderbare Überraschung. Und ich fühlte mich sehr geschmeichelt, dass Ralph mich einlud, mich seinem Zirkel anzuschließen. Er sagte, dass er meine Arbeiten schon seit einiger Zeit bewunderte, und es ist immer gut, einem Fan zu begegnen. Davon kann kein Künstler jemals genug bekommen.« Er schien zu bemerken, dass es Zeit wurde zu schweigen.

»Und es muss großartig gewesen sein, von solch einem bekannten und einflussreichen Mann gelobt zu werden.«

Thom King zuckte mit den Schultern.

»Haben Sie ihn nicht geschätzt, obwohl Sie Teil der Gruppe waren?«

Der Mann wich auf seinem Stuhl ein wenig zurück. »Doch, doch, natürlich habe ich das! Er war unglaublich begabt.«

Tara spürte ein »Aber«. Sie wartete. Damit erzielte man meist die besten Ergebnisse. Und er schien nicht misstrauisch. Sie spürte, dass er in ihr eine harmlose junge Frau sah, die einfach da war, um zu hören, wie er sich aussprach. Das mochte professionell betrachtet ärgerlich sein, doch es wäre dumm, darüber wütend zu werden. Er würde viel eher etwas verraten, wenn er sie nicht als Bedrohung wahrnahm.

»Es ist nur so, dass es andere Schriftsteller gibt, die genauso begabt sind und nicht berühmt wurden. Ich schätze, man kann mit Fug und Recht sagen, dass Ralph seinen Rockstar-Status – und alles, was damit einherging – erlangt hat, indem er sich absichtlich kontrovers gegeben hat. Wie auch in seinem Verhalten.«

Da könnte er recht haben. Doch es war interessant, dass er seine Wut gar nicht erst zu verbergen versuchte.

»Vielleicht könnten Sie mir von den Akolythen erzählen, damit ich mir ein besseres Bild machen kann. Ich bin heute schon bei Stephen Ross gewesen.«

»Ah, Stephen!« Thom King schüttelte den Kopf, als würden sie über ein Problemkind reden. »Beim besten Willen, der ist der Loser vor dem Herrn. Aber zahm.« Er sah Tara an. »Andererseits ist er *Lyriker*. Ralph hat ihn nicht ganz so behandelt wie den Rest von uns. Ich glaube, ihn hat amüsiert, jemanden als Beispiel dafür zu haben, wie man nicht sein sollte, falls Sie verstehen, was ich meine. Stephen war von Anfang an in der Gruppe, zusammen mit Lucas und Letty. Letty war ein Schatz – wir alle haben sie angebetet. Ich habe gehört, dass sie Ralph auf die Idee gebracht hatte, einen Zirkel aufzubauen, und er war bezaubert von ihr. Sie war natürlich auch außergewöhnlich, so jung schon nach Cambridge zu kommen. Übrigens schrieb sie Gedichte, so wie Stephen.«

Tara nickte. »Was ist mit Lucas und Christian? Haben Sie sich mit ihnen verstanden?«

»Oh ja«, antwortete Thom. »Die waren nette Typen.«

Tara erinnerte sich an Veritys Erröten, als sie leugnete, dass Christian und sie mehr als Freunde gewesen waren, und ihre Erwähnung der gemeinsamen Unternehmungen mit Lucas. »Verity Hipkiss sagte ungefähr dasselbe.« Sie ließ zu, dass die Erinnerung an die Worte der Frau ihren Tonfall färbte.

Thom Kings Augen verdunkelten sich, und er biss sichtlich die Zähne zusammen. »Ja«, sagte er. »Sie hat beide sehr bewundert. Sie ...« Abrupt verstummte er, und obwohl Tara ihn fragend ansah, sagte er nicht mehr. Seine Schultern waren vorgebeugt, und auf einmal wirkte er größer und aggressiver.

»Haben Sie und Verity sich verstanden?«

Er holte tief Luft. »Oh ja. Wir hatten eine Menge Gesprächsstoff, als ich für ihre Eltern gemalt habe.«

»Sie ist sehr schön«, sagte Tara.

»Als Künstler fällt mir das auf, ja. Sie ist nicht mein Typ, aber objektiv ist sie ein perfektes Modell.«

Von wegen! »Dann hat sie nie für Sie Modell gesessen?« Tara wollte wetten, dass er sie darum gebeten hatte.

Er antwortete sehr schnell: »Nein, das ergab sich nicht. Sie war ja ganz mit ihrem Schreiben beschäftigt.«

»Hat Ralph sie gefördert?«

Für einen Moment spiegelte sich Ekel in Thom Kings Augen, und als er sprach, schwangen auch in seinem Tonfall Emotionen mit. »Ich glaube, so etwas in der Art.«

Es schien der richtige Augenblick zu sein, auf mehr Informationen zu drängen. Tara erinnerte sich, wie Verity Ralphs Namen gehaucht hatte und wie nervös sie wirkte, als sie nach ihrem Verhältnis zur Familie des Autors gefragt wurde. Das und Thom Kings Verachtung für Ralph machte Tara sicherer. »Verity schien sehr emotional auf Ralphs Tod zu reagieren«, sagte sie. »Verzeihen Sie die Frage, aber Sie kennen sie gut. Hatte sie eine Affäre mit ihm?«

Thom King blinzelte zweimal. »Woher haben Sie das gewusst?«

»Habe ich nicht«, antwortete Tara. »Es war geraten. Etwas an ihrem Ton. Ich verstehe natürlich, warum sie es nicht öffentlich erwähnen würde. Ich nehme an, sie denkt, dass Sadie Cairncross in letzter Zeit genug zu verkraften hatte.«

Thom lachte spöttisch, nahm noch einen Schluck von seinem Bier und senkte kurz den Blick zu seinem dunklen, sirupfarbenen Getränk. »Das stimmt, hätte Verity aber nicht abgehalten.« Wieder klang er verbittert.

»Was meinen Sie?«

»Haben Sie die Zitate gesehen, die Ralph an Veritys Verleger geschickt hat, um die Werbung für ihr Buch zu unterstützen? Oder die Fernsehinterviews, die er gegeben hat und in denen er sie als die einflussreichste neue Autorin unserer Generation ausrief?«

Tara lehnte sich auf ihrem Stuhl zurück. »Ah, verstehe. Die hätten weniger Gewicht gehabt, wäre allgemein bekannt gewesen, dass sie miteinander schliefen.« Sie war froh, dass er nicht widerstehen konnte, ihr diese kleine Information zu geben. Und sie machte Tara nachdenklich.

»Vor allem aus dem Grund wird sie die Affäre dringend geheim halten wollen.«

Sie hätte sogar Grund haben können, Ralph zum Schweigen zu bringen, falls er gedroht hatte, an die Öffentlichkeit zu gehen – womöglich seine Frau zu verlassen oder so. Hatte sie ihn wirklich geliebt? Oder war er nur für einige Monate eine angenehme Abwechslung gewesen und ihrer Karriere nützlich? Abermals schweiften Taras Gedanken zu den toten Akolythen ab, Christian und Lucas. Falls sie die beiden die ganze Zeit hinhielt, könnte es ein gefährliches Spiel gewesen sein. Was, wenn Christian oder Lucas herausgefunden hatte, dass sie mit Ralph geschlafen hatte, und androhten, ihr Geheimnis zu lüften?

Aber wenn sie eine Reihe von Leuten umgebracht hatte, damit sie stillhielten, hätte sie doch gewiss eine verlässlichere Methode angewandt ...

Und dann sah Tara zu Thom King. War er nicht der naheliegendere Kandidat? Der eine Akolyth, der Verity gewollt hatte, aber zurückgewiesen wurde? Sein Ekel bei der Vorstellung, wie Ralph Cairncross Verity gefördert hatte, war ziemlich ausgeprägt. Aber was war mit seinem Beinaheunfall, als er um ein Haar überfahren wurde?

»Hat Ihnen der andere Police Officer, der bei Ihnen war, DS Wilkins, gesagt, dass Sie vorsichtig sein sollten?«, fragte Tara.

Thom King nickte.

»Das führt mich zu einer anderen Sache, über die ich mit Ihnen sprechen wollte. Ich habe gehört, dass es vor einer Weile einen Vorfall gab, bei dem es knapp für Sie wurde. Sie wären fast überfahren worden?« Sie erinnerte sich, dass der Cairncross-Experte Dr. Richardson mutmaßte, Thom King könnte die Geschichte aus Gier nach Aufmerksamkeit übertrieben haben. Er hatte gesagt, dass er es nicht der Polizei gemeldet hatte.

Thom runzelte die Stirn, wirkte indes nicht verlegen. Es verging ein Moment, ehe er sagte: »Guter Gott, daran hatte ich gar nicht gedacht! Mein Vorfall ähnelt auch dem Tod in einem von Ralphs Büchern, oder? Genau wie Christians und Lucas' ...«

Er sah ängstlich aus. Aber wenn er alles erfunden hatte, um sich wie ein Opfer darzustellen, wäre er darauf vorbereitet, diese Reaktion zu zeigen. Und schließlich hatte er es Dr. Richardson und den Akolythen erzählt, es aber nicht für nötig gehalten, die Polizei zu informieren ...

Tara trank einen Schluck von ihrer Cola. »Wir möchten Sie

nicht in Angst versetzen. Solche Vorfälle sind nicht allzu selten. Trotzdem würden wir gern mehr darüber wissen.« Pluralis majestatis. Wilkins wäre nicht die Bohne interessiert, Tara hingegen schon. »Könnten Sie mir erzählen, was genau geschehen ist?«

»Ich hatte gerade ein Atelier zum Arbeiten angemietet. Es ist mitten in der Pampa – super, weil es keine Ablenkung gibt, und die Natur inspiriert mich.«

»Draußen in den Fens?«

Er schüttelte den Kopf. »Es ist in der Nähe von Hasling-field, an einer Landstraße. Der Parkplatz ist auf der anderen Straßenseite vom Atelier, also muss man vom Auto aus die Straße überqueren. Ein bisschen umständlich, wenn ich neue Leinwände hinbringe und so, aber der Raum ist sein Geld allemal wert. Ich wollte über die Straße gehen, als mich der Wagen beinahe umgenietet hat.« Er blickte in die Ferne. Erinnerte er sich, oder hatte er Mühe, sich die erfundene Geschichte ins Gedächtnis zu rufen?

»Kam der Wagen um eine Kurve?« Sie fragte sich, warum er ihn nicht gesehen hatte.

»Ja, doch die ist ein Stück weg. Ich hatte ihn gesehen, dachte aber, dass ich noch reichlich Zeit habe. Alle sagen, ich muss die Geschwindigkeit falsch eingeschätzt haben, doch ich schwöre, dass der Fahrer aufs Gas getreten ist. Ehe ich mich versah, war er schon dicht bei mir.«

»Ich nehme an, das Nummernschild haben Sie nicht lesen können?«

Wieder schüttelte er den Kopf und wurde ein wenig rot. »Ehrlich gesagt war ich so geschockt, dass ich mich hinterher nicht mal erinnerte, was für ein Auto es war. Ich glaube, es war blau und vielleicht eine Limousine.« Er seufzte. »Aber nicht einmal da bin ich mir sicher.«

»Und den Fahrer haben Sie auch nicht erkannt?«

Er leerte sein Bier. »Nur sehr flüchtig, weil ich damit

beschäftigt war, aus dem Weg zu springen. Jemand mit einer Baseballkappe auf vielleicht? Und einer dunklen Sonnenbrille. Ich war mir nicht einmal sicher, ob es ein Mann oder eine Frau war. Jetzt verstehen Sie wohl, warum ich nicht zur Polizei gegangen bin.«

»Es ist nie einfach. Die meisten Menschen erinnern sich nach solch einem Vorfall nur an sehr wenig.«

Er nickte. »Doch zu der Zeit hat es mir Sorgen gemacht. Ich meine, ich weiß ja, dass es Fahrer gibt, die vor Wut aufs Gas treten – wenn sie denken, jemand geht absichtlich vor ihnen über die Straße, respektiert sie nicht angemessen. Solche Rindviecher sind mir schon begegnet. Aber bei dem, was ich gesehen hatte, habe ich mich gefragt, ob dieser Fahrer seine Identität gezielt verbergen wollte. Ich hatte es gegenüber Ralph und den anderen erwähnt, weil es mich erschüttert hat. Aber das war kurz nach Lettys Tod – eine furchtbare Zeit. Ralph hat uns alle ermuntert, ihre Jugend zu feiern und wie perfekt sie war, als sie uns genommen wurde – es war ein Versuch, uns über die Trauer hinwegzuhelfen, auch wenn selbstverständlich alle noch niedergeschlagen waren. Mir wurde jedenfalls schnell bewusst, dass es der falsche Zeitpunkt war, von meiner Sorge zu reden.« Er lehnte sich zurück. »Und wer sollte mir denn etwas tun wollen? Bei Ralph könnte ich es bis zu einem gewissen Grad noch verstehen – er verursachte einigen Wirbel. Aber ich bin mir nicht sicher, ob das auf mich auch zutrifft, so traurig es ist. Meine Bilder sind nur zufällig gerade in Mode. Das sollte ich lieber genießen, so lange es anhält.«

Als Tara an dem Abend zu Hause war, rang sie mit sich, ob sie Kemp anrufen und ihm von den neuesten Entwicklungen erzählen sollte. Offiziell durfte sie nichts sagen, aber sie schätzte seine Meinung. Er hatte sich bei Bea eingenistet und schien Gefallen an der Behaglichkeit und der Hausmannskost zu finden. Ein paarmal waren sie zusammen etwas trinken gewesen – einmal auch mit Bea –, seit er hier war, doch in den letzten Tagen hatte Tara nichts von ihm gehört.

Und vielleicht sollte sie keine schlafenden Hunde wecken. Es war ja nicht so, als hätte sie in den nächsten Tagen Zeit, sollte er ein Treffen vorschlagen. Dennoch war sie ein bisschen überrascht, dass er noch nicht zu ihr gekommen war und nach Klatsch gefragt hatte.

Sie fragte sich, was ihn abhielt. Wenn er vollkommen still wurde, hieß es meistens, dass er etwas vorhatte.

Sonntag, 16. Dezember

Ach, Christian, du warst auch noch nicht bereit, den Tod willkommen zu heißen, oder? Nicht wie der Held in Ralphs Buch, Auf der Höhe. *Ich glaube mich zu erinnern, dass er ruhig blieb, als er in sein Verderben sprang. Während ich dich deutlich schreien gehört habe. Ein Klang von reiner, ungezügelter Todesangst. Bei Lucas war es natürlich dasselbe. Als er endlich in den Wellen versank, sah er alles andere als ruhig aus. Ich denke, das ist uns allen eine Lehre. Ralphs Bücher sind eine Lüge.*

Und meine jüngste Errungenschaft scheint ein Stich ins Wespennest gewesen zu sein. Nicht dass es mich überrascht.

Ach, Tara, du und deine Kollegen rennen herum und sind dabei so desorientiert wie eine Gruppe Schmeißfliegen an einer Glasscheibe. Wie es aussieht, sind eure Ermittlungen einen Gang hochgeschaltet worden, werden jedoch um nichts effektiver.

Und du enttäuschst mich. Mittlerweile musst du doch erkannt haben, was für ein Mensch Ralph gewesen ist – und dennoch machst du unbeirrt weiter? Ja, sogar anscheinend noch verbissener.

Was bezweckst du damit? Dir muss doch klar sein, dass ein Mann wie er zu sterben verdiente.

Die Wahrheit ist, Tara, dass du meine Geduld auf die Probe stellst – mit deiner Dummheit und deiner Entschlossenheit einen »Schuldigen« zu finden.

Ich fühle mich nicht schuldig. Ich habe der Welt einen Dienst erwiesen, und jetzt weißt du genau, wie böse Ralph war, weshalb du ebenso empfinden und deine Nachforschungen drosseln solltest. Vielleicht kannst du nicht loslassen, weil du Journalistin gewesen bist. Die Story ist dir wichtiger als die Moral.

Für mich aber geht es nur darum, was richtig und was falsch ist. Die Menschen, deren Schicksal ich kontrolliere, sind jene, die der Welt durch ihre Existenz schaden.

Und ich beginne zu glauben, dass du dich für diese Liste qualifizierst, Tara.

Vielleicht nehme ich dich in meine Pläne auf. Was soll es sein: Feuer, Ersticken ... oder Stromschlag?

Die Qual der Wahl ...

SECHSUNDZWANZIG

Statt am nächsten Morgen direkt zur Wache zu fahren, radelte Tara zur Pound Hill, wo Tess Curtis eine Wohnung hatte. Sie hatte eine Nachricht von Max bekommen, dass er für Wilkins und sie einen Termin mit ihr um neun Uhr arrangieren konnte. Anscheinend hatte sie schon aus den Nachrichten von Christian Beattys Tod gewusst. Die Meldung hatte es dank seiner relativen Berühmtheit und der vermeintlichen Verbindung zu den Nachtkletterern in die regionalen wie auch in die landesweiten Fernsehprogramme geschafft. Beides regte die Fantasie der Menschen verlässlich an.

Als Tara mit dem Fahrrad flussaufwärts fuhr, musste sie achtgeben nicht auszurutschen. Andere Radfahrer hatten Spurrillen in den Schnee gepflügt, was die Fahrt holprig machte – eine Kombination aus festgedrücktem Schnee, der sich in Eis verwandelt hatte, und Stellen, an denen die Rillen besonders tief waren. Nachdem sie am Jesus Lock den Fluss überquert hatte, unter sich das Rauschen der Schleuse, erreichte sie die Chesterton Road, wo der Berufsverkehr den Schnee zum Glück schon geschmolzen hatte. Es bedeutete, dass sie wieder über die Arbeit nachdenken konnte, anstatt über ihr Überleben. Seit den

gestrigen Befragungen kreisten ihre Gedanken um die Akolythen: Stephen Ross, der entweder Ralphs intellektueller
Vertrauter oder der Kümmerling der Gruppe gewesen war, je
nachdem, wen man fragte; Verity Hipkiss, die unbedingt ihre
Affäre mit Cairncross unter Verschluss halten wollte, um ihre
Karriere als Autorin nicht zu gefährden; und Thom King, der
sich nach Verity verzehrt hatte, aber das eine Gruppenmitglied
blieb, das sie fest in der Freundezone verortete. Jeder von ihnen
wollte sein Ego schützen; und sie alle kämpften darum, sich von
ihren Altersgenossen abzuheben.

Doch nun musste Tara ihren Fokus verlegen und alles
durchgehen, was sie über die Frau wusste, die Wilkins und sie
befragen würden. Tara wollte vorbereitet sein. Wilkins würde
Cairncross' PA entweder charmant finden und sich dadurch
ablenken lassen, oder wie der sprichwörtliche Elefant im
Porzellanladen auf sie losgehen. Aber Tara hatte alle nötigen
Informationen im Kopf und könnte zumindest versuchen,
notfalls einzuspringen.

Tess Curtis war in der Nacht von Ralphs Tod in dem Haus
am Forty Foot Bank aufgekreuzt. Soweit Tara es mitbekommen
hatte, war es ungeplant gewesen, jedoch weder ungewöhnlich
noch untypisch. Sie war sehr engagiert gewesen und hatte
Ralph stets alles sofort gebracht, was er brauchen könnte, selbst
wenn er sie nicht darum bat. Laut dem Akolythen Stephen
Ross hatte sie praktisch sein Leben gemanagt. Doch was
Stephen als Professionalität wertete, hatte Verity Hipkiss als
Eifersucht und ein Lechzen nach Zugehörigkeit gedeutet. Sie
hatte gesagt, Tess Curtis hätte Angst gehabt, etwas zu verpassen. Und falls die Gerüchte stimmten und Tess und Ralph einst
ein Paar gewesen waren, könnte sie aus gutem Grund etwas
gegen Verity gehabt haben. Was sie eventuell auch auf die
übrigen Akolythen bezog. Bevor sie auftauchten, war ihr
womöglich weit mehr von Ralphs Aufmerksamkeit sicher gewesen. Tara versuchte, sich die als etwas Wünschenswertes

vorstellen. *Schwierig.* Aber über Geschmack ließ sich eben nicht streiten.

Sie erreichte das Ende der Chesterton Road – hinter einer kleinen Autoschlange –, wo sie an der Ampel zur Northampton Street abbiegen musste. Im üblichen Montagmorgenstau stiegen Abgase in die kalte Luft auf und formten Wolken vor Tara. Als sie sicher auf der anderen Seite war, radelte sie an Reihenhäusern mit Backstein-Fachwerk links und dem Museum of Cambridge rechts vorbei durch den Abgasnebel, vor sich die roten Rücklichter und orangenen Blinker der Autos.

Wenig später bog sie nach rechts, um die Pound Hill hinauf in Richtung des imposanten Westminster-Theologiecollege zu fahren. In der Seitenstraße wurde es wieder rutschiger, und Tara biss die Zähne zusammen. Der Gedanke an Frühling nahm sich sehr reizvoll aus.

Dr. Richardson, der Cairncross-Experte, hatte Tess Curtis ebenfalls erwähnt. Und er hatte das Gerücht von ihrer Affäre mit Ralph angesprochen und gesagt, sie könnte mit dem »T« in der Widmung seines letzten Buchs gemeint sein – in dem der Held durch einen Schlangenbiss starb ...

Tara rief sich die Widmung in Erinnerung: *Für T, denn du konntest unbeschädigt entkommen. Du bist wahrlich gesegnet.*

Was, wenn diese Botschaft und das Thema des Buchs Tess Curtis ins Grübeln gebracht hatten? Was, wenn sie nicht das Gefühl hatte, unbeschädigt aus ihrer Affäre mit Ralph gekommen zu sein? Wie sah ihr Leben jetzt aus? Glaubte sie, nach dem Tod ihres Chefs besser oder schlechter dran zu sein?

Tara parkte ihr Fahrrad gegenüber dem modernen Wohnblock, in dem Tess Curtis lebte, und strich das Kleid glatt, das sie für heute ausgewählt hatte. Es war nicht die praktischste Option, aber wenn sie mit dem Rad unterwegs war, entschied sich Tara häufiger dafür, und immer nur Hosen waren langweilig.

Curtis' Wohnung war sehr nah an Ralph Cairncross' Zuhause, was wohl Absicht war, dachte Tara. Als sie nach oben schaute, dachte sie an die Lampe, die ihn beinahe umgebracht hatte und die gleich um die Ecke in der unverschlossenen Garage der Familie aufbewahrt worden war.

Zwei Minuten später kam Wilkins. Er nickte Tara zu, als sie gemeinsam auf die Klingelanlage des Hauses zugingen. Es war beeindruckend, dass er mit solch einer knappen Geste sehr deutlich »Du kannst mich mal« ausdrücken konnte. Einen Moment später drückte er die Klingel und nannte seinen Namen, als Tess sich meldete.

»Zweiter Stock. Die Treppe rauf links«, sagte die körperlose Stimme. Der Ton war tief und leicht rauchig. Im selben Augenblick ging der Summer, und die Tür, an die Tara bereits gelehnt war, öffnete sich.

Tara schätzte Tess Curtis auf Anfang vierzig. Sie war elegant gekleidet mit einer gut geschnittenen schwarzen Hose, einer passenden, leicht ausgestellten Jacke und einem roten Top mit Wasserfallkragen. Ihr Haar war dunkelbraun und zu einem Bauernzopf geflochten. Alles an ihr schrie nach Klasse, doch ihre Wohnung war winzig. Tara hatte drei Türen gezählt, als sie hereinkamen: vermutlich Schlafzimmer und Bad; die dritte führte in den Raum, in dem sie jetzt waren, bei dem es sich um einen offenen Wohnbereich mit Küche und Essplatz handelte. Es gab einen Arbeitsplatz im IKEA-Stil und ein Ecksofa. Bei aller Beengtheit war es doch erheblich wärmer als Taras Cottage, und prompt wurde ihr heiß in dem Wollflanellkleid und den kniehohen Stiefeln. Sie zog ihren Mantel und den Blazer darunter aus und hängte sie über ihre Stuhllehne. Sie waren gebeten worden, sich an den Esstisch zu setzen. Vor ihnen standen Becher mit Kaffee und ein Teller mit Leibniz-Schokokeksen.

Plötzlich fragte Tara sich, ob Tess Curtis von Ralph Cairncross in dessen Testament bedacht worden war. Wenn die Akolythen ein großes Haus bekamen – ungeachtet der Lage –, könnte sie es als Kränkung empfinden, wenn sie nach zwanzig Jahren harter Arbeit übergangen wurde. Tara nahm sich vor, eine Kopie des Dokuments anzufordern, auch wenn die zuständige Behörde sich gewiss nicht überschlagen würde, solange es keine offizielle Mordermittlung gab. Vermutlich müsste Tara warten, so wie jeder andere Bürger auch.

Wilkins begann mit der Standardeinleitung. Halb hörte Tara zu (»Reine Routine, kein Grund zu der Annahme, jemand sei in Gefahr ...«, »Reine Vorsichtsmaßnahme ...«, »Wir warnen jeden im engeren Umfeld von Ralph Cairncross ...«), halb blickte sie sich in dem Zimmer um. In einem Bücherregal seitlich schien das Gesamtwerk von Ralph Cairncross zu stehen, daneben entdeckte sie zahlreiche Bücher über ihn. Eines war von Dr. Richardson, wie Tara feststellte – dem Experten, mit dem sie gesprochen hatte. Tess Curtis' Job bei Ralph hatte ihr offensichtlich mehr bedeutet als ein Gehaltsscheck am Ende des Monats – und das anscheinend über jede Affäre hinaus, die sie mit ihm gehabt haben könnte. Sie hatte seine Arbeit studiert. Andererseits war es wahrscheinlich eine Voraussetzung für ihre Rolle als PA. Wenn sie Journalistenfragen zu seinen jüngsten Veröffentlichungen beantwortet hatte, musste sie die auch gelesen haben.

Wilkins war inzwischen bei Alibis. »Noch einmal, Ms Curtis«, sagte er, »dies ist reine Routine. Wir stellen den Akolythen und Ralph Cairncross' Familie genau dieselben Fragen. Eine Vorsichtsmaßnahme.«

Tess Curtis wirkte nicht besorgt. Es brauchte wohl einiges mehr, um sie aus der Ruhe zu bringen. »Im Oktober, als Lucas Everett ertrunken ist, habe ich meine Schwester in Whitby besucht«, antwortete sie. Sie musste nicht in ihren Kalender sehen und schrieb die Telefonnummer der Frau bereits auf einem Zettel. War sie ein bisschen *zu* vorbereitet? »Und am Samstagabend bin ich hier gewesen. Im Fernsehen lief *Jean Florette*, und den Film wollte ich schon immer mal sehen.«

Wilkins nickte. »Danke.«

Tara notierte sich alles. Zumindest könnte sie den Besuch bei der Schwester in Whitby überprüfen, auch wenn Aussagen naher Familienmitglieder wenig Gewicht hatten, soweit es sie betraf. »Wir haben gehört, dass Sie an dem Abend, an dem Ralph Cairncross starb, kurz bei dem Haus an der Forty Foot Bank gewesen sind«, sagte sie. »War es auf seinen Wunsch?«

Tess Curtis lachte kurz, doch ihre vornehmen Züge wirkten eher verärgert als amüsiert. »Nur sehr Weniges, was ich getan habe, geschah auf Ralphs ›Wunsch‹.« Nun bedachte sie Tara mit einem Blick, als wäre sie schrecklich naiv. »Es würde implizieren, dass er vorausschauend war, was nicht zutrifft. Ich war diejenige, die wusste, was er wann brauchte. Er hat mir oft Detailversessenheit vorgeworfen, aber ohne die drohte alles aus dem Ruder zu laufen. Ich war an dem Abend dort, um ihm einige Unterlagen zu bringen, die durchgegangen und gleich am nächsten Morgen zurückgegeben werden mussten. Ich hätte sie gemailt, aber seine Unterschrift war nötig, und in dem Haus da draußen gibt es keinen Drucker oder Scanner.« Sie sah Tara an. »Und ich muss wohl nicht erwähnen, dass es nicht das erste Mal war, dass ich ihn an die Papiere erinnerte. Ich hatte sie ihm sogar am selben Nachmittag mit klaren Anweisungen gegeben, bevor ich sein Büro verlassen hatte.« Sie wirkte angespannt. »Doch ich wusste ja, wie er war. Also bin ich später zurück und stellte fest, dass sie noch auf seinem Schreibtisch lagen, ohne Unterschrift. Deshalb bin ich hingefahren. Ob Sie es glauben oder nicht, beinahe hätte ich mir die Mühe gespart. Leider war mir klar, ließe ich sie bis zu seiner Rückkehr dort liegen, würden wir den Abgabetermin nicht halten.« Tara staunte, wie gut sie ihren Verdruss im Griff hatte. »Das hat er übrigens mit Absicht getan«, sagte Tess, nachdem sie tief Luft geholt hatte.

»Ich meine, meine Anweisungen ignorieren, denn er hat es nicht gemocht, wenn man um irgendetwas Aufhebens machte – hat er jedenfalls behauptet. Aber im Nachhinein denke ich, er fand es witzig, mich auf Trab zu halten. So oder so vermisse ich die Arbeit nicht besonders. Ich bin jetzt PA bei Professor Douglas Trent-Purvis, und das ist eine bessere Rolle.«

Auch wenn die Latte bei Cairncross offenbar nicht sehr hoch gehangen hatte. »Wo war Ralphs Büro?", fragte Tara.

»Bei ihm im Haus. Falls Sie es überprüfen wollen, können Sie Philippa fragen. An dem Tag hatte ich sie auf meinem Weg nach drinnen gesehen. In das Büro gelangt man durch eine separate Tür, sodass man nicht durchs Haus gehen muss.«

Was wohl gut so war. Falls Tess Curtis und Ralph eine Affäre gehabt hatten, konnte Tara sich nicht vorstellen, dass ein permanentes Aufeinandertreffen von Tess, Sadie und Philippa Cairncross für eine entspannte Atmosphäre gesorgt hätte. Aber hatte es besagte Affäre tatsächlich gegeben? Bisher war es reines Hörensagen.

»Ihre Rolle muss harte Arbeit gewesen sein«, sagte Tara. »Allerdings hat Ralph Ihren Beitrag auch sehr geschätzt, wie ich gehört habe.« Die Frau zog ihre Augenbrauen hoch. »Zumindest sagte jemand, mit der Widmung in seinem letzten Buch könnten Sie gemeint sein.«

»Ach so.« Tess Curtis' Lächeln war so frostig wie die Luft draußen. »Die Theorie haben auch andere schon geäußert, aber nein, das war ich nicht.«

»Woher wissen Sie das?«

»Aus erster Hand.«

»Dann stand das T für Thom?«

Sie schüttelte den Kopf. »Nein. Das Buch war für Letty. Letitia, eine der Akolythen. Sie ist gestorben, und sie war erst achtzehn. Sie hatte sehr früh angefangen zu studieren.«

»Von ihr haben wir gehört«, sagte Wilkins. »Aber warum T?«

Tess Curtis verdrehte sie Augen. »Titty. So hat Ralph sie genannt. Es ist eine altmodische Kurzform für Letitia. Wie Sie sich denken können, wird sie dieser Tage selten benutzt – aber wie Ralph eben war ...«

Sie beendete den Satz nicht.

»Hat er mit ihr geschlafen?«, fragte Wilkins.

Tess Curtis runzelte die Stirn. »Letty war noch sehr unschuldig; ob sie auf seine Masche hereingefallen ist, kann ich nicht mit Sicherheit sagen. Aber ich denke, er wird sein Äußerstes gegeben haben, um ihre Schutzmauern einzureißen. Als er schrieb, sie sei unbeschädigt entkommen, meinte er damit weniger, dass sie ihm entkommen war, denke ich, als dem Alter – so oder so war gemeint ›durch den Tod‹.«

Taras Ekel vor dem Toten wurde zu einem Gefühl, als kröche ihr etwas über die Haut. Wilkins kräuselte die Oberlippe. Ausnahmsweise schienen sie beide dasselbe zu empfinden.

»Einmal hatte er mir ein Buch gewidmet«, fuhr Tess in einem verbitterten Ton fort. »Wenn Sie seine Arbeiten durchsehen, können Sie seinen sich verändernden Geschmack nachverfolgen. Ein Buch für Sadie, eines für mich, dann Bücher für eine Reihe anderer Menschen, am Ende für Letty. Das, an dem er geschrieben hatte, als er starb, wäre für Verity gewesen, schätze ich.«

Tara erinnerte sich an den Pakt, von dem Sadie erzählt hatte, sie hätte ihn mit Ralph geschlossen. »Wir waren uns immer einig, dass wir einander nicht anketten würden«, hatte sie gesagt, allerdings ergänzt, dass sie schwach gewesen wäre und der Eifersucht nachgegeben hatte. In dem Augenblick hatte Tara den Hintergrund nicht recht erkannt. Für Sadie müsste die Ehe jahrelanger Schmerz bedeutet haben. Die Akolythen hatten ihr Ralph weggenommen – sowohl jene, die seine Geliebten gewesen waren, als auch die, mit denen er schlicht all seine Zeit verbrachte. War Sadie wirklich zu Hause im Bett gewesen, als ihr Mann starb? Falls sie schuldig war, könnte Tess Curtis auch auf ihrer Opferliste stehen …

»Als Ralph mir eines seiner Bücher widmete, bekamen die Kritiker es heraus«, sagte Tess. »Ich sollte mich ihrer Meinung nach schlecht fühlen, weil ich Sadie ersetzte und sie es nicht leicht hatte.« Es war, als würde die Frau Taras Gedankengängen folgen.

Tara fragte sich, ob es um die Zeit war, als Ralph Cairncross' Frau gezwungen gewesen war, ihren Beruf aufzugeben. »Ich habe gehört, dass sie einen Autounfall hatte«, sagte sie. »Ihre Verletzung dabei war anscheinend der Grund, weshalb sie aufhören musste, Flöte zu spielen. Es klingt, als hätte sie sehr gelitten.« Sie war absichtlich taktlos, denn manchmal trat eine Menge zutage, wenn man jemanden provozierte.

»Ah, ja, der Autounfall.« In Tess Curtis' Stimme schwang kein Schuldgefühl oder Unbehagen mit. »Ich glaube, den hatten sie erfunden.«

»Wie bitte?«

»Es war die offizielle Erklärung. Sadie war verreist – und länger weggeblieben als erwartet. Dann kam sie verletzt zurück, das schon. Aber durch einen Autounfall? Sie war nicht mit dem eigenen Auto gefahren, und in Ralphs Post war nichts über Versicherungen. Er hatte das alles geregelt.« Und dann lachte sie. »Offiziell. Tatsächlich war *ich* es, die sich darum kümmern durfte. Und wenn ein Autounfall ein jähes Ende ihrer Karriere verursacht hätte, wäre das nicht damals zumindest in der Fachpresse erwähnt worden?«

Wilkins verlagerte seine Sitzposition. Wahrscheinlich hielt er dies hier für nichts als Tratsch. Immerhin unterbrach er nicht. Und Tara bemerkte, dass er sich einen dritten Keks nahm.

»Dürfte ich bitte Ihr Bad benutzen, bevor wir gehen?«, fragte Tara einen Moment später. Kaffee und Kälte draußen waren eine Killer-Kombi.

»Ja, sicher. Es ist die Tür links von der Wohnungstür.«

Sie ging in den Flur und zu der Tür. Nachdem sie auf der Toilette gewesen war, blickte sie sich in dem Raum um. Unweigerlich fiel ihr die Packung Verhütungspillen auf dem Regal gleich unter dem Spiegelschrank auf, als sie sich die Hände wusch, und sie fragte sich, mit wem Tess Curtis gegenwärtig schlief. Die Affäre, auf die sich Dr. Richardson bezogen hatte, hatte nicht gehalten. Aber vielleicht nahm sie auch weiter die Pille, damit sie frei bestimmen konnte, was sie wann tat.

Auf dem Flur draußen betrachtete Tara die Jacken und Mäntel. Tess Curtis musste ein Faible für Kleidung haben. Das hatte Tara auch, doch es gab Grenzen. Tess hatte mehr als genug für jedes Wetter. Und bei den Wintersachen stockte Tara der Atem.

Da war ein Mantel mit einem Pelzsaum an der Kapuze.

Was kein ungewöhnliches Design war, und dennoch ... Sie holte ihr Handy hervor und blickte auf die Standbilder, die Megan Maloney dem Team von den Aufnahmen der Sicherheitskameras vor Christian Beattys Wohnung gemacht hatte. Mit Sicherheit ließ es sich nicht sagen, aber Tess Curtis' Mantel ähnelte sehr dem des mysteriösen Besuchs in dem Haus am Samstagabend.

Und dann schaute sie wieder zu der Gestalt auf dem Foto. Da waren eine Nase und ein Kinn zu sehen. Beide exakt übereinstimmend mit der Frau, die sie gerade befragt hatten.

Nur hatte Tess Curtis gesagt, sie sei am Samstagabend zu Hause gewesen und hätte *Jean Florette* gesehen. Warum in aller Welt sollte sie lügen – falls Tara recht hatte und sie log? Ihr war der Film auch aufgefallen. Es war gegen zehn zu Ende gewesen, was nicht einmal die Zeit abdeckte, um die Christian Beatty gestorben war.

SIEBENUNDZWANZIG

In Tess Curtis' Wohnzimmer nahm Wilkins seinen Mantel auf und wollte offenbar gehen.

Tara setzte sich wieder hin. »Wie fanden Sie denn *Jean Florette?*«, fragte sie lächelnd und sah Tess betont unschuldig an.

Was sofort wirkte. Tess Curtis' Gesichtsausdruck wurde misstrauisch. »Großartig«, sagte sie, allerdings unsicher, und da war ein Stocken gewesen, ehe sie antwortete. Tara hatte sich gesorgt, dass sie falschliegen könnte – die Aufnahmen waren ziemlich körnig –, aber Tess Curtis' Reaktion sagte etwas anderes.

Tara nahm ihr Telefon hervor und zeigte ihr das Bild. Sobald die Frau reagierte, legte Tara das Bild auf den Tisch, damit Wilkins es auch sehen konnte. Sie hatte gespürt, wie er sie anstarrte, als sie die Frage stellte.

»Warum haben Sie uns belogen, dass Sie hier waren und den Film gesehen haben, Tess?«, fragte Tara. »Da wir die Kameraaufnahme von Ihnen haben, können Sie es uns ruhig sagen.«

Tess Curtis' Blick war eiskalt. »Sie haben mich reingelegt.«

Es klang wie gehaucht, und umso frostiger, als sie vollkommen ruhig sprach.

Tara schüttelte den Kopf. »Mir wurde es erst klar, als ich da draußen war«, sie nickte nach hinten zum Flur, »und Ihren Mantel gesehen habe. Da fiel mir wieder die Frau auf dem Bild ein.«

Tess Curtis kniff mit Daumen und Zeigefinger ein Stück Stoff ihrer Hose und hielt es fest. Eine ganze Weile blieb es still.

»Ich schlage vor, dass Sie es uns lieber erzählen, Ms Curtis«, sagte Wilkins.

Sie seufzte kurz. »Mein Gott noch mal, das ist so unfair! Nach zwanzig Jahren, in denen so gut wie nichts richtig gelaufen ist, ergab sich endlich mal eine Chance.«

Tara wartete, und zum Glück tat Wilkins es gleichfalls.

»Ich war zu einer geschäftlichen Verabredung bei Christian Beatty«, sagte Tess Curtis.

»An einem Samstagabend?« Wilkins klang spöttisch.

Und die Augen der Frau blitzten.

»Es war durchaus eine ungewöhnliche Zeit«, sagte Tara. »Warum?«

Curtis drehte sich zu ihr. »Wir sind beide sehr beschäftigt. Christian war den ganzen Tag unterwegs gewesen und hatte das Wochenende vorher zu tun gehabt. Und gestern hätte er zu einem Job reisen müssen. Wir hatten einfach beide nur da Zeit. Sein Terminkalender war voller als meiner.«

Und dann waren da die benutzten Kaffeebecher in Christian Beattys Wohnung, die für eine eher geschäftliche Unterredung sprachen. »Was hatten Sie zu besprechen?« Nach einer Pause sagte Wilkins verärgert: »Es wäre besser, wenn Sie es uns erzählen.« Tara hingegen blieb bei einem behutsamen Ton. »Wenn es nichts mit Christians Tod zu tun hat, können wir es aus den Berichten heraushalten und belästigen Sie nicht weiter.«

Tess Curtis sah immer noch aus, als wäre sie dagegen. Doch nach einer weiteren Pause holte sie tief Luft. »Ich denke nicht, dass es irgendetwas mit dem zu tun hat, was passiert ist.«

»Das ist doch gut«, sagte Tara. »In dem Fall müssen Sie sich ja keine Sorgen machen, oder?«

Tess Curtis sah sie an. »Tue ich aber durchaus. Christian und ich wollten zusammen ein Buch schreiben.«

»Ein Buch?«

»Über Ralph«, antwortete sie. »Wir hatten gerade alles unterschrieben. Es sollte eine ›schonungslose‹ Biografie werden.« Sie sah erst Wilkins, dann Tara an. »Ich weiß, was Sie denken. Es ist wohl kaum das Verhalten einer loyalen PA. Aber, bei Gott, ich verdiene etwas nach all den Jahren, die Ralph mich herumgescheucht hat.« Sie lächelte. »Und ich weiß genug, das interessant wäre. Christian hat versprochen, dass er mir noch mehr geben könnte. Er ist ja auf all den Partys gewesen – geblieben, wenn ich nach Hause gehen musste. Zusammen hätten wir reichlich gutes Material gehabt.«

Tara schwirrte der Kopf, als sie überlegte, was es bedeuten könnte. »Hat irgendjemand sonst gewusst, was Sie vorhatten?«

Tess Curtis runzelte die Stirn. »Ich wüsste nicht, wie. Es sei denn, Christian hatte jemanden ins Vertrauen gezogen.« Sie seufzte. »Er war nicht mal so weit gekommen, mir zu erzählen, was er wusste. Ich hatte ihm einfach geglaubt.« Sie setzte sich wieder auf ihren Stuhl.

»Und warum war dieses Treffen so geheim?«, fragte Wilkins.

»Können Sie sich vorstellen, womit wir es zu tun bekommen hätten, wäre das rausgekommen? Ich will nicht, dass sich jemand einmischt, auf den ich mich in dem Buch beziehe.«

Das verstand Tara. Sie wusste beispielsweise, dass Verity Hipkiss und Ralph eine Affäre gehabt hatten. Und Thom King hatte ihr erzählt, wie dringend Verity diese Tatsache geheim halten wollte. Sie würde wetten, dass es eines der interessanten kleinen Details würde, die Christian Beatty eingebracht hätte – vorausgesetzt er hatte Beweise. Es würde Verity ein echtes Motiv geben, das Model loszuwerden, falls sie wusste, was er plante. Und Ralphs Familie wäre auch nicht allzu froh darüber, dass Christian und Tess Ralphs Schmutzwäsche in aller Öffentlichkeit wuschen.

»Ich nehme an, Sie haben eine Kopie des Vertrags, die Sie uns zeigen können?«, sagte Tara.

Tess Curtis ließ die Schultern hängen. »Nicht von der Ausfertigung, die er unterschrieben hat. Verdammt!« Sie biss sich auf die Unterlippe. »Ich war mir nicht sicher, was passieren würde, als ich hörte, dass er tot ist. In dem Vertrag ist von Gewinnen und so die Rede. Und ich konnte ja nicht beweisen, dass er mir noch nichts erzählt hatte. Deshalb dachte ich, seine Erben könnte mich beschuldigen, seine Informationen zu nutzen und seinen Anteil an den Buchgewinnen zu unterschlagen.« Sie wurde rot und senkte den Blick. »Deshalb habe ich den Vertrag verbrannt.«

Sie konnte von Glück reden, wenn das alles war, was ihr seine Erben vorhalten würden. »Was ist mit einer digitalen Kopie?«

»Das war nur der Blanko-Vertrag, und den habe ich gelöscht.« Jetzt sah sie besorgt aus. »Aber Computerfachleute können gelöschte Dateien wiederherstellen, oder?«

Tara nickte. »Höchstwahrscheinlich. Wir müssen Ihren Computer mitnehmen. Was ist mit E-Mails zwischen Ihnen beiden – oder Textnachrichten oder was auch immer –, die sich auf das Projekt beziehen?«

Ein Kopfschütteln. »Ich glaube nicht. Wir haben alles per Telefon besprochen.«

»Hatten Sie an dem Samstag noch über etwas anderes geredet, abgesehen von dem Buch?«, fragte Wilkins.

»Nein«, antwortete Tess Curtis, »aber etwas, das er gesagt,

scheint das Projekt mit dem in Verbindung zu bringen, was mit ihm passiert ist.«

Wilkins zog eine Augenbraue hoch.

»Er hat mir erzählt, dass er nach dem Abend noch etwas mehr Farbe in die Geschichte bringen könnte, die wir schreiben.«

Was zur Hölle sollte das heißen? Wollte er die Leser einfach mit Geschichten von waghalsigen Taten unterhalten, die er im Andenken an Ralph beging? Nur sollte die Biografie nicht über ihn sein. Hatte ihm die Person, die er getroffen hatte, etwas Spektakuläres über Ralph versprochen? Sie könnte vorgeschlagen haben, zuerst auf ihn zu trinken, und sich an seine sorglose Lebenseinstellung zu erinnern, bevor sie sich unterhielten.

Vielleicht hatte Christian Beatty im Endeffekt nur den versprochenen Lohn gesehen, nicht die Gefahr, die er bedeutete.

Als sie auf die Wache kamen, sprachen Tara und Wilkins immer noch über Tess Curtis.

»Für mich hörte es sich echt an«, sagte Tara. »Und bestimmt muss die damit rechnen, dass sich einige Leute einmischen, wenn ihr Projekt bekannt wird.«

Wilkins sah angesäuert aus. »Ich fand das ja alles sehr weit hergeholt, aber die Alternative, dass sie tatsächlich in eine Art Komplott verwickelt ist, drei Männer umzubringen – ist es noch viel mehr.«

Was immer stimmen mochte, Tara freute sich darauf, ihre Neuigkeiten dem Rest des Teams mitzuteilen. Und es verschaffte ihr einen Kick, dass sie die gewesen war, die Tess Curtis auf der Aufnahme erkannt hatte. Es mochte Glück gewesen sein, dass sie Grund gehabt hatte, an der Garderobe vorbeizugehen, doch das dämpfte ihre Begeisterung um nichts.

Tara wollte Wilkins schon eine spitze Antwort geben, spürte jedoch beim Betreten des Büros, dass die Atmosphäre seltsam gedrückt war. Prompt verpuffte ihre Verärgerung über ihren Chef. Alle hatten auf ihre Monitore gestarrt, doch kaum traten sie ein, richteten sich sämtliche Blicke auf Tara.

Etwas war geschehen.

ACHTUNDZWANZIG

Sie las die Schlagzeile über Max Dimitys Schulter, aber es bestand nicht der geringste Zweifel, dass sie bei allen aufgerufen war. Unter der Überschrift stand, dass es ein Text von Shona Kennedy war, der Frau, die so schnell nach Christian Beattys Todessturz vor Ort gewesen war. Tara merkte, wie ihre Wangen kribbelten vor Hitze, als sie den Artikel las.

Die Schlange und die Verführerin

Viele werden mit Entsetzen und Trauer vom plötzlichen Tod des jungen Models und Cambridge-Absolventen Christian Beatty gelesen haben. Aber vielleicht ist nicht allen Lesern bekannt, dass eine lose Bekanntschaft von Christian, Lucas Everett, ein wissenschaftlicher Mitarbeiter der Englisch-Fakultät, ebenfalls in diesem Jahr gestorben ist. Dieser tragische Vorfall trug sich vor zwei Monaten zu, als Lucas bei einem Schwimmunfall vor der Küste von Kellness ertrank. Beide Männer waren Teil einer Gruppe um den Autor Ralph Cairncross, der früher in diesem Jahr bei einem Autounfall ums Leben kam, in den niemand anders verwickelt war. Die meisten Menschen würden diese drei Todesfälle als tragischen Zufall betrachten, wo sie sich doch zu unterschiedlichen Zeiten, an unterschiedlichen Orten und unter unterschiedlichen Umständen ereigneten. Von einem anonymen Kontakt bei der Polizei weiß Not Now aber, dass eine Frau – die relativ neu dort ist – beschlossen hat, eine weithergeholte, wenn auch faszinierende Verschwörung hinter diesen drei Ereignissen wittert. Hier bei Not Now erinnert es das Team an Arthur Conan Doyle.

Sherlock Holmes. Wilkins hatte ihre »Besessenheit«, wie er es nannte, mit Conan-Doyle-Geschichten verglichen. Tara ballte die Fäuste und verzog das Gesicht, als sich ihre Fingernägel in die Handflächen bohrten. Er musste das Leck sein. Doch dann hielt sie inne. Sie konnte sich nicht sicher sein. Selbst sie sah, wie sich die Elemente ihrer Theorie seinem Stil fügten. Giles, ihr alter Herausgeber bei *Not Now*, könnte denselben Gedanken von sich aus gehabt haben.

Unserer Quelle zufolge sieht die Theorie eine dritte Partei vor, die alle drei Tode geplant hatte, die jungen Männer bezirzte, ihr Leben zu riskieren, und eine Schlange im Wagen des älteren Manns platzierte, um ihm solch einen Schrecken einzujagen, dass er die Kontrolle über seinen Wagen verlor. Doch wie Not Now weiß, gibt es keinerlei Beweise, die irgendeine dieser Thesen untermauern. Trotzdem wird die Ermittlung – basierend auf dem, was manch einer Märchen nennen würde – aktiv weitergeführt.

Die Leser möchten vielleicht erfahren, wie die junge Polizistin mit ihren Theorien solch einen Einfluss auf unsere Poli-

zeiarbeit haben kann. Not Now kann dazu leider nicht viel sagen.

Nicht, ohne verklagt zu werden.

Aber wir alle können uns vorstellen, dass manche internen Vorgänge ihre Chancen erhöhen, ernst genommen zu werden.
  Bis dahin seien Sie versichert, dass die Officers, die Ihnen dienen, all ihre Arbeitszeit an diesen Fall verschwenden. Not Now konnte zufällig auf einen leitenden Ermittler stoßen, der die junge Polizistin am Sonntag zu einer Routine-Befragung begleitet hatte, wofür er ehrenhaft wertvolle Zeit mit seiner Frau und seiner Familie opferte.

Max sah mitfühlend zu Tara auf, bevor er weiter nach unten scrollte. Dort war ein körniges Foto, das mit einem Teleobjektiv von irgendwo im Parker's Piece aufgenommen worden sein musste. Es zeigte sie und Blake gestern Nachmittag vor der Wache, als sie sich auf den Weg machten, Stephen Ross in dem Haus am Forty Foot Bank zu befragen. Wie zur Hölle hatten sie das hinbekommen? War Wilkins doch noch im Gebäude gewesen und hatte mitbekommen, dass sie zusammen wegfuhren? Könnte er das Foto gemacht und der Zeitschrift gegeben haben?

Was auch immer die Wahrheit sein mochte, sie änderte nichts an dem Schaden.

Blakes und ihr Gesicht waren von dem Licht erhellt, das aus dem Gebäude nach draußen fiel. Blake hatte lächelnd den Kopf zu ihr geneigt, und Tara sah – oh, verdammt! – wie ein liebeskranker Teenager aus. Waren ihre aufgestauten Gefühle für jeden so offensichtlich? Sie hasste Giles. Vor Wut auf ihn wollte sie etwas Gewaltsames tun, auf einen Schreibtisch schlagen oder schreien. Aber wenn sie sich einen Rest Würde bewahren wollte, musste sie einfach hier stehen und es hinnehmen, wohl-wissend, dass sämtliche Augen auf sie gerichtet waren. Sie konnte nur hoffen, dass einige von ihnen – mit ein bisschen Glück vielleicht – immer noch vorrangig an den Cairncross-Fall dachten und nicht an ihre mögliche Liebelei mit ihrem DI.

Und was war mit Blake? Und seiner Frau und der gemein-samen Tochter? All dies, weil Giles sie so sehr hasste. Selbst wenn sie nichts verbrochen hatte, was dieser Artikel andeutete, und jemand systematisch Cairncross und dessen Akolythen auslöschte, blieb die Tatsache, dass sie Feinde hatte. Das konnte sie nicht ignorieren, und indem sie ihr eine Chance gaben, hatten sich Menschen wie Blake und Fleming dieser Art von hinterhältigen Attacken ausgesetzt.

Schon früh, sogar als sie noch für *Not Now* arbeitete, hatte Tara stets Abstand gewahrt. Auf diese Weise konnte sie notfalls ausbrechen und wirkte sich ihr Tun nicht auf andere aus. Aber jetzt war es anders. Die Polizeiarbeit und Teil eines Teams zu sein ließen sich nicht voneinander trennen. Wenn sie die falsche Sorte Aufmerksamkeit auf sich zog, litten sie alle.

Max Dimity drehte sich zu ihr um. »Es trifft nicht nur dich. Sie lieben es, sich auf alles zu stürzen, von dem sie glauben, dass es Leser ködert, ganz egal, wer dabei zu Schaden kommt.«

Natürlich wusste sie das. Sie selbst hatte solch einen Artikel nie geschrieben, aber bei *Not Now* hatte sie gesehen, wie andere es taten. Tara hätte nie für die arbeiten dürfen. Sie war eine Komplizin gewesen. Es war ein Jammer, dass man Geld verdienen musste, um essen zu können ...

»Bestimmte Leute bei *Not Now* haben es gezielt auf mich abgesehen«, sagte sie. »Ich war blöd genug, für sie zu arbeiten. Und als ich es eingesehen und gekündigt habe, kam das nicht gut an.«

In diesem Moment erschien Fleming an der Tür und sah Tara an. Das Gesicht der DCI war weiß vor Zorn. Tara folgte ihr zu ihrem Büro. Dort waren bereits Blake und Wilkins.

Fleming musste ihren Chef zu sich gerufen haben, während Tara noch auf Max' Computerbildschirm gestarrt hatte. Blake war blass – vielleicht sogar verkatert –, was nicht hilfreich war, und Wilkins sah wütend aus.

Als sie reinkam, sah Blake zu Tara. Sie fühlte, wie ihr all die Worte durch den Kopf purzelten, die sie sagen wollte, und sie wünschte, sie hätten unter vier Augen reden können, ehe sie vor eine Gruppe zitiert wurden.

»Es tut mir leid, Ma'am«, sagte Tara. »Der Artikel ist ziemlich offensichtlich von jemandem mit einem persönlichen Groll gegen mich geschrieben worden. Bisher konnte ich immer meine eigenen Schlachten kämpfen, ohne anderen Probleme zu machen.«

»Außer bei dem Seabrook-Mordfall«, korrigierte Wilkins.

Verflucht, der begibt sich auf gefährliches Terrain. In dem Artikel direkt nach ihrer Rückkehr nach Cambridge hatte *Not Now* betont, welche »Probleme« sie damals durch ihre Einmischung verursacht hatte. Und Wilkins plapperte praktisch deren Worte nach.

»Patrick«, sagte Fleming, »wir werfen Opfern eines Mordversuchs gemeinhin nicht vor, dass sie Probleme machen, indem sie erwarten, dass die Polizei bei ihrer Rettung hilft. In solchen Fällen tendieren wir dahin, die Verantwortung dem Täter anzulasten.« Sie holte tief Luft. »Grundsätzlich würden wir auf so etwas nicht einmal reagieren, doch unter den gegebenen Umständen und auch mit Blick auf DI Blakes Familie wird der Pressesprecher ein sehr kurzes Statement abgeben, um seine Anwesenheit bei der Befragung zu erklären.«

Tara sah Fleming an, dass sie weniger an eine überzeugende Begründung glaubte.

»Was den Fall angeht, schadet der Artikel unserer Ermittlung beträchtlich. Jede Chance, einen Zeugen zu überführen, indem wir die Nachricht von der Schlange unter Verschluss halten, hat sich damit erübrigt. Aber das hat selbstverständlich keinen Einfluss auf unser Handeln. Wir arbeiten weiter mit dem Beweis, den wir haben, und sehen uns an, ob wir weiterermitteln oder nicht. Sollte es sich als Sackgasse entpuppen, wäre es bedauerlich, und es stimmt, dass ich mehr Zeit als üblich darauf verwandt habe, Ihre Bitte um die Mittel hierfür zu überdenken, Blake. Es war eine Ermessensentscheidung, doch die habe ich getroffen, und sollte ein Fehler gemacht worden sein, übernehme ich die Verantwortung. Parallel hat das Aufspüren von *Not Nows* Quelle Priorität.« Sie sah Patrick an. »Mir kam zu Ohren, Patrick, dass Sie die Theorien, denen wir nachgehen, mit einer Sherlock-Holmes-Geschichte verglichen haben.«

Der DS zuckte mit den Schultern. »Klar, und mehr als einmal. Jeder hier kann es gehört und weitergegeben haben.« Er blickte seine Vorgesetzte an. »Ma'am – Sie, DI Blake und DC Thorpe wissen, dass ich von Anfang an skeptisch gewesen bin, was diese Ermittlung betrifft. Ich habe nie versucht, es zu verbergen. Sollte ich nach jemandem suchen, der Sachen an die Presse durchsickern lässt, würde ich mir Personen ansehen, die weniger offen mit ihren Gefühlen umgehen.«

Fleming betrachtete ihn eine Weile lang stumm, doch dann nickte sie. »Nun, sollte es irgendeinen Hinweis geben, will ich es erfahren. Ich will den Kopf desjenigen auf einem Silbertablett. Fürs Erste machen Sie alle weiter.«

Als sie den Raum verließen, sah Wilkins sehr kurz Tara an, und sie erkannte spöttische Belustigung in seinen Augen – allein für sie bestimmt. *Mistkerl.*

Blake hielt sie auf dem Korridor an und dirigierte beide in sein Büro.

»Wir könnten einen Idioten haben, der Informationen rausgibt, aber wir haben auch immer noch einen Fall zu lösen. Wie lief die Befragung von Tess Curtis?«

Wilkins berichtete, als wären sämtliche Erkenntnisse allein ihm zu verdanken. Blake merkte auf, als er hörte, dass sie die mysteriöse Person von der Kameraaufnahme war. Und Curtis'

Erklärung für ihren Besuch an dem Abend rief ein Stirnrunzeln hervor.

»Keine Ahnung, warum sie gelogen hat, sie hätte *Jean Florette* gesehen.« Wilkins verdrehte die Augen. »Mir kommt es wie eine unnötige Komplikation vor.«

»Vielleicht ist es teils wahr«, sagte Tara. »Sie könnte gesehen haben, dass der Film läuft, und sich vorgenommen haben, ihn sich anzusehen, bevor die Verabredung mit Beatty dazwischenkam. Möglich wäre, dass sie es noch erinnerte und spontan als Alibi vorbrachte.«

»Du hast auch auf alles eine Antwort«, erwiderte Wilkins, als sei es etwas Schlechtes. »Ich verstehe nicht, warum sie uns nicht gleich die Wahrheit gesagt hat.«

»Ich vermute, sie hatte schon lange auf die Chance gewartet, es Ralph Cairncross heimzuzahlen.« Tara konnte nachvollziehen, wie sich jahrelang aufgestauter Frust auswirkte. »Und sie will jetzt nicht einfach aufgeben. Natürlich könnte ich mich irren, aber so viel Verbitterung bedeutet, dass sie ein Motiv hatte, ihn zu töten. Und Beatty auch. Vielleicht *hatte* er ihr alles erzählt, was er wusste, und sie beschloss, die Einnahmen des Buchs nicht mit ihm zu teilen. Sie könnte ein späteres Treffen mit ihm arrangiert haben, seinem Ego geschmeichelt und ihn zu dem Sprung ermutigt haben. Immerhin ist sie eine attraktive Frau.«

»Es dürfte spannend sein, den gelöschten Vertrag zu sehen, falls er wiederhergestellt werden kann«, sagte Blake. »Doch wenn Tess Curtis irgendwie Christian Beatty zu diesem Sprung bewegen konnte, müsste sie den Plan in letzter Minute gefasst haben. Warum sonst sollte sie riskieren, am selben Abend sein Apartment aufzusuchen? Sie muss gewusst haben, dass das Haus kameraüberwacht ist.«

Wilkins verzog das Gesicht. »Ergo hat sie es nicht, Sir. Bei allem Respekt, aber diese ganze Ermittlung ist sinnlos.«

»Danke, Patrick. Ich habe das bedacht und stimme dir zufällig nicht zu.«

Der DS blickte auf seine Armbanduhr, die wie eine Rolex aussah, und seufzte. »Es wird Zeit, zur Autopsie zu gehen.«

Doch Tara war ziemlich sicher, dass er entzückt war, im Mittelpunkt zu stehen. Sie lächelte kurz, als sie sich daran erinnerte, dass Agneta Larsson ihn nicht mochte.

»Geh du lieber die Alibis von Sadie und Philippa Cairncross überprüfen«, fügte Wilkins an sie gerichtet hinzu.

»Und ich werde sie auch warnen«, sagte Tara.

Der DS lachte. »Meinetwegen. Eines steht jedenfalls fest: Philippa Cairncross kann auf sich selbst aufpassen.«

NEUNUNDZWANZIG

Tara fuhr zur Madingley Road, wo sie erfuhr, dass Philippa Cairncross nicht zu Hause war.

»Sie hat Ferien über die Feiertage«, sagte Sadie, die Tara in das Wohnzimmer führte, in dem sie schon einmal gesessen hatten. »Aber sie hat natürlich ihr eigenes Leben. Im Moment ist sie mit einigen Freunden zum Einkaufen in der Stadt.«

»Ich nehme an, Sie haben beide von Christian Beattys Tod gehört?«

Sadies Blick wirkte ängstlich, als sie nickte, und Tara spürte, dass sie den Tränen nahe war. »Würde das alles doch nur aufhören!«

»Sie mussten so vieles verkraften.« Tara neigte sich vor und sprach betont sanft. »Was meinen Sie mit ›das alles‹, Sadie?«

»Es ist, als wäre jeder verflucht, der Ralph gekannt hat«, sagte Sadie, was aus dem Zusammenhang gegriffen schien, denn es war keine direkte Antwort auf Taras Frage. Überdies klang Sadies Stimme ein wenig verträumt. Tara entsann sich, dass sie erwähnt hatte, regelmäßig Schlafmittel zu nehmen. Doch das konnte es wohl kaum sein, denn es war Vormittag.

Bezüglich der Alibis war sie überhaupt keine Hilfe. Als Tara sie erinnerte, wann Lucas Everett ertrunken war, sagte sie, sie wüsste nicht mehr, wo sie in der fraglichen Zeit gewesen war. Nach einer längeren Pause behauptete sie, Philippa wäre wahrscheinlich bei ihr zu Hause gewesen, da es kurz vor Semesterbeginn war. Und nachdem sie noch ein bisschen nachgedacht hatte, sagte sie, sie sei *sicher* bei ihr gewesen. Tara war sich nicht sicher. Philippa kam ihr nicht wie jemand vor, der viel zu Hause saß.

Bei dem Samstag von Christian Beattys Sturz war Sadie klarer und gab erneut an, dass Philippa und sie zusammen gewesen waren. Doch mittlerweile hatte Tara den Eindruck, dass Sadie sich an die Vorstellung klammerte, diese Antwort wäre günstig. Ihre Antworten kamen seltsam kindlich rüber.

Und als Tara sie schließlich warnte, dass möglicherweise alle Kontaktpersonen ihres Ehemannes in Gefahr sein könnten, drang sie noch weniger durch. Sadie Cairncross nickte an den richtigen Stellen, doch ihr Blick war leer. Tara gab es auf und erhob sich zum Gehen.

Die Sadie Cairncross heute war eine vollkommen andere Version als die, der sie beim ersten Besuch begegnet war. Was war passiert? Machte ihr etwas Angst? Und, falls ja, griff sie zu Beruhigungsmitteln oder Ähnlichem, um ihre Panik im Zaum zu halten?

Als sie wieder auf der Wache war, schickte sie eine Textnachricht an Kemp.

Wie geht's? Ich hoffe, du bleibst schön sauber.

Dann setzte sie sich hin, um die Berichte zu den Gesprächen mit Sadie Cairncross und Tess Curtis ins System einzutippen. Wilkins wäre noch einige Zeit weg, also konnte sie sich

wenigstens auf ein bisschen Ruhe und Frieden verlassen. Doch
noch ehe sie richtig angefangen hatte, nahm sie aus dem Augenwinkel eine Bewegung wahr. Blake kam auf ihren Schreibtisch
zu.

»Wie ging es mit Sadie Cairncross? Mehr interessante
Enthüllungen?«

Sie verneinte stumm. Trotz seiner Frage rückte in ihrem
Kopf wieder der Artikel in *Not Now* in den Vordergrund,
kaum, dass sie einander von Angesicht zu Angesicht sahen.
Tara verdrängte ihn. »Bedaure, nein. Sie schien diesmal viel
zerstreuter. Und besorgt. Ich bin mir nicht sicher, ob es wegen
des wachsenden Drucks nach Christian Beattys Tod ist oder sie
wirklich etwas weiß.« Ihr fielen die Schatten unter seinen
dunklen Augen auf. Er sah aus, als würde er nicht viel Schlaf
bekommen. War es nur der Fall oder mehr als das? »Ich kann es
kaum erwarten, die Laborergebnisse zu der Kiste vom Haus
draußen in den Fens zu bekommen.«

Er nickte. »Ich auch nicht. Leider hat die keine Priorität,
weil sie noch keinem bestätigten Verbrechen zugeordnet ist.
Aber ich habe mit ein paar Leuten gesprochen. Mit ein wenig
Glück könnten wir morgen früh mehr wissen.«

Max Dimity arbeitete an seinem Schreibtisch ein Stück
hinter Tara.

»Irgendetwas Neues, Max?", fragte Blake ihn.

»Die Alibis der Akolythen sind bisher bestätigt«, antwortete
er. »Und Tess Curtis' Schwester sagt, dass sie im Oktober
zusammen waren, als Lucas Everett starb. Aber wasserdicht
kann man keine der Geschichten nennen. Ich habe inzwischen
von Beattys altem College gehört. Sie sagen, dass er als Student
nie beim Nachtklettern erwischt wurde. Oh, und ich habe die
Datei, die Tess Curtis von ihrem Laptop gelöscht hatte – der
Vertragsentwurf für ihre Zusammenarbeit mit Christian Beatty
an der Ralph-Cairncross-Biografie.«

»Sehr gut. Obwohl sie den auch gezielt als Requisite vorbereitet haben könnte.« Blake sah zu Tara. »Aber die Frage bleibt, warum sie riskiert hat, am Samstagabend Beatty in dessen Wohnung zu besuchen, wenn sie plante, ihn später heimlich zu treffen.«

Er zog sich einen Stuhl heran und setzte sich zwischen ihren und Max' Schreibtisch. »Ich möchte den Planungsprozess durchgehen, dem unser Verschwörer folgen müsste. Wenn jemand die Entwicklungen mit dem Ziel verfolgt, eine Reihe von Leuten in Visier zu nehmen, muss er seine Taten sorgfältig geplant haben. Wir sind uns alle einig, dass er Risiken eingeht – schließlich besteht die Gefahr, dass ein potenzielles Opfer am Ende nicht tot ist. Aber er riskiert keine Details, die ihn verraten könnten. Was das betrifft, hat er seine Spuren gründlich verwischt. Ich habe den Eindruck, das meiste, was wir gefunden haben, ist nur aufgetaucht, weil er es so wollte.«

»Wie der Adnams-Wodka, meinst du?«, fragte Tara.

Er nickte.

»Was ist mit der Kiste?«, fragte Max.

»Die könnte die eine Ausnahme sein«, antwortete Blake. »Wer riskiert, die Schlange zu dem Haus zu bringen, könnte gedacht haben, dass es am sichersten ist, die Kiste dort zu lassen, wo sie war, hinter dem Nebengebäude. Würde derjenige versuchen, sie zu entfernen, könnte er jemanden zum zweiten Mal treffen und erklären müssen, was er tut. Und zu dem Zeitpunkt wäre die Gefahr größer, weil Cairncross bereits ertrunken war. Außerdem hat er wahrscheinlich angenommen, dass keiner etwas anderes als einen Unfall vermutet. Die Kiste in einem Garten voller Sperrmüll zu lassen, schien dem Täter nicht sonderlich waghalsig.«

»Es wäre vielleicht nicht ganz so riskant, wenn der Täter regelmäßig in dem Haus war«, sagte Tara. »Dann wäre er auch in einer guten Position einzuschätzen, wann er dort am wenigstens gestört würde. Doch für Außenseiter wie Sadie Cairncross oder Tess Curtis wäre es schwieriger, das Kommen und Gehen dort im Blick zu haben.«

»Das leuchtet ein«, bestätigte Max und ergänzte nach einem Moment: »Ich verstehe diese Nachricht, die Lucas Everett hinterlassen hatte, immer noch nicht. Einerseits fühlt es sich wie zu viel Zufall an, dass diese Tode nichts miteinander zu tun haben sollen. Andererseits ist die Frage, wie zum Teufel ein Täter sein Opfer dazu bringen kann, solch einen praktischen Abschiedsbrief zu schreiben.«

Blake nickte. »Wir haben sehr viel mehr Fragen als Antworten. Aber ich halte das Muster für zu auffällig, um es jetzt noch zu ignorieren. Und mich sorgt, dass es ein Wettlauf gegen die Zeit ist. Was ist, wenn die Menschen, die bisher gestorben sind, nur Teil einer größeren Gruppe sind, auf die es der Täter abgesehen hat?« Er fuhr sich mit der Hand durch sein bereits zerzaustes Haar und setzte sich gerader hin. Sein Jackett war zerknautscht, und seine Krawatte hing schief. »Gehen wir einen Schritt zurück. Okay, also angenommen, wir haben einen oder mehrere Täter: Sie haben schon ein paar gescheiterte Versuche bei Thom und Ralph hinter sich. Dann gelingt es ihnen, Ralph Cairncross' Tod zu inszenieren, ohne Verdacht zu erregen. Oder das glauben sie zumindest. Ihnen ist nicht bewusst, dass Ralphs Schwester bereits Alarm schlägt. Daher beschließen sie, den nächsten Schritt zu machen – irgendwie, vielleicht dank ihres Einflusses, führen sie Lucas Everetts Ertrinken herbei. Okay, sie sind wieder erfolgreich, aber wir nehmen an, dass sie abermals ein Risiko eingegangen sind. Selbst wenn wir über jemanden reden, zu dem Lucas aufgesehen hat, hätte er sagen können, er wolle lieber nach Hause gehen und ein Buch lesen, anstatt nachts in der Nordsee zu schwimmen.«

»Oder er hätte ein starker Schwimmer sein und es zurückschaffen können«, sagte Tara.

»Richtig.« Blake schloss kurz die Augen. »Die Person, über die wir reden, konnte gewiss nicht darauf setzen, dass ihre Identität geheim bleibt.«

»Aber sie hat nichts zu verlieren«, sagte Max. »Denn hätte Lucas überlebt, hätte der Täter ihm die Hand schütteln und zu seiner tollkühnen Tat gratulieren können. Es hätte den Schuldigen allerdings davon abgehalten, etwas Ähnliches mit demselben Ziel zu tun – entweder mit Lucas oder einem der anderen. Sobald sich herumgesprochen hätten, dass sie in gefährliche Abenteuer verwickelt waren, wäre beim nächsten tödlichen Ausgang leicht zu erraten, wer dahintersteckt.«

Tara nickte. »Hätte Lucas überlebt, wäre der Täter gezwungen gewesen, sich eine andere Strategie auszudenken – oder hätte aufgegeben. Aber Lucas ist nicht zurück nach Hause gekommen, und die Geheimnisse jenes letzten Abends sind mit ihm gestorben.«

»Also stand unserem Mörder frei, eine vergleichbare Herangehensweise bei Christian Beatty zu nutzen«, folgerte Blake. »Und hier war die Situation dieselbe, nämlich, dass er sich nicht sicher sein konnte, dass Beatty starb.«

Max nickte. »Wie hätten die Gespräche im Pub ausgesehen, hätte der Mann den Sprung geschafft und wäre wieder nach unten gestiegen? Gewiss hätten die Leute an diesem Punkt einen Anführer in Verdacht gehabt, der andere ermuntert, ihr Leben aufs Spiel zu setzen.«

»Da bin ich mir nicht so sicher«, sagte Tara. »In dem Szenario wäre nur eine Person infolge zu leichtsinnigen Handelns gestorben. Das wäre vielleicht nicht genug, um ein Muster zu erkennen. Ich wette, hätte Beatty es überlebt, würden die anderen sein Abenteuer in einem ganz anderen Licht sehen. Sie würden es wahrscheinlich nicht einmal als besonders lebensgefährlich betrachten. Plötzlich wäre es nur noch ein Akt von Wagemut. Und ich schätze, Beatty hätte sich darin gesonnt und auf keinen Fall unserem Täter von seinem Ruhm abgetreten, weil der es vorgeschlagen hatte.«

»Womit wir wieder bei der Frage sind, wie unser Täter seinen Vorschlag überhaupt als reizvoll verkaufen konnte«, sagte Blake.

Tara versuchte sich auszumalen, was einen Mann wie Christian Beatty überzeugen könnte, der erfolgreich, bewundert und selbstbewusst war. »Vielleicht hatte unser Täter das Kletterabenteuer zu Ehren von Ralphs und Lucas' Andenken vorgeschlagen. Wenn er Beatty das Gefühl geben konnte, sein Ruf und Status hingen davon ab, dass er die Herausforderung annahm, könnte es funktioniert haben.«

Max schüttelte den Kopf. »Das hätte bei mir garantiert nicht gewirkt.«

»Bei mir auch nicht«, pflichtete Blake ihm bei.

»Aber früher haben sich die Leute beim nichtigsten Anlass duelliert, um ihre Ehre zu verteidigen. Vielleicht hatte Beatty ein großes Ego und genug Selbstvertrauen und Wodka, dass er glaubte, sein Ruhm wäre nur noch einen Sprung entfernt.«

Alle sahen einander an. Tara war nicht sicher, ob sie ihrer Idee zustimmten, aber es hatten schon mehrere den Sprung geschafft, den Beatty falsch eingeschätzt hatte. Der Alkohol hatte ihn das Leben gekostet; der und die eisigen Temperaturen.

»Aber ich denke, wir sind uns einig, dass unser Täter, hätte Christian Beatty überlebt, seine Taktik geändert hätte.« Blake sah sie abwechselnd an. Tara bejahte stumm und sah, dass Max es ihr gleichtat.

»Stand ist, dass der Täter wieder erfolgreich gewesen ist«, sagte Tara. »Doch jetzt muss er die Methode sowieso ändern, da wir systematisch alle Kontakte von Ralph Cairncross gewarnt haben.« Ihr fielen die fiktiven Enden der Figuren aus den Büchern wieder ein. »Ich frage mich, ob er weiter die Todesarten aus Cairncross' Romanen kopieren will.«

»Tod durch Feuer und Ersticken in einem luftdichten Raum?« Blake schaute sie an. »Und er könnte auch noch einmal Stromschlag und Überfahren versuchen.«

Sie nickte. Kein schöner Gedanke.

DREISSIG

Blake war eben wieder in sein Büro gegangen, als eine Antwort von Kemp auf Taras Textnachricht einging.

Ob ich sauber bleibe? Ich? Ich benehme mich vorbildlich und nutze meine Zeit produktiv. Ein volles Update kommt, sobald ich es schaffe. Bea lässt schön grüßen.

Es klang, als ginge Kemp sparsam mit der Wahrheit um. Bald müsste sie ihm mehr Informationen aus der Nase ziehen, doch dafür war jetzt keine Zeit.

Sie kehrte zu ihrem Bericht über die Befragungen von Tess Curtis und Sadie Cairncross zurück. Zwischendurch blickte sie zu Wilkins' Schreibtisch – immer noch nicht zurück. Wahrscheinlich gönnte er sich ein nettes Mittagessen, nachdem er zur Autopsie von Beatty bei Agneta Larsson gewesen war. Auch wenn ihr schleierhaft war, wie er unter diesen Umständen essen konnte. Sie beschränkte sich auf einen Müsliriegel und wünschte, es wäre Schokolade. Bisher hatte sie noch nicht mitansehen müssen, wie jemand aufgeschnitten wurde. Sie wusste, dass sie damit umgehen könnte, was sie auch müsste, wenn es so weit war, aber sie freute sich wahrlich nicht darauf.

Sie las sich noch einmal durch, was sie zu dem Besuch bei Ralph Cairncross' PA notiert hatte und stockte, als sie zu Tess Curtis' Bemerkungen zu Sadie Cairncross' Mundverletzung und dem angeblichen Autounfall kam.

Es war seltsam, dass auf keiner der Websites, die Tara sich angesehen hatte, ein Grund für das Ende ihrer Musikerkarriere erwähnt worden war. Sie googelte es noch einmal, aber weil die Flötistin seit Jahren nicht mehr gesehen wurde, gab es nur wenige und weit auseinanderliegende Online-Artikel. Nach einer Weile fand sie eine Seite über »vergessene Stars«, auf der sie erwähnt wurde. In dem Artikel hieß es lediglich, sie wäre in den Ruhestand gegangen. Auf ihrer Wikipedia-Seite stand etwas von einem Unfall, doch das könnte irgendjemand editiert haben.

Tara überlegte. Philippa Cairncross war es gewesen, die ihr erzählte, ihre Mutter wäre nach dem Unfall gezwungen gewesen, ihren Beruf aufzugeben. Und Tess Curtis hatte dieselbe Geschichte gehört. Tara versetzte sich zurück in Philippas Zimmer am College und ließ die Unterhaltung Revue passieren. Sie erinnerte sich, dass sie zu Sadies frühem Abschied nachgehakt hatte. Und dann hatte Wilkins versucht, sie zu unterbrechen, weil er glaubte, sie wäre bloß neugierig. Und ausnahmsweise hatte er recht gehabt. Philippa hatte keinen Grund, Taras Neugier zu befriedigen. Trotzdem hatte sie geantwortet. Noch bevor Wilkins' richtig protestieren konnte, war Sadie Cairncross' Tochter mit ihrer Geschichte vom Autounfall gekommen. In jenem Moment hatte es nicht eigenartig gewirkt, aber jetzt brachte es Tara ins Grübeln. Hatte sie das Thema schnell mit der abgestimmten Standarderklärung abgewickelt, anstatt Aufmerksamkeit zu erregen, indem sie dichtmachte?

Nach ein wenig mehr googeln fand Tara das Orchester, in dem Sadie Cairncross zuletzt gespielt hatte. Mit einem Auge zur Tür, falls Wilkins wiederkam und ihr Zeitverschwendung vorhielt, wählte sie die Nummer.

Am Ende sprach sie mit drei unterschiedlichen Leuten: einer Empfangsdame, die erst seit einem Jahr dort angestellt war, gefolgt von einem Verwaltungsangestellten, der seit fünf Jahren für das Orchester arbeitete, und schließlich der PA des künstlerischen Leiters, die schon ewig für ihn tätig war.

»Recherchieren Sie für ein Buch?«, fragte die Frau.

»Ja, genau.« Na ja, könnte sie, falls sie bei der Polizei rausflog und wieder zum Journalismus zurückkehren müsste. »Es geht um Musiker, die auf dem Höhepunkt ihrer Karriere gezwungen waren, in den Ruhestand zu gehen. Ich dachte, Sadie Cairncross könnte eine gute Kandidatin sein. Sie war eindeutig sehr begabt, und dennoch hat sie mit fünfunddreißig aufgehört. Aber ich finde nichts Offizielles, ob sie aus gesundheitlichen Gründen dazu gezwungen war oder sich aus anderen entschieden hatte, nicht mehr weiterzumachen.«

»Ich fürchte, da kann ich Ihnen nicht helfen«, sagte die Frau. »Ich kann nur sagen, dass es für uns sehr unerwartet kam. Sie hatte einen Vertrag, der noch anderthalb Jahre lief. Dann war sie plötzlich fort, und soweit ich weiß, hat sie sich vollkommen abgeschottet. Ich erinnere mich, dass die Presse ein Interview mit ihr wollte, weil sie ja gerade auf dem Weg an die Weltspitze war, aber mir wurde gesagt, dass ich die abwimmeln soll. Das Management war auf ihrer Seite, obwohl sie uns schnöde im Stich gelassen hatte. Also was immer da los war, sie müssen Mitleid mit ihr gehabt haben. Wenn Sie mehr wissen möchten, müssen Sie wohl zu der Familie gehen.«

»Jemand erwähnte, dass sie einen Autounfall gehabt haben könnte.«

Die Frau am anderen Ende schnaubte kurz. »Wenn dass der Fall gewesen wäre, hätte es wohl jeder gewusst. Und warum sollten sie es vor der Presse geheim halten?«

Ja, warum? Tara bedankte sich bei der Frau und legte auf.

Im selben Moment ging eine Textnachricht auf ihrem privaten Handy ein. Sie blickte zum Display. Diesmal war es nicht Kemp, sondern ihre Mutter.

Liebes, ich lese gerade Not Now *zwischen den Sets und sehe dein Foto mit diesem außergewöhnlichen Artikel. Wie es scheint, hat Giles dir nicht verziehen. Ich frage mich, ob du dich nicht in Schwierigkeiten gebracht hast, als du die Zeitschrift so verlassen hast ...*

Tara biss die Zähne zusammen. Sie stellte sich Lydia vor, wie sie im sonnigen Madeira auf ihren Stuhl saß, während die Visagistinnen um sie herumturnten, und sich selbst gratulierte, weil sie so vorausschauend war ... *Danke, Mutter. Mir war Giles' Charakter durchaus bewusst, denn immerhin habe ich drei Jahre für ihn gearbeitet ...* Doch tatsächlich hätte sie nie einen Artikel wie den erwartet, der heute Morgen auf der Website der Zeitschrift erschienen war. Nicht, weil Giles nicht rachsüchtig wäre – das war er auf jeden Fall –, sondern weil sie geglaubt hatte, er wäre schlicht zu faul. Aber natürlich hatte er seine Vampirin Shona, die er in die Nacht hinausschicken und die harte Arbeit für ihn erledigen lassen konnte.

Tara antwortete ihrer Mutter nicht. Stattdessen steckte sie ihr Telefon in ihre Tasche und wandte sich wieder dem Fall zu. Wenig später listete sie das Kommen und Gehen in Cairncross' Haus in der Nacht des Unfalls auf. Tess Curtis sagte, sie hätte Philippa getroffen, als sie zu Ralphs Büro ging, um die Papiere zu holen, die er unterschreiben musste. Das müsste sie noch überprüfen, wenn sie das nächste Mal die junge Cairncross sah.

Tara konzentrierte sich. Und selbstverständlich hatte Tess Curtis gesagt, dass es einen separaten Eingang zu Ralphs Arbeitsbereich gab – man musste nicht durch das Privathaus gehen. Dennoch hatte Tess es geschafft, Philippa über den Weg zu laufen. Hieß das, Cairncross' Tochter war draußen, nahe dem Eingang zum Büro ihres Vaters? Und, falls ja, warum? Hatte sie etwas gewollt? Etwas, nach dem sie nur suchen konnte, wenn er nicht da war?

Tara rollte die Schultern, um sie zu lockern. Ihr Nacken verkrampfte sich, und sie bewegte sich im Kreis – alle, die mit den Todesfällen in Verbindung standen, benahmen sich komisch. Doch sie könnte Tess Curtis anrufen und ebenso gut ein bisschen gründlicher nachforschen.

Sie erreichte die Frau auf ihrem Handy. »Ich bin bei der Arbeit«, sagte Tess. »Kann das nicht warten?«

»ich wollte Sie nur wissen lassen, dass ein Kollege den Vertrag wiederherstellen konnte, den Sie gelöscht hatten. Wir mussten nicht einmal die Technikexperten bemühen.«

Tess' Tonfall wurde freundlicher. »Ah, na, das ist doch gut. Danke, dass Sie mich informiert haben.«

Tara erwähnte Blakes Gedanken nicht – dass sie die Vereinbarung mit Christian Beatty erfunden und den Vertragsentwurf verfasst haben könnte, um ihre Geschichte zu untermauern.

»Und ich habe noch eine ganz kurze Frage zu Philippa Cairncross«, sagte sie stattdessen, um Neugier zu wecken.

»Na gut.«

»Sie hatten erwähnt, dass Sie sie getroffen haben, als Sie an dem Abend vor Ralphs Tod zu seinem Büro gegangen waren. Ich frage mich nur, ob Philippa da auch in seinem Arbeitsbereich gewesen ist.«

»Ich erinnere mich nicht, dass ich das gesagt habe ...« Es folgte eine Pause, dann wurde Tess Curtis' Stimme sehr klar. »Ah, Verzeihung, ja, verstehe. Nein, ich hatte sie nicht persönlich gesehen. Unsere Autos standen Stoßstange an Stoßstange, weil sie den Volvo ihrer Mutter in der Einfahrt wendete, als ich dort eingebogen bin. Und dann ist sie direkt weggefahren. Ich habe nicht mit ihr gesprochen.«

Tara war in Blakes Büro, als Wilkins endlich wieder erschien. Und sofort klopfte er an die Tür.

»Gerade zur richtigen Zeit«, sagte Blake, wobei er eine Augenbraue hochzog und sein Blick warnend war. »Max konnte Philippa Cairncross aufspüren, und du und Tara müsst zu ihr. Doch vorher solltet ihr mal mit ihrem Freund sprechen. Max sagt, dass er gerade in der Chemie-Fakultät ist, und er kann euch jetzt gleich treffen.«

Wilkins runzelte die Stirn. »Ihr Freund?«

»Du erinnerst dich vielleicht, dass sie uns erzählt hat, sie wäre bis spät in der Nacht bei ihm gewesen, als ihr Vater starb, und das mit dem Rad. Tja, wir haben jetzt eine Zeugin, die sagt, dass sie an dem Abend mit dem Auto vom Haus ihrer Eltern weggefahren ist.« Blake sah Tara an. »Vielleicht könntest du Patrick unterwegs auf den aktuellen Stand bringen, Tara. Und gut gemacht.«

Tara wusste, dass sie das Lob verdiente, und sie freute sich darüber, allerdings nicht auf die Fahrt mit Wilkins direkt danach. Blake war eindeutig mit seiner Geduld am Ende, was das Verhalten ihres Vorgesetzten betraf, und schien nicht länger willens zu sein, mit seinem Ärger hinterm Berg zu halten.

EINUNDDREISSIG

Philippa Cairncross' Freund, Lance Ravenscroft, war einen Meter neunzig groß, blond und breitschultrig. Tara schätzte, dass es ihn normalerweise selbstsicher machte, doch jetzt hatte er die Ausstrahlung von jemandem, dessen inneres Gleichgewicht gestört worden war.

Wie Tara wusste, hatte Max Dimity ihm an Telefon erklärt, dass sie mit ihm über die Nacht reden wollten, als der Vater seiner Freundin gestorben war. Sollte er ihr ein falsches Alibi gegeben haben, musste er inzwischen schön im eigenen Saft schmoren. Trotz Wilkins' miserabler Laune hatten sie auf der Fahrt genug sprechen können, um eine gemeinsame Taktik zu vereinbaren. Als Tara sah, wie der Mann in dem kleinen Büro, in das er sie geführt hatte, von einem Bein aufs andere trat, war sie sicher, dass es funktionieren würde.

»Machen Sie es sich doch bitte bequem, Mr Ravenscroft«, sagte Tara, der klar war, dass es mehr als eines Stuhls bedurfte, damit er sich entspannte.

Sobald er saß, nahmen auch Wilkins und sie Platz. Sie waren um einen kleinen quadratischen Tisch versammelt.

»Nennen wir die Dinge beim Namen«, eröffnete Wilkins.

»Wir wissen, dass Philippa uns belogen hat, was die Nacht betrifft, in der ihr Vater starb.«

Sie hatten sich geeinigt, es möglichst krass zu formulieren. Ravenscroft sollte ruhig glauben, dass sie mehr wussten, als es tatsächlich der Fall war. Philippa könnte behaupten, sie hätte sich lediglich falsch erinnert, wie sie an jenem Abend zu ihrem Freund gekommen war. Doch Lance Ravenscroft sollte ihnen mehr geben, damit sie im Vorteil waren, wenn sie seine Freundin erneut befragten.

Nun sah der Mann nervös aus. Bei einer Lüge gegenüber der Polizei ertappt zu werden, nahm sich wahrscheinlich ungünstig für seine beruflichen Pläne aus. Er musste ein sehr behütetes Leben geführt haben, wenn dies der erste Stolperstein war, auf den er stieß.

»Wir möchten Ihnen die Chance geben, Ihre Aussage von September zu korrigieren«, sagte Tara. »Falls Sie noch einmal überdenken müssen, was Sie uns erzählt hatten, können wir es in unserem Bericht anpassen. Manchmal irren sich Menschen, wenn sie direkt nach einem schockierenden Vorfall erzählen, was geschehen ist.«

Ravenscroft nickte, und da war ein Hoffnungsschimmer in seinen Augen. »Das stimmt. Man gerät leicht durcheinander, wenn alle aufgewühlt sind. Als sich die Dinge beruhigt hatten, habe ich mich gefragt, ob Philippa die Zeiten verwechselt hatte. Doch da hatte ich schon meine Aussage entsprechend ihrer gemacht. Ich meine, ich hatte ihre Erinnerung genutzt, um meinem Gedächtnis auf die Sprünge zu helfen.«

Wahrhaft erbärmlich. Trotzdem wollte er ihnen offenbar geben, was sie brauchten.

»Erzählen Sie uns noch einmal, was genau an dem Abend war«, sagte Wilkins.

»Ich glaube, Philippa war erst später bei mir, als ich ausgesagt hatte.«

»Und wie viel später war das?«, fragte Tara.

»Vielleicht gegen zehn oder halb elf.«

Tara und Wilkins wechselten einen Blick. Ravenscroft bemühte sich um Schadensbegrenzung, gab aber bereits zu, dass Philippa volle zweieinhalb Stunden später bei ihm ankam, als er ursprünglich ausgesagt hatte.

»Und wissen Sie, wie sie zu Ihnen gekommen ist?«, fragte Tara.

Lance Ravenscroft runzelte die Stirn. »Ich hatte sie nicht ankommen gesehen, aber als sie ging, habe ich sie nach draußen begleitet.«

»Um welche Zeit war das?«

Jetzt klang seine Stimme fest. »Gegen viertel vor eins.«

Die Uhrzeit hatte sich also nicht geändert. Komisch, dass er nur »vergesslich« bezüglich ihrer Ankunft gewesen war.

»Und wie ist sie nach Hause gefahren?«

»Sie war mit dem Fahrrad da. Ich hatte gewartet, solange sie es aufschloss, und dann haben wir uns verabschiedet.«

Im Wagen legte Wilkins seinen Gurt an und bekam ihn nicht auf Anhieb eingerastet. Er fluchte.

Philippa bei einer Lüge zu erwischen, wirkte ziemlich verdächtig. Er würde wie ein Idiot dastehen, sollte er endlich von seinem hohen Ross steigen müssen und gestehen, dass an Taras Theorie doch etwas dran war.

Er blickte geradeaus. »Ich nehme an, du wirst sagen, sie ist mit dem Wagen in die Fens gefahren, hat die Schlange aus der Kiste geholt und in den Wagen gepackt, damit die ihre Drecksarbeit erledigt. Und dann«, er steckte den Zündschlüssel ins Schloss, »ist sie nach Hause, hat das Auto ihrer Mutter abgestellt und ist mit dem Fahrrad los, um zur Feier des Tages zu vögeln.«

Bisweilen konnte er so poetisch sein.

»Vielleicht.«

Wilkins klang ungläubig. »Ach, komm schon! Ich hätte gedacht, da stürzt du dich sofort drauf.«

Aber sollte es so gewesen sein, wo hatte Philippa Cairncross ihren Wagen geparkt? Sie konnte nicht riskieren, in die Einfahrt des Hauses zu fahren. Die war vom Wohnzimmer aus zu sehen, und eventuell waren die Vorhänge nicht zugezogen. An der Straße gab es auch wenig Möglichkeiten, einen Wagen außer Sichtweite abzustellen. »Fahren wir lieber hin und stellen ein paar Fragen«, schlug Tara vor. »Hören wir uns ihre Version an.« Zweifellos hatte Lance Ravenscroft sie schon angerufen und vorgewarnt. Max hatte bestätigt, dass sie wieder zu Hause in der Madingley Road war.

»Ich kann es kaum erwarten«, sagte Wilkins. »Noch eine Chance zu sehen, wie du eins und eins addierst und drei herausbekommst.« Jetzt grinste er, denn er wusste genau, welche Knöpfe er bei ihr drücken musste.

Wart's nur ab, Wilkins. Wir werden ja sehen, wer am Ende der Blöde ist.

ZWEIUNDDREISSIG

Die Hauptstraßen waren mittlerweile frei, doch auf dem Cairncross-Grundstück in der Madingley Road war es, als würde man einen verzauberten Garten betreten, in dem permanenter Winter herrschte. Die einzigen Reifenspuren im Schnee stammten von ihrem Besuch vorhin, aber sie konnten Fußabdrücke sehen, die von Philippa Cairncross sein mussten – eine Spur vom Haus weg und eine identische zurück. Vermutlich hatten sie heute keine Post bekommen. Tara fragte sich, wie oft Sadie Cairncross ausging. Und wie häufig sie mit jemandem anderen als ihrer Tochter sprach.

Philippa öffnete ihnen die Haustür mit der dunklen Glasscheibe, doch gleich hinter ihr in der dämmrigen Diele konnte Tara ihre Mutter sehen, deren Gesicht im Halbdunkel blass wirkte.

»Kommen Sie rein«, sagte Philippa und trat zurück, um sie durchzulassen. Ihr Blick war nicht misstrauisch, bloß unfreundlich, wie das letzte Mal, als Tara sie gesehen hatte. Und resolut. Aber Tara war sicher, dass ihr Freund sie kontaktiert hatte; sie hatte gewusst, dass sie kamen.

»Du musst nicht dabei sein«, sagte Philippa über ihre

Schulter zu ihrer Mutter. »Dich haben sie schon gegrillt. Geh ruhig und warte im Wohnzimmer.« Philippa drehte sich um und ging voraus einen Flur hinunter, um eine Tür links zu öffnen, hinter der eine Anrichte und eine Spüle zu sehen waren.

Doch Sadie Cairncross schien aus ihrem tranceähnlichen Zustand erwacht. »Ich bleibe lieber bei dir«, entgegnete sie. »Ich bin deine Mutter.« Vielleicht spürte sie die Anspannung und war deshalb wacher.

»Ich kann auf mich selbst aufpassen.« Es bestand kein Zweifel, dass Philippa dieses Gespräch ohne sie führen wollte. Und wieder bemerkte Tara, dass ihre Worte schroff und ungeduldig klangen, nicht beunruhigt.

Philippa ging voraus in die Küche. »Ich bin gerade erst zurück und brauche einen Kaffee, denn ich bin am Erfrieren.« Sie trug einen Wasserkocher zur Spüle. »Ich nehme an, Sie möchte auch einen?«

»Nein danke«, antwortete Wilkins.

Tara entging nicht, wie hochmütig er klang. »Aber ich hätte gern einen.« Sie wollte, dass es möglichst lange dauerte, bis das Wasser kochte. So bliebe mehr Zeit für Philippa, um nervös zu werden, falls es denn geschah. Und es gab Tara Gelegenheit, sich in dem Raum umzuschauen, was immer sinnvoll war.

Heute war es ein Foto auf der Anrichte, das sie interessierte.

»Ich möchte auch einen Kaffee«, sagte Sadie, die ihnen in die Küche gefolgt war.

Tara sah, wie sich Philippas Schultern anspannten. Sie hielt den Wasserkocher noch am Henkel, den sie eben auf seine Station gestellt hatte. Nun hob sie ihn wieder an, brachte ihn zurück zur Spüle und füllte Wasser nach.

Tara schritt gelassen durch den Raum und auf die Anrichte zu, sobald Philippa ihr den Rücken gekehrt hatte. Das Foto zeigte Cairncross und seine Akolythen, wie es aussah. Das

Mädchen ganz links in der Gruppe musste Letty sein. Sie wirkte sehr jung auf dem Bild. Natürlich war sie auch deutlich jünger gewesen als die anderen, aber der Eindruck wurde noch dadurch verstärkt, dass sie als Einzige entspannt lachte. Tara erinnerte sich, dass Tess Curtis sie als »unschuldig« bezeichnete und sicher war, dass Ralph Cairncross versucht hatte, sie ins Bett zu bekommen. Thom King hatte sie einen »Schatz« genannt, und Stephen Ross sagte, sie wäre »sehr klug und auch schön gewesen, wie ein präraffaelitisches Gemälde«. In der Aufnahme lehnte sie sich zu der Gruppe, als würde sie alle wirklich mögen. Sie sah aus wie eine kleine Schwester, die von ihrem coolen älteren Geschwister mitgenommen worden war. Ihre Augen waren strahlend blau, und ihr Haar hatte diesen Rotton, der wie besonnt schien, sogar an bewölkten Tagen. Stephen Ross stand neben ihr, hatte einen Arm um ihre Schultern gelegt und blickte in die Kamera. Seine Miene war streng. Alle anderen und auch Cairncross wirkten, als hätten sie ihre Gesichtsausdrücke für das Foto bewusst gewählt. Thom King hatte ein spöttisches, Rockstar-mäßiges Grinsen aufgesetzt. Tara war froh, dass sie das Foto nicht vor ihrem Treffen mit ihm gesehen hatte, denn nun hätte sie echte Mühe, ihn ernst zu nehmen. Und Christian Beatty war noch schlimmer; wie es aussah, schwenkte er eine Faust. Lucas Everett und Verity Hipkiss hatten sich für Variationen desselben Themas entschieden: eine Art freches Starren. Hinter der Gruppe stand Cairncross mit ausgebreiteten Armen. Er erinnerte Tara an einem Marionettenspieler, der unsichtbare Fäden zog. Tara fragte sich, wer das Bild aufgenommen hatte. Die langmütige Tess Curtis vielleicht? Oder jemand von der Presse?

Hinter ihr knallte Philippa Becher auf den Tisch, was Tara aus ihren Gedanken riss. Als sie sich umdrehte, sah sie, dass Kaffee auf den Eichentisch übergeschwappt war.

Sie alle zogen sich Stühle vor und setzten sich.

»Also, Mum sagt, Sie wollen uns alle warnen, dass wir in

Gefahr sein könnten«, sagte Philippa. »Glauben Sie ernsthaft, jemand läuft rum und versucht, eine Reihe von Todesfällen zu orchestrieren?«

»Es ist eine vage Möglichkeit«, antwortete Wilkins. »Oder so schien es bis jetzt. Aber wir können das nicht ignorieren.«

Philippas Augen blitzten. »Und ich nehme an, weil die bisherigen Toten mein lieber Vater und zwei der Akolythen sind, komme ich sowohl als mögliche Verdächtige als auch als ein potenzielles Opfer infrage.«

»Wie kommen Sie darauf?«, fragte Wilkins.

»Na, ich habe bei unserer letzten Unterhaltung ja keinen Hehl daraus gemacht, wie sehr ich Ralph und seine idiotische Bande von Gefolgsleuten verachtet habe.«

»Philippa!« Da schwang Schmerz in Sadie Cairncross' Stimme mit.

»Du weißt, dass es stimmt, Mum. Ich kann nichts dafür, wenn du nicht fähig warst, Ralphs Bann zu brechen. Und es war ein Bann.« Sie blickte kopfschüttelnd zu ihrem Becher. »Ich habe dir ja gesagt, du sollst nicht mitkommen und dir das anhören. Ich will dir nicht wehtun. Das habe ich nie gewollt.« Sie blickte mit ihren kalten grauen Augen zu ihrer Mutter auf. »Aber wenn du bleibst, weil du denkst, in deiner Anwesenheit halte ich mich zurück, täuschst du dich. Für all das ist es jetzt zu spät.«

Wieder sah sie zu Tara und Wilkins. »Also glauben Sie, jemand ermuntert die Akolythen, Risiken einzugehen, und hofft, ihre Tode werden als Unfälle abgeschrieben? Und dieselbe Person vielleicht auch meinen Vater überredet hatte, mehr als sonst zu trinken, um die Chance auf einen Unfall zu erhöhen?«

»Nicht nur das«, antwortete Tara.

»Ich habe den Artikel über die Schlange gesehen«, sagte Philippa.

Sie und jeder andere.

Nun war da ein Anflug von Misstrauen in ihrem Blick. War sie an jenem Abend draußen in den Fens gewesen? Hatte sie dafür den Wagen ihrer Mutter genommen? Egal, was sie ihnen erzählte, sie würden die Verkehrskameras überprüfen und nachsehen, in welche Richtung sie gefahren war.

»Und natürlich gab es den Vorfall mit der Lampe, nur eine Woche vor dem Unfall Ihres Vaters«, ergänzte Tara. »Vielleicht hatte jemand mit Zugang zu der Garage die Verkabelung manipuliert, um einen unglücklichen Zufall zu inszenieren.«

Und da war ein neuer Ausdruck in Philippas Augen. Furcht. Er brauchte eine Weile, bis er richtig zu erkennen war, als würde sie in Gedanken an etwas arbeiten, was sie vorher nicht bedacht hatte.

»Eine Falle«, sagte sie. »Aber wenn das jemand getan hat, könnte er noch mehr hinterlassen haben. Mum oder ich könnten über etwas stolpern, das für Ralph bestimmt war.«

Konnte sie solch eine überzeugende Reaktion vorspielen? Es wurde Zeit, zu dem zu kommen, was sie fragen musste. Tara schaute zu Wilkins. Es war sein Job – offiziell –, auch wenn er ihn nicht zu genießen schien.

»Wir wissen, dass Sie gelogen haben, was Ihre Bewegungen in der Nacht anging, in der Ihr Vater starb«, sagte er schließlich. »Lance Ravenscroft hat bestätigt, dass Ihre Geschichte, Sie wären um acht Uhr bei ihm gewesen, nicht stimmt. Er schätzt Ihre Ankunft dort eher auf zehn oder halb elf. Er glaubt, Sie wären durcheinandergekommen, weil Sie aufgewühlt waren, aber das glauben wir nicht.«

Philippa wurde vollkommen still. Ihre Mutter starrte auf den Tisch, und Tara bemerkte, dass ihre linke Hand leicht zitterte. Hatte sie gewusst, dass ihre Tochter gelogen hatte?

Tara neigte sich vor. »Philippa, wir haben eine Zeugenaussage, dass Sie dieses Haus an dem Abend um acht Uhr verlassen haben und mit dem Wagen Ihrer Mutter weggefahren sind.« Sie konzentrierte sich auf die Miene der jungen Frau. Da war wieder die Angst, diesmal um sich selbst, dessen war Tara sich sicher. Und sie hörte, wie Sadie Cairncross links von ihr nach Luft rang.

»Sie sind in die Fens gefahren, nicht wahr, Philippa?«, fragte Tara.

Philippa sah zu ihrer Mutter, und plötzlich ließ sie die Schultern hängen. »Ja, bin ich.« Und sofort richtete sie den Blick wieder auf Wilkins und Tara. »Aber falls Sie denken, ich hätte Ralphs Tod herbeigeführt, irren Sie sich. Ich war wütend auf ihn und verstand nicht, warum er so viel Zeit mit dieser Gang von Schleimern verbringen wollte. Es war eine Art Zwang. Ich musste hin und sie ausspionieren, mir ansehen, was für einen Schwachsinn sie trieben. Um mir zu beweisen, dass ich sie zu Recht verachtete, schätze ich.«

Es entstand eine längere Pause. »Betrachten Sie es mal aus unserer Warte, Philippa«, sagte Wilkins. »Sie haben uns belogen, was Ihren Aufenthalt in der Nacht betraf, als Ihr Dad gestorben ist. Sie haben ein Foto vom Unfallort auf Ihrer Facebook-Seite gepostet. Und Sie erzählen uns, wie sehr Sie ihn gehasst haben. Was sollen wir Ihrer Meinung nach denken?«

Sadie hatte sehr leise zu weinen begonnen und den Blick immer noch zur Tischplatte gesenkt.

»Sie müssen uns genau erzählen, was an dem Abend geschehen ist«, sagte Tara. »Und uns den wahren Grund nennen, warum Sie zu dem Haus am Forty Foot Bank gefahren waren.« Hatte sie vorgehabt, ihren Vater umzubringen? Tara konnte es sich vorstellen – es vielleicht sogar tat, im Affekt, falls sie die Mittel hatte und wütend genug war. Doch dann fiel ihr wieder die Furcht in Philippas Augen ein, als sie überlegte, ob es im Haus noch weitere Todesfallen geben könnte. Wäre sie die Verantwortliche, hätte sie keinen Grund zur Sorge. »Sind Sie direkt von hier aus zu dem Haus draußen gefahren?«

Philippa fuhr sich mit der Hand durch ihr stacheliges Haar. »Nein. Ich habe diese Kuh Tess Curtis gesehen, als ich los bin, natürlich – ich nehme an, Sie ist Ihre Zeugin. Jedenfalls dachte ich, sie würde garantiert einen Vorwand finden, auch in Ralphs Party hereinzuplatzen – aus völlig anderen Gründen.«

»Also haben Sie gewartet, um ihr einen Vorsprung zu geben?«

Philippa nickte. »Ich habe ein Stück entfernt geparkt und gewartet, bis sie weg war. Sie sollte nicht hinter mir herfahren. Danach bin ich direkt in die Fens gefahren.«

»Und was haben Sie gemacht, als Sie dort waren?«, fragte Wilkins.

»Ich konnte selbstverständlich nicht auf das Grundstück fahren, denn ich wollte ja nicht gesehen werden.« Sie blickte in die Luft, als würde sie sich an den Abend zurückversetzen, den sie beschrieb. »Aber da gibt es ein kleines Stück entfernt ein verfallenes altes Cottage. Dort habe ich hinter der Scheune geparkt. So konnte Tess unmöglich Mums Wagen sehen, wenn sie wieder verschwand.«

»Und was haben Sie dann getan?«, fragte Tara.

»Ich habe mich näher ans Haus geschlichen. Die Sonne war schon untergegangen, aber es war noch nicht vollständig dunkel. Die Vorhänge waren noch geöffnet, sodass ich in die Zimmer sehen konnte. Ich musste aufpassen, wo ich stand, damit ich nicht entdeckt wurde, doch es gibt Hecken und ein Nebengebäude – als Deckung. Und ich habe beobachtet. Keiner hat mich gesehen, und schließlich bin ich nach Hause gefahren.«

Tara bemerkte, dass sie in diesem Moment zu ihrer Mutter blickte. Sie war eindeutig wieder im Hier und Jetzt. Und ihr Blick legte nahe, dass sie etwas zurückhielt.

»Haben Sie jemanden aus dem Haus kommen gesehen, während Sie beobachteten?«, fragte sie.

Philippa bejahte. »Tess Curtis war schon wieder vor dem Haus, als ich ankam. Sie blieb kurz an ihrem Auto stehen und wischte tote Fliegen von ihrer Windschutzscheibe. Ich tippe,

dass es ein Vorwand war, länger zu bleiben. Sie wollte dazuge-
hören – oder zumindest sehen, was vor sich ging. Aber letztlich
gab sie es auf und fuhr weg.«

Tara fragte sich, ob Tess schon Material für ihr Buch gesammelt hatte. Die Arbeit daran verlief gewiss ungestörter, da
Ralph nun aus dem Weg war. Sie könnte die Schlange in seinen
Wagen gelegt haben, bevor Philippa Cairncross erschien. Doch
dann hätte sie – oder wer immer das Tier platzierte – achtgeben
müssen, vom Haus aus nicht gesehen zu werden.

»Und haben Sie sonst noch jemanden gesehen?«, fragte
Tara.

Wieder blickte die junge Frau zu ihrer Mutter. Worum ging
es hier?

»Kommen Sie schon, Philippa«, sagte Wilkins. »Sie lassen
eindeutig etwas aus. Und damit handeln Sie sich einen Haufen
Ärger ein.«

Schließlich holte sie ihr Handy aus der Jeanstasche. »Ich
zeige es Ihnen.« Sie öffnete die Fotos und scrollte kurz. »Da«,
sagte sie, sah jetzt nicht mehr ihre Mutter an und schob das
Telefon zwischen Tara und Wilkins.

Tara erkannte das Haus am Damm im Hintergrund. Und
im Vordergrund, an die Mauer zwischen zwei Fenstern
gepresst, sodass sie von drinnen nicht zu sehen waren, standen
Ralph Cairncross und Verity Hipkiss. Das Licht war dämmrig
und das Bild leicht verschwommen, dennoch waren sie deutlich
zu erkennen. Engumschlungen. Er hatte eine Hand in ihrem
Haar, die andere unter ihrem Rock.

»Sie haben mich nicht bemerkt«, spie Philippa förmlich aus.
»Wie Sie sehen, waren sie ziemlich beschäftigt.«

Bevor einer von ihnen es verhindern konnte, hatte Sadie
Cairncross sich das Handy gegriffen. Philippa wollte es schnap-
pen, war jedoch eine Sekunde zu spät. Abrupt stand sie auf und
ging an die Seite ihrer Mutter.

»Ich wollte nicht, dass du es weißt«, sagte sie. »Nicht mehr.

Nicht, nachdem er gestorben ist. Ich hatte versucht, Beweise zu bekommen. Wäre er noch am Leben, würde ich wollen, dass du siehst, wie er ist. Er ruinierte dein Leben immer noch, und du hast es zugelassen.« Sie legte die Hand fest an die Schulter ihrer Mutter. »Ich wollte, dass du aufwachst! Wie viele Jahre hättest du dich noch von ihm misshandeln lassen? Dich benutzen? Dir das Gefühl geben lassen, nichts zu sein?« Sie holte tief Luft. »Aber als er tot war, hatte es keinen Sinn mehr, dir das zu zeigen. Du warst so oder so frei von ihm, und ich hätte dich nur verletzt.«

Nun legte sie einen Arm um ihre Mutter, doch Tara konnte ihr ansehen, dass sie zwischen Wut und Zärtlichkeit schwankte. Und sie glaubte, dass die Frustration gewinnen würde.

»Bitte, Mum, nimm deinen Kaffee mit ins Wohnzimmer und lass mich das hier zu Ende bringen. Danach können wir reden.«

Wenig später nickte Sadie Cairncross und stand auf. Ehe sie den Raum verließ, wandte sie sich noch einmal zu ihrer Tochter um. »Du hättest das nicht zu tun brauchen, Philippa. Ich habe seit Jahren von seinen Seitensprüngen gewusst.«

Mit diesen Worten verließ sie die Küche, und Philippa schloss die Tür hinter ihr. Ihre Wangen waren gerötet, was einen auffälligen Kontrast zu ihrer sonstigen Blässe bildete.

Sie kehrte an den Tisch zurück und sah abwechselnd Tara und Wilkins an.

»Sie mag es gewusst haben, tief im Innern, aber sie wollte den Kopf in den Sand stecken und leiden. Ich dachte, wenn sie einen echten Beweis sieht, bricht es seine Macht über sie. Sie wäre gezwungen, sich der Realität zu stellen und würde Ralph hoffentlich verlassen. Sie müssen verstehen, dass meine Mutter *Jahre* seinetwegen gelitten hat.«

Sie blickte Tara an. »Wissen Sie noch, dass Sie mich gefragt haben, was Mums Karriere als Flötistin beendet hat, und ich sagte, es war ein Autounfall?«

Tara nickte. »Was war wirklich passiert? Hatte Ralph sie verletzt?«

Philippa lachte so verbittert, dass sich die kleinen Härchen auf Taras Arme aufrichteten. »In gewisser Weise.« Sie sank wieder auf ihren Stuhl. »Er hatte Mum klargemacht, dass er nur Frauen wollte – und überhaupt Menschen um sich –, die in der Blüte ihrer Jugend waren. Faltenfrei, sorglos und – in seinen Augen – schön. Früher hat sie so getan, als machte es ihr nichts. Sie nannte sich seinen Anker, doch das bedeutete eigentlich nur, dass sie ihm den Haushalt führte und für eine warme Mahlzeit sorgte, wenn er sie wollte. Ich war noch ein Kind, als ich zu begreifen begann, was los war. Ich war klug, hörte vieles und ihr Weinen. Dann erzählte sie mir, dass sie für einige Tage wegmüsste. Eine Cousine kam und kümmerte sich um mich – das war Ralph selbstverständlich nicht zuzumuten. Er stand über solchen Dingen.«

Tara erinnerte sich, dass Tess Curtis gesagt hatte, Sadie wäre für wenige Wochen verschwunden. »Blieb sie länger als erwartet fort?«

Philippa nickte. »Ja, und als sie zurückkam, konnte sie ihren Mund nicht mehr bewegen. Da war auch eine Narbe, das weiß ich noch, aber die ist mit der Zeit verblasst. Oh Gott.« Sie verstummte kurz und schluckte. »Ich entsinne mich, dass ich zu ihr gesagt habe, ›Mummy, dein Mund ist ganz komisch‹, und sie weinte. Aber ich hatte keine Ahnung, weil ich noch klein war. Später fand ich heraus, was wirklich passiert war. Sie hat es mir erst erzählt, als ich fünfzehn war.«

Tara wartete.

»Eine schiefgelaufene Schönheitsoperation«, sagte Philippa. »Sie hatte nicht viel eigenes Geld. Ihre Karriere verlief blendend, aber all ihre Einnahmen gingen auf das gemeinsame Konto, und sie wollte Ralph nicht wissen lassen, dass sie der Natur nachhalf, indem sie einen Chirurgen bezahlte. Deshalb hatte sie eine billige Alternative gewählt. Und die kostete sie ihre Karriere.«

Sie sah die beiden an. »Es bereitet ihr immer noch Schmerzen. Ich war in Sorge, als ich hörte, dass Sie heute Vormittag bei ihr gewesen sind. Vorher hatte sie ein starkes Mittel genommen, um den Schmerz zu betäuben.«

Es leuchtete ein, auch wenn fraglich war, ob die Schmerzen, die sie immer noch litt, von der Operation rührten oder anderem.

»Sie hat sich immer dafür geschämt, was sie getan hat«, fuhr Philippa fort. »Geschämt, obwohl mein Vater dafür verantwortlich war. Sie erfand die Geschichte von dem Unfall, um nicht die Wahrheit sagen zu müssen. Und alles, weil mein Vater ein jugendliches Gesicht vorzog.« Philippa straffte die Schultern. »Übrigens verbringen Wissenschaftler Stunden damit zu erforschen, warum er so besessen von Jugend war. Und sie denken sich alle möglichen verrückten Theorien aus. Das wird ihnen sogar finanziert.« Ihre Augen blitzten. »Aber ich kenne die Wahrheit. Ich habe mal gehört, wie er mit einem alten Studienfreund darüber gesprochen hat. Sie saßen hier und machten sich einen lustigen Abend, während meine Mum wieder einmal früh ins Bett gegangen war. Ich hatte im Wohnzimmer gelesen, und es war unmöglich, die beiden nicht zu hören. Sie hatten ja eine Menge getrunken.«

»Was haben Sie gehört?« Tara dachte an Dr. Richardson, der gesagt hatte, Sadie hätte behauptet, Ralph wäre gezeichnet davon, seine Großeltern im Alter leiden zu sehen. Für sie hatte es gleich nach einer wackligen Ausrede geklungen.

»Sein Freund versuchte auch, ein Buch zu veröffentlichen, und da ließ Ralph ihn an seinen eigenen Erfahrungen teilhaben. Er sagte, dass sein Agent nichts erreichte, als er anfangs seine Arbeit an Verlage schickte. Die Leute mochten seine poetische Sprache, aber seine Geschichten wären nicht spannend genug. Deswegen schlug sein Agent vor, dass er etwas absichtlich Kontroverses schreiben sollte.« Abermals sah Philippa sie an. »Und genau das hat er getan. Sich eine Jugendobsession und einen Ekel vorm Altern ausgedacht. Und hat es zu einem Paket geschnürt. Ein zusätzlicher Bonus war, dass meine Mutter sein Verhalten als notwendig ›für seine Kreativität‹ entschuldigte. Tatsächlich geierte er nur hinter jungen Frauen her und feierte Partys. Was wohl kaum etwas Neues ist ...«

Sie stand auf, beugte die Schultern vor und war bleich vor Wut. »Er war ein Arschloch erster Güte. Wenn jemand bei seinem Tod die Finger im Spiel hatte, hat er uns einen Gefallen getan.«

DREIUNDDREISSIG

Blake hatte mit Patrick und Tara gesprochen und sich die Ergebnisse ihrer Gespräche mit Philippa und ihrem Freund angehört. Als er durch die Korridore des Polizeigebäudes schritt, wünschte er, er wäre dabei gewesen. Philippa Cairncross' Geschichte könnte stimmen – und sie hatte das Foto gezeigt, das die Untreue ihres Vaters bewiese –, aber es bestand kein Zweifel, dass sie ein Motiv hatte, ihn umzubringen. Blake konnte ihren Hass gut verstehen, ebenso ihre Verachtung für Ralphs Anhänger. Was hatte jahrelange Wut mit ihr gemacht? Inzwischen hatte er ein Bild von Philippa gesehen, und sie sah wirklich wie ihr Vater aus. Was eine Rolle gespielt haben könnte, falls sie insgeheim eine enge Beziehung zu Lucas Everett und Christian Beatty aufgebaut hatte, um deren Verhalten zu beeinflussen. Aber könnte sie ihre wahren Gefühle für sie gut genug verborgen haben, damit sie sich darauf einließen?

Er selbst hatte sich heute auf den Hunter-Drogenprozess vorbereitet. Wie geplant, hatten Megan Maloney und Max Dimity ihre Zeit zwischen dem Papierkram und der Laufarbeit für die Cairncross-Ermittlung aufgeteilt. Ihr Beitrag zum

Hunter-Fall war so gut wie komplett, doch für Blake war es ein anstrengender Tag gewesen. Einer der Zeugen hatte kalte Füße bekommen. Er hatte dem Typen gegenübergesessen, als er weinte und schwor, er hätte in seiner früheren Aussage gelogen. Blake hatte seine gesamte Überzeugungskraft aufbieten müssen – und einige verschleierte Drohungen – um ihn wieder an Bord zu bekommen.

Das Geringere von zwei Übeln, sagte er sich energisch, als er die Wache abends verließ. Doch ihm war nicht wohl, als er zu seinem Fahrrad ging.

Er war bei Agneta und Frans zum Abendessen eingeladen. Und er war bei seinem Plan geblieben, sie allein zu besuchen. Seiner Frau hatte er gesagt, er müsse die Rechtsmedizinerin treffen, um einen Fall zu besprechen, und bis zur letzten Minute gewartet, um seine Pläne zu verkünden. Christian Beattys Tod am Wochenende machte es plausibler. Dennoch hatte er ein schlechtes Gewissen, weil er log und sie ausschloss; aber vor allem, weil er sich der Situation nicht stellte. Er konnte trotzdem nicht umhin, froh zu sein, dass Babette nicht da wäre und das neun Monate alte Baby von Agneta und Frans anhimmelte, um hinterher erneut das Thema Familienzuwachs anzusprechen.

Es hatte wieder zu schneien begonnen: dicke Flocken ließen sich vom Wind mal hier-, mal dorthin treiben. Blakes Weg zur Milton Road führte ihn zuerst am Fluss entlang in Richtung seines eigenen Zuhauses in Fen Ditton und vorbei an Taras Cottage. Kurz hinter dem Weiderost hielt er an und sah zu ihrem Haus, das sich im Winterwetter zu ducken schien. Er wettete, dass es kalt drinnen war. Sein eigenes Haus war behaglich warm, doch auf einmal konnte er den Gedanken nicht verdrängen, dass er es vorziehen würde, jeden Abend zu Taras Haus zurückzukehren ... wäre Kitty nicht. Sie würden Brandy trinken, sich vor einem Heizlüfter zusammendrängen und über die Fälle reden, an denen sie gerade arbeiteten. Er brach den

Gedankengang ab, bevor er sich auf noch gefährlicheres Terrain verirrte.

Und dann sah er von seinem Fahrrad aus eine Gestalt. Sie war stehen geblieben, genau wie er, unbewegt und nahe der Green Dragon Bridge. Wie lange war die schon dort? Blake war so auf Tara konzentriert gewesen, dass er nicht auf die unmittelbare Umgebung geachtet hatte. Er konnte die Person nicht richtig sehen, aber sie war auch auf einem Fahrrad. War es ein Mann? Das ließ sich auf diese Entfernung schwer sagen, noch dazu mit dem dichter fallenden Schnee, der einen Filter zwischen ihm und allem drum herum bildete. Er begann, in die Richtung zu radeln. Die Gestalt zögerte nur einen Augenblick länger, fuhr jedoch sofort weiter, als klar war, dass Blake auf sie zu kam.

Was hatte die Person vorgehabt? Es war kein Wetter, um stehen zu bleiben und die Aussicht zu genießen. Noch ein skandalversessener Reporter? Oder jemand, der eine Verbindung zu Cairncross hatte? Andererseits könnte die Person auch aus einem harmlosen Grund angehalten haben. Immerhin hatte er es auch. Blake überlegte noch kurz, dann änderte er die Richtung und fuhr auf Taras Haus zu. Da war eine grobe Spur, wo sie regelmäßig die Rasenfläche überqueren musste. Mit der dichter werden Schneeschicht war es umso unwegsamer. Blake folgte dem Pfad und lehnte sein Fahrrad an die niedrige Gartenmauer. Nach kurzem Zögern klopfte er an die Tür.

Sie öffnete in einer Jeans und einem figurbetonten grünen Pullover, der ihre Augenfarbe spiegelte und mit ihrem roten Haar kontrastierte. »Blake? Ist alles in Ordnung?«

»Weiß ich nicht genau.« Er erzählte ihr von der Gestalt, die er gesehen hatte. »Angesichts der jüngsten Ereignisse, ist es wahrscheinlich ein Journalist gewesen.«

Sie sah ihn an und schnitt eine Grimasse. Ihre Wangen röteten sich ein wenig, aber das lag gewiss an der Kälte. Tara war tough genug, um zurechtzukommen, wie er wusste.

»Trotzdem«, sagte er, »nach dem, was Monica Cairncross gesagt hatte, als sie das erste Mal bei dir gewesen war, und dem Eis vor deiner Tür, war ich mir nicht sicher. Deshalb wollte ich dich warnen. Und wenn morgen ein Foto von mir vor deiner Haustür in *Not Now* erscheint, gehe ich hin und pfeife die mal zusammen. Vielleicht möchtest du ja mitkommen. Zusammen sind wir gewiss unbesiegbar.«

Endlich lächelte sie. »Ich bin dabei.« Doch dann runzelte sie kurz die Stirn, bevor sie hinzufügte: »Möchtest du auf einen Drink reinkommen? Ich habe eben eine Flasche Rotwein aufgetaut.«

Die Versuchung war groß. Umso besser, dass er verabredet war. »Nein, ich sollte weiter«, antwortete er. »Ich werde bei Agneta Larsson und ihrem Mann zum Abendessen erwartet. Wir sind alte Freunde.«

Sie nickte und senkte den Blick. »Alles klar.« Und nach einer kleinen Pause sagte sie: »Ich mag Agneta.«

Wieder trat unangenehmes Schweigen ein. »Du hast heute tolle Arbeit geleistet.«

»Danke ... auch wenn ich das Gefühl habe, dass Wilkins sich jetzt auf Philippa Cairncross eingeschossen hat.« Sie seufzte. »Es ist komisch: Anfangs war er so vehement gegen meine Theorie. Und jetzt erlebe ich ihn hin und her gerissen zwischen dem Gedanken und dem dringenden Wunsch, Philippa zu überführen. Sie ist seinem Charme nicht erlegen, als sie sich zum ersten Mal sahen, und das verzeiht er ihr nie.«

»Na ja, ohne ihn verteidigen zu wollen, hat sie selbst zugegeben, dass sie ein Motiv hatte und auch die Gelegenheit – bei ihrem Dad zumindest. Und dann ist da noch ihre Ähnlichkeit mit Ralph Cairncross. Ich bin kein Fan von Patricks Theorien, aber ich kann mir durchaus vorstellen, dass jemand, der ihren Dad vergöttert hat, diese Bewunderung auf sie übertragen könnte, wenigstens was das Aussehen betrifft.«

Tara zuckte mit den Schultern. »Stimmt, ja, aber du hättest

ihr Gesicht sehen sollen, als ihr klar wurde, dass es mehr Fallen in der Madingley Road geben könnte. Sie sah ängstlich aus und klang auch so. Ihre Reaktion schien total spontan.«

»Du könntest recht haben. Wir sollten sie und ihre Mutter aber noch nicht ausschließen.« Und natürlich blieb auch Tess Curtis eine potenzielle Verdächtige. Sie war an dem Abend vor Cairncross' Tod bei dem Haus am Forty Foot Bank gewesen und könnte die Schlange in sein Auto gelegt haben. Und wäre sie in der Nähe von seinem Wagen gesehen worden, hätten die Akolythen angenommen, dass sie dort irgendwelche Aufräumarbeiten erledigte, wie Abfall aus dem Fußraum sammeln. Nicht zuletzt könnte es einer der Akolythen gewesen sein. Sie waren vor Ort, und jeder hatte seine eigene problematische Beziehung zu Ralph und dem Rest der Gruppe ...

Tara sah ihn an, und die Stille hing zwischen ihnen.

»Ich fahre mal lieber«, sagte Blake schließlich und drehte sich zu seinem Fahrrad um. In dem Moment nahm er aus dem Augenwinkel eine Bewegung wahr. Wieder oben an der Brücke. Wieder jemand auf einem Rad. Dieselbe Person wie vorhin? War sie zurückgekommen? Doch abermals wandte sie sich in Richtung Chesterton ab und fuhr weg.

»War das dieselbe Person?«, fragte Tara.

»Kann ich nicht genau sagen.« Er hätte darauf achten müssen, doch er war mit seinen Gedanken woanders gewesen. »Sei vorsichtig, in Ordnung?«

Sie nickte. »Bin ich. Kürzlich durfte ich sogar testen, wie gut ich noch in Selbstverteidigung bin.« Sie klang seltsam.

Blake sah sie fragend an.

»Ein alter Freund, Kemp, ist aus dem Nichts aufgetaucht, als ich vor Kurzem aus Kellness zurückkam. Hat mich zu Tode erschreckt. Aber ich habe ihn trotzdem noch plattgemacht.« Nun grinste sie. »Natürlich diesmal ohne irgendwelche Knochen zu brechen.«

»Natürlich.« Er fragte sich, wo dieser »alte Freund« übernachtet hatte. Kemp. Bei dem Namen klingelte es. Im nächsten Moment fiel es ihm wieder ein. Der Expolizist, der ihr beigebracht hat, sich selbst zu verteidigen. Er musste froh gewesen sein, dass sie es nicht verlernt hatte. Doch Blake fand den Gedanken wenig beruhigend. Der Typ hatte kurz vor dem Rauswurf gestanden, als er den Dienst quittierte, sofern an den Gerüchten etwas dran war. Doch Blake verkniff sich jede Bemerkung. Es ging ihn nichts an.

»Er wohnt jetzt in der Pension von meiner Verwandten Bea«, sagte Tara, als hätte sie seine Gedanken gelesen.

Jetzt. Also hatte er vorher hier übernachtet, tippte Blake.

Was mich rein gar nichts angeht. Dieses Mantra wiederholte er im Geist, während er sein Fahrrad wendete. »Bis morgen, Tara.«

»In aller Frühe. Oder wenigstens früh.«

Blake arbeitete sich über den holprigen Weg durch den Schnee. Zur Milton Road musste er die Green Dragon Bridge überqueren – ein schmales Eisenkonstrukt für Radfahrer und Fußgänger. Als er die Water Street auf der anderen Seite erreichte, blickte er sich auf dem breiten Weg nach dem einsamen Radler um, der Tara und ihn so aufmerksam zu beobachten schien. Doch es war alles ruhig bis auf ein Paar, das zu Fuß durch die Kälte zum warmen Pub mit der Fachwerkfassade und dem schiefen, schneebedeckten Dach eilte. Falls der Beobachter wirklich ein Journalist gewesen war, wollte Blake sich Flemings Reaktion auf ein weiteres Foto von Tara und ihm zusammen gar nicht ausmalen. Dennoch schlug es die Alternative allemal – dass derjenige, der all dies tat, auch Tara im Visier hatte.

VIERUNDDREISSIG

Tara schloss die Tür hinter Blake, dem Abend und dem mysteriösen Radfahrer, der sie von der Green Dragon Bridge aus beobachtet hatte.

Was hatte Blake gedacht, als sie ihn auf einen Drink nach drinnen einlud? Tat das jemand einfach so, ganz harmlos, mit dem Chef des Vorgesetzten? Aber er hatte im Schnee vor ihrer Tür gestanden und sich die Mühe gemacht zu kommen und sie vor der Person zu warnen, die anscheinend ihr Haus beobachtete. Sie hatte das Gefühl gehabt, sie müsste ihn fragen, ob er reinkommen wollte, anstatt ihn einfach dort stehen zu lassen.

Sie versuchte, das Schamgefühl zu verdrängen, das nicht vergehen wollte. Erst recht nicht, als sie daran dachte, wie linkisch sie Kemps kürzlichen Besuch angesprochen hatte. Sie hatte bereits überlegt, von sich aus zu erwähnen, dass ihr alter Mentor hier gewesen war. Nach wie vor hatte sie keine Ahnung, ob Blake ihm jemals begegnet war, wollte aber für den Fall vorbeugen, dass er Kemp auf dem Weg zur Arbeit aus ihrem Haus kommen sah. Sie konnte sich vorstellen, was er dann vermuten würde. Und nun hatte ihre Erwähnung des früheren Polizisten alles andere als natürlich geklungen. Eher wie ein komisches Geständnis.

Das war verrückt. Als gäbe es nichts Wichtigeres, worüber sie nachdenken sollte. Nach der Befragung von Philippa und ihrem und Wilkins' Bericht bei Blake war sie kurz bei Heffers vorbeigefahren – der Universitätsbuchhandlung – und hatte sich einen der schmalen Gedichtbände gekauft, die Stephen Ross bisher veröffentlicht hatte, sowie Verity Hipkiss' gefeierten Roman. Sie wollte sich ansehen, was die beiden schrieben, und auch mehr zu Thom King recherchieren. Tara glaubte nicht, dass Philippa die bisherigen Todesfälle inszeniert hatte. Ihre Mutter und Tess Curtis hingegen kamen immer noch in Betracht, wie Blake gesagt hatte, und auch die Akolythen blieben mögliche Verdächtige. Sie hatten am ehesten Gelegenheit gehabt, die Schlange in Ralphs Wagen zu deponieren.

Am Ende ließ Tara den Rotwein stehen und machte sich einen heißen Kakao. Sie schätzte, dass sie etwas Nahrhaftes brauchte, wenn sie die künstlerischen Ergüsse durcharbeiten wollte, und wahrscheinlich auch einen klaren Kopf.

Eine Stunde später fragte sie sich, wie originell Stephen Ross' Werk tatsächlich war. Das letzte seiner Gedichte, das sie angesehen hatte, »An meine Liebe zur Abendstunde«, erinnerte sie an etwas, das Jahrhunderte früher geschrieben worden sein könnte. Es gab einen Haufen Bilder, mit Anspielungen auf den Glanz von Rubinen in der untergehenden Sonne und dem Schimmern von Alabaster bei aufgehendem Mond. Lippen und Haut? Die Metaphern funktionierten, waren aber nicht direkt bahnbrechend, schätzte Tara – auch wenn sie nicht vom Fach war. Ross sprach über seine Rolle als Beschützer und die Verletzlichkeit seiner Geliebten. Es waren zärtliche Worte – gefühlvoll und irgendwie ängstlich –, trotzdem spürte Tara eine unangenehme Spur von Wilkins in dieser Dynamik starker Mann und schwache Frau.

Interessant blieb, wie Stephen sich selbst sah, nämlich als

die intellektuelle Stütze der Gruppe, während Thom King und Philippa Cairncross beschrieben, dass die anderen ihn eher von oben herab behandelten. Tara gab Stephens und Ralph Cairncross' Namen zusammen in die Suchmaske ein. Es erschienen viele Artikel, in denen die ganze Akolythengruppe erwähnt war. Sie ging die Liste durch. Auf der dritten Seite fand sie einen Link zu einem Youtube-Clip von Cairncross, der zu seinem letzten Roman interviewt wurde, *Aus heiterem Himmel*. Er war in einem Fernsehstudio und hatte die Akolythen wie Groupies um sich geschart. Der Clip war zwei Wochen vor seinem Tod eingestellt worden. Der Interviewer versuchte, Hinweise auf den Inhalt zu bekommen. Ralph lachte. »Meine Lippen sind versiegelt. Natürlich kennen die Akolythen die Handlung, aber von denen erfahren Sie nichts.«

»Dann haben Sie allen Ihr Manuskript gegeben?«, fragte der Interviewer.

Cairncross nickte. »Du durftest es zuerst lesen, nicht wahr, Stephen?« Er blickte seitlich zu Ross und streckte einen Arm aus, um ihm auf die Schulter zu klopfen. Kurios war, dass *keiner* der Akolythen erfreut aussah. Es war verständlich, dass die, die auf ihr Leseexemplar warten mussten, wenig beglückt waren. Vor allem, da Cairncross sie vor den Fernsehkameras in gewisser Weise minderwertig aussehen ließ. Doch auch Stephen lächelte nicht, sondern blickt streng drein. »Ich wusste, dass es Elemente enthält, die er auf eine Weise zu schätzen weiß, wie es niemand sonst könnte«, ergänzte Ralph, als die Kamera auf sein Gesicht zoomte. »Aber natürlich lege ich unsagbar großen Wert auf die Meinung der ganzen Gruppe. Inzwischen haben sie alle das Manuskript gelesen.«

»Dann habe ich ja reichlich Leute, denen ich Informationen entlocken kann«, sagte der Interviewer mit einem schmierigen Lachen.

Cairncross hatte gelächelt. »Aber, aber, keine hinterhältigen

Taktiken! Sie müssen nur noch wenige Tage warten, dann können Sie das Buch selbst lesen!«

Warum hatte Stephen Ross sich nicht gefreut, aus der Masse herausgehoben zu werden? Hatte Cairncross mit dem vermeintlichen Kompliment eine subtile Spitze gegen ihn abgeschossen?

Thom Kings Arbeit hatte Tara schon kurz recherchiert, bevor sie ihn abends getroffen hatte, um ihn zu befragen. Von seiner Website wusste sie, dass er Aufträge annahm, von Landschaften über herrschaftliche Häuser bis hin zu Porträts. Doch die Arbeiten, die er auf diversen Internetseiten von Galerien zum Verkauf anbot und bei denen es sich vermutlich um die Sachen handelte, die er gern malte, hatten ein gemeinsames Thema. Tara fand *Frau in Blau* (die genau das war), *Frau in Gelb* (ebenso) und *Frau auf einem Stuhl* ... er hielt es offensichtlich nicht für nötig, bei seinen Titeln allzu kreativ zu werden. Und sie fand auch einige Porträts im Angebot, jeweils von Christian Beatty. Nachdem sie den Tag zuvor seinen gebrochenen Körper gesehen hatte, war es schockierend, wie lebendig er auf diesen Gemälden wirkte. *Was für eine Verschwendung.* Seine gemalten Augen anzusehen, vermittelte Tara eine Ahnung davon, was für eine starke und physische Präsenz der Mann im Leben gehabt haben musste.

Sie scrollte mehr Suchergebnisse durch. Auf der fünften Seite, als sie es schon aufgeben wollte, fand sie ein Werk in Öl, das ihr auffiel. Es hieß *Macht*, was an sich schon ungewöhnlich war. Und als Tara es vergrößerte, begriff sie, dass sie das Gesicht von Verity Hipkiss vor sich hatte. King hatte ihr Haar verändert – in dieser Komposition war sie eine Brünette –, doch ihre Züge waren unverkennbar. Ihr Lächeln war grausam, und sie schien auf den Maler herabzusehen. Ihr Kleid war so tief ausgeschnitten, dass ihre Brüste größtenteils entblößt waren. Tara bekam eine Gänsehaut. Thom King hatte gesagt, Verity hätte ihm nie Modell gesessen. Folglich musste er ein Foto benutzt haben, um dieses Porträt ohne ihr Wissen zu malen. Es mutete übergriffig an, und seine Gefühle für ihren Charakter sprachen deutlich aus dem Bild. Könnte er systematisch den Tod jedes Mannes arrangiert haben, den Verity bewundert hatte? Es schien abwegig, aber dieses Gemälde machte Tara nachdenklich. Ihr fiel seine Geschichte von dem Beinaheunfall ein; und dass der Vorfall sich tatsächlich so ereignet hatte, war nicht bewiesen. Falls er der Schuldige war, könnte er sich alles ausgedacht und bewusst passend zu einem von Ralphs Büchern gemacht haben, um unschuldig auszusehen …

Um elf ging noch eine Textnachricht von ihrer Mutter ein. Tara hatte die erste von heute bisher nicht beantwortet.

> *Hat sich* Not Now *deine Affäre mit diesem leitenden Detective ausgedacht? Du denkst hoffentlich an seine Familie, Schatz.*

Lydia dürfte inzwischen die Cocktailzeit hinter sich haben. Wahrscheinlich musste sie sich ein wenig Courage antrinken, bevor sie ihre weisen Worte schickte. Würde ihre Mutter doch nur aufhören, ihr Informationen zu geben, die sie bereits hatte. Hier zeigte sich wieder mal, dass Lydia ihre Tochter für eine ahnungslose Idiotin hielt … der Umstand, dass ihr Stiefvater Benedict seine Frau wegen Taras Mutter verlassen hatte, machte es noch unverschämter, als es ohnedies schon war.

Tara nahm Verity Hipkiss' Buch mit nach oben ins Bett und steckte das Ladekabel in ihr Handy mit der unbeantworteten Textnachricht. Sie war so müde, dass der Inhalt des ersten Kapitels an ihr vorbeirauschte. Sie bekam genug mit, um zu wissen, dass es ein historischer Roman über eine Frau war, die gegen die gesellschaftlichen Normen aufbegehrte. Zu Anfang war die Oberschichtsheldin mit zwei Männern im Bett. *Auto-*

biografisch vielleicht? Tara sah nach der Widmung vorn im Buch. »Für euch alle.«

Bevor sie einschlief, mailte Tara an Blake, was sie gefunden hatte. Sie wusste, dass sie eigentlich Wilkins in CC setzen sollte. *Ach, egal ...*

FÜNFUNDDREISSIG

Blake hatte ein Bier und einen Teller Fisch mit selbst gemachten Pommes frites vor sich. Frans hatte gekocht, während Agneta ihr Baby Elise zu Bett brachte. Er war nicht sicher, ob es an der Erleichterung lag, weil hier nichts von ihm erwartet wurde, oder ob Frans wahrhaftig ein sensationeller Koch war; jedenfalls schmeckte es besser als alles, was er je gegessen hatte.

Und um sein Gewissen zu entlasten, sprachen sie sogar über die Arbeit. Wieder einmal ging es um die schiere Menge, die Christian Beatty an dem Abend vor seinem Tod getrunken hatte. Würde jemand, der so einen Sprung plante, so viel trinken, wäre er allein? Wie bei Cairncross und Everett, wurden auch in seinem Blut keine Drogenrückstände nachgewiesen. Falls Beatty an dem späten Samstagabend mit jemandem zusammen gewesen war, könnte die andere Person vorgegeben haben, sich gleichfalls zu betrinken, während sie Christian beobachtete und sorgfältig den Moment berechnete, an dem dessen Urteilsvermögen schwand, er aber noch imstande war, die Klettertour zu bewältigen?

Blake und Agneta brachten Frans auf den aktuellen Stand,

und dann diskutierten sie die Möglichkeiten und wer involviert sein könnte: Philippa, die ihren Vater und die Akolythen gehasst hatte, jedoch dem Mann, den sie alle liebten, so ähnelte; Tess Curtis, die sich von der »Gang« ausgeschlossen fühlte und aus jedem skandalösen Insiderwissen, das Christian Beatty ihr zutrug, Profit schlagen könnte. Oder sogar Verity Hipkiss, die vielleicht ihre Affäre mit Cairncross satthatte und entschlossen war, sie geheim zu halten, damit sein hohes Lob ihres Romandebüts weiterhin unvoreingenommen wirkte? Wenn sie drei Menschen umgebracht hatte, damit ihre Beziehung nicht bekannt wurde, wäre es ein besonders herzloses Verbrechen, aber wer wusste, wozu sie fähig war, wenn ihr künftiger Erfolg auf dem Spiel stand? Sie war charmant, wie Blake gehört hatte, aber das waren viele zufällig Psychopathen auch. Wieder einmal wünschte sich Blake, er wäre direkter in die Ermittlungen eingebunden. Wenn sie nur sicher beweisen könnten, dass es sich um Verbrechen handelte, hätte Fleming nichts dagegen, dass er sich einschaltete ...

»Wirklich ein schräger Fall, Blake«, sagte Agneta. Zwar hatte sie einige Fragen eingeworfen, doch so interessiert sie auch schien, las er noch etwas anderes in ihren blauen Augen. Und natürlich würde sie gern Privateres erfahren. Schließlich hatte er gesagt, er käme allein, und es war klar, dass sie den Grund erfahren wollte.

»Ich hoffe nur, dass es nicht weitergeht«, sagte Blake, der sich bemühte, bei der Arbeit zu bleiben. »Ehe wir das Motiv des Mörders nicht kennen – vorausgesetzt, Tara und ich haben recht und es gibt einen –, können wir nicht sicher sein, ob er fertig ist.« Cairncross' Bücher kamen ihm in den Sinn. *Wie würde das Leben des nächsten Opfers enden? Stromschlag, Ersticken oder Verbrennen ...*

»Hier«, sagte Frans und hob noch ein Fischstück mit einem Servierlöffel aus der Form, der einen schwarzen Griff hatte und unten rot war, »nimm noch etwas. Lange Arbeitstage schreien nach vielen Kalorien.« Grinsend füllte er Blake eine großzügige zweite Portion auf.

Blake lehnte sich zurück und trank einen Schluck von seinem Bier. »Danke.«

In diesem Moment ertönte ein schriller Schrei aus dem Babyphon auf dem Sideboard. Agneta und Frans erstarrten, und Frans verdrehte die Augen. Nachdem es kurz wieder ruhig geworden war, folgte der nächste Schrei, der fließend in beharrliches Jammern überging.

Agneta wollte aufstehen, doch Frans legte eine Hand auf ihren Arm. »Nein, ich gehe schon«, sagte er. »Du hast sie zu Bett gebracht.« Er verließ das Zimmer.

Agneta sah Blake fragend an. Halb hegte er den Verdacht, dass sie Frans vorher eingeschärft hatte, er solle sich um Elise kümmern, falls es sein musste, damit sie Blake aushorchen konnte. »Also habt du und Babette wieder Probleme?«

Zunächst blickte er in sein Glas. Als er wieder aufsah, war ihr Gesichtsausdruck mitfühlend.

»Du bist nie richtig über die erste Trennung hinweggekommen, oder?«

»Ist das so offensichtlich?«

»Wahrscheinlich nicht für jeden, aber ich kenne dich.« Ihr Blick war freundlich.

»Ich hätte nie zustimmen dürfen, der Ehe noch eine Chance zu geben. Aber ich habe es nicht ausgehalten, von Kitty getrennt zu sein.«

Agneta drückte seine Schulter. »Mach dich deshalb nicht fertig. Ich würde alles für Elise tun. Es ist natürlich, das eigene Kind zu lieben.«

Plötzlich wurde ihm klar, dass er es ihr sagen würde. Alles, nicht nur den Teil, den er ihr bisher erzählt hatte. »Genau genommen ist sie nicht mein Kind.«

Agneta war anzusehen, dass sie damit nicht gerechnet hatte.

»Sie ist von jemand anderem. Babette hat mir nie verraten, von wem.«

»Das verstehe ich nicht.«

Wer würde es schon?

»Erzähl mir, was passiert ist, Blake«, sagte sie. »Hast du immer gewusst, dass Kitty nicht von dir ist?«

Er hüstelte. »Erstaunlicherweise nicht. Obwohl ich ein passabler Detective bin, hatte ich bis zu der Trennung damals, als Kitty noch ein Kleinkind war, keinen Schimmer.« Er fühlte, dass er rot wurde. »Ziemlich peinlich, was?« Er sah Agneta an.

»Überhaupt nicht. Allerdings ziemlich übel von Babette, dass sie es dir so lange verschwiegen hat.«

Er senkte den Blick. »Anscheinend gab es diesen Mann, mit dem sie sich einige Male getroffen hatte, als wir jung verheiratet waren. Der Klassiker: Ich habe viel gearbeitet, sie hatte das Gefühl gehabt, als Frau gar nicht zu existieren, und so weiter. Bei ihrer Arbeit war sie dem Kerl häufiger begegnet. Er hat ihr viel Aufmerksamkeit geschenkt und war wild entschlossen, sie zu erobern. Sie hatten nur einmal zusammen geschlafen – sagt sie jedenfalls. Aber das Ergebnis war Kitty.«

»Wie kann sie sich da sicher sein?« Das war typisch Agneta: Sie haute Fragen raus, die sich kein anderer trauen würde. Wie ihr ebenfalls aufging. »Sorry, hattet ihr nicht ...«

Er erlöste sie aus ihrem Elend. »Doch, hatten wir. Trotz meiner problematischen Arbeitszeiten. Babette hatte etwas von Kittys Haar und dem ihres Dads eingeschickt und die DNA testen lassen.« Er schüttelte den Kopf. »Und die ganze Zeit habe ich nichts von der Existenz des anderen geahnt.«

»Also hast du gesagt, sie soll gehen, als du es endlich erfahren hast?«

Wieder schüttelte er den Kopf. »Nein, so war das nicht. Wir waren übers Wochenende ans Meer gefahren. Wir hatten mit Kitty gespielt, ihre Hände gehalten, als wir über die Wellen gesprungen sind. Es war idyllisch, und ich musste sie immer wieder ansehen – das kleine Wunder – und dachte, welches Glück war hatten.« Elise hatte aufgehört zu weinen, doch auch wenn Frans zurückkäme, könnte Blake jetzt nicht aufhören. »Ich habe uns nach Hause gefahren, und Kitty schlief in ihrem Kindersitz ein. Also habe ich sie zu Hause nach drinnen getragen und ins Bett gebracht.« Er erinnerte sich noch, wie sie sich angefühlt hatte – ein warmes, kostbares Bündel. »Als ich wieder nach unten kam, weinte Babette. Da hat sie mir erzählt, dass Kitty nicht meine Tochter ist. Sie wollte es mir angeblich früher sagen, hat es aber immer wieder hinausgeschoben. Und so hörte ich es in letzter Minute.«

Agneta riss die Augen weit auf. »Was meinst du?«

»Sie hatte Flugtickets für sich und Kitty – und den Typen –, um am nächsten Morgen nach Australien zu fliegen, wo er einen neuen Job hatte.« Er atmete tief durch. »Sie hat mir gesagt, ihr wäre klargeworden, dass sie zu ihm gehörte und nicht zu mir, und da Kitty sowieso seine Tochter war, müsste ich an ihre Bedürfnisse denken statt an meine und sie gehen lassen.« Er presste Daumen und Zeigefinger auf seine Nasenwurzel. »Sie meinte, sollte ich um das Kind kämpfen, würde es Kitty für immer schaden, aber ließe ich sie bei ihrem leiblichen Vater, würde sie mich schnell vergessen und nur Stabilität kennen.«

»Was für eine Bitch!" Vor lauter Empörung fegte Agneta ihr Glas vom Tisch, sodass es auf dem Boden zerbarst. Beide hörten, wie Elise oben wieder anfing zu weinen.

»Tausend Dank, Schatz«, kam Frans Stimme aus dem Babyphon.

Unweigerlich musste Blake lachen, und Agneta ebenfalls – es war eine Wohltat, ein wenig von der Spannung abzulassen. Doch eine Sekunde später hörten sie beide auf. Blakes Adrenalinpegel war in die Höhe geschossen. Auch nach vier Jahren konnte er seine Reaktion kaum kontrollieren, wenn er an das dachte, was Babette getan hatte.

»Also hast du sie gehen lassen?«

Er nickte. Jetzt konnte er Agneta nicht ansehen – zumindest nicht, ohne seine Gefühle zu zeigen. Und er glaubte nicht, dass Frans angetan wäre, sollte er zurück nach unten kommen und feststellen, dass ihm nach der weinenden Tochter ein flennender Gast blühte. »Mir blieb keine Zeit zum Nachdenken. Als Babette es mir erzählte, wollte ich sie umbringen.« Und das war keine Metapher. »Am nächsten Tag umarmte ich Kitty, als wollte ich sie nie wieder loslassen, und sah, wie Babette stumm sagte, ›um Kittys willen‹. Und dann war sie weg. Sie flogen nach Australien.«

»Hattest du sie gebeten zurückzukommen?«

Er verneinte. »Ich war verzweifelt, aber das habe ich nicht. Tatsache war, dass ich Kitty zurückwollte, aber nicht sie.«

»Oh verdammt, Blake, das wundert mich wenig.«

Er trank von seinem Bier. »Nein, wohl nicht. Doch sie tauchte wieder auf. Schon zwei Wochen später. Weiß der Himmel, wie sie sich die Tickets leisten konnte. Sie meinte, sie wäre blöd gewesen und Kittys Gene würden keine Rolle spielen. Ihr sei klargeworden – behauptet sie – dass sie mich die ganze Zeit geliebt hätte und der andere Kerl – Kittys Dad – sie emotional erpresst hatte, mit ihm zu kommen. Angeblich hatte er ihr erzählt, Kitty müsste bei ihrem richtigen Dad sein, und er hätte immer Zeit für sie, im Gegensatz zu mir.« Nun sah er Agneta an. »Anfangs habe ich mich geweigert, es wieder zu versuchen. Ich habe gesagt, dass ich als Kittys Vater für sie da sein wollte, sie sich aber an den Status quo gewöhnen müsse, dass ihre ›Eltern‹ getrennt seien. Babs hat es nicht verstanden. Sie fand, wenn ich Kitty noch liebte und verkraften konnte, dass sie nicht von mir war, könnte ich doch auch einen Schritt weitergehen und richtig für sie da sein, im selben Haus, mit ihrer Mutter verheiratet. Und natürlich *waren* wir noch verheiratet.«

»Aber letztlich hat sie dich rumgekriegt?«

Er nickte. »Sie hat gesagt, dass sie alles hinter sich lassen will. Und weil ich die ganze Zeit als Kittys Dad fungiert hatte, warnte sie den anderen Typen und erzählte ihm, kein Gericht würde ihm regelmäßigen Umgang mit Kitty zusprechen. Ich habe geglaubt, dass ich abhaken könnte, was Babette getan hatte. Sie hatte ja gesagt, sie würde mich noch lieben, und ich *hatte* sie mal geliebt. Noch dazu weinte Kitty jedes Mal, wenn sie mich während der Trennungszeit sah, weil sie nicht verstand, was los war.«

Agneta stand auf, holte ein Schnapsglas aus der Anrichte und goss schwedischen Wodka hinein. »Hier. Du siehst aus, als könntest du den gebrauchen.«

»Danke.« Wodka schien zu einem Ding zu werden. Blake stürzte ihn in einem Schluck herunter. »Es ist solch ein verfluchter Mist. Ich bin Kitty seitdem ein miserabler Vater. Und Babette ganz sicher kein Ehemann. Ich weiß nicht, was ich machen soll.« Er sah zu Agneta. »Sie will noch ein Kind, aber das kann ich nicht. Ich kann ihr nicht vergeben. Das Fremd-gehen ja, aber nicht die Grausamkeit. Dass sie geplant hatte, mir Kitty für immer zu nehmen.«

»Kann ich auch nicht«, sagte Agneta, als Frans zurück ins Zimmer kam.

Montag, 17. Dezember

Wie lustig, dass du schon wieder zum Medienstar geworden bist, Tara. In letzter Zeit hast du nicht viel nette Presse gehabt, was?

Es versteht sich, dass ich Not Now *normalerweise nie lesen würde, aber der Inhalt heute war zu verlockend. Und er hat mir bestätigt, dass ich mit meinem Denken richtiglag, als ich diesen Plan entworfen habe. Mir war von je her klar, dass die Menschen zu simpel denken, um die Beweise zu akzeptieren, die ich ihnen serviere. Sie würden nie und nimmer glauben, dass die Reihe der*

von mir orchestrierten Ereignisse Teil eines sorgfältig ausgear-
beiteten Plans ist; es wäre zu weit hergeholt für sie.

Und wie befriedigend es ist, euch alle an der Nase herumzu-
führen. Noch dazu hassen dich die Mitarbeiter bei deiner alten
Zeitschrift, nicht wahr? Ich verstehe, warum. Je länger du mit
diesem Fall kämpfst, desto deutlicher wird, was für ein Mensch
du bist. Du stehst auf der Seite des Establishments, der Reichen
und der Mächtigen. Dir ist egal, was sie Leuten antun, die ihnen
vertrauen sollen.

Stimmt das Gerücht von dir und deinem DI? Wimmelt es
denn auf der Welt von Leuten, die mit denen schlafen, mit denen
sie es nicht sollten?

Falls das Gerücht wahr ist, nehme ich an, dass du ihm fehlen
wirst, wenn du tot bist. Wie du siehst, habe ich jetzt über dein
Schicksal entschieden, Tara. Du stehst jetzt mit auf meiner Liste.
Es wird ein Spaß für mich, die Methode auszuwählen ...

Und wenn dich vom Erdboden ausradieren heißt, auch den
leitenden Officer zu bestrafen, mit dem du zusammenarbeitest,
umso besser.

SECHSUNDDREISSIG

Es war Dienstagvormittag, und Tara war mit Wilkins im Wagen unterwegs zur Madingley Road. Blake hatte sich durchgesetzt – er würde sie dort treffen.

Tara versuchte, die Neuigkeit zu verarbeiten und sich zu überlegen, was sie damit anfangen sollte.

»Glaubst du immer noch, dass wir es mit einer Reihe von Zufällen zu tun haben?«, fragte sie.

»Die neueste Entwicklung kommt mir noch viel weniger wie ein Muster vor, denn das Opfer lebt noch«, antwortete Wilkins.

Was stimmte. Großartige Neuigkeiten, keine Frage, dennoch machte es Tara nachdenklich. Sie wusste, dass ihr Mörder Risiken einging, indem er Methoden wählte, bei denen die Opfer nicht zwingend zu Tode kamen. Doch bisher waren es ausnahmslos solche, die wie Unfälle aussähen, sollten sie scheitern. Dem Bericht nach, den sie bekommen hatten, war Sadie Cairncross absichtlich in Ralph Cairncross Archivraum eingesperrt worden. War der Raum luftdicht? War es ein Versuch gewesen, ihren Tod durch Ersticken herbeizuführen, damit es zu dem Tod in *So gut wie vorbei* passte, in dem der

Held sich willentlich in einer Schutzhütte einsperren ließ? Aber brauchten alte Manuskripte nicht eine Belüftung oder so, damit sie nicht beschädigt wurden?

Blake wartete in der Einfahrt auf sie. »Tara, möchtest du mit der Spurensicherung reden? Der Lagerraum ist hinten. Finde so viel heraus, wie du kannst.« Er sah zu Wilkins. »Ich möchte, dass wir Mutter und Tochter getrennt befragen.«

Wilkins nickte, und beide gingen zur Haustür.

Tara beobachtete, dass eine unbekannte Person ihren Vorgesetzten und Blake ins Haus ließ – eine Sanitäterin vielleicht. Dann ging sie außen um das Gebäude herum. Zwar interessierte sie, was die Forensiker gefunden hatte, aber sie wünschte, sie könnte auch bei den Befragungen dabei sein. Doch die waren jetzt natürlich Blakes Sache, nachdem dieser Vorfall alles dringlicher gemacht hatte.

Sie freute sich schon auf den Tag, wenn sie sich um eine Beförderung bewerben und mehr Verantwortung übernehmen konnte.

Wart's nur ab, Wilkins. Anscheinend hatte er seine Karriere stagnieren lassen. Oder vielleicht wollte keiner, dass er den nächsten Schritt tat.

Sie ging sich vorstellen und fand sich zufällig Tony Griggs gegenüber, demselben Mann, der mitangesehen hatte, wie Ralph Cairncross' Leiche aus dem Forty Foot Drain gezogen wurde. Er gab ihr die übliche Schutzkleidung, die sie sich überzog, ehe sie sich unter dem Absperrband durch duckte.

»Gehen Sie nicht zu nahe ran«, sagte Tony. »Wir fotografieren noch die Fußspuren.«

Sie nickte und schaute zu den Spuren im Schnee. Ein Paar stammte von eher kleinen Schuhen und führte direkt von der Hintertür des Hauses zum Lagerraum und wieder zurück. Ein zweites Paar kam von der Hausseite in dieselbe Richtung, aus einer Lücke in der Hecke. Vermutlich gehörte das zu der Person, die Sadie Cairncross eingesperrt hatte. Ein anderes Paar

Spuren, das zu den Letzteren passte, verlief von dem Lager-raum zurück zum Haus und dann derselben Stelle in der Hecke. Und ein drittes Paar kam vom Haus zum Lagerraum und wieder zurück.

Der Lagerraum selbst war ein fensterloser schuppenartiger Anbau an der hinteren Ecke des Hauses.

»Vollständig versiegelt, um den Inhalt zu schützen«, sagte jemand anders vom Team der Spurensicherung, »aber es gibt ein Lüftungssystem.« Er zeigte zu den Fußspuren. »Wie es aussieht, war unser Täter vorher drinnen, um es auszuschalten. Wir suchen nach Fuß- und Fingerabdrücken innen.«

Tara nickte. »Hätte das Ausschalten der Lüftungsanlage ausgereicht, dass Mrs Cairncross drinnen erstickt?«

Tony, der noch neben ihr war, runzelte die Stirn. »Irgend-wann vielleicht – aber ich würde sagen, das hätte eine Weile gedauert. Wir machen einen Test, um es zu überprüfen.«

Es klang, als hätte jemand versucht, den Tod aus Ralph Cairncross' Buch nachzuahmen, es aber ungeschickt angestellt. Hingegen war an der Art, wie der Täter bei den vorherigen Todesfällen vorgegangen war, nichts Ungeschicktes.

»Ob ihr Ersticken drohte oder nicht, es muss ein höllischer Schock für sie gewesen sein«, sagte Tony. »Erst recht, wenn sie auch nur annähernd zu Platzangst neigt.«

Das ließ sich nicht leugnen.

SIEBENUNDDREISSIG

»Wir würden gerne einzeln mit Ihnen sprechen«, sagte Blake. Er stand im Wohnzimmer.

Die Frau, die sich ihm als Philippa Cairncross vorgestellt hatte, schien vehement widersprechen zu wollen. Was ihn nicht wunderte. Ihre Mutter hyperventilierte noch, als sie eintrafen.

»Insgesamt geht es ihr nicht schlecht«, sagte eine Ärztin. »Es war natürlich ein Schock, aber sie wird wieder.«

»Wie kann sie wieder werden, wenn jemand sie umbringen wollte?«, fragte Philippa.

Die Ärztin sah sie direkt an. »Sie stehen auch unter Schock.«

Tim, der erste Constable vor Ort, war noch da. »Wie wäre es, wenn ich Ihnen und Ihrer Mum noch einen Tee mache, solange sie mit meinen Kollegen spricht?«, schlug er vor. »Zeigen Sie mir nur, wo alles ist.«

Philippa sah wütend aus, ließ sich jedoch von dem Officer aus dem Raum begleiten. Die Ärztin folgte ihnen. »Ich kann wiederkommen, falls Sie mich brauchen«, sagte sie, wobei sie zurück zu Sadie sah. Mrs Cairncross nickte gedankenverloren.

Blake setzte sich ihr gegenüber hin, und Patrick nahm auf einem Sessel neben ihm Platz.

»Erzählen Sie uns genau, was passiert ist«, bat Blake sie.

Mrs Cairncross starrte geradeaus. »Mich hat heute Morgen Dr. Richardson angerufen«, sagte sie. »Er beschäftigt sich als Wissenschaftler mit Ralphs Arbeit. Und er hat gesagt, dass ihm erzählt wurde, mein Mann hätte ein Manuskript von einem Autor in seinem Archiv, von dem ich nie gehört habe. Und weil er eine wissenschaftliche Abhandlung schreiben sollte, hat er mich gefragt, ob ich nach dem Manuskript sehen und es ihm leihen könne, falls ich es finde.«

Blake entsann sich, dass Tara ihm von Dr. Richardson erzählt hatte und er sehr detailliert über Cairncross' Bücher und Kontakte informiert war.

»Und Sie sind gleich hin, um nach dem Manuskript zu suchen?«, fragte er. »Waren Sie deswegen in dem Lagerraum, als der Eindringling auftauchte?«

Sie nickte. »Dr. Richardson hat gesagt, dass es dringend sei. Jemand anders hätte bei einer Konferenz abgesagt, die in zwei Tagen stattfindet. Und er hat sich entschuldigt, dass er mir Umstände macht, aber ob er später heute Vormittag es holen kommen könnte, falls ich es finde. Deshalb habe ich mich gleich auf die Suche gemacht.« Ihre Atmung war immer noch zu flach.

»Und was ist dann passiert?«

»Ich habe den Schlüssel zum Archiv geholt – der hängt in der Küche –, bin raus und habe aufgeschlossen. Die Tür ließ ich angelehnt, obwohl es so kalt ist. Ich fand es da drinnen immer schon so erdrückend, wenn die Tür zu war. Die Regale sind alle an der Wand direkt am Haus, gegenüber vom Eingang, sodass ich mit dem Rücken zur Tür gestanden habe, als ich gesucht habe. Und da habe ich gehört, wie die Tür zuschlug. Und ich bekam sie nicht wieder auf. Den Schlüssel hatte ich draußen stecken lassen, jemand muss ihn umgedreht haben.«

»Das war sicher beängstigend.« Blake ignorierte Patricks

Blick. Er fand die Umstände ebenfalls seltsam, aber es war wichtig, dass Mrs Cairncross kooperierte. »Konnten Sie Hilfe rufen? Hatten Sie Ihr Telefon bei sich?«

Sie schüttelte den Kopf. »Das ist in meiner Handtasche, weil die meisten meiner Röcke keine Taschen haben.« Wieder wirkte ihr Blick für einen Moment abwesend. »Ralph hat immer gesagt, die ruinieren die Linie, und natürlich hatte er recht. Aber es ist dumm und unpraktisch.«

Dennoch hätte sie es bei sich haben können. Und das hätte jedem Eindringling klar sein müssen ...

»Was ist mit Ihrer Tochter?«, fragte Patrick.

»Sie war nicht da«, antwortete Sadie. »Sie war in der Stadt.«

»War sie das gestern nicht auch schon?«, fragte Wilkins offen feindselig.

Dabei war es nicht besonders seltsam. In die Innenstadt war es nicht weit, und Philippa fühlte sich vermutlich zu eingeengt in diesem dämmrigen Haus, wenn sie hier tagein, tagaus war. Blake selbst würde hier rauswollen.

»Sie hatte noch mehr Weihnachtseinkäufe zu erledigen«, erklärte Sadie mit Tränen in den Augen. »Ich wusste nicht, wann sie zurückkommt.« Sie sah Blake an. »Sie hatte mir gesagt, dass sie vielleicht mittags in der Stadt isst. Wahrscheinlich war es Panik, aber ich wurde fast sofort kurzatmig. Ich wusste nicht, wie lange ich es aushalte, ohne ohnmächtig zu werden. Ich habe gegen die Tür gehämmert und gerufen, aber unser Garten ist so groß, und ich dachte, dass mich die Nachbarn sicher nicht hören. Ich habe gehofft, dass Dr. Richardson nach hinten kommt, wenn vorne keiner aufmacht. Aber ich hatte auch Angst, dass er denkt, ich hätte es vergessen, und wieder geht.«

Blake und Patrick wechselten einen Blick, und Sadie Cairncross bemerkte es. »Es stimmt, dass ich nur wegen seines Anrufs da reingegangen bin, aber ich kann mir nicht vorstellen, dass er es gewesen ist, der mich eingesperrt hat. Warum sollte er denn?«

Ja, und wenn er es nicht war ... »Kennen Sie ihn gut, Mrs Cairncross?«, fragte Blake.

»Nein, eigentlich nicht. Wir haben vielleicht ein paarmal miteinander bei Lesungen miteinander gesprochen.«

»Verraten Sie uns«, sagte Patrick, »warum Ihre Tochter dann doch früher nach Hause gekommen ist?« Er sah auf seine Uhr. »Es ist nicht mal eins. Wenn sie ihre restlichen Weihnachtseinkäufe erledigen wollte, würde ich denken, dass sie länger gebraucht hätte.«

»Sie hatte mich angeschrieben.« Sadie nahm ihr Mobiltelefon aus ihrer Handtasche und zeigte es ihnen. »Weil sie ein Paar Stiefel gesehen hatte, von denen sie gedacht hat, sie könnten mir gefallen, und hat mir ein Foto geschickt. Als ich nicht geantwortet habe, hat sie angerufen. Und als ich nicht reagierte – weder auf dem Handy noch auf dem Festnetz – hat sie sich Sorgen gemacht. Da ist sie nach Hause gekommen und hat mich gefunden.«

»Steckte der Schlüssel noch in der Tür?«, fragte Blake.

Sadie schüttelte den Kopf. »Philippa meinte, nein. Es gibt einen Ersatzschlüssel, und den hat sie benutzt.«

Philippas Geschichte deckte sich mit der ihrer Mutter. Sie sagte, dass sie in dem Schuhgeschäft war, in dem die Stiefel verkauft wurden, und »noch in einigen anderen Läden«. Als sie nach genaueren Angaben gefragt wurde, konnte sie sich nicht erinnern.

Nach der Rückkehr zur Wache waren Tara, Patrick, Max und Megan zunächst damit beschäftigt, alle Fakten zu überprüfen.

Ein paar Stunden später rief Blake alle zusammen.

»Was haben wir? Patrick, möchtest du anfangen?«

»Wie du weißt, stimmen die Geschichten von Mutter und Tochter überein – sehr genau. So genau, dass sie wie auswendig gelernt wirken.«

»Wie du meinst«, sagte Blake. »Doch vielleicht warten wir mit den Theorien, bis wir die Fakten durchgegangen sind.« Er wollte nicht, dass sein DS alle voreingenommen machte.

Wilkins runzelte die Stirn. »Jedenfalls streitet Dr. Richardson ab, angerufen zu haben, und behauptet, nichts von dem Manuskript zu wissen, nach dem Sadie Cairncross gesucht hat. Und er beteuert, dass er keine kurzfristige Einladung zu einer Konferenz hat.«

»Sadie Cairncross selbst sagt, dass sie Dr. Richardson nicht gut kennt«, ergänzte Blake, »also, wenn jemand angerufen und sich für ihn ausgegeben hatte, wird sie wahrscheinlich nicht erkannt haben, dass die Stimme falsch war. Was ist mit der Anrufernummer?«

»Das war ein Mobiltelefon«, antwortete Max. »Wir versuchen, den Händler zu finden, der die SIM-Karte und das Telefon verkauft hat. Die Information sollten wir heute noch bekommen, allerdings könnte es ein Prepaidhandy sein, und das können wir nicht zurückverfolgen.«

»Von dem Team, das die Nachbarn in der Madingley Road befragt, haben wir bisher nichts«, sagte Patrick. »Wir suchen jemanden, der gesehen hat, wie jemand durch die Hecke auf das Grundstück der Cairncross' gegangen ist. Hinter der Hecke ist ein Weg, der von Hundehaltern genutzt wird, also ist der Schnee dort ziemlich zertreten. Es ist schwierig, einzelne Spuren außerhalb des Gartens auszumachen, die uns verraten, von wo der Eindringling gekommen und wohin er danach gegangen ist.« Er blickte in die Runde. »*Falls* es einen Eindringling gab. Die Mitarbeiter in dem Schuhgeschäft, in dem Philippa gewesen sein will, erinnern sich nicht, sie gesehen zu haben.«

»Aber sie haben auch gesagt, dass sehr viel los war«, warf Tara ein, »oder nicht? Und es gibt das Foto von den Stiefeln, das sie an ihre Mutter geschickt hat, damit die sie sich ansieht.«

Blake bemerkte den Blick, mit dem Patrick sie bedachte.

Wie konnte das Team arbeiten, wenn die beiden so miteinander umgingen?

»Ja«, antwortete sein DS schließlich. »Doch das könnte sie am Tag vorher gemacht haben. Wir sollten uns einen Durchsuchungsbefehl besorgen und die Techniker mal ihr Telefon ansehen lassen. Und abgesehen von den Mitarbeitern, die sich nicht an sie erinnern, hat sie auch keine Einkaufsbelege von heute. Nur welche von gestern. Mich würden die Kameraaufzeichnungen aus dem Laden interessieren.«

»Glaubst du, das ist alles gespielt?«, fragte Blake. »Weil eine von beiden – wahrscheinlich Philippa – in die anderen Todesfälle verwickelt ist und sie sich als Opfer darstellen wollen?«

»Es ist nicht schwer, sich ein Prepaidhandy zu kaufen, einen Anruf zu machen und in Stiefeln durch den Garten zu trampeln, die einem nicht gehören. Wenn das heute ein echter Mörder war, ist er ziemlich schlecht. Mrs Cairncross hätte ohne Weiteres ihr Telefon mit in den Lagerraum nehmen können, von drinnen Hilfe rufen und binnen fünf Minuten befreit werden.«

Blake hasste es, wenn Wilkins' Gedanken seine eigenen spiegelten. Es machte ihm Sorge.

»Aber das sind fast zu viel Fehler, meinst du nicht?«, fragte Tara. »Sicher hätte Philippa dieselben Löcher in der Geschichte erkannt wie du, und hatte alles glaubwürdiger konstruiert. Sie ist nicht blöd.« Sie stockte, und Blake sah, wie auch sie noch einmal überlegte. »Es stimmt, dass dieser Plan viel anfälliger war als die anderen, die unser Täter vorher ausgeführt hat. Er ist wie eine schlechte Kopie, doch immer noch mit einer Anspielung auf eines von Ralph Cairncross' Büchern. Es gab keinen Versuch, die Beteiligung einer dritten Person zu verschleiern. Aber vielleicht ist es Absicht.« Alle sahen sie an, doch sie blieb unbeirrt. »Bisher hat Philippa Cairncross schuldig ausgesehen, und die jüngste Entwicklung verstärkt diesen Eindruck noch. Wir alle sitzen hier und überlegen, ob das heutige Drama eine Inszenierung war. Doch vielleicht war das von Anfang an die Absicht unseres echten Mörders. Vielleicht ziehen wir nur die Schlüsse, die er will, und war das heute doch nicht so ungeschickt gemacht.«

»Netter Versuch«, sagte Patrick. »Aber falls ja, wie konnte der Mörder sicher sein, dass Philippa nach Hause kommen und ihre Mutter retten würde? Ohne ihre Intervention könnte Sadie Cairncross wirklich tot sein.«

Diesmal war Taras Pause länger, doch dann hellten sich ihre Züge auf. »Wir haben immer gesagt, dass die Person ein Spieler ist. Vielleicht ist es für sie doch eine Win-Win-Situation. Entweder Sadie Cairncross überlebt und es sieht wie ein von ihr und ihrer Tochter fingierter Anschlag aus, oder sie stirbt und noch ein Mensch, den der Täter verachtet – aus welchen Gründen auch immer – ist ausgelöscht.«

Auch das war alles möglich, aber Blake wusste, wie sehr Tara wollte, dass Patrick sich irrte. Hielt sie ihre Version der Ereignisse wirklich für die wahrscheinlichste, oder beeinflusste ihre Antipathie ihr Urteilsvermögen?

»Noch eine interessante Theorie.« Patricks Ton war spöttisch. »Ich persönlich bezweifle, dass jemand anders in die vorherigen Todesfälle verwickelt war. Aber ich denke, wir haben Sadie und Philippa Cairncross davon überzeugt. Und das hat genügt. Sie haben Angst, dass wir sie für schuldig halten, also haben sie sich diese Nummer ausgedacht, damit sie unschuldig wirken.«

»Sadie doch gewiss nicht, oder?«, fragte Tara. »Ihr Schock wirkte für mich echt.«

»Wir sollten noch einmal mit ihrer Ärztin reden«, sagte Blake. »Machst du das, Max? Frag sie, ob sie denkt, Sadie Cairncross könnte ihre Reaktion vorgetäuscht haben.«

»Wenn sie das heute nicht ausgekocht haben, dann wette ich, dass Philippa allein agiert hat«, sagte Wilkins. »Sie ist knallhart.«

»Obwohl sie gewusst hätte, dass sie ihre Mutter halb zu Tode ängstigt?«, fragte Tara skeptisch. »Würde sie das willentlich tun? Sie scheint ihre Mutter sehr zu mögen.«

»Und sie könnte gedacht haben, dass es besser ist als die Alternative«, sagte Wilkins. »Wenn sie ins Gefängnis geht, bleibt ihre Mutter allein mit der Schande zurück.«

Blake hob eine Hand. »Zu deiner Idee, dass die anderen Todesfälle tragische Unfälle waren, Patrick, habe ich noch ein Update. Der Laborbefund zu der Kiste, die Tara und ich hinter dem Haus am Forty Foot Bank gefunden hatten, sind da. Es ist bewiesen, dass jemand eine Ringelnatter darin gehalten hat, und es sind Spuren von dem da, was sie gefüttert wurde: anscheinend Grillen. Also hat jemand die Schlange dort eine Weile gefangen gehalten, und es gab einen Plan. Wie weit der gehen sollte, ist noch fraglich.« Er sah seinen DS an. »Mutter und Tochter Cairncross könnten den Angriff heute Morgen inszeniert haben. Das könnte ich glauben. Aber die Geschichte auf der Website von *Not Now* – mit den Anspielungen auf Märchen – lag meilenweit daneben. Und ziemlich bald werden es alle wissen.«

Er blickte zu Tara, die diese Neuigkeiten ebenfalls zum ersten Mal hörte. Und er beobachtete, wie erleichtert sie reagierte. Ihm ging es nicht anders. Fleming hatte auch recht begeistert ausgesehen. Vermutlich würden sie heute Abend alle zur Feier etwas trinken.

Mit Ausnahme von Patrick ...

ACHTUNDDREISSIG

Wie alle anderen jagte auch Tara Fakten nach. War Philippa in der Innenstadt gesehen worden? Wer hatte das Handy verkauft, mit dem Sadie Cairncross kontaktiert wurde, wann und an wen? Wurden damit noch andere Nummern angerufen? Was hatten die Nachbarn in der Madingley Road mitbekommen? Je mehr Löcher sich in Sadie und Philippa Cairncross' Geschichte auftaten, desto schuldiger schien Philippa.

Dennoch war Tara nicht überzeugt. Als die Luft rein war, schlüpfte sie aus dem Büro, um Dr. Richardson anzurufen. Sie jagte eher Erkenntnissen und Meinungen hinterher als harten Fakten – doch sie schätzte, dass es sich lohnte.

Natürlich wusste sie, dass er gelogen haben könnte, als er leugnete, Sadie Cairncross morgens angerufen zu haben. Er hätte ein neues Telefon benutzen können, den Anruf außerhalb des Hauses in der Madingley Road getätigt und beobachtet haben, wie Sadie in den Lagerraum ging. Dann könnte er durch den Garten gegangen und die Fußspuren hinterlassen haben, als er sie einschloss. Jemand hatte es, egal, ob es echt oder gespielt war. Nur wüsste Tara nicht, warum er das tun sollte. Ja, er hatte sich über Ralph Cairncross' Thesen mokiert – ihn vielleicht nicht sonderlich gemocht –, aber da war keine Feindseligkeit in seinem Tonfall gewesen, als Tara mit ihm sprach. Er schien Cairncross und dessen Akolythen als ein Kuriosum zu betrachten, mehr nicht. Und für die anderen Tode dürfte er noch weit weniger infrage kommen. Er hätte keinen Einfluss auf Lucas Everett und Christian Beatty gehabt, geschweige denn eine offensichtliche Gelegenheit, Ralph Cairncross die Schlange ins Auto zu legen.

Weil sie überzeugt war, dass er nichts mit allem zu tun hatte, und Wert auf seine Meinung legte, wollte sie ihn anrufen. Sie stand draußen und blickte über Parker's Piece, wo kleine Kinder und Hunde im Schnee spielten. Ihr Atem bildete Wolken in der Luft, und ihre Finger wurden bereits taub, als sie Richardsons Nummer wählte.

»Wie schön, wieder von Ihnen zu hören«, sagte er, als sie ihren Namen genannt hatte. »Das ist ja mal eine Geschichte, was?«

»Könnte man so sagen. Ich würde gern wissen, was Sie über unseren mysteriösen Anrufer denken. Mir ist klar, dass es reine Mutmaßung ist, aber fällt Ihnen etwas zu dem ein, was Sadie Cairncross behauptet, in dem Archiv gesucht zu haben? Natürlich kam sie nicht mehr dazu, tatsächlich nach dem Manuskript zu sehen, aber wissen Sie, ob es das überhaupt gibt?«

»Dasselbe habe ich auch schon überlegt«, antwortete Dr. Richardson. »Und ich habe sogar versucht, es zu überprüfen. Ich habe davon nie gehört und kann auch keine Hinweise in den üblichen Datenbanken und Fachblättern finden, also könnte der Anrufer es sich ausgedacht haben.«

»Aber nicht den Autor?« Tara hatte das Transkript der Befragung gelesen. Sadie Cairncross hatte gesagt, sie hätte von dem Autor nie gehört.

»Oh nein«, sagte Richardson. »Den Autor gibt es. Er ist nur überhaupt nicht bekannt. Was an sich schon interessant ist.

Wer sich ausgedacht hat, Sadie Cairncross auf diese Suche zu schicken, kann nicht allzu leicht auf Maurice Fox-Thompsons Namen gestoßen sein. Und er ist die Art Schriftsteller, dessen Arbeit Ralph Cairncross gesammelt hätte – auch bei ihm dreht sich alles um Jugend. Er hat nur sehr wenige Gedichtbände und Essays veröffentlicht. Wie es aussieht, hat der Anrufer sich damit beschäftigt, für welche Literatur Ralph sich interessierte. Und das anscheinend genauso obsessiv wie Ralph selbst.«

Auf dem Weg zurück ins Gebäude wurde Tara bewusst, dass Richardsons Neuigkeit keine Hilfe für Philippa war. Nicht nur studierte sie Literaturwissenschaft, sondern sie hatte auch freien Zugriff auf sämtliche Unterlagen ihres Vaters. Sie könnte zu seinen Interessen recherchiert haben. Und wenn ihr Vater tatsächlich von Maurice Fox-Thompsons Arbeiten besessen war, könnte sie die sogar gesehen haben. Was ebenso auf Tess Curtis zutraf. Sie war eindeutig sehr in die Arbeit ihres Chefs eingebunden gewesen. Sollte er jemals mit Fox-Thompson korrespondiert haben, wüsste sie es wahrscheinlich – und dürfte diejenige gewesen sein, die seine Arbeiten ins Archiv gebracht hatte, sofern Cairncross welche besaß. Allerdings hätte sie einen Komplizen gebraucht, der den Anruf erledigte. Sie war bis vor sechs Monaten immerzu in dem Haushalt gewesen. Doch selbst wenn sie eine Männerstimme imitieren könnte, war Tara sicher, dass sie nicht riskieren würde, erkannt zu werden. Trotzdem hätte sie es sein können, die Sadie Cairncross eingesperrt hatte. Wo mochte Tess Curtis heute Morgen gewesen sein? Jemand sollte es überprüfen – es war sinnlos, sich einzig auf Philippa einzuschießen.

Sie klopfte an Blakes Tür, da sie wusste, dass sie bei Wilkins kein Gehör fände, und erzählte von ihrem Telefonat mit Richardson und ihren Gedanken zu Ralphs früherer PA. Blake dachte nach. »Ja, wir sollten sie noch einmal befragen. Aber eben war Max auch hier. Er hat Philippa Cairncross im Police National Computer überprüft. Vor drei Jahren hatte Ralph

Cairncross eine mutwillige Beschädigung seines Wagens angezeigt.«

»Was für eine Beschädigung?«

»Jemand hatte seine Reifen angestochen.«

»Angestochen?« Sie hatte schon erlebt, dass jemandem die Autoreifen aufgeschlitzt wurden, aber nicht angestochen.

Blake nickte. »Cairncross wusste erst gar nicht, was los war, weil sie immer wieder Luft verloren. Die Werkstatt hat nachgesehen und Löcher gefunden, die von einem nadelartigen Objekt gemacht schienen. Es war zu viel Zufall, dass sich die gleichen Einstiche auch an dem Ersatzreifen fanden. Und in der Garage der Familie gab es nichts, was sie verursacht haben konnte. Cairncross war auch nicht mit beiden Reifen zweimal am selben Ort gewesen.«

»Und sie haben herausgefunden, dass es Philippa war?«

»Ralph ertappte sie dabei, brachte sie zur Wache und zwang sie, dem zuständigen Officer zu erklären, was sie getan hatte.«

»Das klingt nach dem ärgerlichen Streich eines Teenagers«, sagte Tara.

»Ja, so klingt es. Doch bei solchen Einstichen verlieren die Reifen nur langsam Luft, sodass der Fahrer glaubt, sein Wagen wäre vollkommen in Ordnung, wenn er losfährt, und erst später erkennt, dass er ein Problem hat. Und ein so beschädigter Reifen kann in seltenen Fällen platzen. Noch dazu hatte Cairncross jedes Mal, wenn seine Reifen sabotiert wurden, eine längere Fahrt auf der Autobahn vor sich. Wie du siehst, ist dieser neue Beweis sehr ungünstig für Philippa.«

Ja, das sah sie. Und es war dieselbe Vorgehensweise, die sie bei ihrem Täter ausgemacht hatte – diese Bereitschaft, auf Risiko zu gehen; etwas zu tun, bei dem das Opfer sterben könnte oder auch nicht. »Wie selten wäre ein Platzen des Reifens unter solchen Umständen?«, fragte sie.

»Ziemlich selten«, sagte Blake. »Es ist viel ungefährlicher, als nachts einem Betrunkenen eine Schlange ins Auto zu legen. Und Philippa wusste eventuell nicht mal von dieser Möglichkeit. Sie war zu der Zeit erst fünfzehn und fuhr selbst noch nicht Auto. Aber«, er blickte Tara direkt an, »andererseits könnte sie sich gerade erst warmgelaufen haben.« Er ging um seinen Schreibtisch herum und näher zu ihr. »Ich denke, du hast recht, dass wir auch Tess Curtis überprüfen müssen. Dieser Fall ist alles andere als geklärt. Doch ich könnte mir vorstellen, dass du richtig angefressen von Patrick bist. Ich weiß, dass er jeden deiner Schritte in diesem Fall für Bockmist erklärt hat, und sollte er jetzt mit Philippa recht haben, nachdem du all die Arbeit geleistet hast, wäre es schwer zu ertragen. Dennoch müssen wir vollkommen neutral sein.«

Als könnte sie nicht über dem stehen, was sie von Wilkins hielt! Sie wollte, dass er verliert, aber noch dringender wollte sie Gerechtigkeit und die Wahrheit.

Blake musste den Blick in ihren Augen gelesen haben. »Ich weiß, was du denkst«, sagte er. »Und ich vertraue dir. Aber im Moment verdient Philippa Cairncross alle Aufmerksamkeit, die sie bekommt. Wir haben keinen Grund zu der Annahme, dass unser Täter mit einem Komplizen zusammenarbeitet. Und hätte Tess Curtis genug Einfluss auf Lucas und Christian gehabt, um sie dazu zu überreden, was sie getan haben?«

Tess Curtis war eine gut aussehende und intelligente Frau, und sie hatte Zeit gehabt, eine Beziehung zur Gruppe aufzubauen. Wie nicht zuletzt ihr gemeinsames Schreibprojekt mit Christian Beatty bewies.

Taras Handy klingelte. Blake nickte, und sie nahm das Gespräch an. Verity Hipkiss. Sie lallte und klang emotional. Tara vermutete, dass sie getrunken hatte, obwohl es erst fünf Uhr nachmittags war. »Was kann ich für Sie tun?«, fragte Tara.

»Ich habe den Bericht in *Not Now* gesehen«, antwortete sie. »Ich meine, ich habe ja schon gewusst, an welchen Ideen Sie arbeiten.« Es folgte eine längere Pause. »Aber alles so schwarz auf weiß zu sehen – die Schlange und all die Todesfälle, die zusammenhängen ...«

Von der verdammten Shona Kennedy so reißerisch wie nur möglich dargestellt ...

»Da musste ich wieder über alles nachdenken, was passiert ist, und diesmal mit klarem Kopf.«

So hörte sie sich nicht an.

»Ich habe überlegt, und ich würde gerne noch mal mit Ihnen reden. Ich habe ein paar Ideen.«

»Können Sie mir die nicht am Telefon erzählen?«

Noch eine lange Pause. »Ich mache mir Sorgen. Ich hätte wirklich gerne ein richtiges Gespräch. Damit ich meine Gedanken ordnen kann. Können Sie zu mir kommen? Ich glaube nicht, dass ich fahren sollte.«

Das glaubte Tara auch nicht. »Wo sind Sie?«

»In dem Haus draußen am Forty Foot Bank. Ich bin hergekommen, um an die alten Zeiten zu denken. Es ist so friedlich hier.«

Tara seufzte. »Ich komme so schnell ich kann.«

Blake zog eine Augenbraue hoch, und sie erklärte es ihm. »Das ist mieses Timing. Ich würde lieber zu Tess Curtis gehen«, sagte sie.

»Ja, das verstehe ich. Und jemand muss zu ihr. Aber vielleicht erzählt Verity eher dir etwas als einem anderen aus dem Team – immerhin hat sie dich angerufen.« Er überlegte kurz. »Ich habe Patrick gesagt, dass ich mit ihm noch mal Philippa und Sadie Cairncross befrage. Wie wäre es, wenn du Max mitnimmst und ihr erst bei Tess Curtis vorbeifahrt, um euch ihr Alibi für heute Morgen zu holen, und dann weiter zu Verity?«

Sie nickte. »In Ordnung.«

Tess Curtis war noch bei der Arbeit, als sie anriefen. Ihr Chef, Professor Trent-Purvis, gab eine Soirée für eine Kollegin, und

Tess bestand darauf, dass sie erst mit der Polizei sprechen könne, wenn die Gäste gegangen waren.

»Der Professor kann sich unmöglich mit allen gleichzeitig unterhalten«, hatte sie gesagt. »Ich gehe auch herum und serviere die Getränke.«

Als Tara am Telefon fragte, wo sie den Vormittag gewesen war, wurde sie sofort schnippisch und sagte, das müsse warten. Sie klang gestresst.

Also saßen Tara und Max im Wagen vor dem prächtigen Haus des Professors in Newnham – hohe Fenster und ein breiter Eingangsbereich. Tess Curtis hatte optimistisch zehn Minuten geschätzt, bis die Gäste verschwanden, und die waren inzwischen vorbei. Immer noch standen vier Wagen in der Auffahrt: ein Jaguar, ein Mercedes, ein Audi und ein Volvo. Vermutlich gehörte mindestens einer davon dem Professor, aber die übrigen mussten von Trödlern sein, es sei denn, Tess war den kurzen Weg mit dem Auto gekommen.

Nach weiteren fünf Minuten wurde Tara unruhig. Verity Hipkiss hatte sehr betrunken geklungen. Vielleicht hatte sie bloß Gesellschaft gewollt und gar keine nützlichen Informationen zu bieten. Aber als seine Geliebte war sie Ralph besonders nah gewesen. Von allen Leuten, die Wichtiges erinnern oder wissen könnten, war sie die aussichtsreichste Kandidatin.

Andererseits war Tess auch mittendrin gewesen. Könnte sie einen Komplizen haben, der für sie morgens den Anruf getätigt hatte? Tara fiel das Verhütungsmittel in ihrem Badezimmer ein. Ein Liebhaber? So oder so wollte sie nicht wegfahren, ohne ihr Alibi zu überprüfen. Schließlich wandte sie sich zu Max. »Wie wäre es, wenn du hier in der eisigen Kälte auf Tess Curtis wartest und ich schon mal zu dem Haus in den Fens fahre?«

Er grinste. »Ich habe Handschuhe dabei. Sie lässt sich ganz schön Zeit, nicht?« Er öffnete die Beifahrertür und stieg aus.

»Danke, Max. Sag mir hinterher Bescheid, ja?«

Er nickte. »Ich rufe dich so schnell wie möglich an.«

NEUNUNDDREISSIG

Philippa Cairncross' Geschichte darüber, was vormittags geschehen war, blieb unverändert. Sie sah Blake direkt an und wiederholte, was sie ihnen bereits erzählt hatte.

»Kommen wir auf die Autoreifen Ihres Dads zurück, die Sie beschädigt hatten«, sagte Blake ohne jede Vorwarnung.

Philippa wurde rot, jedoch vor Wut, nicht vor Scham, wie er deutlich erkannte. »Das ist Jahre her. Da war ich noch ein Kind.«

»Warum haben Sie das getan?«

»Weil ich wütend auf ihn war.« Sie senkte die Stimme zu einem Flüstern. »Es war kurz nachdem ich erfahren hatte, dass Mums Gesichtsverletzung von einer verbockten Schönheitsoperation stammte. Seine falschen Ideale hatten ihre Weltsicht verdreht und sie ihre Karriere und ihr Glück gekostet.«

»Was dachten Sie, was passiert, wenn er mit den angestochenen Reifen losfuhr?«

Nach einem kurzen Zögern zuckte sie mit den Schultern. »Ich habe ihn gehasst. Und ich meine, richtig gehasst. Was passieren könnte, habe ich nicht richtig durchdacht. Ich wollte ihm einfach nur wehtun, wie er Mum wehgetan hatte.« Sie blickte Blake grimmig an. »Mir tut nicht leid, dass er tot ist. Überhaupt nicht. Doch egal, was ich jetzt empfinde oder was ich damals gemacht hatte, ich habe nichts mit dem zu tun, was ihm im September passiert ist.«

»Und wie empfinden Sie für die Akolythen?«, fragte Blake.

»Das weiß er.« Philippa nickte in Patricks Richtung. »Er war da, als ich gesagt habe, was ich von denen allen halte. Die verschwenden bloß Platz auf dem Planeten. Aber es gibt eine Menge Menschen, die genauso sind. Ich wäre mein Leben lang beschäftigt, wollte ich die alle auslöschen.«

»Sie hatten die Gruppe insgesamt gemeint«, sagte Blake. »Gibt es da niemanden, von dem Sie denken, er oder sie ist Ihrer Verachtung weniger würdig als die anderen?« Er fragte sich vor allem, wie gut Philippa sie kannte. War sie mit den individuellen Persönlichkeiten vertraut? Falls sie die Täterin war, müsste sie alle gründlich genug studiert haben, um zu begreifen, wie ihr Verstand arbeitete. Der Täter war offensichtlich sicher gewesen, dass er Lucas zum Rausschwimmen und Christian zu dem Sprung bewegen konnte.

»Ich konnte erkennen, dass die alle gleich schlimm sind«, antwortete sie. »Und ich glaube nicht, dass ihnen wirklich an Ralph lag. Jetzt ist er der Dumme, weil er ihnen das große Haus vererbt hat, ›um weiter nach seinen Idealen zu leben‹ oder was auch immer. Es war beinahe, als hätte er angefangen, seinen eigenen Quatsch zu glauben. Wenn er die künstlichen Ideale meinte, mit denen er in seinen Büchern hausieren ging, werden sie das auf keinen Fall tun. Aber vielleicht meinte er ja seine echten Prinzipien, und dann hat er Glück. Sie werden genau wie er weiter für ihre Eigeninteressen arbeiten und ihre Verbindung zu meinem Vater nutzen, um ihre Karrieren zu fördern. Die kommen mir wie ein eigennütziger Haufen vor.«

Sie schien zu verallgemeinern – vielleicht basierend auf dem, was sie gehört hatte – und nicht intimer mit den Gruppenmitgliedern vertraut. Aber Blake könnte sich irren. »Hatte nicht

einer von ihnen versucht, ihren Vater in jener Nacht vom
Fahren abzuhalten? Es steht im Polizeibericht. Das muss doch
heißen, dass sie sich um seine Sicherheit gesorgt haben.«

Philippa reagierte verächtlich. »Reden Sie von diesem
versnobten Stephen? Ja, ich erinnere mich, das gehört zu haben.
Hat ja auch eine Menge gebracht. Mein Vater mochte es nicht,
wenn um irgendwas Theater gemacht wurde.«

»Und was ist mit Verity Hipkiss?«

»Ich bin mir sicher, dass sie nur mit meinem Vater
geschlafen hat, damit er ihre Arbeit pusht. Das hatte er, also
schätze ich mal, sie hatte ohnehin vor, ziemlich schnell weiter-
zuziehen – falls sie es nicht schon war. Ich glaube nicht, dass
ihre Affäre exklusiv war. Wenn er gedacht hat, dass sie ihn
tatsächlich mochte, war er wirklich ein Idiot.«

»Aber da gab es auch Letty.« Sie war jünger gewesen und
vielleicht weniger zynisch.

»Die war eine blasse, aufgesetzt unschuldige Null«, sagte
Philippa. »Ich habe sie einmal auf einer Party getroffen und
zwei Worte mit ihr gewechselt, mehr war nicht nötig.«

All der Hass und die Motivation waren da, dachte Blake,
doch etwas störte. Philippa Cairncross war voller Zorn. Und sie
ließ ihre Gefühle heraus. Hingegen hatte Blake das Gefühl,
dass sie nach jemandem suchten, der alles in sich aufgestaut
hatte; der in völliger Isolation geplant hatte, still dabeigestanden
und bereit, für Verheerung zu sorgen.

VIERZIG

Sobald Tara die Hauptstraße verlassen hatte, setzte die Einsamkeit ein, die die Sumpflandschaft stets in ihr weckte. Es war ein klarer Abend, und auf den kleineren Straßen war Vorsicht geboten. Schnee- und Eisschmelze hatten tagsüber viel Wasser auf dem Asphalt bewirkt, das nun wieder gefror. Der Weg hatte Tara zunächst durch ein verlassenes Wohngebiet geführt, das nun hinter ihr lag. In der Dunkelheit war sie sich der flachen, leeren Felder zu beiden Seiten bewusst. Es schien niemand sonst auf den Straßen zu sein. Mittlerweile war es nach sechs. Wahrscheinlich waren alle früh von der Arbeit nach Hause gefahren, um die heiklen Straßenverhältnisse zu meiden, von denen sie wussten, dass sie mit zunehmender Kälte gefährlicher würden.

Beim Fahren versuchte Tara, sich auf die Straße zu konzentrieren, ging nebenher aber auch alles in Gedanken durch, was sie bisher hatten. Wieder versuchte sie, ihr Gefühl zu rechtfertigen, dass Philippa unschuldig war. Zumindest was diese Verbrechensserie anging. Per se konnte sie niemanden als unschuldig bezeichnen. Hatte Blake recht? Sträubte sie sich bloß so sehr gegen die Idee, weil Wilkins so scharf darauf war, Philippas Schuld zu beweisen? Es sprach vieles gegen sie.

Doch da waren unzählige Kleinigkeiten, zusätzlich zu Taras Gefühl, die sie zögern ließen. Was war beispielsweise mit der Ringelnatter, die nun mehr nachweislich dort gewesen war? Es war ja nicht so, als verliefe ein Bach über das Cairncross-Grundstück. Wollte Tara solch ein Tier finden, würde sie in den Fens suchen. War Philippa im Spätsommer Tag für Tag hier rausgefahren, um nach einer Schlange zu jagen und sie einzufangen? Und hatte sie dann in eine Kiste eingesperrt, die zu den anderen leeren in der Scheune hinterm Haus am Forty Foot Bank passte?

Und dann hätte Philippa die Schlange füttern müssen, bis es Zeit war, sie in den Wagen ihres Vaters zu legen. Das hätte eine Menge Umherschleichen bedeutet, damit sie von niemandem gesehen wurde, der regelmäßig das Haus aufsuchte. Tess oder einer der Akolythen hätte mit beidem weniger Schwierigkeiten gehabt. Und das schloss Verity Hipkiss mit ein, die Frau, zu der Tara unterwegs war … Tara war froh, dass Verity betrunken war; und dass sie sich gut selbst verteidigen konnte. Sofern die Frau nicht insgeheim Martial-Arts-Expertin war, sollte Tara sicher sein.

In diesem Moment klingelte ihr Handy. Sie tippte das Symbol der Freisprechanlage an.

»Tara Thorpe.«

»Hier ist Max.« Die Verbindung war nicht toll. In den Fens war der Empfang eher lückenhaft.

»Erzähl, Max. Wie war es mit Tess Curtis?«

»Sie war den ganzen Vormittag ›rein und raus‹, wie sie sagt, hat für die Veranstaltung ihres Chefs eingekauft. Dafür hat sie Belege, aber die besagen nicht, dass sie nicht kurz in der Madingley Road vorbeigegangen sein und Sadie Cairncross eingesperrt haben kann. Bei den Zeitstempeln auf den Quittungen hätte sie allerdings schnell sein müssen.«

Und jemand müsste für sie angerufen haben ... »Hmm. Das ist interessant. Danke. Ich bin jetzt fast bei dem Haus, also kann ich dir bald ein Update zu Verity Hipkiss geben.«

»Super«, sagte Max. »Ich komme jetzt hinterher, muss nur vorher zur Wache und mir einen Wagen holen. Und ich habe noch eine kleine Neuigkeit. Die Nummer, von der Sadie Cairncross heute Morgen angerufen wurde, findet sich auch auf den Telefonen von Lucas Everett und Christian Beatty. Keiner von ihnen hatte sie unter seinen Kontakten abgespeichert, also wissen wir immer noch nicht, wer die Nummer nutzt.«

»Wow, danke, Max!«

Es war immerhin ein Beweis, dass eine Person mit allen drei Vorfällen zu tun hatte. Es ließ die Theorie, an die Wilkins sich immer noch klammerte – dass die Tode der beiden Männer voneinander losgelöste tragische Unfälle waren – erbärmlich aussehen. Aber Tess Curtis' Beteiligung sah nun ebenfalls weniger wahrscheinlich aus. *Mal gewinnt man, mal verliert man.*

Bei allem Nachdenken war Tara klar, dass sie die Brücke über dem dunklen Wasser des Forty Foot Drain überquerte. Gleich dahinter bog sie auf den Damm ab.

Im Schneckentempo fuhr sie über den vereisten Asphalt und wünschte, sie wäre weniger nah an dem Graben links. Sie spürte, wie sich der Griff der Reifen änderte. Eben noch fühlte er sich relativ gut an, im nächsten Moment packte sie das Lenkrad fester und drosselte das Tempo weiter, um die Kontrolle über den Wagen zu behalten. Ihr war bewusst, dass man nicht gegenlenken durfte, wenn man ins Rutschen kam, doch sollte sie in Richtung Wasser schlittern, war so gut wie ausgeschlossen, dass sie diesen Rat befolgte, anstatt instinktiv zu handeln.

Sie dachte an die verbleibenden Verdächtigen. Was war mit Thom Kings Beinahe-Unfall? Er passte zu einem Tod in einem von Cairncross' Büchern, aber ansonsten schien er sich von

Ralphs, Christians und Lucas' »Unfällen« zu unterscheiden. Es war ein Akt direkter Gewalt, bei dem der Täter riskiert hatte, sich selbst auch zu verletzen. Bei den anderen Vorfällen war er selbst mehr oder minder auf Abstand geblieben, doch jemanden mit einem Auto zu überfahren, war eine ganz andere Nummer. Warum also die Abweichung? War das Beinaheüberfahren ein Zufall gewesen? Oder hatte Thom es sich ausgedacht? Oder, falls nicht, hatte der Mörder da noch anders geplant? Vielleicht hatte er den einen, übereilten Versuch vor den anderen aus irgendeinem Grund unternommen, sich dann aber noch einmal zurückgezogen, war runtergekocht und hatte seine Herangehensweise überarbeitet? Falls ja, was hatte ihn an jenem Tag dazu gebracht, die Kontrolle zu verlieren und Thom King niedermähen zu wollen? Und, was entscheidend war, wer hatte gewusst, wo der Künstler zu finden war? Es musste jemand gewesen sein, der wusste, wo das Atelier war, das Thom King gerade erst angemietet hatte.

Tara versuchte, im Kopf eine Zeitachse zu erstellen. Sollte es den Beinaheunfall gegeben haben, musste es im Spätsommer gewesen sein. Thom hatte erwähnt, dass es kurz nach Lettys Tod war. Deshalb hatte er beschlossen, keine große Sache daraus zu machen – und weil er sich an kaum etwas zu dem Wagen oder dem Fahrer erinnerte. Aber hätte er die Sache wirklich nicht gemeldet, wenn er glaubte, dass es ein absichtlicher Versuch war, ihn zu überfahren?

Schließlich sah Tara das Schild zum Haus und bog in die Zufahrt ein. Sie war froh, weg vom Wasser zu sein. Wie zur Hölle sollten sie die Rückfahrt bei diesen Straßenverhältnissen schaffen?

EINUNDVIERZIG

Blake sprach mit dem Sicherheitsmann einer Boutique nahe dem Marktplatz im Zentrum von Cambridge. Bevor sie Philippa Cairncross verließen, hatte er ihr noch einmal nachdrücklich erklärt, dass sie beweisen müsste, den Vormittag in der Stadt gewesen zu sein. Es würde sie nicht zwingend entlasten, je nachdem, über welche Zeiten sie sprachen, aber irgendwo mussten sie anfangen. Sie führte sie an der Nase herum. Er hatte das Gefühl, dass ihr herzlich egal war, was sie dachten oder wie viel von ihrer Zeit sie verschwendete.

Zugleich hatte Blake ihre Achillesferse entdeckt: Sie hing an ihrer Mutter. Als er drohte, sie zum Verhör mitzunehmen und über Nacht in einer Zelle zu behalten, war Sadie verzweifelt in einen Sessel gesackt, und endlich hatte Philippa begriffen. Wie sich herausstellte, erinnerte sie sich doch an die anderen Läden, in denen sie gewesen war. Entweder das, oder sie hatte die Besuche unter Druck hastig erfunden. Mit einem säuerlich verzogenen Mund hatte sie die Liste der drei Geschäfte heruntergerattert, einschließlich dem, in dem Blake nun stand.

»Hier ist es«, sagte der Sicherheitsmann, und Blake scannte

die Aufnahmen der Kamera nach den Zeiten, in denen Philippa glaubte, dort gewesen zu sein. Hier war sehr viel weniger los gewesen als in dem Schuhgeschäft, und die Kameras waren besser platziert.

Dann sah er eine vertraute Gestalt. Verflucht. Sie war wirklich dort. Er überprüfte die Zeit. Fünfzehn Minuten nachdem Sadie Cairncross den mysteriösen Anruf erhalten hatte. Das war es. Sie konnte unmöglich rechtzeitig nach Hause gelangt sein, um ihre Mutter in dem Archivraum einzusperren und in den Laden zurückzukehren. Natürlich könnte sie es immer noch hinbekommen haben, wäre ihre Mutter in alles eingeweiht gewesen. Falls dem so war, hätte sie Sadie Cairncross zu einer beliebigen Zeit einschließen können – auch eine Weile später als sie behaupteten – oder überhaupt nicht. Sie könnten einfach die richtigen Fußabdrücke produziert und es dabei belassen haben. Aber das funktionierte nicht. Den Sanitätern zufolge war der Schock ihrer Mutter echt gewesen. Was sie behandelt hatten, war eine heftige Panikattacke gewesen. Und solch eine Reaktion hätte sie nicht gezeigt, wäre sie nie in Gefahr gewesen.

Nein. Blake glaubte, dass Philippa Cairncross aus dem Rennen war. Und Tess Curtis klang nach Max' letztem Update auch unwahrscheinlich.

Sie mussten neu überlegen. Was Patrick wenig begeistern würde. Tara hatte recht, dass er sich zu früh auf Philippa eingeschossen hatte, irrte sich aber bezüglich Tess Curtis, soweit Blake es beurteilen konnte.

Er rief Patrick an und war froh, als er auf die Mailbox geleitet wurde und eine Nachricht hinterlassen konnte. Ihm war momentan nicht danach, sich mit seinem DS herumzuschlagen. Er war immer noch Blakes Hauptverdächtiger für das Leck an *Not Now*. Könnte er es doch nur beweisen!

Als er das Geschäft verließ und auf den Gehweg nahe der Universitätskirche Great St Mary's trat, fragte er sich, wie es Tara erging. Max hatte ihm erzählt, dass er sie allein zu Verity

Hipkiss vorausfahren lassen hatte. Das Fahren draußen in den Fens dürfte ungemütlich sein. Und wenn weder Philippa Cairncross noch Tess Curtis ihre Täterinnen waren, wer dann?

Wieder dachte er über die Ringelnatter nach, die in Ralph Cairncross' Wagen platziert wurde. Da Philippa ausschied, war es höchstwahrscheinlich jemand von der Party gewesen.

Blake beschloss, Tara zu folgen und sich selbst anzuhören, was Verity Hipkiss zu sagen hatte.

ZWEIUNDVIERZIG

Tara fuhr die breite, holprige Einfahrt zum Haus hinauf. Hier waren noch harte Riefen im vereisten Schneematsch, und von drinnen fiel wenig Licht auf den Bereich davor. Verity hatte die Vorhänge geschlossen.

Tara zog ihren Mantel fest um sich, ging zur Haustür und klopfte an. Während sie wartete, dass Verity öffnete, hörte sie ein Poltern von drinnen. Als die Tür endlich aufging, lehnte die Frau in dem Rahmen. Tara fragte sich, ob sie seit ihrem Telefonat noch mehr getrunken hatte. Hinter ihr konnte sie eine in Scherben zersprungene Vase auf dem Fußboden sehen. Der Tisch, auf dem sie vermutlich gestanden hatte, lehnte bedenklich schief auf einem Bein an der Wand. Tara schätzte, dass Verity ein wenig stürmisch zur Tür geeilt war.

»Geht es Ihnen gut?«

Veritys Augen waren gerötet und geschwollen. Sie nickte und streckte eine Hand vor, um Taras Mantelärmel zu packen. »Bin ich froh, dass Sie hier sind! Ich dachte schon, Sie kommen doch nicht, und ich muss mit jemandem reden. Ich glaube, dass ich weiß, wer hinter dem allen steckt.« Sie trat einen Schritt zurück in die Diele. »Denn das ist kein Zufall, oder?«

Tara folgte ihr nach drinnen und schloss die Tür hinter sich. Wieder einmal fiel ihr auf, dass das Haus nicht gut instandgehalten wurde. An den Wänden in der Diele waren feuchte Flecken.

»Ich meine«, fuhr Verity fort, »als Sie und Ihr DS Wilkins bei mir gewesen sind, haben Sie bloß gesagt, dass Sie das routinemäßig machen, alle befragen und uns raten, vorsichtig zu sein. Aber das war nur, damit wir keine Angst kriegen, nicht? Sie haben gewusst, dass was los war. Und Sie haben doch diese Kiste mitgenommen. Das heißt, dass Sie nach irgendwelchen Beweisen suchen.« Ihr Blick war glasig. »In dem Artikel in *Not Now* stand was von einer Schlange. War die da aufbewahrt worden? In der Kiste?«

Sie drehte sich um und ging voraus durch einen Korridor. »Oben gibt es noch ein Wohnzimmer«, sagte sie und hatte bereits eine Hand auf dem unteren Pfosten einer Holztreppe. »Da ist es wärmer.«

Tara folgte ihr. »Stimmt, wir sind uns zunehmend sicher, dass jemand mit den Toden von Ralph, Lucas und Christian zu tun hatte«, antwortete sie vorsichtig. Das *Not Now* die Informationen veröffentlicht hatte, war eine Katastrophe. Bis dahin hatten sie Ralph Cairncross' Kontakte befragen und abwarten können, ob sich jemand verplapperte und ein Detail erwähnet, von dem er nichts wissen dürfte. Doch dank Shona Kennedy hatte nun jeder in Cambridge und darüber hinaus Zugang zu Informationen, die unter Verschluss sein müssten. Doch wusste Verity wirklich daher von der Schlange, oder war sie tiefer in das Drama verstrickt gewesen? Sie könnte einen Komplizen gehabt haben – einen neuen Liebhaber, der Ralph ersetzen wollte und die Schlange in sein Auto legte, während Verity ihn ablenkte. Derselbe Mann könnte Sadie Cairncross angerufen haben. Und sie könnte trotzdem noch Lucas' und Christians Tod deswegen gewollt haben, was sie enthüllen konnten: ihre Affäre mit Ralph.

Ein paar Stufen oberhalb von Tara stolperte Verity. Sie trug ein langes, fließendes Kleid, das viel zu dünn für das Wetter war. Um ihre Schultern hatte sie eine weiche Wollstrickjacke geschlungen – *aus Kaschmir?* Eine Sekunde später stieß sie mit dem Ellbogen an die Wand und hielt abermals inne. Selbst wenn sie schuldig war, hielt Tara sie nicht für eine Bedrohung. Sollte sie ihren Zustand spielen, machte sie es verteufelt gut. Und falls noch jemand im Haus war – ein Komplize vielleicht – war Tara gewappnet und bereit. Trotzdem war es gut zu wissen, dass Max unterwegs war.

Oben an der Treppe war es beinahe vollkommen dunkel.

»Wo ist der Lichtschalter, Verity?«, fragte Tara.

»Die Birne ist kaputt.«

Doch etwas warf schwaches Licht auf den oberen Flur. Es war ein flackernder, warmer Schein.

»Verity, bleiben Sie stehen.«

Benommen schaute die Frau sich zu ihr um. »Was ist denn?«

Feuer, dachte Tara sofort. Die letzte Todesart in Ralph Cairncross' Büchern. Taras Herz schlug schneller. In Selbstverteidigung war sie super – schnell im Angesicht von Gefahr –, aber Feuer war etwas ganz anderes. Und noch während sie das dachte, wurde ihr klar, dass dies hier eher klein war. »Haben Sie Kerzen angezündet?«

Verity nickte. »Es ist auf den Tag drei Monate her, seit Ralph gestorben ist. Auch deswegen bin ich hier. Um mich ihm nahe zu fühlen.« Sie zuckte mit den hübschen Schultern. »Ich komme aus einer katholischen Familie, also habe ich eine Kerze angezündet.«

Mehrere, dem Licht nach zu urteilen, das auf den Flur fiel.

Wieder stolperte Verity weiter, durch eine Tür und in einen Raum voller Kerzen. Ihr langes Kleid wehte an einer Kerze auf dem Boden vorbei, die auf einer weißen Untertasse stand. Die

Flamme tanzte und verkleinerte sich im Luftzug, ehe sie wieder aufsprang.

»Vorsicht, Verity«, warnte Tara sie streng, befeuchtete sich Daumen und Zeigefinger und löschte die Kerze. »Es ist gefährlich, sie auf dem Boden brennen zu lassen.« Doch es gab noch mehr; wohin Tara auch sah, standen welche. Teelichte, große, säulenförmige, wie man sie in Kathedralen benutzte, und alte, schon halb runtergebrannte Kerzen. Verity hatte sie entlang einer Fensterbank aufgereiht, dicht neben den betagten Samtvorhängen, die sich sanft in der Zugluft bewegten.

»Mein Gott, Verity, Sie stecken das ganze Haus in Brand!« Tara machte sich daran, die Flammen nahe dem Fenster zu löschen.

»Lassen Sie die restlichen bitte brennen«, sagte Verity. »Ich setze mich hin, und Sie setzen sich auch. Dann flackern sie nicht mehr. Ich wollte das Andenken würdigen.«

Tara nahm auf einem durchgesessenen blauen Cordsofa Platz. Ihr Herz hämmerte, und ihre Handflächen waren klamm. An der Wand neben ihr war eine Montage von gerahmten Fotografien. Alle von Ralph und seinen Akolythen. Nicht immer in der Gruppe, sondern teils auch einzelne Mitglieder allein. Da war eines von Verity, die nur ein Handtuch umgewickelt hatte, das Haar zerzaust und die Lippen geschürzt. Jemand – vermutlich Ralph – hatte ihr mit einem Textmarker »Meine üppige Verity« quer über die Schultern geschrieben und einen Kuss angefügt. Tara lief ein kalter Schauer über den Rücken. Irgendwie wirkte es, als hätte er sie als sein Eigentum markiert.

»Das hat Ralph gemacht«, sagte Verity, die Taras Blickrichtung gefolgt sein musste. »Er hat die alle geknipst – natürlich bis auf die, auf denen er mit drauf ist.«

»Und wer hat die aufgenommen?«

»Das da hat Letty gemacht.« Verity zeigte zu einer Aufnahme von Ralphs Kopf und Schultern. Er hatte eine Hand erhoben und blies der Kamera einen Luftkuss zu.

Tara bemerkte ihren Tonfall und sah zu Verity. War sie eifersüchtig? »Letty war sehr jung, nicht wahr?«

»Sehr. Viel zu jung für Ralph.« Sie verdrehte übertrieben die Augen. »Es war unpassend.« Das letzte Wort kam laut heraus – sie schien immer noch sehr betrunken.

Tara schaute wieder zu der Fotowand. Es gab einige Lücken, und nirgends war ein Foto von Letty allein. »Haben Sie die Porträts von Letty abgehängt?«, fragte sie.

Doch Verity schüttelte den Kopf. »Das war Stephen.« Sie blinzelte zu Tara. »Aber die sind noch hier.« Sie drehte sich im Sitzen um und streckte die Hand nach einem Bücherregal rechts von ihr aus. Dort griff sie zwischen die Bände im obersten Fach und zog drei Fotos heraus, die sie Tara gab. »Viel zu jung«, wiederholte sie, als sie sich auf dem Sofa zurücklehnte und die Augen schloss.

Auf dem ersten Bild war das Mädchen, das Tara auf dem Gruppenbild in der Familienküche der Cairncross' gesehen hatte. Doch etwas war zwischen den beiden Aufnahmen geschehen, dachte Tara, denn der sorglose, kindlich lachende Blick war fort. In diesem Porträt sah Letty unsicher aus und hatte den Mund leicht geöffnet. Ein Träger ihres Kleids war von ihrer Schulter gerutscht. Das Bild war draußen aufgenommen worden, auf diesem Grundstück, wie es aussah. Hinter Letty schien die Sonne und ließ ihr rotes Haar leuchten. Ihre blasse Haut bildete einen auffälligen Kontrast zu dem Rot, und Tara erinnerte sich, dass Stephen Ross sie mit einem präraffaelitischen Gemälde verglichen hatte. Plötzlich richteten sich die kleinen Härchen auf Taras Armen auf. Ihr fiel Ross' Gedicht wieder ein, »An meine Liebe zur Abendstunde«. Rubine und Alabaster ... Lettys *Haar* und ihre Haut? Abendstunde ... weil Letty starb? Tara entsann sich, wie schwach Stephen die Person in dem Gedicht klingen ließ – und sie hatte geglaubt, die Worte würden sein Frauenbild generell widerspiegeln. Aber wenn es um Letty gegangen war, die von ihrer Krankheit niedergestreckt wurde ...

Unten auf dem Foto stand, wahrscheinlich mit demselben Marker wie über Veritys Bild geschrieben, »Meine hübsche Titty.«

Verity hatte die Augen wieder geöffnet. »Er hat immer diese veraltete Koseform von Letitia benutzt«, sagte sie. »Stephen hat es gehasst. Deshalb hat er die Bilder abgenommen.«

Kleine Informationsbrocken fügten sich in Taras Kopf zusammen. Hatte Stephen nicht gesagt, er und Letty wären die Ersten gewesen, die Ralph als seine Akolythen auswählte? Sie waren zusammen auf einer Party gewesen – einer Veranstaltung der Englisch-Fakultät. Tara überlegte. Er hatte gesagt, sie hätten denselben Tutor gehabt. Aber was noch ...? Sie holte ihren Notizblock hervor und blätterte zurück. Beiläufig hatte er erwähnt, dass sie sich schon gekannt hatten, bevor sie nach Cambridge kamen. Das hatte Tara vergessen. Und er hatte gesagt, sie sei »sehr klug und auch schön« gewesen.

Nun verschoben sich die Erinnerungen in Taras Kopf wie die Zahnräder einer Maschine, deren Zähne noch nicht recht ineinandergriffen, um auf einmal zusammenzugleiten. Wieder dachte sie an die Aufnahme von den Akolythen und Ralph in der Küche in der Madingley Road. Stephen hatte seinen Arm um Lettys Schultern gelegt und streng dreingeblickt. Hatte er das Gefühl gehabt, Letty gegen etwas verteidigen zu müssen ... gegen die Gruppe, in die sie aufgesogen wurde?

»Dann waren Stephen und Letty ein Paar, als sie zu den Akolythen gekommen sind?«, fragte Tara und beobachtete Veritys Gesicht im flackernden Licht.

»Er war in sie verliebt«, sagte Verity mit einem Anflug von Verärgerung. »Aber sie war sehr jung. Ich glaube, sie hat ihn eher wie einen zum Helden verklärten großen Bruder gesehen. Er hat sie so sehr beschützt. Sogar nachdem sie tot war, interessierte er sich mehr für sie als für irgendjemanden sonst.«

Und dieses Mädchen war laut Tess Curtis mit der letzten Widmung von Ralph Cairncross gemeint gewesen.

Für T, denn du konntest unbeschädigt entkommen. Du bist wahrhaft gesegnet.

Hatte Stephen erraten, dass seine Letty mit der T in der Widmung gemeint war? Wenn Ralph sie immerzu Titty genannt hatte, lag es nahe. Und dann erinnerte sie sich, dass er Stephen als Erstes das Manuskript seines letzten Buchs gegeben hatte. »Ich wusste, dass es Elemente enthält, die er auf eine Weise zu schätzen weiß, wie es niemand sonst könnte«, hatte Ralph gesagt. Dabei hatte er amüsiert gewirkt, während Stephen Ross wütend ausgesehen hatte. War mit der Anspielung die Widmung gemeint gewesen? Hatte er gewusst, wie sie sich für Stephen anfühlen würde? Ralph war ein grausamer Mann gewesen – um das zu erfahren, brauchte man nur mit Philippa zu reden.

Ralph hatte öffentlich den frühen Tod der Frau gefeiert, die Stephen Ross geliebt hatte. Und plötzlich erinnerte Tara sich, wie entsetzt Bea über die Haltung des Autors zum Altern gewesen war. Seine Ansicht, man müsse jung sterben, hatte sie so kurz nach Gregs Tod verletzt. Wie war es da erst Stephen ergangen, der direkt mit Ralph umgehen musste? Das Interview hatte anscheinend wenige Wochen nach Lettys Tod stattgefunden.

»Stephen hat sich eigentlich nur an die Gruppe gehängt, um ein Auge auf Letty zu haben«, sagte Verity und griff zu einem Beistelltisch neben sich, um sich aus der Brandyflasche darauf nachzugießen. »Ich denke, er hatte das Gefühl, dass sie zu jung war, um sich gegen den Rest von uns zu behaupten. Und dabei hat sie Ralph um den kleinen Finger gewickelt. Es war solch ein Jammer, als sie krank wurde, aber erst da fing Ralph an, mich zu beachten.«

Hatte Stephen es gesehen? War ihm aufgefallen, dass

Verity ein klein wenig froh war, das Mädchen, das er liebte, aus dem Weg zu haben?

»Sie sagen, Stephen blieb nur in der Gruppe, um ein Auge auf Letty zu haben«, sagte Tara, »und doch ist er auch nach ihrem Tod noch ein Mitglied.«

Verity trank von ihrem Brandy und runzelte die Stirn. »Das stimmt«, sagte sie. »Darüber habe ich gar nicht nachgedacht. Ich nehme an, bis dahin hatte er sich integriert. Obwohl Lucas und Christian ihn irgendwie immer als ihnen unterlegen gesehen haben. Er war eben kein solch starker Mann wie sie. Aber alle waren nachsichtig mit ihm.« Sie blinzelte. »Er kann manchmal überheblich sein – und auch wortkarg.«

Sie leerte ihr Glas, in dem sich das Kerzenlicht spiegelte. »Entschuldigung«, sagte sie einen Moment später, »wollen Sie auch einen?«

Tara verneinte stumm. Mehr denn je fand sie, dass sie einen klaren Kopf behalten musste.

»Aber ich sollte Stephen nicht schlechtmachen.« Verity lehnte sich vor, und ihr Gesichtsausdruck wirkte fokussierter. »Seinetwegen wollte ich mit Ihnen reden. Wir haben vorhin miteinander gesprochen, und ich habe ihm gesagt, was ich denke: Dass nur eine Person solch einen waghalsigen Plan durchziehen könnte. Jemand, der uns alle hasst und die Stärke und den Mumm hat, das zu machen.«

»Und wer ist das?«

»Philippa, Ralphs Tochter.«

Verdammt, warum waren alle so besessen von ihr? »Wie kommen Sie darauf?«

»Ich denke, sie muss Lucas und Christian bequatscht haben – und Stephen stimmt mir zu. Und sie hat Ralph gehasst. Mich übrigens auch«, sagte Verity. »Aber vor allem hat sie gewusst, dass Ralph Angst vor Schlangen hatte.«

»Warten Sie mal. War das so? Das höre ich zum ersten Mal.«

»Habe ich auch nicht gewusst. Erst als Stephen mir erzählt hat, dass Philippa von seiner Phobie wusste.«

»Demnach wusste Stephen es offensichtlich auch.«

Verity fielen die Augen zu. »Muss er wohl.«

»Verity!« Tara packte ihren Arm und schüttelte sie. Sie öffnete die Augen wieder. »Sie haben gesagt, dass Sie mit Stephen geredet haben. Wann? Wo war das? Ist er jetzt hier?«

Verity zuckte mit den Schultern. »Vorhin war er hier. Er hat mir geholfen, die Kerzen anzuzünden. Wir haben geredet, und als ich gesagt habe, dass ich über Philippa nachgedacht habe, hat er gemeint, ich soll Sie anrufen und Ihnen alles erzählen.« Sie stockte kurz und blinzelte erneut. »Und dann ist er irgendwohin weg.«

Plötzlich dachte Tara an Thom King und die Person, die ihn zu überfahren versucht hatte. Er hatte erzählt, dass er vor Ralph und den Akolythen kein großes Ding daraus gemacht hätte, weil es kurz nach Lettys Tod gewesen war und sie alle so niedergeschlagen waren.

»Wissen Sie noch, wie die anderen Akolythen reagiert haben, als Letty starb?«

»Hä?« Sie benetzte sich die Lippen. »Na, sie haben sich natürlich an Ralph orientiert. Wir hatten hier ein Ritual, um zu feiern, dass sie noch in ihrer Blüte gewesen und nie verwelkt war. Ich bin mir nicht sicher, ob sie das wirklich alle fanden. Sie fehlte ihnen. Aber sie wollten der Gruppe treu bleiben.«

Hatte Stephen da beschlossen, sie alle loszuwerden? Als er sah, wie sie den Tod der Frau feierten, die ihm so viel bedeutet hatte? Die ein langes und glückliches Leben hätte haben können, wäre der Krebs nicht gewesen?

Hatte er gehört, wie Thom King von seinem neuen Atelier schwafelte, während Stephen nur an das tote Mädchen denken konnte, mit dem er zusammen sein wollte? Vielleicht war er losgefahren, hatte dem Künstler voller Wut und Kummer aufgelauert und war geradewegs auf ihn zu gerast. Vielleicht hatten die rauen Emotionen, die er durchmachte, zu einer Fehleinschätzung der Entfernung geführt. Es hatte nicht funktioniert, doch er gab seinen Plan nicht auf, sie alle bezahlen zu lassen. Kein Wunder, dass er in der Gruppe geblieben ist. Er hatte noch etwas zu erledigen ...

Wenn aber all das stimmte, wie zur Hölle hatte er Lucas und Christian überreden können, ihr Leben zu riskieren?

Tara griff nach ihrem Mobiltelefon. Egal was die Antwort war, sie mussten Stephen zur Befragung holen. Er war am richtigen Ort gewesen, zwischen seinem Dichten im Haus nach der Schlange zu suchen. Er könnte es gewesen sein, der Sadie Cairncross angerufen und um den Maurice Fox-Thompson Gedichtband gebeten hatte.

Dichtung. Noch ein Zahnrädchen fügte sich ins andere. Es war Stephens Fachgebiet. Und wenn ihn Ralphs Einstellung zum frühen Sterben zornig machte, könnte er durchaus obsessiv nach anderen Autoren mit denselben Ansichten geforscht haben. Er hatte gesagt, dass er Campen war, als Lucas Everett starb – aber allein. Was jetzt klang, als hätte er damit nur verwirren wollen. Der Campingplatzbetreiber erinnerte sich, dass Stephen gekommen und wieder abgereist war, doch es war eine recht anonyme Form von Urlaub. Er hätte jederzeit von dort verschwinden und zurückkehren können, ohne dass es jemand bemerkt hätte.

Max war auf dem Weg hierher. Er wollte ihr nachkommen, doch jetzt sollte er vielleicht lieber bei Stephen zu Hause vorbeifahren und ihn zur Befragung auf die Wache holen ...

Tara rief ihn an und begann, ihm alles zu erzählen. Sie sprach so schnell sie konnte, doch sie wurde panisch und fühlte eine unangenehme Enge im Brustkorb, die sie kurzatmig machte. Verity war aufgestanden und ans Fenster getreten. Bei jeder ihrer Bewegung kam sie den Kerzen gefährlich nahe.

»Verity, Vorsicht«, unterbrach Tara ihr Telefonat mit Max.

»Oh«, machte die Frau plötzlich und klang verwirrt.

»Was ist?«

»Er ist da draußen ...«

Sofort war Tara bei ihr.

»Was ist los?«, fragte Max.

Doch zunächst bekam Tara keinen Ton heraus. Unten konnte sie Stephen sehen, aber im Mondlicht war es schwierig, Genaueres zu erkennen. Um das Haus herum schien etwas aufgehäuft zu sein. Und Stephen hatte etwas in der Hand. Tara legte ihr Telefon hin, um das Fenster zu öffnen.

Sie wollte nach Stephen rufen, als sie es roch. Und dann begriff sie, was er in der Hand hielt.

Rasch packte sie ihr Telefon. *Mist. Mist!* »Max, wir brauchen die Feuerwehr und einen Krankenwagen hier beim Haus. Stephen ist draußen. Er hat brennbare Sachen rund um das Haus ausgelegt – damit muss er schon angefangen haben, als ich angekommen bin.« Sie wünschte inständig, sie hätte sich bei ihrer Ankunft auf dem Grundstück umgeschaut. Wie es aussah, hatte Stephen so ziemlich allen Sperrmüll aus der Scheune draußen ausgelegt. Einige Sachen erkannte sie wieder: Reifen, alte Polster und Stoffe, Kisten und Palletten ... »Max, er hat einen Benzinkanister.«

Ross blickte zur ihr herauf. Er zündete ein Streichholz an, und Tara sah die gespiegelte Flamme in seinen Augen.

DREIUNDVIERZIG

Blake war noch zehn Meilen vom Forty Foot Bank entfernt, als er Max' Anruf erhielt. Nachdem der DC ihm die unmittelbare Gefahr geschildert hatte, sagte er noch etwas über Stephen Ross, doch Blake hörte ihm kaum zu. Er schaltete Blaulicht und Sirene ein und trat das Gaspedal durch. *Mist!* Ramsey und Chatteris waren die nächsten Feuerwehrzentralen, aber keine von beiden war rund um die Uhr besetzt. Die Feuerwehrleute hätten Bereitschaftsdienst, könnten bei diesem Wetter jedoch schon alle draußen sein und sich um Verkehrsunfälle kümmern. Dem Himmel sei Dank, dass es sich bei der A142, auf der Blake unterwegs war, um eine relativ eisfreie Hauptstraße handelte.

Wenn er sich die Situation beim Haus draußen vorstellte, verlor er beinahe die Kontrolle. Stephen Ross hatte alles rund ums Haus schon mit Benzin getränkt, als Tara anrief, und er hatte zusätzliches Brennmaterial ausgelegt, um das Feuer am Laufen zu halten ... Blake hatte alle Mühe, die Fassung zu wahren. Es würde dort lichterloh brennen.

»Wir haben Verstärkung vor Ort«, sagte Max, »aber die kommen nicht nach drinnen, weil das Feuer zu intensiv ist. Und sie haben Ross noch nicht geschnappt. Jetzt schicken sie einen Hubschrauber. Ich bin auch auf dem Weg hin und habe es nicht mehr weit.«

»Wie ist die Situation am Boden?«, fragte Blake.

Max' Stimme zitterte leicht. »Nicht toll. Sie sagen, das Feuer war schon auf das Haus übergesprungen, als sie dort ankamen. Von der Hitze sind die Fenster unten geborsten, und die Vorhänge brennen. Sie tun, was sie können, aber einer von ihnen ...« Er stockte.

»Was, Max?«

»Einer von den Jungs sagt, dass sie auch im oberen Stock Flammen sehen konnten, wo Tara ist.«

VIERUNDVIERZIG

Die Angst machte Verity nüchterner, doch ihre Bewegungen waren zu schnell und panisch.

»Vorsicht! Bleiben Sie ruhig, Verity«, sagte Tara und steckte ihr Handy in die Tasche.

Doch die Frau stand kurz vor der Hysterie. Plötzlich trat sie vom Fenster zurück, und Tara beobachtete entsetzt, wie sich der Saum ihres Kleids in einer der Kerzen verfing, die auf den Teppich kippte.

Binnen Sekunden stand Veritys Kleid unten in Flammen, und sie schrie. Tara hatte das Schiebefenster bisher nicht schließen können. Auf dem Weg konnten sie unmöglich entkommen, den das Feuer von unten war zu hoch und zu intensiv. Und jetzt beschleunigte der Luftzug auch nach das drinnen auf dem Teppich.

Tara packte einen dicken Läufer und warf ihn auf Veritys Kleid, wobei sie die Frau zu Boden brachte und so weit weg vom brennenden Teppich wie möglich. Immer noch schrie Verity und schien nicht zu verstehen, was Tara zu tun versuchte. Sie strampelte wild und versuchte, sich von ihr zu befreien.

»Wir können nicht laufen, ehe Ihr brennendes Kleid gelöscht ist!«, rief Tara und versuchte, sich über das Schreien der Frau und das Fauchen des Feuers Gehör zu verschaffen. Wer hätte gedacht, dass ein Brand solch einen Lärm machte? Ein lautes Tosen begleitete die Hitzewand. Und inzwischen war hier auch jede Menge Qualm.

Schließlich gelang es Tara, das Feuer an Veritys Kleid zu ersticken. Sie mussten hier raus, und zwar schnell.

»Kommen Sie.« Sie zog die Frau am Arm mit sich. Als sie den Türknauf berührte, fühlte er sich nicht heiß an, also riss sie die Tür auf. Eine Sekunde lang züngelte das Feuer im Zimmer noch höher auf, als der Luftzug zunahm, dann schlug Tara die Tür hinter ihnen zu.

Sie wusste, dass ihnen wenig Zeit blieb, und die Flammen schnitten ihnen sämtliche Fluchtwege ab.

Angestrengt schluckte sie ihre aufsteigende Panik herunter. *Denk nach. Du musst nachdenken!*

FÜNFUNDVIERZIG

Blake wich knapp einem entgegenkommenden Fahrzeug aus, als er an der Abbiegung nach Chatteris vorbeiraste. Nirgends war etwas von einem Feuerwehrwagen zu sehen oder zu hören. Er konnte nur hoffen, dass sie von Ramsey hinkämen. Er wollte sich allerdings ganz aufs Fahren konzentrieren, weshalb er Max nicht anrief, um ein Update zu bekommen.

Schließlich bog er auf den Forty Foot Bank. Hier wurde er langsamer und achtete auf die Straße. Wenn er jetzt ins Schleudern kam und in den *tiefen* Graben stürzte, wäre niemandem geholfen.

Und dann sah er vor sich die Flammen. Sie erleuchteten den Himmel über der Landschaft: ein breiter, goldener Baldachin, von Rauch bewölkt. Blakes Mund war schlagartig wie ausgetrocknet, und ihm wurde übel.

Er hatte Tara losgeschickt, während er mit Patrick einem Hirngespinst nachjagte. Sie hätte wenigstens Max bei sich haben sollen. Aber wäre der eine Hilfe gewesen? Wahrscheinlicher war, dass dann zwei Officers in Lebensgefahr wären.

Die Vorstellung, Tara zu verlieren, war wie ein stechender Schmerz, der ihn im Innersten traf.

SECHSUNDVIERZIG

Auf dem Flur oben musste Tara binnen eines Sekundenbruchteils entscheiden. Unten hatte das Feuer bereits die Haustür erfasst. Und gewiss auch anderes. Ihr blieb eventuell weniger als eine Minute, bevor die Treppe brannte. Liefen sie nach unten und geschah das, wären sie gefangen und der Tod ihnen sicher.

Stattdessen zog sie Verity zu dem hinteren Schlafzimmer oben. Von Blakes und ihrem vorherigen Besuch wusste sie noch, dass es ein Schrägdach hinten am Haus gab, das auf das vorstehende Untergeschoss ging. Dort gab es einen etwas moderner aussehenden Anbau. Falls jenes Dach unten eine den heutigen Vorschriften entsprechende feuerfeste Decke hatte, könnte es mehrere Minuten dauernd, ehe der Anbau in Rauch und Flammen aufging. Sie müssten allerdings immer noch über die Flammen vor dem Dach springen, wollten sie entkommen.

Sie schloss die Zimmertür hinter ihnen, rollte die Decke auf dem Bett zusammen und stopfte sie in den Spalt unter der Tür, um den Rauch aufzuhalten, der dort hindurchwaberte. Erst danach schob sie das Fenster auf.

Sie rang nach Luft. Vor dem Schrägdach loderten Flammen auf. Doch das Dach selbst war, wie sie gehofft hatte, noch intakt. Vorerst.

Sie rupfte das Laken vom Bett und knotete es mit einem zweiten zusammen, das sie in einem Schrank gefunden hatte. Dann schob sie das Bett an die Fensterwand und vertäute ein Lakenende mit einem der Bettgestellbeine.

»Kommen Sie, Verity«, sagte sie. »Wir können uns beim Runtersteigen hieran festhalten. So rutschen wir nicht von der Dachkante in die Flammen.«

»Ich will nicht«, erwiderte Verity.

»Wir haben keine andere Wahl.« Tara zog sie am Arm mit sich, bis Verity nachgab. Schließlich half sie ihr durch das Fenster nach draußen. Sie musste die Hände der Frau um die Laken pressen, bevor sie selbst hinterher stieg. Der Schock schien Verity fast in eine Art Trance versetzt zu haben.

Der Schnee und das Eis auf dem Dach mussten geschmolzen sein. Die Ziegel fühlten sich warm an. Tara war froh über die Laken, denn die Dachschräge war steil und lang, und sie wären sonst gnadenlos ausgerutscht.

Plötzlich sah sie durch die Flammen und den erstickenden schwarzen Rauch unten Max. Es war noch ein anderer Officer bei ihm, doch beide konnten sich wegen des Feuers nicht dem Haus nähern. Das Brennmaterial, das Stephen aufgeschichtet hatte, war furchtbar ergiebig. Er hatte sich all die alten Kisten und den anderen entflammbaren Sperrmüll wahrlich zunutze gemacht. Überall waren Flammen, und die wurden nicht kleiner. Stephen musste hieran gearbeitet haben, seit er Verity verlassen hatte, und nur noch die letzten Handgriffe vor dem Haus erledigt haben, sobald Tara sicher drinnen gewesen war, um dann alles mit Benzin zu tränken. Damit konnte er erst dann begonnen haben, denn sonst hätte Tara es garantiert gerochen.

Hinter dem Dach, nicht allzu weit weg, war das Nebengebäude, in dem Blake und sie sich umgesehen hatten, als sie hergekommen waren, um mit Stephen Ross zu sprechen. Ein Bild von ihm tauchte in ihrem Kopf auf. An jenem Tag hatte er viel getrunken und war ihr dennoch stocknüchtern vorgekommen. So hager er auch wirkte, war gut vorstellbar, dass er Lucas und Christian leicht unter den Tisch trinken konnte. Die beiden hatten nicht gewusst, womit sie es aufnahmen.

Wenn sie nur den Sprung zum Nebengebäude schafften. Er war sehr viel weniger hoch als der, den Christian versucht hatte, aber die Lücke war zu breit. Und ein Sturz würde bedeuten, in einem solch heißen Feuer zu landen, dass sie keine Chance hätten. Kurz blickte Tara zu Verity in ihrem langen Kleid, die hustete und nach Luft japste. Auch Taras Brustkorb wurde eng, als sie den giftigen Rauch einatmete.

Hilfe war so nahe und doch außer Reichweite.

SIEBENUNDVIERZIG

Blake bog seitlich von der Einfahrt ein. Immerhin war er geistesgegenwärtig genug, um Platz für ein Löschfahrzeug zu lassen. Doch immer noch hörte er keine Sirenen. Er wusste, dass sie ihr Bestes gaben, nur könnten sie es schon mit diversen Karambolagen zu tun haben.

Er musste ständig zu dem Haus schauen, als er aus seinem Auto sprang. Seine Beine drohten unter ihm nachzugeben. Ross musste das Feuer sehr sorgfältig aufgebaut haben. Wo Blake auch hinsah, züngelten Flammen aus den unteren Fenstern.

Er rannte los und brüllte: »Irgendein Zeichen? Habt ihr sie gesehen? Wo sind sie gefangen?« Der beißend saure Rauch verfing sich in seinen Atemwegen.

Max winkte und zeigte hin. Blake blieb beinahe das Herz stehen, als er Tara draußen auf dem Dach mit einer Frau sah, die Verity Hipkiss sein musste. Wie viel Zeit hatten sie noch? Wie lange, bis das verfluchte Dach nachgab und sie in die Feuersbrunst stürzten? Das Erdgeschoss brannte lichterloh.

Doch plötzlich erkannte er, was Tara gestikulierte. Nicht nur nach Hilfe allgemein, sondern gezielt zu ihm. Sie zeigte zum Nebengebäude. Und sie dachte doch sicher nicht darüber nach, einen Sprung dorthin zu versuchen, oder? Es war viel zu weit. Und Ross hatte dafür gesorgt, dass der Feuerkreis um das Haus herum sehr breit war. Hätten sie doch nur eine Leiter, um die Lücke zu überbrücken.

Eine Leiter. *Verdammt!* Jetzt begriff er. Da drinnen war etwas gewesen. Ein komisches Metallgestell – zum Besprühen von Feldern vielleicht? Es war lang gewesen. Lang genug? Blake winkte ihr und rannte zur Scheune, wobei er Max und den beiden anderen Officers bei ihm zurief, sie sollten ihm helfen.

Das Licht in der Scheune funktionierte nicht. Max holte eine Taschenlampe aus seiner Manteltasche, schaltete sie ein und leuchtete umher, bis der Schein auf das traf, was Blake suchte.

»Da!«, rief er. »Fasst mit an. Wir müssen das rauf zum Dach bekommen und sehen, ob es bis zu Tara reicht.« Er hoffte bei Gott, dass es so war. Und dass es hielt. Es sah ziemlich ramponiert aus, als hätte es irgendwann in seiner langen Geschichte ein Schlag in der Mitte erwischt.

Sie zogen und rissen, bis sie es endlich aus dem anderen Sperrmüll drum herum befreit hatte. Zumindest stand hier nicht mehr alles so voll wie vorher, denn alles Brennbare war zweifellos draußen und nährte das Feuer ...

»Hilf mir aufs Dach, und schieb mir das Ding dann nach oben«, rief Blake.

»Alles klar.« Max formte eine Räuberleiter mit den Händen, und in einem Schwung war Blake oben auf dem Flachdach der Scheune.

Unten waren Max und die beiden anderen Officers nötig, um das Gestell weit genug anzuheben, dass Blake es greifen konnte. Dann halfen die beiden anderen Max ebenfalls nach oben, wo er das Ding mit Blake zusammen heraufzog.

Blake sah hinüber zu Tara, als er es mit Max in Position

brachte. Er konnte die gespiegelten Flammen in ihren Augen sehen. Unten verschlang das Feuer alles im Haus und drum herum. Es blieb vermutlich keine Minute mehr, bis das Dach nachgab. Nichts konnte solch starken Flammen widerstehen.

»Bereit?«, fragte er Max.

Sein DC nickte.

Sie drückten das hintere Ende des Gestells mit aller Kraft nach unten und schoben es über die Lücke. Dabei mussten sie achtgeben, dass es sich nicht nach unten zum Feuer neigte. Hinter sich hörten sie, dass es noch ein Officer aufs Dach geschafft hatte.

Das Gestell reichte bis etwa einen knappen halben Meter über die Kante des Dachs, auf dem Tara hockte. Dort stieß es prekär auf die Schräge.

Tara brachte Verity dazu, ihr langes Kleid an der Taille zu verknoten. Als der vierte Officer oben bei Blake und Max war und sein Gewicht mit auf das Ende des Gestells lehnte, konnte Tara Verity bewegen, den Weg zu wagen.

Blake hielt den Atem an. Sollte sie fallen ... oder das Dach einstürzen, wenn sie halb drüben war und Tara noch oben sein ...

Auf einmal schwankte Verity. Blake, Max und die anderen fühlten den Druck auf dem Gestell, doch ihr Gewicht verhinderte, dass es sich seitlich verdrehte. Blake spürte, wie ihm Schweißperlen auf die Stirn traten, und hielt den Atem an. Schließlich fand Hipkiss ihr Gleichgewicht wieder. Der Schrecken schien sie entschlossener gemacht zu haben, hatte aber auch wertvolle Sekunden gekostet.

Blake wollte dringend, dass auch Tara den Weg über das Gestell antrat, auch wenn ihm klar war, dass das rostige Konstrukt das Gewicht beider Frauen nicht trüge.

Endlich war Verity bei ihnen, und sie zogen sie auf das Flachdach.

»Komm jetzt, Tara«, rief Blake.

Sie hockte sich tiefer hin und legte eine Hand auf das Metall. Was, wenn es nur gerade noch Verity ausgehalten hatte? Wenn es jetzt nachgab? Blake versuchte, nicht zu den Flammen unten zu sehen, und hoffte, dass Tara es auch nicht tat.

Dann wagte sie sich vorwärts, doch auch sie hatte Schwierigkeiten, so wie Verity. Das Gestell war nicht zum Balancieren gemacht. Tara blickte zu ihnen, aber an der Art, wie sie sich bewegte, erkannte Blake, dass das Metall unangenehm heiß war.

Dann war sie endlich auf Armeslänge.

Und das Hausdach drüben brach ein.

Das andere Ende des Metallgestells knallte nach unten. Aber Tara musste es gefühlt haben, denn sie bewegte sich so schnell und behände wie ein Tier, das instinktiv handelte, und gleichzeitig griffen alle vier Männer nach ihr und zogen sie nach unten, wobei sie das Gestell losließen.

Blake schloss sie in die Arme. Er konnte nicht anders. Sollte irgendjemand das an *Not Now* durchsickern lassen, wäre es für die ein Fest. »Clever kombiniert, Batman«, sagte er nach einer kleinen Weile und hörte ihr Lachen, das auf halber Strecke in ein Husten überging.

Es brauchte Max, der ihm auf den Arm tippte, dass Blake die Sanitäter bemerkte, die eingetroffen waren und sich Tara ansehen wollten. Zu seiner Schande musste er gestehen, dass er nicht einmal mitbekommen hatte, wie sie Verity Hipkiss bereits nach unten geholfen hatten.

Nun nahm er in der Ferne die Sirene eines Löschfahrzeugs wahr. Den Krankenwagen hatte er nicht einmal kommen gehört.

ACHTUNDVIERZIG

Stephen Ross war in derselben Nacht verhaftet worden. Er war zu Fuß vom Tatort geflohen, als er begriff, dass Tara ihn erkannt hatte und immer noch in der Lage war, Informationen an ihre Kollegen weiterzugeben. Dank der Wärmebildkamera des Hubschraubers konnte er vom Team unten aufgespürt werden. Es war klar, dass es zum Plan gehörte, Philippa Cairncross zu belasten. Ross hatte Benzinkanister aus der Familiengarage der Cairncross' benutzt, als er das Feuer beim Haus in den Fens legte.

»Wo ist Detective Constable Thorpe?«, fragte er. Er war in einem Befragungsraum, wo er Blake und neben ihm Wilkins gegenübersaß.

Blake antwortete nicht, weil der Mann nichts über Tara wissen sollte. Tatsächlich war sie noch im Krankenhaus. Sie behielten sie und Verity Hipkiss sicherheitshalber über Nacht zur Beobachtung dort, aber ihnen ging es gut – den Umständen entsprechend. Blake nahm an, dass die Albträume noch eine ganze Weile ein Problem sein könnten.

Die Befragung lief schon seit einer Stunde. Sie hatten reichlich Beweise für Ross' Schuld, was die Brandstiftung und den versuchten Mord betraf; und mit vollendeten Tatsachen konfrontiert, hatte der Mann angefangen zu reden. Es war klar, dass sich bei ihm Wut und Rachegelüste in einem Maß aufgebaut hatten, dass nun der Damm brach und er ihnen gab, was sie brauchten. Das Aufnahmegerät lief, und Fleming beobachtete alles von nebenan.

»Erzählen Sie uns von Thom King«, sagte Blake. »Sie sind in der Hoffnung auf ihn zu gerast, ihn zu überfahren und zu töten, oder?«

Wut blitzte in Ross' Gesicht auf. »Das war ein ungeschickter Versuch. Ich habe mich selbst enttäuscht, weil ich die Kontrolle verloren hatte. Letty war gerade gestorben, und Thom hatte sich dem Rest von ihnen angeschlossen und *gefeiert*, dass sie uns in ihrer Blüte genommen wurde!« Einen Moment lang hielt er inne, und Blake sah, dass er mit seinen Gefühlen rang. »Dieses abscheuliche Ritual, das Ralph abgehalten hat«, fuhr er schließlich fort, »war so falsch. Und kaum waren wir wieder im Haus, fing Thom wieder mit seiner Arbeit an und wie sehr er sich freute, die Schlüssel zu seinem neuen Atelier bekommen zu haben. Was immer er vorher an Gefühlen gezeigt hatte, war nur Show – so viel war sonnenklar. Ich tat so, als würde ich mich für sein neues Atelier interessieren, damit ich herausfand, wo es war.«

»Und dann sind Sie hin und haben gewartet, dass er vorbeifuhr?«, fragte Blake.

Ross nickte. »Heute fasse ich nicht mehr, wie dumm ich war. Ich hatte sogar meinen eigenen Wagen benutzt. Es zeigt, wie schwach Thom ist; vor lauter Angst hat er es nicht einmal erkannt.« Für einen Moment wurde sein Blick leer. »Aber er war ja sowieso meistens betrunken oder stoned, wenn wir uns getroffen haben. Vielleicht hat er nie mitbekommen, was für einen Wagen ich fahre. So oder so hatte ich Glück, dass ich nicht erkannt oder von jemandem gemeldet wurde. Ein oder zwei Wochen lang war ich geschockt von dem, was ich getan hatte, und habe meine Tat infrage gestellt. Doch gleichzeitig hat es mir gezeigt, wozu ich fähig sein könnte. Ich hatte vorgehabt, die Akolythen zu verlassen, wenn Letty tot ist. Ich war ja nur so lange dabeigeblieben, um sie zu beschützen. Aber dann ist mir mit dem Anschlag auf Thom aufgegangen, wie ich mich an ihnen allen rächen kann. Deshalb habe ich weiter mitgemacht. Und dann, nicht lange danach, hat Ralph mir das Manuskript seines letzten Romans gegeben, *Aus heiterem Himmel*. Er hat ein großes Ding daraus gemacht, es mich zuerst lesen zu lassen.«

Er schüttelte den Kopf. »Ich habe nicht verstanden, was los war. Von dem Moment, in dem wir uns kennenlernten, habe ich gewusst, dass er nicht viel von mir hielt. Für ihn war ich nur amüsant, lustig um sich zu haben als jemand, der Talent hatte, aber den man verspotten konnte. Und dann wählte er mich für etwas aus, dass er als große Ehre sah? Ich bin mit ihm in eines der hinteren Zimmer unten in dem Haus gegangen, und da hat er das Manuskript ausgepackt. ›Das gebe ich den anderen auch noch zu lesen‹, sagte er, ›aber du sollst es zuerst sehen.‹ Dabei hat er so träge gelächelt. ›Die Widmung wird dir gefallen. *Für T, denn du konntest unbeschädigt entkommen. Du bist wahrhaft gesegnet.*‹ Sobald er es gesagt hat, wusste ich, dass T Letty sein muss. Das Schwein hat sie immer Titty genannt, und er hat gewusst, wie sehr ich es gehasst habe. Er beobachtete meine Reaktion, und ich konnte das Lachen in seinen Augen sehen. Und dann hat er gesagt, ›Mit unbeschädigt entkommen meine ich natürlich, dass sie nie von Alter befleckt wurde. Mir ist sie nicht entkommen. Ich konnte das Bett mit ihr teilen, bevor sie ihre Blüte verlor.‹«

Ross' Augen blitzten vor Zorn. Und Blake konnte es verstehen, auch wenn er nie gutheißen würde, was Ross getan hatte.

»Und dann hat Ralph gesagt, ›Jetzt guck nicht so erschüttert. Sicher hättest du nicht gewollt, dass sie uns genommen wird, bevor sie das Leben erfahren hatte. Und es war ja nicht so,

als hätte sie sich jemals für *dich* interessiert, nicht wahr?‹ Dann
hat er meinen Arm getätschelt. ›Mein armer Stephen‹, sagte er.
›Die ganze Gang war hinter ihr her. Hast du das nicht bemerkt?
Ich hatte sie zuerst, aber ich bezweifle, dass ich der Letzte
war‹.«

»Haben Sie ihm geglaubt?«, fragte Wilkins.

Ross hatte das Gesicht in den Händen vergraben. »Das mit
den anderen? Nein! Nein. Na ja, ich weiß es nicht.« Seine
Stimme klang gedämpft. »Ich habe nicht geglaubt, dass Letty
freiwillig mit irgendeinem von denen geschlafen hätte, aber ich
habe geglaubt, dass sie sie ausnutzen würden, sie dazu nötigen.
Es muss gewesen sein, bevor sie richtig krank wurde – Monate
vorher – und ich hatte keine Ahnung.« Zittrig holte er Luft.
»Als ich an dem Tag das Haus in den Fens verließ, war mir klar,
dass sie bezahlen mussten; sie alle, angefangen mit Ralph. Als
ich es auf Thom abgesehen hatte, war die Übereinstimmung
mit Ralphs Buch – in dem der Held auf der Route 66 niederge-
mäht wird – reiner Zufall. Aber als ich an dem Abend zu Hause
saß und plante, wurde mir klar, wie passend es wäre, die Todesarten aus seinen Büchern zu kopieren. Er ging so leichtfertig
mit dem Tod um, stellte ihn so glorreich dar. Ich wollte, dass er
und die anderen Akolythen begreifen, dass am Sterben nichts
angenehm oder romantisch ist. Und wie konnte ich es ihnen
besser vermitteln, als sie das Schicksal seiner Helden durchmachen zu lassen? Mal sehen, wie es ihnen gefiel, wenn Fiktion
zur Wirklichkeit wird. Das mit Ralphs Lampe in der Garage
war mein erster, besser durchdachter Versuch.«

Er beschrieb in allen Einzelheiten, wie er zu dem Haus
gegangen war, als er wusste, dass niemand dort wäre, und direkt
in die Garage, genau wie Tara. Angeblich war es die einzige
Falle, die er dort installiert hatte, trotzdem hatte Blake ein Team
hingeschickt, um alle frei zugänglichen Stellen in der
Madingley Road gründlich zu überprüfen.

Danach schilderte Ross ihnen, wie er die Ringelnatter

gefunden, eingefangen und gehalten hatte. An dem Abend als
Ross starb, war er nach Einbruch der Dunkelheit, als die
Vorhänge geschlossen waren, rausgegangen und hatte die
Schlange in das Auto gelegt. Es erklärte, warum keiner etwas
gesehen hatte.

»Warum haben Sie hinterher nicht versucht, die Kiste
loszuwerden?«, fragte Blake. Die Information brauchte er nicht,
aber er war neugierig.

Auf einmal sah Ross verärgert aus, und es erinnerte Blake
daran, wie Tara und er den Mann zum ersten Mal befragt
hatten. »Zuerst war es, weil ich nie gedacht hätte, dass jemand
das mit der Schlange herausbekommt. Und als Tara Thorpe zu
Ralphs Tod herumgefragt hat, begann ich mich zu fragen, ob
irgendwelche Beweise gefunden wurden. Aber da dachte ich, es
könnte am sichersten sein, die Kiste zu lassen, wo sie war.
Würde sie entdeckt und erkannt, wofür sie benutzt wurde,
würde der Verdacht auf jemanden außerhalb der Gruppe
fallen. Schließlich hätte einer von uns sie leicht entfernen
können, sie zerhacken vielleicht oder zum Sperrmüll bringen.
Für jemanden wie Philippa Cairncross wäre es sehr viel riskan-
ter, am Haus herumzulaufen und den Beweis zu vernichten.
Ich nahm an, dass Sie sie oder vielleicht Tess Curtis verdächtigen würde – und kombinieren, dass die Täterin es zu gefährlich fand, hinzufahren und die Kiste loszuwerden.«

Blake sah zu Wilkins, der angesäuert wirkte.

»Warum wollte Sie den Verdacht so dringend auf Philippa
Cairncross lenken?«, fragte Blake. »Sie scheint ihren Vater doch
genauso gehasst zu haben wie Sie.«

Stephen Ross' Lippen wurden blass. »Mag sein, aber sie ist
genauso gehässig wie Ralph. Einmal sind wir ihr bei einer Party
begegnet. Da hat sie Bemerkungen über uns gemacht, die wir
eindeutig hören sollten. Sie hat Letty eine blasse Null genannt.
Das war kurz nachdem der Krebs bei ihr diagnostiziert wurde.
Normalerweise war sie nicht blass, aber sie stand unter Schock.

Ich bereue, dass ich Philippa nicht bezahlen lassen konnte. Vielleicht mache ich das eines Tages noch.« Er lächelte. »Ich habe nicht aufgegeben. Das war mein Hauptanliegen, als ich ihre Mutter in dem Archiv eingesperrt habe. Ich dachte, dass sie höchstwahrscheinlich gerettet wird – oder sogar selbst Hilfe ruft. Ich wusste ja nicht, ob sie ihr Handy bei sich hatte. Aber wäre sie gestorben, wäre es ihr auch recht geschehen. Sie hatte Ralphs Ideale angenommen und alles mitgemacht.«

»Wie kommen Sie darauf?«, fragte Wilkins.

»Jeder vernünftige Mensch hätte sich von ihm scheiden lassen. Sie war seine Komplizin. Das ist unverzeihlich.«

Blake fühlte, wie er Kopfschmerzen bekam. Er verstand Ross' Kummer, doch seine Sicht der Dinge war vollkommen verzerrt. Er war umgeben gewesen von einer Gruppe egozentrischer und in manchen Fällen unmoralischer Individuen, doch seine Reaktion war zu morden, was ein weit schlimmeres Verbrechen war als alles, was sie getan hatten, ganz gleich wie widerlich sie waren.

»Woher haben Sie gewusst, dass Mrs Cairncross allein war, als Sie sie in den Raum eingeschlossen haben?« Es war noch ein Detail, das ihm keine Ruhe gelassen hatte.

»Ich hatte das Haus im Blick behalten.« Der Mann lächelte. »Ich wohne in der Grange Road, vergessen Sie das nicht. Da muss ich nur aus dem Dachfenster meiner Wohnung sehen und kann beobachten, wer kommt und geht.«

Richtig, seine Straße führte direkt auf die Madingley Road. »Erzählen Sie uns, was in der Nacht geschehen ist, in der Lucas Everett gestorben ist«, sagte Blake.

Ross lachte. »Sie waren so auf die Idee fixiert, dass jemand ihn angestiftet hat, den er bewunderte, nicht? Ich weiß noch, dass Sie mich gefragt haben, wem ich genug Einfluss zutraue. Aber man muss nicht der sein, zu dem alle aufschauen, um Macht auszuüben.«

Plötzlich sackte er auf seinem Stuhl zusammen. Sein

Gesichtsausdruck wurde interessiert, unschuldig und ein wenig reumütig. Es war beängstigend, wie sehr sich seine Ausstrahlung veränderte, wenn er diese Miene aufsetzte.

»Ich bin immer der Loser gewesen«, sagte er und lächelte wieder. »Der Schüchterne. Und das war perfekt. Ich habe das ganze Abenteuer mit Lucas als Tribut an Ralph ausgegeben. Ich hatte den Aufenthalt auf dem Campingplatz arrangiert, von dem ich Ihnen erzählt hatte, aber es war nicht schwierig, von da unbemerkt nach Suffolk zu fahren.

Lucas erzählte ich, dass ich etwas Verrücktes in Ralphs Andenken tun wollte, aber Schiss hätte. Dann habe ich laut überlegt, raus aufs Meer zu schwimmen, so weit ich konnte, mich herauszufordern, es ein bisschen weiter als sonst zu wagen. Aber dann habe ich gesagt, dazu hätte ich nie den Mumm. Ich wäre ja nicht wie der Rest der Gang.« Seine blauen Augen schienen lebhafter, als er sich an seinen Erfolg erinnerte.

»An dem Punkt fing Lucas an, mir Mut zu machen. ›Komm schon‹, sagte er, ›es wird Zeit, dass du mal bei einigen unserer kleinen Heldentaten mitmachst.‹ Er war so beglückt, dass er mich unter seine Fittiche nehmen durfte und mir zeigen, was für ein mutiger Typ er war. So viel fähiger und waghalsiger als ich. Ich habe mich gesträubt und gesagt, wir sollten Nachrichten am Strand hinterlegen, falls wir es nicht zurückschaffen. Er hat darüber gelacht, aber trotzdem eine geschrieben. Ich auch, nur dass ich meine natürlich weggenommen habe, als ich wieder am Strand war.«

»Wie konnten Sie sicher sein, dass Sie es zurückschaffen?«, fragte Wilkins.

Da war das Lächeln wieder in Ross‘ Augen. »Wir sind losgeschwommen«, erzählte er. »Und ich bin einfach immer weiter. Da wir klargestellt hatten, wie schwach und erbärmlich ich mich im Vergleich zu Lucas ausnahm, konnte er schlecht vor mir aufgeben. Stellen Sie sich den Gesichtsverlust vor! Dann, als ich dachte, ich hätte ihn über sein Limit getrieben, habe ich gesagt, dass ich aufgeben muss und zurückschwimmen. Und da konnte er mir natürlich nicht gleich folgen. Er musste es länger durchhalten, um zu beweisen, was für ein harter Kerl er war. Also hat er gelacht – zu dem Zeitpunkt klang er schon ziemlich außer Atem – und ist noch weiter raus.«

»Auch für Sie war das riskant«, sagte Wilkins.

»Nicht sehr. Ich bin immer schon ein guter Schwimmer gewesen. Und als Letty krank wurde, habe ich bei gesponserten Schwimmwettbewerben zu Gunsten von Krebshilfen mitgemacht. Selbstverständlich hat der Rest der Akolythen es gar nicht wahrgenommen – sie waren viel zu sehr mit sich beschäftigt –, daher hatte Lucas keinen Schimmer, dass ich auch unter rauen Bedingungen sehr lange schwimmen konnte.« Er neigte den Kopf zur Seite. »Und ich hatte vorgeschlagen, dass wir vorher noch was trinken, um die Kälte zu vertreiben und uns Mut zu machen. Allerdings gab ich vor, den Wodka nicht zu mögen, den er ausgesucht hatte. Ich hatte meine eigene Flasche mitgebracht – auf dem Etikett stand Gin, aber drinnen war Wasser.«

»Den gleichen Wodka, den Lucas gewählt hatte, haben Sie Christian Beatty auch an dem Abend gegeben, an dem er starb«, sagte Blake.

Ross verzog das Gesicht. »Ja, tut mir echt leid. Ich habe mit Ihnen gespielt. Und ich dachte immer noch, Sie würden eher Philippa Cairncross verdächtigen als mich. Womit ich ja recht hatte.«

Er schien vergessen zu haben, dass er derjenige war, der jetzt in einem Verhörraum saß und gegen den eine wasserdichte Anklage wegen versuchten Mordes vorlag.

»Mein Ruf als der Zahme hieß auch, dass es völlig normal für mich war, Ralph vom Fahren abhalten zu wollen, weil er an dem Abend vor seinem Tod zu viel getrunken hatte.« Ross zog eine Augenbraue hoch. »Aber natürlich wusste ich, je mehr ich es ihm auszureden versuchte, desto entschlossener würde er, nach Hause zu fahren. Und während ich auf ihn einredete, kippte er gleich noch einige Drinks, nur um mir zu demonstrieren, dass er meine Worte ignorierte.«

Blake dachte zurück und verfluchte sich, weil er das nicht früher begriffen hatte. So viel zur perfekten Tarnung.

Er verstand Stephen Ross' Hass auf Ralph Cairncross. Er konnte sich den tiefen Schmerz und den Zorn vorstellen, die der ältere Mann hervorgerufen hatte, als er den Tod der jungen Frau feierte, die Ross geliebt hatte – von der Prahlerei, dass er mit ihr geschlafen hatte, ganz zu schweigen. Aber dies war kein Fall von einem einzelnen Verbrechen aus Leidenschaft, begangen von jemandem, der zu weit getrieben worden war. Der Mann vor ihm hatte keinen Funken Menschlichkeit mehr – vorausgesetzt er hatte jemals welche besessen. Seine Liebe zu Letty und seine Wut auf Ralph Cairncross' widerliche Ansichten bedeuteten nicht, dass er nicht selbst berechnend und grausam war.

»Gestern Abend haben Sie es richtig vermasselt, nicht wahr?« Blake war den selbstzufriedenen Ausdruck des Mannes leid. »Sich von zwei Leuten beobachten zu lassen, wie Sie ein Feuer legen, das sie umbringen sollte, dürfte als ziemlich blöd gewertet werden.«

Ross' Augen blitzten. »Um Haaresbreite hätte ich Erfolg gehabt. Ihre Kollegin war zufällig einen Moment zu früh auf die Wahrheit gestoßen. Aber sie hat ja lange genug gebraucht, und ich glaube, am Ende war es eher Glück als geniale Ermittlung.«

»Da irren Sie sich«, entgegnete Blake. »Die Beweise, die sie gesammelt hatte, fügten sich in dem Moment zusammen, in dem sie sah, dass Sie in dem Haus die Fotos mit der Aufschrift ›Titty‹ abgenommen hatten.« Er spürte Patricks Blick, doch es waren hauptsächlich Taras Beweise gewesen. Und sie war diejenige, die sie ernst genommen hatte. »Aber wenn Sie so sicher waren, dass sie Sie nicht verdächtigte, warum wollten Sie sie umbringen?«

Ross zuckte mit den Schultern. »Zuerst war das Feuer nur für Verity gedacht. Um es ihr heimzuzahlen. Sie war froh, als Letty starb; das konnte ich ihr ansehen. Es hieß, dass sie nicht mehr um Ralphs Zuneigung konkurrieren musste – und um seine Gönnerschaft. Aber als sie mit derselben Theorie kam, die ich der Polizei unterjubeln wollte – dass Philippa schuldig war –, sah ich, wie leicht es für sie wäre, Tara Thorpe zum Haus draußen zu locken, um ihr von ihren Sorgen und ihrem Verdacht zu erzählen. Und die Idee, beide loszuwerden, war einfach zu verlockend.« Jetzt war sein Blick unruhig. »Je mehr Zeit verging, desto mehr habe ich Ihren Detective Constable gehasst. Ich hatte schon überlegt, sie mit auf meine Liste zu setzen. Sie hat alle Kontakte von Ralph befragt, also muss sie gewusst haben, wie giftig er war. Doch anstatt seinen Tod abzuhaken, hat sie weiter nachgeforscht – lieber die zu Opfern gemacht, die ihm schaden wollten, anstatt die Sache auf sich beruhen zu lassen. Was für ein Mensch tut so etwas?«

»Einer, der dafür bezahlt wird, das Gesetz zu hüten.« Blake wurde so plötzlich lauter, dass er das Vergnügen hatte, Ross zusammenzucken zu sehen. Es war das erste Mal in dieser Befragung, dass seine Worte Wirkung zeigten. Dieser kleine Durchbruch linderte den Wunsch indes nicht, auf irgendetwas einzuschlagen.

Und Ross war schon wieder dabei, sich zu rechtfertigen. »Ralph Cairncross hatte verdient zu sterben«, sagte er. »Sie hätten ihn auch gehasst, hätte er jemanden so behandelt, den Sie lieben.«

»Hätte ich«, sagte Blake, »aus tiefstem Herzen. Aber ich hätte niemals geplant, ihn und diejenigen, die anscheinend seine Ansichten teilten, zu ermorden.«

Letztlich erzählte Stephen Ross auch von seinem Abend mit Christian Beatty. Wie bei Lucas, hatte er auch Beatty vorgegaukelt, genauso betrunken zu sein wie sein Gefährte. Und wieder hatte er den ängstlichen Freund gemimt, der sich immer den Mut gewünscht hatte, etwas Kühnes zu tun. Sie heckten den Plan aus, über die Lücke zu springen, und Ross hatte angefangen, mit Beatty an dem Gebäude nach oben zu klettern, wozu sie eine nicht einsehbare Stelle wählten. Doch als sie fast oben waren, hatte er Beatty gesagt, er hätte es sich anders überlegt. Es wäre verrückt. Sie sollten lieber zurück nach unten klettern, ausnüchtern und Kaffee holen. Hätte Beatty zugestimmt, wäre es das gewesen, aber natürlich hatte er nicht. Der Wodka hatte ihn kühn gemacht. Er hatte Ross ausgelacht, weil der seine Flasche verloren hatte. Und bis er sprang, war Ross bereits leise wieder nach unten gestiegen und ein ganzes Stück weit weg.

NEUNUNDVIERZIG

Blake tippte seine Notizen und versuchte, Stephen Ross'
Gesicht aus seinem Kopf zu verbannen. Er dachte immer
wieder an all die Kleinigkeiten, die er übersehen hatte – wie die
Tatsache, dass der Mann Tara erkannt hatte, als sie ihn zum
ersten Mal im Haus am Forty Foot Bank aufsuchten. Er hatte
gesagt, dass er sie in *Not Now* gesehen hätte, aber ein Mann wie
Ross würde solch ein Blatt normalerweise nie lesen. Und im
selben Atemzug hatte er eine abfällige Bemerkung über die
Zeitschrift gemacht. Nein, Tatsache war, dass er Tara gefolgt
war und gezielt zu ihr recherchiert hatte. Und dann, als sie
auftauchte, hatte er erkannt, dass Blake seine Miene nicht
entgangen war, also musste er sich eine Erklärung ausdenken.
Blake hätte es von Anfang an durchschauen müssen. Tara hatte
keine Chance gehabt, es mitzubekommen, weil sie auf ihr Tele-
fondisplay gesehen hatte ...

Er war froh, als Gail vom Empfang seine Gedanken unterbrach. Sie sagte, dass Paul Kemp vorne sei und ihn sprechen
wollte. Taras abtrünniger Polizist? Was zur Hölle machte er
hier? Doch Blake war neugierig auf ihn, und er fragte sich
immer noch, ob Kemp und Tara mehr als befreundet waren.

Der Mann, den er vorn am Empfang abholte, war größer als er – ungefähr einen Meter fünfundachtzig – und sah aus, als wäre er schon viel herumgekommen. Seine Nase war mehr als einmal gebrochen worden, schätzte Blake, und er war gut zehn Jahre älter als er. Doch er hatte ein offenes, schelmisches Lächeln, von dem Blake glaubte, dass es Tara gefiel. Sie mochte Menschen, die geradeheraus waren und nicht vorgaben, etwas anderes zu sein.

»Was kann ich für Sie tun?«, fragte Blake, nachdem er sich vorgestellt und Kemp in ein Befragungszimmer geführt hatte.

Wieder grinste der Mann. »Ich habe etwas für Sie«, antwortete er und reichte Blake zwei USB-Sticks. »Sie können die Dateien kopieren. Keine Viren, versprochen.«

»Was ist da drauf?«

»Das würde ich lieber erst besprechen, wenn wir es uns gemeinsam ansehen.«

Blake war zu interessiert – und erschöpft –, um zu streiten. Er war die ganze Nacht auf gewesen, und Paul Kemp wirkte nicht wie jemand, der versuchen würde, ihn zu linken. Außerdem vertraute Tara ihm, und das wollte einiges heißen, ganz gleich wie unsicher Blake war, was ihre Beziehung betraf. Er holte seinen Laptop.

»Dieser zuerst«, sagte Kemp und gab ihm den silbernen USB-Stick.

»Okay.« Blake stöpselte ihn ein, und ein Ordner mit JPEG-Dateien erschien. Was sollte das? Er klickte die erste Datei an und sah ein Bild von Patrick Wilkins, der auf einem Parkplatz vor einem Pub namens Dog and Gun stieg, wie Blake dem leuchtenden Schild über der Eingangstür entnahm. Es war Abend und konnte nicht lange her sein, denn es lag Schnee. Blake klickte rechts auf »Eigenschaften«. Die Aufnahme war am Sonntag um neun Uhr abends gemacht worden.

Das nächste Bild zeigte einen Blick durch das Fenster des Pubs. Es musste mit einem Teleobjektiv aufgenommen worden sein. Wieder Patrick, nun mit einer Frau an seiner Seite. Die erkannte Blake als Shona Kennedy, Taras Exkollegin von *Not Now* und Autorin von dem, was auf der ganzen Wache nur noch »dieser Artikel« genannt wurde.

Als Nächstes kam ein Foto von dem Paar, das zusammenstand. Patrick hatte den Arm um Shonas Schulter gelegt, und ihm gegenüber war Giles Troy, der Herausgeber von *Not Now* – ein übler, gewissenloser Typ, wie Blake aus Erfahrung wusste. Es sah aus, als würden die Männer einander vorgestellt. Sie schüttelten sich die Hände, und beide schienen sehr erfreut, sich kennenzulernen.

Blake fühlte, wie sein Blutdruck stieg und ihn Wut ähnlich einer elektrischen Spannung erfüllte.

Spätere Fotos in der Serie zeigten Shona Kennedy und Patrick Wilkins draußen vor dem Pub, wie sie sich zum Abschied küssten. Und das ziemlich intensiv.

Blake sah Kemp an und bemühte sich, ruhig zu sprechen. »Woher haben Sie die?«

Kemp zuckte mit den Schultern. »Ich ermittle privat und arbeite in der Security. Und unsaubere Typen sind eigentlich mein Spezialgebiet. Aber ich hatte beschlossen, mein Können für andere Zwecke zu nutzen, solange ich hier in Cambridge bin. Tara Thorpe aus Ihrem Team ist eine alte Freundin. Sie hatte Patrick Wilkins erwähnt, und ich habe gemerkt, dass der Mann ihr ein Dorn im Auge ist. Das kann sie nicht gebrauchen.«

Dem konnte Blake nur zustimmen.

»Als ich vor ein paar Wochen bei ihr gewesen bin, wollte ich unbedingt mehr über den Fall wissen, an dem sie arbeitet.« Er lachte. »Natürlich hat sie mir befohlen, mich ja rauszuhalten, aber irgendwie musste ich mich ja beschäftigen. Und da dachte ich, ich versuche mal, mehr über diesen Wilkins herauszufinden. Meiner Erfahrung nach haben solche Typen immer Leichen im Keller. Allerdings habe ich am Ende mehr gefunden, als ich gedacht hätte. Das hier ist quasi der Jackpot.«

»Dann wissen Sie, wer die Leute bei ihm sind?« Blake zeigte auf Shona Kennedy und Giles Troy.

»Jetzt ja«, antwortete Kemp. »Ich war ihnen in den Pub gefolgt, nachdem ich von draußen die Fotos gemacht hatte.« Sein Grinsen wurde breiter. »Auf dem anderen Stick ist die Aufnahme ihrer Unterhaltung. Sie ist teilweise etwas gedämpft, weil ich das Mikrofon auf den Sitz hinter mir und halb unter meine Jacke legen musste. Aber ich denke, Sie verstehen, worum es geht. Es wird recht klar, woher die Zeitschrift ihren jüngsten Scoop hatte.«

Wegen der Informationen über Wilkins war Blake noch zwischen Wut und Erleichterung hin und her gerissen, weil er endlich etwas gegen den DS hatte, als er erneut Besuch bekam. Über eine Stunde hörte er sich die Klagen von Dr. Monica Cairncross an. Tara hatte sie teils auf dem Laufenden gehalten, was die Ermittlungen zum Tod ihres Bruders betraf, und natürlich hatte sie die neuesten Highlights in den Nachrichten gesehen. Jetzt wollte sie offiziell Beschwerde dagegen einreichen, wie Wilkins den Fall im Herbst bearbeitet hatte. Nachdem sie gegangen war, setzte Blake es mit auf die Liste der Punkte, die er am nächsten Tag mit DCI Fleming besprechen müsste.

Aber Dr. Cairncross' Beschwerde war Patricks geringste Sorge. Als Blake das Büro verließ, genoss er es, dem Mann einen schönen Abend zu wünschen, da er wusste, dass sie ihm in nicht einmal zwölf Stunden die Hölle heißmachen würden.

Auf dem Heimweg nach Fen Ditton hatte Blake endlich den Kopf frei, um in Ruhe über sein Privatleben nachzudenken. Das Abendessen mit Agneta und Frans schien eine Ewigkeit her, dabei hatte es vor zwei Tagen stattgefunden. Er hatte Agneta gesagt, er wisse nicht, was er tun sollte, jedoch in dem Moment erkannt, dass er irgendetwas unternehmen musste. Babette und er konnten so nicht weitermachen. In den vier Jahren, seit sie wieder zusammen waren, hatte er sich geweigert, auch nur über ein mögliches Ende ihrer Ehe nachzudenken. Kaum rührte sein Bewusstsein an der Idee, sah er im Geiste Kitty vor sich. Ohne Frage würde sie weinen, wenn ihre Eltern sich wieder trennten, und es nicht verstehen. Wie könnte er ihr das antun?

Doch als er mit dem Rad in Richtung Fen Ditton und vorbei an Taras leerem Cottage fuhr (er hatte gehört, dass man sie noch eine weitere Nacht im Krankenhaus behielt), wusste er, dass er Kitty als Vater in der gegenwärtigen Konstellation nicht viel nützte. Solange er das Recht behielt, Zeit mit ihr zu verbringen, könnte es für alles besser sein, wenn Babette und er einen Schlussstrich zogen.

Der Gedanke an den Aufruhr, den er versuchen würde, lastete schwer auf seinem Gewissen, doch zugleich fühlte er sich innerlich befreiter. Es war die Antwort. Es war eine Katastrophe, aber die hatte nicht er angerichtet, und wenn der Status quo nicht funktionierte, war es klüger, dezidierte Maßnahmen zu ergreifen. Sie wären der kürzeste Weg hin zu einer neuen Zukunft für Kitty. Jahrelanges Streiten und Ausflüchte würden nicht helfen.

Blake wollte bis nach Weihnachten warten und sich dann mit Babette zusammensetzen. Das neue Jahr wäre hart, aber die Entscheidung fühlte sich richtig an.

Er fühlte sich verändert, als er sein Haus betrat. Die ständige Anspannung, mit der gelebt hatte, war fort, und er konnte freier atmen. Nachdem er bei Kitty gewesen war – sie malte noch vor dem Schlafengehen – und Babette begrüßt hatte, die ein Buch las, ging er nach oben. Er wollte duschen, sich die letzten sechsunddreißig Stunden vom Leib waschen, und danach nur noch schlafen.

Doch im Bad stellte er fest, dass der Tag noch nicht fertig mit ihm war.

Dort lag ein benutzter Schwangerschaftstest auf dem Wannenrand. Und in dem winzigen Fenster war eine dicke blaue Linie. Positiv. Er nahm den Test auf und schaute ihn sich genauer an, als könnte die Linie so wieder verschwinden. Dann drehte er sich zur Tür und sah, dass Babette dort stand.

»Wann?« Es war alles, was er sagen konnte. Sie hatten keinen Sex mehr gehabt, seit sie erwähnt hatte, dass sie noch ein Kind wollte. Er konnte sich gerade noch die Frage verkneifen, ob es von ihm war.

Sie nagte an ihrer Unterlippe. »Tut mir leid, Garstin. Wir haben es vor drei Monaten gezeugt.« Sie seufzte. »Ich hatte das Gefühl, dass du es nicht wolltest, deshalb habe ich es dir nicht gleich gesagt. Ich dachte, ich ebne den Weg, indem ich das Thema anspreche und vorschlage, dass wir es versuchen, verstehst du? Und dann hast du richtig dichtgemacht, und da wusste ich, dass du dich nicht freuen würdest. Aber ich dachte, ich erzähle es dir lieber, bevor man es sieht.«

Sofort legte sich ein Gewicht auf seine Brust. Es dauerte eine Minute, bis er es verarbeitet hatte. Und es war so typisch Babette. Sie war nie geradeheraus gewesen. Nicht hundertprozentig ehrlich. Immerzu managte sie Informationen – und, ob sie es wollte oder nicht, manipulierte ihn.

»Aber du hast doch die Pille genommen, oder nicht?«, fragte er schließlich. »Ich meine, ich hatte angeboten, dass ich das Verhüten übernehme, doch du hast gesagt, es wäre alles in Ordnung.«

Jetzt senkte sie den Blick. »Ich muss sie wohl mal vergessen haben.« Als sie wieder zu ihm sah, schimmerten ihre Augen feucht. »Ich habe einen Fehler gemacht, Garstin.«

Einen Fehler. Es war nicht das erste Mal, dass sie ihn traurig anschaute und ihm gestand, es verpatzt zu haben.

»Freust du dich denn jetzt?«, fragte sie und kam langsam auf ihn zu. »In wenigen Tagen ist Weihnachten. Und nächstes Jahr um diese Zeit sind wir eine richtige Familie.«

In diesem Moment erschien Kitty hinter ihr, und sie strahlte. Blake hatte das Gefühl, dass er nicht der Erste war, der Babettes Neuigkeit hörte – oder diese scheinbar perfekte Vision einer Zukunft für sie hatte.

FÜNFZIG

Nach dem Jahr, das hinter Bea lag, hätte Tara nie erwartet, dass Weihnachten so spaßig sein könnte.

»Oh Mann, Bea«, sagte Kemp. »Ich begreife nicht, wie du das regelmäßig schaffst!«

Die Cousine von Taras Mutter warf lachend ein Geschirrtuch nach ihm. »Waschlappen! Sieh dich an. Du bestehst praktisch nur aus Muskeln und Verschlagenheit, aber kannst kein Weihnachtsessen für acht Gäste auf den Tisch bringen!«

»Hey, ihr zwei«, sagte Tara. »Hier wird nicht gezankt. Ich habe gerade die Sektflöten rausgeholt. Jetzt sind alle versorgt und wir dran. Und verblüffenderweise sind keine Klumpen in Kemps Bratensoße, also denke ich, wir sind so weit.« Sie blickte die beiden an. Sie hatten rosige Wangen und grinsten. Was bei Kemp nicht ungewöhnlich war, bei Bea jedoch an ein Wunder grenzte, vor allem heute. Kemp hatte das bewirkt, indem er hier aufgekreuzt war und Beas Routine über den Haufen geworfen hatte.

Früher am Tag hatte Tara sich gefragt, was geschehen würde, wenn er weiterzog; doch Kemp neigte dazu, bleibende Wirkung zu haben. Da war ein neuer Ausdruck von Entschlossenheit in Beas Augen, und Tara hatte gesehen, wie sie Pläne machte, die Abläufe in der Pension effizienter zu machen.

Sie hatten gegessen und saßen noch scherzend am Tisch, als eine Textnachricht auf Taras Handy einging. Sie hatte bereits mit ihrer Mum und Matt von *Not Now* geschrieben. Nun sah sie verwundert aufs Display.

Blake.

Ich dachte, ich spare diese Neuigkeit für Weihnachten auf, sofern Kemp mir nicht schon den Wind aus den Segeln genommen hat. Patrick ist suspendiert, und ihn erwartet eine Ermittlung.

Sie sah zu Kemp und wollte ihn auffordern, sie auf der Stelle einzuweihen, als eine zweite Textnachricht eintraf.

Wieder Blake. Diesmal kürzer.

Frohe Weihnachten

Und plötzlich war sie in Gedanken wieder auf dem Dach des Nebengebäudes, kurz nachdem sie dem Feuer entkommen war. Sie erinnerte sich vage an das Gefühl von Blakes Armen, die sie umfingen und festhielten.

Sie war unsicher, was sie antworten sollte. Wie konnte es so lange dauern, auf *Danke gleichfalls* zu kommen?

Am Ende vergingen noch fünf Minuten, ehe ihr wieder einfiel, Kemp zu fragen, was er getan hatte, um ihren DS zu versenken.

MEHR VON BOOKOUTURE DEUTSCHLAND

Für mehr Infos rund um Bookouture Deutschland und unsere Bücher melde dich für unseren Newsletter an:

deutschland.bookouture.com/subscribe/

Oder folge uns auf Social Media:

facebook.com/bookouturedeutschland

twitter.com/bookouturede

instagram.com/bookouturedeutschland

EIN BRIEF VON CLARE

Vielen Dank, dass ihr *Der Mord am Fluss* gelesen habt. Ich hoffe, ihr habt es genossen – das Schreiben war ein großer Spaß. Falls ihr bei meinen neuesten Büchern auf dem Laufenden bleiben wollt, könnt ihr euch bei dem Link unten registrieren. Eure E-Mail-Adresse wird nicht weitergegeben, und ihr könnt euch jederzeit abmelden.

deutschland.bookouture.com/subscribe/

Die Idee zu dem Buch kam mir, nachdem ich noch einmal Agatha Christies *Das Sterben in Wychwood* gelesen hatte. Falls ihr es nicht kennt, will ich hier nicht spoilern, aber ich verrate wohl nicht zu viel, wenn ich sage, dass es mich auf die Frage gebracht hat, wie ein heutiger Täter mit einer Reihe von Morden davonkommen könnte, ohne dass jemand Verdacht schöpft. Wie immer habe ich Cambridge und Umgebung als Schauplatz gewählt. Die Fens sind eine ideale abgelegene, atmosphärische Kulisse für einen Krimi, und Cambridge mit seinen Künstlern, Schriftstellern und Wissenschaftlern war ebenfalls praktisch für die Geschichte. (auch wenn die, die ich im wahren Leben kennengelernt habe, zum Glück kein bisschen so sind wie die in diesem Buch!)

Falls ihr Zeit habt, würde ich mich freuen, wenn ihr eine Rezension zu diesem Buch schreiben könntet. Feedback ist unglaublich wichtig, und es hilft neuen Leser:innen enorm, meine Bücher für sich zu entdecken.

Alternativ könnt ihr mich auch über meine Website, meine Facebookseite, Twitter oder Instagram direkt kontaktieren. Ich liebe es, von Lesern zu hören.

Nochmals vielen Dank, dass ihr Zeit mit dem Lesen dieses Buchs verbracht habt. Ich freue mich schon darauf, bald meine nächste Geschichte mit euch zu teilen.

Herzliche Grüße,

Clare x

www.clarechase.com

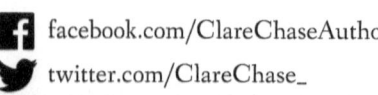

facebook.com/ClareChaseAuthor

twitter.com/ClareChase_

instagram.com/clarechaseauthor

DANKSAGUNG

Wie immer danke ich meiner wunderbaren Familie, Charlie, George und Ros, von Herzen für ihre Ausgeglichenheit, ihre Ermutigung, ihre Geduld und ihr Verständnis. Dank auch an meine Eltern Penny und Mike sowie an Phil und Jenny, David und Pat, Helen, die Westfield-Gang, Andrea, Shelly, Mark, meine wundervollen Kolleg:innen bei der RSC sowie an meine erweiterte Verwandtschaft und meine Freunde. Ein besonderer Dank gilt Margaret, die sich die Zeit nahm, mir Bereiche der Fens zu zeigen, die ich noch nicht kannte, und an Nigel Adams, den Berater für Brandermittlungen, der mich so großzügig in sein Fachwissen einweihte. Sein Input war faszinierend, und alle Fehler hier gehen allein auf meine Kappe.

Außerdem möchte ich sagen, wie sehr ich die Autoren-freunde schätze, die ich gefunden habe, einschließlich des wahrhaft wunderbaren Bookouture-Teams – ich genieße es sehr, Teil einer solch freundlichen und hilfsbereiten Gruppe zu sein. Ich danke auch all den wunderbaren Buch-Blogger:innen, die ich kennengelernt habe; ihre Großzügigkeit, Freundlichkeit und Begeisterung sind fantastisch. Und meinen Leser:innen bin ich überaus dankbar. Nachrichten über meine Website, Twitter oder Facebook zu bekommen, ist wirklich großartig.

Und schließlich, nicht minder herzlich geht ein riesiges Dankeschön an meine sagenhafte Lektorin Kathryn Taussig, deren Ideen, Rat und Ermunterung ihresgleichen suchen, sowie auch an Maisie Lawrence, deren Gedanken und Ideen so wert-voll waren. Von Herzen danken möchte ich Peta Nightingale wie auch Alexandra Holmes, Fraser, Liz und allen in der Herstellung und dem Marketing. Und wie immer danke ich Noelle Holten und Kim Nash sehr, die Großes leisten, um unsere Bücher zu publizieren und uns zu unterstützen. Ich bin so froh, von solch einem wunderbaren Team veröffentlicht zu werden.

www.ingramcontent.com/pod-product-compliance
Lightning Source LLC
Chambersburg PA
CBHW020347220726
48290CB00014B/1309